古華（京夫子）文集

卷三

儒林園

前言

清末民初大政治家梁啟超先生有言：欲新一國之民，不可不先新一國之小說。更有其著名論斷：六經不能教，當以小說教之；正史不能入，當以小說入之；語錄不能渝，當以小說渝之；律例不能治，當以小說治之。

一百多年過去了。我們今天應客觀理解先賢此種對新時代新小說的倚重與寄望，而非將小說視爲「治國平天下」的丹方。畢竟中國不是因小說而能再造的。但中國小說如三國、水滸、紅樓、三言二拍等經典名著，卻又的確記述了時代變遷、家國興衰、史詩歌吟，為後人留下了活生生的人文景觀、眾生萬象、歷史圖卷。小說的此種功能是任何其它文字著述或藝術形式所不能替代的，是怎麼評價都不過分的。中、長篇小說更是衍生其它藝術門類如戲曲、歌劇、話劇、舞劇、電影、電視、美術作品的母本，所謂先有名著，後有名劇是也。

當代小說名家古華正是這樣一位描繪時代風雲變幻、紀錄人世悲歡沉浮的能手。縱覽他將近六十年來的寫作生涯，大致可概括為三個階段：從發表第一篇小說的一九六二年至文化大革命結束後的一九七七年，是他習作小說的幼稚蒙昧期；從一九七八年至一九八八年，是他以《爬滿青藤的木屋》、《芙蓉鎮》、《浮屠嶺》、《貞女》等小說為代表的破繭、收獲期；一九八八年客居加拿大至今，創作了被譽爲「京夫子現代傑出歷史小說系列」，如《西苑風月》、《夏都誌異》、《血色京畿》、《重陽兵變》，以及《儒林園》、《古都春潮》、《北京遺事》、《亞熱帶森林》、《瀟水謠》等長篇說部，則是他真正的翰墨耕耘豐穫期了。

古華的生平可謂篳路藍縷、風雨兼程，甚至有些傳奇。他童年失怙，求食求學，求知求生。出身「剝削階級家庭」的他，誠惶誠恐渡過了新中國所有的政治運動：土改、鎮反、合作化、反右派、大躍進、反右傾、大饑荒、四清運動、十年文革浩劫，直到改革開放搞活經濟，……他的身分也隨著這些運動發生各種變化。在長達二、三十年的歲月裡歷經劫難、孜孜不倦，跋涉於寫小說以改變命運的艱辛旅程。從小乞丐、小炭伕、小牧童、小黑鬼、「政治賤民」、農場工人，到地區歌舞劇團編劇、省文聯專業作家、全國作協理事，到掛名第七屆全國政協委員，再到美國愛荷華國際寫作計劃，到加拿大卡爾加里第十五屆冬季奧運會藝術節作家周，之後定居溫哥華至今。此種從鄉村到城市、從省城到京城、從中國到外國的人生經歷，對一位小說家彌足珍貴。

迄今爲止，古華發表、出版以小說爲主的各類著作逾一千一百萬字，主要作品已有英、法、德、義、俄、日、韓、荷蘭、匈牙利、西班牙等十餘種譯本，並被拍攝成電影、電視劇上映，還曾被改編成歌劇、評劇、越劇、漢劇、楚劇、祁劇、莆田戲等劇目上演。

海內外文學批評家對古華的作品有過諸多評論：

中國著名評論家雷達說：歷史的不幸產生出文學的奇葩。

另一位著名評論家馮牧說：一般的小說多寫了大時代下面小兒女的恩怨；古華的小說則是經由小兒女的恩怨寫了大的時代。

北京大學老教授、詩人謝冕說：每年編選當代文學教材，重印《中國當代文學作品精選》一書，《爬滿青藤的木屋》長達兩萬多字，我們一直保留著。

英籍漢學家、《芙蓉鎮》英文版譯者戴乃迭女士說：古華豐富的作品給人以深刻的印象。但古華並不像有些中國作家那樣直接描寫真實生活中的真實人物，他對中國現代各階層人物都作了大量的觀察後，才塑造出那些令人難忘的人物形象。

古華一九八八年定居溫哥華後，潛心耕耘的「京夫子現代歷史小説系列」，在臺北《中央日報・副刊》連載十六年之久，一直為中、老年讀者逐日追蹤閱讀，廣受好評。誠如前《中央日報》副刊主編、淡江大學中文系教授林黛嫚所說：京夫子的系列著作叫好叫座，包括《北京宰相》、《西苑風月》、《夏都誌異》、《血色京畿》、《重陽兵變》等，人物形象飽滿，語言對白蘊含智慧，歷史大關節的敘述氣勢磅礴，微觀小場景的描繪細緻入微，許多讀者追著讀，認爲中共的當代史總算有了一部如《三國演義》、《隋唐演義》般令人拍案叫絕的新演義（見林黛嫚著《推浪的人》一書，第二百〇六頁）。

本文集共十六卷，長篇說部《重陽兵變》原擬作第十七、十八卷，因係三民書局版，未及收入。

儒林園

此書源自一九八三年春夜，一位電影導演給我講述他和友人的青春奇遇……有如一部日久彌新的命運交響詩。

——古華

目次

序曲　省委書記難唸的經

公曆一九八三年，北京早春時節。

北京的春天總是姍姍來遲。河堤湖畔，大街小巷，宮牆內外，大樹小樹仍是光禿著枝椏，猶如一雙雙伸向蒼天的瘦手，沒有一絲綠意。

可是綠意已經激盪人們心頭。改革開放，搞活經濟，萬象更新。人們已經活躍在蔚藍色天空之下。偶爾有烏雲翻滾，雷聲隆隆，在人間城廓投下暗影。妄圖再行浩劫的狂暴風雨卻終未釀成。人心思定，人心思變。且數億人口打開「口禁」，叫做：

廣州人什麼都敢吃，上海人什麼都敢問，北京人什麼都敢說，大學生什麼都敢罵。

人心不古，世風大變。發牢騷、吐怨氣成為一種社會風尚，叫做：

不說白不說，說了也白說，白說還得說！

悶氣怨氣濁氣，盡吐為快。中華民族彷彿進入了前所未有的「牢騷潮」。

省委書記聞達來北京參加中央工作會議，會裡會外，所見所聞，有喜有憂。從人人歌唱毛主席，到人人質疑毛澤東……真是恍若隔世。有人甚至說：倘若毛主席真有回天之術，能夠從他的位於天安門廣場南側的紀念堂水晶棺內爬起來，魂遊北京城，滿街的大紅語錄碑哪裡去了？座座威儀四方的花崗石塑像哪裡去了？他老人家也只好驚而怒，怒而悲，悲而號。

異端邪說，危言聳聽。今天嘲笑毛主席，已經不是現行反革命。一切過錯都在毛主席？

十天來，聞達一直在跟自己的兒子水抗抗取得聯繫。對於兒子，他堂堂省委書記可說是負債累累。以至兒子四十二歲了，當了著名的《國際經濟月刊》編輯主任，對他這父親大人還敬而遠之，愛答不理。兒子已經小有名氣，是個大忙人。據說近些日子正在忙活著什麼「儒林園首都高校勞教營營友聯誼會」，糾纏歷史舊帳。如今省裡京裡一個樣，各種名目的協會、學會、筆會、研究會、校友會、同業會、藝友會、講習會、文革難友會……如雨後春筍，無奇不有。為這事，聞達曾經向中央書記處一位書記同志請示過。中央書記哈哈笑著說：不礙事！都是些讀書人的玩藝，魏晉遺風，坐而論道。只要我們「堅持四項基本原則」，他們搞不出諸子百家來的！

不是春秋戰國，當然沒有諸子百家。三天前，聞達終於在電話裡「請動了」自己的兒子。他中央工作會議結束後，恰好是個星期天，由他在和平門全聚德烤鴨店請孩子和「營友們」一共進午餐。他很樂意跟孩子的「營友們」見見面。聽說都是些各行業的中年精英呢……

人世幾回傷往事，山形依舊枕寒流。說起他們這父子關係，原也是革命開了聞達一個玩笑，命運捉弄了他。

公曆一九四〇年歲尾，聞達在福建武夷山老家任地下縣委書記的身分行將暴露。他只好將自己開設的中藥鋪交給妻子水玉蓮照管——鄉下也還有百十畝良田要收租呢，然後根據組織上的安排，遠走西北，去了革命者的麥加——延安。其時，他的髮妻水玉蓮已懷有身孕。為革命離鄉背井，拋家棄兒。那年月，炮火連天，哀鴻遍地。由於不久即爆發了世界大戰，蘇俄方面對抗日根據地的支援銳減，根據地軍民處在最危急、艱苦的時期。加上毛澤東發動延安整風，搞人人過關的「搶救運動」——這是工農紅軍內部繼井岡山「消滅ＡＢ團」之後的又一次大規模整肅。聞達抵延安不久就被當作「敵特嫌疑」關進窰洞隔離審查，直到福建地下省委負責人來延安開會，證實了他的身分。但對他從福建武夷山至延安，路上走了整整四個月，其中在西安一地就逗留了近一個月這一段，仍有懷疑。

聞達知道延安非久留之地，便積極要求上前線，以便對自己進行血火的洗禮。他的要求很快得到批准，由一男一女兩個通訊員陪同，去晉東南根據地擔任游擊支隊副政委，日日夜夜跟日偽軍周旋於窮鄉僻壤、崇山峻嶺。抗日何年能勝利？革命何日能成功？只知奮鬥，不知有期。聞達政委跟武夷山老家的愛妻水玉蓮，暱稱水妹子的，斷了一切聯繫。初時還縈縈牽掛，後來戰事日緊，軍務日重，家事讓位於國事，也就漸次疏淡了。

公曆一九四一年冬天，晉東南山區連月大雪，冰封千里，百年不遇的奇寒。在一次長途轉戰中，聞達害了傷風，高燒不退，雙腳也嚴重凍傷。他被留在一戶「堡壘戶」① 家裡養傷。同

①為中共地下交通站。

時留下了那名跟他一起從延安來的女通訊員小柳照料他。另一名通訊員則早已返回延安去了。這小柳也怪，大半年來跟游擊支隊大鬍子司令員親親熱熱，對他卻若即若離，另眼相看似的。

一天晚上，他從昏睡中醒了轉來，正想喝水，卻感到雙腳暖烘烘的，癢癢的，不再像是掉在冰窟窿裡似的毫無知覺。他抬起身子一看，昏黃如豆的油燈光裡，小通訊員半躺在另一頭，已經睡著了，而他的雙腳捂進了她溫暖的胸脯裡。外面蓋著被子和大衣。她是在用自己的體溫治療著政委雙腳的凍傷啊。聞達是成過家的人，自然懂得男女間的肌膚之親的。當他敏感地明白了自己的腳趾、腳掌抵在了姑娘酥胸的什麼部位上時，先是心頭一熱，雙眼發澀，接下來是心慌意亂了。

啊？你醒了？俺睡著了……俺貪睡，愛亂動，把你動醒了？口渴了吧？俺起來給你弄口水喝……

小通訊員輕輕地把他的雙腳移開了，扣上裡衣釦子，披上大衣。老鄉的柴屋沒有窗戶，可牆縫漏風，一到後半夜就冷得像冰窖。小通訊員端來一瓦罐水，上面結了一層冰。她用根柴棍捅了一下，冰塊破碎了。她含了一口水，直冰牙。但她含了一會，待水溫高了些，竟嘴對嘴地給聞達餵上了。連著餵了三口。聞達渾身動彈不得，眼裡噙滿了淚水。

柳鶯……是叫柳鶯嗎？

都跟政委大半年了，還問？

可我們很少說什麼話……

現在不是天天跟政委在一起了嗎？

不要叫政委。就叫老聞，聞達。

嗯……咋的？政委，你掉淚了，想家了？

聞達眼裡仍然噙著淚花。他不知柳鶯問的是哪個家。從延安出來的幹部都習慣把延安稱為「家」。

司令員交給俺的任務……照顧好政委，養好政委的病，早日回部隊。別看司令員平日咋咋唬唬，是個大老粗，可會疼人啦！為了戰友，他捨得割自己身上的肉……

柳鶯掏出手帕，替聞達揩著眼淚。游擊支隊，由大鬍子司令員兼任政委和黨的書記，聞達知識分子出身，又來自成分複雜的白區地下黨，根據地黨組織對他還得有一個鍛鍊考驗的過程。他一直迷惑不解的是上級為什麼要派這樣一個女通訊員在他身邊。

小柳，你老家在什麼地方？

陝北米脂縣。政委……你為啥要問？

隨便問問。難怪……米脂地方，自古出美人。

看你，看你……政委，俺又不好看。

好看。你是個小美人。多大了？參加革命幾年了？

俺不小了，二十一了。到部隊上那年十八歲。俺老家苦。十七歲上，俺大大②把俺賣給縣裡的李大炮，抵了債，八十塊大洋……俺值八十塊大洋。

聞達不覺地拉過了柳鶯的手，睜大了眼睛聽柳鶯說。

可李大炮不是人，是畜生。他一天到黑，上下不分……俺一個閨女家，啥事都不懂。他天天吃那號鬼藥，沒完沒了……俺受不了他，逃出來投了紅軍。前年，聽講李大炮叫日本鬼子飛機下的蛋炸死了，身上沒有一塊好肉……

聞達撫著柳鶯的手掌手背，半天沒有出聲。

政委，俺惹你不高興了？俺說錯話了？俺不好……

你好，傻丫頭，窮苦出身，投奔革命，對革命最忠誠，好。

要不是來了紅軍，俺就跳井了。俺都看中了一口井，又怕壞了人家的井。

小柳，別說了，別說了……你們米脂地方我住過，是到延安不久，去減租減息，鋤奸反霸。後來我就，我就在搶救運動中被誤會了，在窰洞裡坐了半年，直到毛主席親自給大家道歉……

這回，輪到柳鶯不吭聲了。其實，聞達這話，也是有意說給柳鶯聽。但注意分寸，點到為止。

柳鶯，你知道不？你們米脂地方，自古出美人，出英雄。漢朝時候出過趙飛燕，沉魚落雁。明朝末年出過李自成，農民起義，英雄蓋世……

政委，你是知識分子，有大學問，什麼都懂……俺什麼都不懂。

柳鶯，米脂人還愛唱信天游，走西口。你會唱？

會，會一點。可俺嗓子不好……

你講話聲音就很好聽。你的名字就富有音樂性：柳鶯，柳浪聞鶯，西湖一景……你聽說過有一座杭州城嗎？杭州城有個西湖，天下名勝。西湖裡有個柳浪聞鶯，柳鶯……

柳鶯搖搖頭，她不懂得自己名字的出處。

俺這名字……是俺大大用兩斤老菸葉，請一個私塾先生取的……俺是上了部隊，才學會寫自己名字的，都講俺的名字寫出來好看，唸出來好聽。

柳鶯，你的聲音真好聽，唱信天游更好聽。

政委想聽？俺唱小聲點，給政委解解悶。俺多唱幾次走西口，政委的病或許能好得快些呢？俺老家的人都說，信天游、走西口，能驅邪治病。你不信？

你唱，你唱，柳鶯……我信。

於是，昏暗的寒徹肌骨的柴屋裡，飄起來如絲綢如緞帶的歌聲：

月亮走噢，星星走噢——

我送阿哥到村頭噢，

到村頭。

②陝北一帶方言：父親。

阿哥趕驢走西口，
把妹丟在了深山溝，
日盼夜盼阿哥回噢，
睡覺抱著個空枕頭……

走西口柔情似水，又剛烈如火。一曲又一曲，真有神功奇效，聞達的燒退了，雙腳的凍傷也一天比一天見好。

聞達已經能下床走動，晚上不再需要柳鶯看護。房東家只有一位七十古稀的老大爺，以及一條骨瘦如柴的大黃狗。遵照當地人的習俗，柳鶯搬到了老大爺的屋子裡去住，等候游擊支隊派人來把他們接走。

這於聞達和柳鶯都有一種隱隱的苦痛。聞達當時才二十七歲，正值青春盛年。柳鶯也早是過來人，身上正有一盆火似的。短暫安閒的養傷日子，把他們那被緊張戰鬥、行軍所遏止了的生命本能，統統康復了過來。聞達越來越渴望柳鶯走西口的歌聲：

月亮走噢，
星星走噢——
我等阿哥在村頭噢，
在村頭！

妹是池中蓮，
妹是泥裡藕，
沒有阿哥活不了口！
阿哥阿哥你快快回，
夜夜抱妹在炕頭……

天氣漸漸變暖和了。於厚厚的雲層裡躲了好些時候的日頭，也暖洋洋地掛在藍得像靛染過的天上。杏樹光禿的枝椏，冒出了一粒粒處女奶頭似的骨朵。小草在泥地裡鑽動。野貓開始整夜整夜在屋頂上嚎春。凍了一冬的溪水，在薄得如蛋殼似的冰層下邊歡跳。

一天，房東老大爺到二十里外的小鎮子上去找地下交通，替聞達探問游擊支隊的消息。聞達和柳鶯則在背風的牆下曬太陽。老大爺領著大黃狗一轉背，他們就不約而同地進到了柴屋裡。相互都有一種強烈的占有慾。

家鄉的民歌，火辣辣的情歌，早激起了柳鶯身上熾熱的火。這個米脂美人兒，苦妹子，像是出於一種無私的奉獻，也是一種生命的渴求，甩掉身上的破大衣，踢掉腳下的羊皮靴，就鑽進了聞達的被窩。她雙手捣住發燙的臉盤，閉了一會眼睛，隨後就放開了，一雙汪亮汪亮的眼睛，會說話的眼睛，在主使著動作有些拘謹的聞達。

聞達緊張得透不過氣來，感到一種令人窒息的戰慄，加上一種犯罪的歉疚，以及對於這個謎一般女子的攻擊慾……可是當他赤裸的身體一接觸到柳鶯豐嫩而火熱的身子，一切道德習俗的藩籬就被撞到九天雲外。

然而，由於戰爭，由於久曠，也由於傷病，柳鶯的雙臂剛抱緊了他，舌尖剛伸進了他嘴裡，雙腿都沒來得及舉起，他就完事了。

啊？你？你……

柳鶯驚訝得睜大了眼睛。

我……我身體垮了，真對不起。

聞達羞愧得無地自容。

看你說的，別傻了……還難過呢，別傻了，俺親你，疼你，要你……

柳鶯沒有放開他，長長的雙臂仍是抱得鐵緊，以柔情熨貼著他：

嘴，嘴嘴……對，還有舌舌……甜嗎？

嗨，我真是！身體就垮了……

傻！孬性急。俺會慢慢來調理你。俺來調理。俺唱信天游能治病。其實也不是什麼病，只是耽擱太久了。你不信？用不了多少日子，俺包你舒服死了。

在這種關頭，男人最害怕的是被訕笑，自尊心受到摧毀；最需要的是情人的體諒和撫慰。柳鶯是個善解人意的女子，她給予的摟抱、親吻，柔情萬種，決定了他們後來的婚姻命運。

以後的日子，一曲曲信天游，剛烈如火的信天游，加上柳鶯靈巧有力的雙手，撫愛、推拿，揉搓，上上下下，聞達原本身體素質就好，心理生理，功能很快得以恢復。

不久，聞達受用到了從未有過的歡娛。鬼使神差，天賜良緣，柳鶯的身子就像一塊磁鐵一陣一陣吸緊了他，又堅挺了他。他不由得嗷嗷喊叫。真沒想到，一個苦出身的女子，還有這奇妙的功夫。或許這功夫，還是當年李大炮以拳頭、巴掌硬逼著她操練的……到此時此刻才得以自願奉獻，恣意施展，盡情享用。

柳鶯！柳鶯，你真是個好女人，這輩子再離不開的女人……你真行。

傻子！你才是真行……像一頭叫驢哩，讓人舒服死了！

你舒服？好了，那我要……

看看，你都管得住自己了，是條真正的好漢子了……我們一起化了，死了，娘呀！

非常的年代，非常的戀情。生死度外，婚姻與家庭，遵從的也是非常的法則。

聞達和柳鶯回到游擊支隊，很快結了婚。身上被日偽軍槍彈洞穿過四個窟窿的支隊司令兼政委，既是他們的主婚人，又是證婚人。大鬍子司令的祝詞只有一句，聲音卻大得整個支隊都聽得見：

老聞！你傢伙娶了個好女人，延安來的，難得她什麼都會，都懂，哈哈哈……

在濃得像糖漿一般的甜蜜中，烈得像高粱酒一樣的幸福裡，聞達沒有介意大鬍子司令的這句祝詞。是多少年之後，才懊惱地回味起來，並隱隱地懷疑起這次養傷的安排。為什麼不派個男戰士護理？

跟柳鶯結婚後，聞達終於獲得了根據地黨組織的信任。他文化高，知識廣，能力強，又能跟脾氣暴躁的大鬍子司令和衷共濟，遂被任命為支隊政委。柳鶯這才告訴他，當初她和另一個通訊員從延安陪伴他來晉東南，是接受了組織上的任務，負責考察他這白區來的知識分子幹部的。白區情況複雜，知識分子情況更複雜，根據地不能不嚴防奸特滲透……可是考察中，她不由地愛上了他，當然是經過組織同意的。

謎底亮開之後，聞達心裡，有好一段時間都不是滋味。原來自己的命運，竟是被暗暗掌握在這個女子手裡。好在自己對事業、對信仰一片赤誠，從未有過徬徨和猶疑，否則後果真不堪設想……黨組織總是防備著知識分子。到了血與火的前線，也不如工農分子那麼忠誠。他有過牢騷，但不願意多想。軍人的天職，黨員的天職，就是服從，一切都服從。

跟柳鶯結婚，聞達的良心受到自我譴責。一種難以排解的對福建老家髮妻水妹子的負罪感。他曾經力圖把柳鶯當成水妹子。或是把水妹子想像成柳鶯。可是不成。這是兩個完全不同的人。不管怎麼說，也是自己負了心！

水妹子當了「共匪婆子」還活著嗎？改嫁了？她生下來娃兒沒有？是男，是女？藥鋪還開業嗎？鄉下的田產還收租？或許，老家強盛的宗族勢力還能保護下她……他多麼想得到水妹子的音信！水妹子是個世家女子，有教養，從來言不高聲，笑不張揚，一切都默默對待，默默承受。她從不打聽男人的事。可對男人的事，她眼裡心裡，都一清二楚。聞達常想著要給水妹子寫信，請水妹子寬諒自己的負義。可戎馬生涯，炮火連天，隔著黃河，還隔著長江，老家一帶早成淪陷區，哪裡還談得到鴻雁往還？

十年生死兩茫茫。轉眼間到了一九四九年夏天，聞達已經成為第二野戰軍某師的師政委。大軍揮師南下，橫渡長江天險，直下錢塘。戰事繁忙，聞達還是暗地裡派了一個機靈的通訊員，去自己家鄉一帶探望。十幾天後，通訊員回到部隊，向師政委報告，要打聽的人，通過當地農會組織找到了，是個寡婦，帶著九歲的男娃。可當地農會說，該寡婦雖被丈夫遺棄，但依賴她的封建家族勢力，既開藥舖又收租，雇工剝削，還放高利貸，劃下成分來，該是反動資本家兼地主。

聞達一聽，頭都炸了。水妹子還在替他守著貞節，且已經把兒子養到了九歲！開著藥鋪收著租，都是自己潛往延安之前，囑託給她的呀！不同的只是自己當年將收入的大部分交給黨組織做活動經費。萬萬沒有想到，這會害苦了她……其時，中央軍委正有個內部通報，全軍幹部，特別是高級指揮員，一律不得介入老家的鎮反、土改，尤其不得利用職權庇護有反動罪行的親屬。

聞達最心疼的還是那寶貝兒子。柳鶯只給他生了兩個女兒。怎麼辦？又能怎麼辦？個人服從整體，家事服從國事，聞達除了遵守軍隊的紀律，別無選擇。當時他的部隊面臨著艱鉅任務——進軍大西南。大西南地理險惡，山水縱橫，氣候複雜，聚居著幾十個少數民族，土著部隊多如牛毛……

半年之後，在雲南邊陲的熱帶叢林裡，聞達得到了從福建老家傳來的消息：水妹子在土地改革運動中被劃為資本家兼地主，沒收其全部財產，由農會監督其勞動改造。

革命就這樣拿他的髮妻開了一個冷酷的玩笑。有好長一段時間，聞達的內心世界，是一片交織著理性和感性，黨性和人性的人生泥淖，痛苦的人生泥淖……由於他的政治地位、軍階身分，以及嚴格的黨紀軍紀，他今後不可能再去幫助那屬於階級敵人營壘中的可憐髮妻，而只能與之劃清界線，斷絕一切聯繫。可是九歲的崽娃怎麼辦？難道崽娃也要跟著母親揹一輩子黑鍋不成？

一九五四年，聞達轉業到地方工作，擔任了地委書記。有次在華東行政大區開黨代會，遇上了他的老戰友——游擊支隊的大鬍子司令。真是湊巧得很，原來大鬍子司令也轉到了地方工作，恰好就在他老家當行署專員！聞達便把自己的家事苦衷，一本最最難唱的經，和盤托出。大鬍子專員對他這事倒是早有所聞，當即爽快地拍了胸口：咱都是吃的共產黨的飯，要守黨的政策規矩，沒法給他們母子改變成分。但只要你兒子肯讀書，只要我大鬍子不倒臺，我擔保他讀上大學，沒問題。

事後，證實大鬍子專員說話算話。兒子順利地從小學讀到初中、高中，都享受了政府的助學金，最後以優秀成績，考取北京中國人民大學國際政治經濟系。在整個讀書期間，兒子都沒有給他聞達寫過信。據說每逢學校讓學生填寫各種表格，兒子總是恭恭敬敬地填上：母親，水玉蓮，資本家兼地主。從來沒有填過父親的大名。他們母子倆自然生活得十分清苦。據說水妹子也從不在兒子面前提到他這做父親的名字，都咬著牙守著窮志氣。有次聞達實在忍不住了，瞞著柳鶯給剛進人民大學的兒子匯去了五百塊錢，並說明可補貼家用。匯票卻被原封不動地退了回來，而且是退到了夫人柳鶯手裡。柳鶯年過四十，身子還沒發胖，依舊顯得年輕漂亮。可身分高了，脾氣大了，奉承的人多了，住高級房，坐高級車，變得有腔有調、有模有樣了。她收到那張被退回的匯票後，跟聞達的那番吵鬧，書記後院起火，景象可想而知了。

兒子水抗抗守著窮骨硬氣長大，身高一米七八，身胚粗壯，四肢強健，濃眉大眼，蓄著平頭，平日悶不作聲；可他一講起話來，總有精闢見解，常常語驚四座。活脫脫就是聞達年輕時候的模樣！他考上人民大學時，聞達正好升任了省委書記，分管政法、文教。父親多次託人帶信、帶話，他都不予答理。仍是認著鄉下那地主分子的窮母親。據說還月月省下幾塊錢伙食費，寄回武夷山老家去盡孝道。北京的冬天那樣冷，水抗抗只穿著條補了又補的粗布夾褲，艱苦樸素地對抗著蘇聯修正主義從西伯利亞颳來的寒風。

聞達由此恨得直咬牙。有時也暗自苦笑：幹了幾十年革命，出死入生做了官，卻也不能不狠著心腸，六親不認。他只好在內心裡敬重著這揹著沉重的政治黑鍋的母子兩個。直至水抗抗因言及禍，被投入「儒林園首都高校問題學生勞教營」，都沒有向他這好生了得的大官父親伸手求救。真個是：

關山險阻，誰悲失路之人？

生死沉浮，盡是他鄉之客。

第一章　群賢畢至

當代社會生活中，蘊藏著許多色彩瑰麗、寓意深長的人生命運之謎。猶如一座取之不盡的哲學的、政治的、藝術的金礦。然而這「金礦」不能與大地永生、日月共存，會隨著社會記憶的淡薄而淡薄，歲月長河的流逝而流逝。為著我們的後人得以冷靜客觀地研究剖析今天大起大落、悲壯雄闊的史詩，一切人文學者應及時地努力向這「金礦」索取，哪怕是一鱗半爪，也可能在下幾個世紀，成為猿人的牙齒，甲骨文陶片的。

一九六四年十月。北京西郊中國人民大學校園。大禮堂內，萬頭攢動。師生員工們正在聆聽中央某首長關於知識分子思想再改造的重要講話。攝影記者的閃光燈不時地從各個角度撲閃在首長身上。首長講話聲威宏壯，話重心長。談到他本人年輕時候為追求真理，投筆從戎，地上地下，出死入生，真正的脫胎換骨，革命的血火洗禮；談到他在日本人的監牢裡，如何如飢似渴地捧讀馬克思的《政治經濟學手稿》時，卻不免南轅北轍，東扯葫蘆西鋸瓢，牛頭不對馬嘴。

但職位就是學問，權力便是水平。只要做了高官，便可口若懸河，泡沫橫飛。縱使是把沙俄時代的無政府主義者巴枯寧和中國當代著名作家巴金說成為「手足兄弟」，把明代大醫學家李時珍稱為「革命戰友」，把東漢趙飛燕小姐譽為「上海交際花」，關公戰秦瓊，宋江反曹操，周瑜是個分裂祖國的大軍閥……誰敢說個不字？

偏偏在聽報告的芸芸眾生中，有位國際經濟系的研究生名叫水抗抗的，年輕氣盛，忘乎所以，竟然在自己的筆記本上寫了一行醒目的楷體字，傳給鄰座的同窗看，同窗又傳給同窗的同窗看……豈知身後便有「政治學徒」，一斜眼睛，他的便條就被當作反動言論捕捉了去：

首長同志，馬克思的大連鬢鬍，快成《三國演義》裡的美髯公啦！你的這種水平，怎能主持北京市工作？

不幾天，人民大學這位研究生的「言論」就上了高級別的「動態簡報」。據說首長本人看過這分簡報後，淺淺一笑，高屋建瓴地以紅鉛筆批示道：

北京市應當由誰來領導？是人民代表、黨員代表提出的問題，還是地主資產階級的反攻倒算？

我們國家還一窮二白，花錢辦教育，辦大專院校，究竟在培養哪個階級的接班人？如各級黨委不聞不問，掉以輕心，甚至放任自流，包庇縱容，就應該查一查他們的黨性、階級性了。

據說該首長還在一次全市司局長幹部大會上，再次提出首都北京市的領導權問題：

應當告訴地主資產階級及其孝子賢孫們，北京市由誰來領導，是個不容許討論的問題！只要國民黨不回來，蔣委員長不回來，美帝國主義的飛機大炮不回來，人民共和國的紅色首都，就還得由我們這些從雪山草地爬過來的大老粗，我們這些喝延河水、吃小米粥、扛三八槍出身的老八路來做領導！共產黨打得了天下，就坐得了江山！

大氣磅礴，天經地義，擲地有金石音。這番精采的演講自然贏得了全場暴風雨般經久不息的掌聲和高呼「萬歲」的口號聲。

千里之堤，潰於蟻穴。首長似乎仍不能忘懷有人對他的領導能力所提出的質疑。加上不久前毛澤東主席在一次碰頭會上敲了他的警鐘：高等院校仍是資產階級、死人洋人的一統天下！高等院校、知識分子、意識形態，又正好是他分管的部門之一。是年年底，他百忙之中分身出來，連續三次聽取「首都大專院校社教運動中師生思想動態匯報」，了解到情況更是尖銳複雜，觸目驚心；一批出身於地主、資產階級的青年學生，以優異的成績考入北京地區的高等院校後，便有意無意地在廣大師生員工中散布了大量的五花八門的懷疑社會主義制度、醜化共產黨領導、仇恨無產階級專政的言論，引起思想混亂，甚至鬧得烏煙瘴氣。正好應了導師列寧的那句名言：「在全部的剝削階級被消滅之後，他們的反動思想、沒落意識，是不會同時被釘入棺材、埋進墳墓，而會繼續在革命隊伍裡腐爛、生蛆、發臭的！」高教系統的社教運動深入開展後，他們的問題才被一一揭發了出來，真是令人髮指。這原是「一支潛伏於高等院校園林樓宇的帝修反第五縱隊」，「美蔣殘餘勢力的別動軍」！

高等院校向來為資產階級知識分子的世襲領地，牛鬼蛇神的避風港灣。事已至此，不認真抓一抓，是無法向偉大領袖作出交代了，甚至首長本人都有可能跌進「階級調和」、「右傾投降」的泥沼而不能自拔。於是召集有關負責人聯席會議，研究決定：立即把全市各高等院校有反動言論又態度惡劣的「問題學生」集中起來，以勞教形式統一管理，通過體力勞動，強制思想改造。一年為期。悔改表現好的，允許回原校修完學業，畢業後內部控制使用；極少數堅持反動立場、教而不改的，則予開除學籍，遣送回鄉，交由當地貧下中農監督勞動。總之，無產階級心胸博大，對於這批「問題學生」還是要立足於「拉」，而不是「推」，做到苦口婆心，仁至義盡，符合毛澤東主席倡導的「懲前毖後、治病救人、給出路」的方針。

會議還決定了單位名稱：儒林園首都高校「問題學生」勞教營。附屬於團河模範監獄——儒林園勞改農場。管教人員從首都各工廠企業的「活學活用毛主席著作標兵」中挑選，實行工人階級全權領導。今後亦可考慮成為專門管教首都高校「問題師生」的常設機構。這不能不說是無產階級專政條件下，改造新舊資產階級知識分子的一項創舉。

一九六五年元旦剛過，被列入「高校勞教營」首批名單的一百一十名男女青年們，便在學校有關人員的陪送下，揹著各自的行李捲、日用品、《毛澤東選集》雄文四卷，騎的騎自行車，乘的乘公共汽車，搭的搭拖拉機、馬車，少數學校還派了大卡車，來到了「儒林圍」。絕無逮捕、拘役一說。許多學校甚至還召開過既嚴格要求又殷切寄望的「送行會」。

儒林圍勞教營為連排建制。

一百一十名勞教學員分為三排九班，每排三十六、七人，每班十二、三人不等。

營部設營長、政治教導員，每排設有排長、思想管理股長。皆由從北京各大工廠抽調來的十名優秀工人階級擔任。十名工人師傅個個根正苗紅，政治可靠。他們成立了一個戰鬥堡壘——臨時黨支部，對外稱為「工人領導小組」。

班上不設專職管理人員，而由排長、思想管理股長選定一名「問題學生」擔任「思想匯報員」。叫做以毒攻毒。或稱為化消極因素為積極因素。

水抗抗被指定為第一排第二班「思想匯報員」。大約包括水抗抗本人在內，誰也不知他實際上是這勞教營的「禍首」。他屬下是十一名「降半級處理」的「同教」。何謂「降半級處理」？因他們這批「問題學生」被投入儒林園，並未經法院審理判有什麼徒刑，而是有關部門確定的思想犯，故一切待遇尚高出正式的勞改犯人半級。

何謂「同教」？卻是一項應當申請專利的政治發明。古時候讀書人鑿壁偷光，十年苦讀，鄉試中了舉人，殿試中了進士，互相間便稱為「同科」；如今社會上，人與人之間最親密者稱為「同志」。毛澤東主席曾有過「黨內一律稱同志」的指示；其他如同鄉、同學、同業、同輩、同級、同窗、同門、同宗、同黨……之類的稱謂，更是多如牛毛。說到罪犯，在被審訊過程中稱為「同案」，收監服役之後才稱為「同犯」、「同役」；眼下這些學生們的待遇為「勞動教養」，因之彼此間就尊稱為「同教」了。再者，正式的勞改犯人都被隱去真名，賜予一個號碼。

「問題學生」們也未享有這項殊榮，姓名沒有被簡化為阿拉伯數字，允許留其姓氏而略其大名，彼此簡稱為「水同教」、「劉同教」、「趙同教」、「周同教」了。

同教們進勞教營的第一件事，是按照營規接受剃頭。大家稱為「剃度」。營部辦公室從隔壁監獄裡要來六個會理髮的犯人，每排分得兩個。大家輪流著提來熱水洗濕頭髮，再輪流著在脖子上圍上藍布圍巾挨剃刀。由於營部規定在一天之內完成「剃度」，便又從同教中動員出三、五個會理髮的來操刀。其中有位瘦小個子，雲南昆明人氏，講一口西南官話，手腳俐索靈活，十分鐘便能剃下一顆光頭。他小子嘴巴也閒不住：

「剃光了好，剃光了好！洗頭不用肥皂，省工又省料！日後老子回雲南進緬寺，出家當佛爺囉！」

同教們被剃光了頭髮，一個個青皮鴨蛋似的，你看看我，我看看你，你摸摸我，我摸摸你，就像受了宮刑，好不誠惶誠恐。「剃度」之後，水抗抗跟自己班裡三位「同教」結成莫逆之交。他們是：「關東大漢」劉漢勳，「河南騾子」趙良成，「紹興師爺」周恕生。

「關東大漢」身高一米九四，體重一百公斤，老家東北吉林，原是清華大學天體物理系研究生，清華籃球代表隊中鋒、神投手。以他為主力的清華隊，曾經打遍北京地區高等院校無敵手，稱雄一時呢。他之所以成為「問題學生」，真還跟他的高大體魄有關係。誰叫他出身官僚地主家庭還長了巨人的個頭呢？不幸得很，他所在的物理系黨總支書記吳二貴，卻是個身高一米五的矮個子。說是吳二貴剛從炮兵部隊轉業到物理系來上任時，聽到牛頓的名字便發傻：「牛凳？牛坐的凳？牛還坐凳？」工農出身，赤膽忠心，可也不學無術。吳書記平日就看「關東大漢」這研究生不順眼，總要仰得脖子都發痠。

「吳書記拿我不好辦，我拿吳書記也沒辦法。他對我要仰拍，我對他要俯瞰！誰叫他只比侏儒高出一點兒？」

有一回「關東大漢」正得意忘形地在閱覽室裡吹牛，正好被從那門口路過的吳書記本人聽見了。他連忙改口說：

「不過，不過……古往今來，在我們賴以生存的這顆星球上，往往是由一些矮個子在領導著！五短身材往往智慧超人。如沙俄的尼古拉二世皇帝，法國的拿破崙皇帝，英國的蒙哥馬利元帥，美國的『憲法之父』麥迪遜總統，敝國的漢高祖劉邦先生、國父孫中山先生、大文豪魯迅先生，都是出名的矮個子嘛！」

「關東大漢」博學多聞。由於同學們平日就十分討厭那專靠吃政治飯整人的系總支書記，便趁機一齊惡作劇地哄堂大笑。

吳書記本來就忌諱著自己在知識分子裡威信不高，這時刻更是恨得直咬牙。好哇！劉小子，你把黨的書記、政工幹部比作侏儒還不夠，還比作封建皇帝、帝國主義軍人、資產階級政客！你在學生們中間蠱惑人心，興風作浪，是對共黨領導、對無產階級專政的猖狂挑戰！好吧，無產階級也不能心慈手軟，只好接受你的挑戰了：

「你叫劉漢勳吧？我就不用自我介紹了。你對自己長了這麼高大的個子，很自豪吧？說說，你什麼成分？什麼出身？父母是幹什麼的？說說。」

「本人出身學生，家庭成分官僚地主，父親帶過兵，母親當過托派，就長了這麼高大的個頭嘛，有啥辦法？」

「關東大漢」坦然回答。閱覽室裡又爆發出一陣哄笑，還有人吹口哨。

「好吧，你很自豪，很驕傲。放心，用不了多久，咱就可以跟你鬧清楚，在咱清華物理系，究竟誰矮小，誰高大！」

學生出言不遜，對人不恭，本是個批評教育的問題。「關東大漢」卻禍不單行，他早有一分「借講笑話為名，行譏諷攻擊偉大領袖之實」的揭發材料，掌握在系總支書記吳二貴同志手裡。笑話名為「湘潭布」，內容反動之極：

「說是毛主席家鄉湖南湘潭地方出產好大布，毛主席的父親既做米販子又做大布生意維持家計。說是一個傻子娶了個媳婦，媳婦領了傻子新郎回娘家拜見父母。媳婦怕傻子新郎見了娘家人言語不遜出醜，便囑咐說，我父親是開布鋪做生意的，你見了他老人家，只說『湘潭布，是好布，一個銅錢厚的布，剪刀都剪不動的布』這句話就好了。於是傻子新郎跟著媳婦回去拜見岳父岳母。傻子見了岳父便說：湘潭布，是好布，一個銅錢厚的布，剪刀都剪不動的布！岳父大人聽了大喜，女婿不傻，很會講話嘛。其時岳父大人手牽了一匹馬，準備去拉布。傻子見了馬，便又說：湘潭馬，是好馬，一個銅錢厚的馬，剪刀都剪不動的馬！岳父大人惱了，訓斥道：你放屁！傻子便又說：湘潭屁，是好屁，一個銅錢厚的屁，剪刀都剪不動的屁！岳父大人氣壞了，一把抓住傻子的頭髮，警告說：你再胡說，老子扯掉你腦瓜上的這撮毛！傻子便又說：湘潭毛，是好毛，一個銅錢厚的毛，剪刀都剪不動的毛！」

這笑話確實對領袖故里大不恭敬，應予批評。但在「政治是統帥、是靈魂」的年代裡，一切言論、笑談，皆打上了階級的烙印。中國當代一位大詩人的著名詩句便是：「什麼藤結什麼瓜，什麼階級說什麼話」。因之人的價值、人的高大或矮小，自然都是由階級政治來決定的了。所以體魄高大的清華男籃中鋒劉漢勳，隨即就矮了，小了，被編入「問題學生」勞教營，成為「劉同教」了。

再說「河南騾子」趙良成，河南開封人氏，北京農業大學農學系四年級學生，家庭成分中農，本不該編入勞教營來的。他不分冬夏，一年四季都光著腦殼，數九寒天也不戴帽子，頭皮夠硬的。皆因他脾氣倔得跟他家鄉的騾馬一樣，遇事窮認真且講死理，撞倒南牆不回頭。有次他們系裡布置政治學習，討論對三面紅旗的認識。何謂三面紅旗？當年毛主席親自高舉欽定的：總路線、大躍進、人民公社。誰反對這三面紅旗都要以現行反革命罪論處。趙良成卻在發言中說：

「人民公社好是好，就是吃公共食堂餓死了不少人。光俺家那一鄉，一九六〇、六一兩年，就死了兩百多口人……」

這還了得！對三面紅旗懷有刻骨仇恨，難怪他入學四年，沒有寫過入黨申請。諒他出身不壞，於是從班級黨小組，年級黨支部，到系黨總支，到學校黨委政治處，四級黨組織輪番找他談話，啟他覺悟，喻他利弊，讓他在農學系全體師生員工大會上，作出公開深刻的檢討。但無論在哪一級黨組織面前，他都晃著剃得如同青皮鴨蛋的光腦殼，咬住死理不改口：

「俺農民的後代，不講假話。毛主席也教俺講真話。一九六一年冬下俺開封老家鄉下是餓死了兩百多口嘛。有的人死的時候還啃著一嘴觀音土。找不到許多棺木，就用麻袋裝的……你們不信，派人去俺老家搞搞外調嘛。」

進勞教營之後，「河南騾子」仍不認錯，上工下工，還喜歡哼唱幾句河南梆子，什麼「黑老包，坐鎮開封道，為小民、平冤獄，不辭辛勞……」長了顆花崗岩腦袋，滿不在乎呢。

水抗抗的第三位「莫逆之交」周恕生，浙江紹興人氏，北京大學法律系學生。他瘦高個，戴六百度的近視眼鏡，長得清清秀秀，寫得一手羊毫小楷，本應是個精於典章、擅長訴訟的「師爺」。他的問題發生在一年半前，一九六三年冬天的一次「笑話大賽」上。那時節社會風氣較為寬鬆，政治空氣也較為淡薄。大專院校盛行過一陣「笑話競賽」。北京大學更是層層選拔笑林高手，準備全校性大賽。周恕生被推選為班代表，參加了年級預賽。他別出心裁，講了一個發生於他老家浙東貧困山區的故事：

「啟發教學。說是有位教書先生，要用啟發教學法，讓學生說出『被子』一詞來。於是先生問學生，你們家裡有幾間房？學生答有廳房、伙房和睡房。先生問，睡房裡都有些什麼物件？學生答有衣箱、馬桶和床鋪。好了，引上正題了。先生問床鋪的最底下一層是什麼？學生答是鋪板。先生又問鋪板上邊是什麼？學生答是稻草。又問稻草邊是什麼？學生答是草薦。好，越來越接近目標了。又問草薦上邊是什麼？學生答是媽媽。有點走題了。又問媽媽上邊是什麼？學生答是爸爸。先生惱怒了：爸爸上邊是什麼？學生答是媽媽的腳！到底也沒有答出『被子』一詞來……」

男同學們一個個笑得前仰後合，女同學們笑得紛紛用雙手捂住了飛紅的臉蛋，也有的人朝「笑林高手」周恕生使白眼。周恕生也覺得他這笑話有些俗氣低級，連忙補充說明：在浙東一帶山區人家，生活十分貧苦，許多人家的孩子出生之後，就在爛衣破絮裡、火塘旁邊長大的，從來沒有見過正經被子呢……

這可好了！預賽會剛結束，門口的大字報就貼出來了：不滿分子周恕生，利用年級笑話預賽的講臺，公然以黃色下流的內容，醜化貧下中農，誣衊社會主義制度，惡毒攻擊廣大山區農村的大好形勢！

事後，年級黨支部對周恕生召開了「幫助會」，周恕生在會上也作了自我批評，事情本已經了結。可是一年之後，在學校深入展開「社教運動」時，有人揭發出了周恕生的另一個更為嚴重的問題：他曾公然向中央統戰部、中央組織部寫申訴狀，為他的「右傾機會主義分子」叔父大人鳴冤叫屈，且他叔父已經自殺身亡，用死來「背叛黨和人民」。於是新帳舊帳一起算，在「問題學生」的隊列裡，周恕生是個思想上一貫與人民為敵的雙料貨。

整座勞教營裡，「紹興師爺」周恕生是個情緒最低落、面目最陰沉的人。一天到晚除了幹話，便是蒙頭大睡，很少聽他講一句話。有人說他性格、人格都變態。有人說他要立地成佛，銘記下「病從口入、禍從口出」的古訓。

諸如此類，大同小異，勞教營裡收管著的就是這麼一批不良分子，被教授、學者們捧為至寶的「學術精英」，「本世紀中國科學的希望」。

正如營部最高首長、營政治教導員王忠同志在首次訓話會上，開宗明義地說：

「你們，雖然沒被判刑，不算犯人，但從思想意識上來講，你們比殺人犯，縱火犯，強姦犯更有害，更可怕。你們年紀又輕，腦殼裡又盡裝了些烏七八糟的反動東西，弄不好，你們就會成為無產階級專政最危險的敵對分子。因為你們讀洋書，識洋字，你們有知識學問，你們能說會道，能寫會算，你們知道古今中外過去未來！所以，我們搞社會主義思想改造，首先要改造你們，搞社會主義革命，首先要革你們的命！要把一切反革命的東西消滅在搖籃裡。要不然，工人階級、貧下中農當家作主，掌握政權，就是句空話！所以，你們不要以為我們沒文化，沒知識沒學問，什麼都不懂。不是的！可以老實告訴你們，無產階級雖然不識洋字，不讀洋書，可延安的山溝溝裡出產馬列主義，大老粗手裡掌握革命真理！我們懂得什麼是政權，什麼是專政。階級鬥爭是把萬能鎖匙，一抓就靈！在這方面，無產階級要比你們高明，要高明一百倍、一千倍！而你們，以雞蛋碰石頭，妄圖反對黨的領導，動搖無產階級專政，才是真正的愚蠢，十足的蠢貨，傻瓜蛋，混蛋大壞蛋！」

是見面禮，下馬威，程咬金的三板斧。秀才遇到兵，文盲治理文化，老粗管制老細。

當然，王忠教導員先硬後軟，張弛有道，擒縱有術。他接下去苦口婆心地說：

「話說回來，你們畢竟是年輕人，生於舊中國，長在紅旗下，接受的是新社會黨的教育。應當說，你們之中除個別極頑固分子，一心要替自己那個已經滅亡了的家族、階級去當孝子賢孫，去陪葬之外，絕大多數人是可以被爭取、被教育、被改造、被團結過來的。是可以脫胎換骨，成為新人的。是可以站到工人階級、貧下中農一邊來，站到毛澤東思想偉大紅旗下邊來，聽毛主席話，跟共產黨走，做一個老老實實、恭恭敬敬、規規矩矩的社會主義新型勞動者！我們十位，是首都工人階級的代表，組成『工人領導小組』。教育、改造、團結、利用，是黨的知識分子政策，也是我們的工作方針。你們的思想改造，是帶強制性的。但我們會正確執行黨的政策，執行三大紀律八項注意，不打人，不罵人。坦白從寬，抗拒從嚴，檢舉有功，立功受獎，包括提前解除勞教，回原校繼續讀書深造。所以，你們的前途是光明的，大有希望的。你們的命運也是美好的，幸福的。這前途，命運，既掌握在工人階級、貧下中農手裡，也是掌握在你們自己的手裡。

正如我們在革命歌曲裡唱的：大海航行靠舵手，萬物生長靠太陽，雨露滋潤禾苗壯，幹革命靠的是毛澤東思想……」

第二章　儒林風采（一）

這裡便是那座閒置著的名叫「儒林園」的舊監獄、與東面的新監獄隔溪相望。為什麼給一座監獄取了個文謅謅的名字，因年代久遠，無從考證。但見它的西南兩向都是筆陡的巖壁，所以只在東北兩面築有一丈多高的古老石牆，就把整座監牢圍得鐵桶一般。石牆頂上，原先安裝過鐵絲網，現已稀稀落落，倒是沒有修復。不像對面新監的大牆那般威風高聳，電網森嚴。石牆東北角，有一道鐵皮總門，總門下再開有一道小門，供管理人員和犯人們日常出進。

進了總門，別有洞天。緊抵著西向巖壁，築有三棟青灰色長方形牢房，就像並列著三座巨型石棺。第一棟牢房與南向巖壁之間，是一塊半座足球場那麼大的土坪，原先是作為囚犯們放風曬日頭的場所。土坪南沿上，有一株三、四個人才能合抱的老柏樹。老柏樹遭遇過雷擊，斷頭殘臂，面目猙獰，樹下是一長溜矮屋，新分出了男廁、女廁、男澡堂、女澡堂、單獨禁閉室等等。東向大牆下，是膳食堂。膳食堂與總門之間，還有一長排房屋，做為管理人員辦公室、值班室、會議室、會客室、臨時宿舍等等。

舊瓶裝新酒。在「首都高校問題學生勞教營」進駐之前，儒林園監獄管理局已經派犯人將舊監打掃、整修一番。滿院裡的荒草被割除，垃圾被運走，破落的門窗也重新裝修油漆過。說是那些犯人還發過牢騷：究竟是讀書人高貴，被關進監牢也跟別的犯人分隔，給予優待。

「工人領導小組」宣布，同教們有在大牆院內活動的自由，大家最感興趣的，自然是那有半座足球場大的土坪了。上食堂、上澡堂、上廁所，土坪都是必經之地。散步、聊天、看書、想心事，土坪南沿的老柏樹下，也是個好去處。從這裡仰望藍天白雲，境界也比較遼闊。只是柏樹梢頭有個老鴉窩，一早一晚都有老鴉叫，叫得人心裡慌慌亂亂。大約是同教們被剃度後的第二天，勞教營的生活還沒有走上正軌，水抗抗發現大家都聚集在老柏樹的四周指指畫畫，議論紛紛，以為有人要爬上樹去搗毀老鴉窩，便走過去湊湊熱鬧。「關東大漢」和「河南螺子」都在場。關東大漢指著斷頭殘臂的老柏樹對他說：

「你來看看，這株遭過雷打火燒的傢伙，像不像個四肢不全的老人？有了多大的歲數？」

原來同教們是在議論這個。水抗抗打量了一下老柏樹，斷頭殘臂，卻又盤根錯節，的確像一位在歲月長河裡掙扎苟且著性命的老者。

「起碼千歲以上。比這天牢的年歲還大！」

「倒是個上吊的好地方，掛幾個吊死鬼沒問題……」

「聽聽！裡面是空的！不定裝著些寶貝呢。」

「三四人合抱的大樹，塞得進上百具人骨頭。」

「像不像個『冤枉』的『冤』字？老鴉窩正是那寶蓋頭！」

「注意！你敢說這裡是千古冤獄？」

聽著這些，水抗抗不禁打了個冷噤。

水抗抗和「關東大漢」他們所屬的第一排，住在靠土坪的那棟大寢房裡。二排三排則依次住進了另外的兩棟。除了安全警衛、作息時間、生產勞動服從監獄的統一安排外，勞教營有自己的辦公室、值日室，自己的食堂，男女浴廁等，自成單位，獨立管理。同教們稱大寢房為寢宮。每棟大寢宮內，一色的鐵架床，高低鋪，四十幾人同宿，早睡早起，有目共睹。

寢宮頗為寬敞，每班六架高低鋪，靠北牆三個單行成一組。從東至西，共是九行成三組。水抗抗他們因是第二班，所以鋪位擺在寢宮中間位置上。為了方便同教們晾掛毛巾澡帕，允許在每班組之間的空道上，各拉上一根鐵絲。於是大寢宮便被分割成三段。上晾各色毛巾澡帕，下擺各色臉盆、白鐵桶，兼做班組與班組之間的分界線，倒也頗成一番景觀。第三班的鋪位與西牆之間，還有個可坐下百十號人馬的空間，作為毛澤東思想學習室。西牆實際上就是巖壁，敲上去咚咚響，壁上有開鑿過門框的印跡，可能古時候裡邊還有過石牢，鎖過死囚。

有天晚上，「紹興師爺」周恕生起來小解，半睡半醒地竟覺得西牆有藍色燐火閃亮，便嚇得哇哇亂叫，並撞在一列臉盆、白鐵桶上，聲音大作，把全排三個班的同教們都吵醒了。於是寢宮裡爆發出了一陣激烈的笑鬧和叫罵，紛紛起來去西牆根看「鬼火」，卻又什麼都沒看見。

烏合之眾，趁機搗亂。肇事者周恕生，大白天陰沉得像個啞巴，竟然趁著黑夜像野狼般長嚎，聲音淒厲而蒼涼。黑夜掩藏著醜惡，潛伏著反叛，便於問題學生們歇斯底里大發作。直至把「工人領導小組」成員們都驚醒了，攜了棍棒趕來——他們都擁有可以在緊急情況下使用武器的權利，結果是一場虛驚，便狠狠地把同教們痛罵了一頓，直至把整座寢宮都罵安靜了才離去。

可是第一排寢宮裡發生的夜間騷亂，似乎有著某種傳染性，三間大寢宮裡，幾乎每晚上都有同教起來解手時，聲稱看到西牆根下有燐火閃爍，而被嚇得撞了臉盆白鐵桶，乒乒乓乓，引來全體同教的高聲叫罵，並紛紛起來看「鬼火」，卻又什麼都沒有看到——據說「鬼火」亦怕人多勢眾陽氣旺盛，便一個個學鬼哭狼嚎，效龍吟虎嘯，存心鬧得「工人領導小組」成員們天天半夜起床，前來平息騷亂。

不久後，「工人領導小組」便悟出了其中的奧妙：這些不良分子趁黑夜興風作浪，鬧妖鬧鬼，發洩他們的仇恨和不滿！資產階級睡不著，便要搗得無產階級也睡不著！好吧，你們挑戰，咱爺們應戰。頭頂的是社會主義的天，腳踏的是無產階級的地，試試誰鬥得過誰，誰折騰過誰。

於是「工人領導小組」採取了一項措施，在每個班組鋪位的天花板上，各裝上一盞兩百支光的燈泡，每間寢宮三盞共六百燭光，通宵達旦不予熄滅，讓夜間的一切暴露在強光之下，看看都是誰在帶頭表演。且在白天加大勞動量消耗不良分子們的體力。此舉果然奏效，三間寢宮的夜間騷亂都平息了下來。西牆根下的燐火也不再閃爍、飄忽。

再說大寢宮西側，是為政治思想學習室。為了破除迷信，鎮妖驅邪，整堵西牆巖壁都用來辦成每個班組的思想匯報欄，或是學習心得欄，分別貼有紅紙對聯：

天大地大　不如共產黨的功德大
河深海深　哪有毛主席的恩情深
聽毛主席話　努力改造思想
跟共產黨走　立志重新做人

按照營部統一規定，每名同教每星期必須上交一篇勞教心得或學習體會，經各排思想管理股長審閱後，再貼到各自班組的專欄上去。在表達方法上，允許有採用各種體裁形式的創作自由，可以寫成散文、短論、感想、隨筆，或是詩歌、快板、相聲、彈詞。語言上可以是白話體、文夾白，甚至是文言文；可以使用鋼筆、毛筆、點水筆、圓珠筆、蠟筆，以及純藍墨水、藍黑墨水、紅墨水、墨汁；可以寫成大楷、小楷、行書、小草、仿宋體、美術字。真是形式多樣，自由活潑，天地廣闊。只有以解放全人類為己任的無產階級才有這種氣量和膽魄。

同教們的日常勞動、學習、休息，則一律實行軍事化，與儒林園新監統一作息時間，像鐘錶一樣準確而有規律。

清晨六時，聽軍號起床。有半個小時的疊鋪蓋、上茅房、漱口洗臉時間。

六時三十分，聽軍號集合，在寢宮外的土坪上按班組排成一列列縱隊，報數點名，齊唱〈東方紅〉。

接下來由營教導員或營長訓話。訓話內容大都為宣講上級文件、指示，總結先一天的工作，布置當日的生產任務。

有遲到者，需要報告情況，准予入列，但不得連續超過兩次；遲到五分鐘以上者，不准入列，要被勒令單獨低頭立正在整個隊列面前示眾，直至早集合完畢，再報告原因，承認錯誤，方准予早餐。事前不經請假並獲批准——因病需在前天晚上就寢前辦完請假核准手續，無故不出席早集合點名者：

初犯關禁閉一天，給飯兩餐，每餐三兩饅頭兩杯水；

再犯關禁閉兩天，每天給飯兩餐，每餐三兩窩窩頭一杯水；

屢犯關禁閉三至五天，每天給一餐飯，每餐三兩窩窩頭一杯水。

對於這一百一十位都是二十幾歲年紀的同教們來說，飢餓加乾渴，成了最有效用，也是最可怕的懲治辦法。又不違反三大紀律、八項注意，因為規定了不打人不罵人，可沒規定不餓人不餓人。

水抗抗因被指派為一排二班的思想匯報員，在班組裡是個小頭目，加上他平日生活極有規律，所以沒有吃過什麼特殊苦頭，且惺惺惜惺惺，他還盡力保護、幫助著班組裡的同教。同教們平日在各自的大學裡，大都自由散漫慣了的，一下子落入這準軍事化、半勞改式的嚴酷生活裡，難免一個個先後受到教訓。

被懲罰教訓得最慘重的，要數清華大學的「關東大漢」劉漢勳。這位男籃中鋒晚上嗜睡，且睡下後即鼾聲大作，鼻鼓如雷，聲震屋瓦。同寢宮的人無不恨之牙癢癢，都巴不得他某天早上睡過了頭，耽誤了早點名，罰他去關三、五天禁閉，大家好睡個落心覺。也是合當有事。本來每天早上都是水抗抗準時把他推醒，那早上偏偏遇上水抗抗腸胃不適，在茅坑裡多蹲了一會，自己都手忙腳亂的。結果「關東大漢」遲到了整整一刻鐘，掟著粗笨的體軀低頭垂手站立在大隊伍面前，嚇得渾身哆嗦，額頭滴汗。本來作為初犯，可以從寬發落的，卻因先一天晚上，營長和營教導員之間鬧過工作糾紛，相互指責對方思想右傾，有階級調和傾向，彼此都窩著一肚子火。也是為著表現階級立場堅定，鬥爭旗幟鮮明，營長同志便藉著「關東大漢」的惡性遲到事故，發作了出來，斬釘截鐵地宣布：關四天禁閉。

想想看，一米九四的個頭，體重近百公斤的「關東大漢」，男籃中鋒，在南面崖壁下，那又冷又潮見不著天日的單人禁閉室裡，每天只吃一餐飯——三兩窩窩頭一杯水，怎能打熬得過？第五天早上，水抗抗代表第二班組隨一位工人師傅去那小鐵籠似的禁閉室開門領人時，發現「關東大漢」已經倒在地上，不省人事了。但他嘴裡啃了一嘴巴的泥土，雙手指頭都摳爛了，滲出血珠。顯然，他是以十個指頭摳地下的土吃來的！再解開他的衣服一摸他的肚皮，竟是鐵硬鐵硬的。好在身子還溫熱，鼻下還有氣息。工人師傅發了側隱之心，立即和同教們抬來擔架，送到隔壁監獄醫務所去灌腸搶救……水抗抗想哭而沒有哭出，也不敢哭出。他只是呆呆地看著監獄醫務所牆上寫著的一行大字：一視同仁，救死扶傷，實行革命的人道主義。

經搶救，「關東大漢」總算保住了性命。醫生給他開了兩星期的病假，被抬回大寢宮來養息。

這件事，給全寢宮的同教們帶來極大的震動。幾乎每個人都從自己的口糧裡，省下半塊饅頭、窩窩頭，走來放在「關東大漢」的床頭。整個養病期間，「關東大漢」雖然腸胃不適，食慾大減，但他的枕頭兩邊，卻堆放著許多半塊半塊的饅頭乾。三排還有位矮矮胖胖的醫科大學出身的同教，每天中午來義診一次……到了晚上，燈光雪亮、夜闌人靜之時，「關東大漢」沒有鼓鼻，大家反而不習慣了。有的膽子大的同教，竟爬起來裝做出門小解，然後繞到「關東大漢」床邊去輕聲問：大漢，大漢，你沒睡好？怎麼不打鼾？但這行動，往往會被在窗外巡邏值勤的「工人領導小組」成員發現，遭到厲聲喝斥：那是誰？報告姓名！還不滾回自己的鋪位上去？也想關禁閉……說來奇怪，自這以後，全寢宮的同教們都樂於在晚上聽到「關東大漢」的鼾聲。他的鼾聲，彷彿可以催眠，能給同教們帶來安寧……

再說回來，每天早集合之後，便是七點鐘開早餐。早餐照例是饅頭、鹹菜湯。開初半月，營部搞過食物不定量試驗，讓同教們敞開肚皮吃。但糧食虧空了一大截。這些「文弱書生」們也只是在他們各自的校園裡斯文。如今讓他們來搞體力勞動，改造思想，卻一個個斯文掃地，狼吞虎嚥。只得實行嚴格的食物管理，每人發給一本就餐卡，持卡人本餐次使用有效，隔餐作廢，不得轉讓，遺失不補。每人每天，四、五、四定量。即：

早餐四兩——可以是三兩饅頭一兩稀飯，也可以是四兩饅頭而不要稀飯。

中餐是五兩窩窩頭或五兩炸醬麵，加一鐵杓蔬菜，還有兩大桶可以隨意撈取的「大眾湯」①。但同教們往往寧可要硬實的窩窩頭而不要炸醬麵。後者味道不錯，但太易消化了。

晚餐是同教們勞累一天之後的極大安慰，有整整兩個熱氣騰騰的白麵饅頭！而且那一鐵杓蔬菜裡頭的油星也要比上午來得亮眼，香氣撲鼻。偶爾還能碰到一片半片豬油渣，含到口腔裡半天都捨不得它化掉，可盡情回味、受用。就是大眾湯裡也往往可以撈到一塊兩塊肥肥的海帶。當然，這就一要碰運氣，二要看誰的眼睛明亮、手腳快捷了。

於是這些來自天體物理、政治經濟、法律哲學、理論數學、生命科學、熱核能源、水利電力、冶金機械、人文歷史、電影表演導演等等學科的高材生們，馬上發現一日三餐領取食物，才是一門真正的學問，一門能夠最充分地發揮他們智慧與才華的學問。

首先由「河南騾子」趙良成找水抗抗結成了領取食物的「一對紅」。何謂「一對紅」？本是個來自人民解放軍政治思想工作的新名詞，即由一個先進分子找一個落後分子做朋友，通過教育幫助，使其後進變先進，成為「一對紅」。「一對紅」領取食物很快顯示出了優越性和生命力。因為食堂開餐的時間很短，名為半個小時，實際上不到二十五分鐘，所以兩個窗口前總

---

①將炒菜後的涮鍋水燒開，稍加油鹽，即成「大眾湯」。

要排成兩條長龍。有時食堂人手不夠，臨時決定只開一個窗口，那些排錯了隊的人就自認倒霉了：在娘肚子裡就投錯胎，到勞教營來領兩個窩窩頭吃還排錯隊，只能老老實實地站到人家屁股後頭去！此時刻誰想夾塞是萬萬不能的，夾了進去也會被大夥吼出來。「一對紅」取食物則可以一個人排隊領主食，另個人則及時地趕到那任由自取的「大眾湯」木桶邊，以便從桶底裡撈取到一兩片珍貴的富於脂肪或澱粉之類的東西，叫做相互呼應，雙管齊下。

「一對紅」領取食物也有著明顯的不足之處。在繁重的體力勞動造成的轆轆飢腸面前，人皆成了最自私的動物。真正的人不為己，天誅地滅。比方說排隊取湯的，總會覺得同伴領給自己的饅頭令人生疑，不是少了一角就是掉了塊皮。就算饅頭本身完整無缺、紋絲未動，也似乎要比同伴留給自家的那分要來得小些，因為肯定是經過了同伴的雙手掂量了又掂量了的。不過甘蔗難得兩頭甜，對不起，由自己撈取的這兩碗大眾湯，哪碗油星子多，碗底有傢伙，卻也是再清楚不過了的！

這一來，就的確有個謹慎選擇同伴的問題。自然要選擇平日作風正派、不好小利、老實公道，尤其是食量跟自己大致相等的人。身高一米九四、體重一百公斤的「關東大漢」，便成了永遠的單幹戶。單幹戶取食也有許多的講究。比如食堂大師傅常常將新蒸饅頭和回籠饅頭混在一起。是要新蒸饅頭，還是要回籠饅頭？前者新鮮、鬆軟、爽口，後者卻因蒸過二遍顯得磁實耐飢。有時大師傅高興，便會把兩個大半截冷饅頭算作一個給了你，就更是一種難得的實惠。再又排隊排到了窗口前，若能乘人不備地遞進去一支兩支「大前門」、「黃金葉」②什麼的，大師傅杓下有情，打給你的那一杓蔬菜，就會比旁人的多出許多來的。

逢上月中打牙祭，景象更動人。每人每月就一回，半斤豬肉，肥瘦不論。自然有許多人喜肥不喜瘦。吃肥冬瓜最過癮。於是像「關東大漢」一色人等，便會挾著塊瘦肉滿食堂轉悠：誰要瘦的？誰要瘦的？

「大漢，你那瘦肉，只怕都舌頭舔過了，肉味不足了！」

「天打雷劈！大師傅給我就是這樣的！盡是蛋白質。」

瘦換肥，肥換瘦，也就成為一月一次的自由貿易。水抗抗進行過兩次這類交易，後來發現願吃肥肉的人越來越多，願意接受瘦肉的人越來越少，便打消了喜肥厭瘦的慾望，把機會讓給「關東大漢」、「河南螺子」他們去了。

「關東大漢」自身體康復之後，似乎更有了一張永遠填不滿的嘴巴，一個永遠塞不飽的肚皮。他一進到食堂，一聞到食物的香味，就要不住地蠕動喉結，吞下一口一口的唾液。那是無窮無盡的消化液呀！而他的那雙又圓又鼓的眼睛，總是在食堂的桌椅上下、洗碗槽上下打望搜尋著。同教們在一手拿饅頭，一手端湯碗的時刻，特別害怕遇上他餓虎般的目光。彷彿這目光能把他們手中的食物攝去吞掉。真能給人以恐怖、威脅。同情、憐憫他的人，也只是在穩穩當

②香菸名。

當地吞吃下自己的一分食物之後，才會向他投以愧疚、撫慰的眼神：可憐的大漢！誰叫你那官僚地主的爹娘生下你個薛仁貴似的身胚？你一人應吃三人的糧啊。可是中國八億人口的糧食定量，是按人頭配給的，政策上照顧到了年齡和職業，卻沒有照顧身高體重這一說。

倒是水抗抗，經常餓著自己的肚皮，私下裡一口兩口地接濟些窩窩頭、饅頭的給「關東大漢」。「關東大漢」覺得水抗抗夠朋友，也常常把些心裡話掏出來說說：

「老水！咱是一步棋走錯，就步步走錯！本來咱高中畢業時，被選進了咱吉林省籃球代表隊，當職業運動員的！可咱那人還在、心不死的爹娘，硬是逼了咱報考北大、清華。咱當時也是虛榮心重，長了這麼副身骨，最怕聽人講到一句話：頭腦簡單，四肢發達……唉！要是咱當初進了省籃球代表隊，憑咱的身高、體力和技巧，就是個主力中鋒的料！不要說當如今的這號問題學生，來這勞教營接受改造，肯定咱早就是優秀運動員！保不定還能選上國家隊做個替補隊員……一月六、七十元的伙食，肉類、蛋類、奶品、白糖、水果，注重的是高蛋白和多種維生素，忌食的是動物脂肪、就是如今令你我饞得喉嚨都要伸出爪子來的動物脂肪。咱如今，嗨，娘的看見頭牲豬，都恨不能跑上去啃兩口，啃出它娘的一嘴肥油……」

食堂大約在七點二十五分開完早餐。七點四十五分，又是整隊集合，清點人數，然後拉出總門去勞動。總門呈拱型，平日總是緊閉著，只開右側一扇小邊門供人員出進。小邊門連著營部值班室，每天人員排隊外出勞動，都要登記人數。

農場派給勞教營的大都是些重體力活。開初是挑了整整一個月的紅磚。從窯廠到基建工地，是兩華里不能走馬車、拖拉機的亂墳崗小路。「工人領導小組」成員們經過仔細估算，每口紅磚重五市斤，每挑二十口一百斤，每人每上午可挑八個來回，步行三十華里；下午也是這個定量。全天每人行路六十四華里，運輸紅磚三百二十口。這頭一個月，真是給了這些「問題學生」們一個結結實實的下馬威！一個個挑得齜牙裂嘴，肩膀腫爛，哎喲喧天。「工人領導小組」成員們也輪流上陣，帶頭吃苦，以身作則，真正的工人階級本色。

緊接著又是兩人一輛板車，吱吱嘎嘎，從早到晚，往地裡拉糞肥、馬廄肥、土雜肥；再接下來便是在窪地裡挖排澇溝，在高地上挖灌溉渠……工人師傅都咬緊了牙關帶頭幹，你們勞教學生敢偷懶？況且「工人領導小組」安排體力勞動，是真正的內行領導，你們勞教學生還能不服管教？

中午十二時正，聽監獄軍號排隊收工。回到住處放工具，再進食堂。連同吃飯、購物，或是郵信、看傷病等等，倒是有兩個小時的午間休息。下午兩點聽軍號排隊出工，一直幹到下午六時，聽軍號排隊收工，才算完成一天的勞動鍛鍊。

晚上時間，也作出了嚴格的安排：六時半晚餐。七時洗臉洗澡洗衣物。七時四十分各排集合點名，然後是集體讀毛著，讀報紙社論，或是宣講上級有關文件，或是召開批判會，鬥爭會，自我檢討會，政治生活會，檢舉揭發會，學習心得會，向黨交心會。別看會議名目繁多，都是各有各的內容和用途。如無特殊需要，會議一般於九時二十分結束。九時三十分，各班思想匯報員負責清點人數，並向排值日員報告同教們已經各就鋪位。九時三刻，聽監獄軍號統一就寢。就寢後，寢宮裡不准有人隨意走動，不准看書寫字，不准交頭接耳，不准越鋪換床。

一天的作息才算結束。由於白天的勞動越來越繁重，同教們都睡得跟死豬一樣，很少有人半夜起床撞響臉盆鐵桶，引起大聲喧嘩乃至騷亂。也是為著節約能源，「工人領導小組」著人將每間大寢宮裡的兩百支光的燈泡換成了十五支光的，但仍需通宵亮著，不得關掉。

燈光一弱，西牆巖壁下，就又不時有燐火閃爍、飄忽。同教們除仍有人半夜裡輕輕驚叫著「鬼火」、「鬼火」外，已經不再大喊大叫，只顧著各自蒙上被子睡覺了。他們明白，在這古老監牢的地下、西牆巖壁裡，可能掩埋著許多死囚遺骨，才會不時散發出氣體，遇上適宜的溫度和氧氣，就會暗自燃燒的……

第三章 儒林風采（二）

人類為擺脫自身的原始習性，苦苦追索了數百萬年的文明：從森林到草原。從石器到鐵器。從漁獵到農桑。從小生產到大生產……改造知識分子的思想，卻要逆歷史的河道而返，必須使其從高級返回低級，從複雜返回簡單，從知識返回愚昧，從文化返回文盲，從文明返回叢林。

不幸的是，還人以原始習性、生物本能，只需要數月的短暫！而且辦法極其簡便：製造人的飢餓，強化人的食慾，形成「飢餓——食慾、食慾——飢餓」的惡性循環。

許多日子下來，水抗抗發覺軍事化的刻板生活，嚴酷的體力勞動，沒完沒了的大會小會，普遍而劇烈的生理飢渴，使得同教們都在不知不覺地改變著自己。變得越來越冷漠、固執、易怒、兇狠，相互猜忌和仇恨。眼睛充血，臉色陰沉，拳頭鐵硬。為了一句話不對味可以操祖宗八代，為了半張可以用作手紙的舊報紙而鬥氣鬥狠，甚至為了誤喝旁人的一缸涼茶而面對拳打腳踢，杯水之仇不共戴天。而為了半截饅頭、半塊窩窩頭之類，就更值得以性命相搏。

在掌握著自己命運的「工人領導小組」成員們面前呢？同教們卻是變得越來越唯唯諾諾，

低三下四。

水抗抗相信，或許這正是為使同教們脫胎換骨、重新做人需要取得的初步效果。哈哈！狗崽子們！你們從小錦衣玉食，喝窮人的血汗長大，今天終於學會了為半塊窩窩頭大打出手！你們平日把整個整個的白麵饃饃丟在洗碗槽裡的紈袴氣息哪裡去了？你們衣冠楚楚、人模狗樣的高貴血統哪裡去了？是工人、貧下中農的血統高貴，還是你們的血統高貴？黨花錢辦的大學還能是你們這些人上的？偉大領袖早講過，泥腳杆子打得來天下，就坐得了天下，管得了天下，更上得了大學！教育戰線不向工農開門，不樹立工人貧下中農的階級優勢，不為無產階級政治服務，豈不是在搞資產階級專政？

水抗抗為頭目的班組裡，同教們之間的關係也越來越緊張。由於水抗抗為人算正直，又有力鼎千斤的「關東大漢」做患難知己，暫時沒人向他挑戰。全班組同教把仇恨、憤怒集中到了「紹興師爺」身上。

「紹興師爺」睡在上鋪，水抗抗睡在下鋪。「河南騾子」睡在上鋪，「關東大漢」睡在下鋪。本也各不相干，只要上下鋪之間相互照顧、體諒點就行了。可是「紹興師爺」白天一臉穢氣，啞了喉嚨似的，用錘子都砸不出一個屁來，到了晚上睡覺時分就忙乎了。鄰鋪的「河南騾子」經常見他從枕頭裡摸出一張姑娘的相片來，左看右看，還親親摸摸的，是他的未婚妻或小情人無疑了。但他這紹興美人的照片從不給人欣賞，偶爾發現「河南騾子」在打漂漂眼，就趕忙收進錢夾裡，生怕被搶劫了去。再就是常見他給這小美人寫信，左一封右一封，密密麻麻像學術論文似的。但信都沒見他寄出去。因為寄信還得先交給排思想管理股長審閱。

這些都不算什麼。最難以令人忍受的，是「紹興師爺」看過情人照片之後的小動作。他常常深更半夜的把鐵架子床弄得吱嘎作響，嘴裡還輕輕呼喚著那女子的名字。每回都要折騰一刻鐘左右。

首先受害的，自然是睡在下鋪的水抗抗，常在夢中被搖醒。起初水抗抗也只好忍受著。還頗為同情。可憐的「紹興師爺」哪，他想自己的情妹妹，只好用這號下作的法子來發洩、滿足一番。但到後來，「紹興師爺」也太不像話，太不顧及他人了。他床上的震動越來越大，連鄰鋪的「河南騾子」都被他半夜裡吵醒了。水抗抗用咳嗽來警告他。一聽到咳嗽聲，倒能安靜一會兒。可等你剛睡著，他又故技重演。「河南騾子」忍無可忍地訓斥他：

「畜生！白日裡幹那麼重的活，還累你不死呀！有力氣你到馬圈裡人工授精去！」

他照例不會回嘴。有天晚上，一向倒床就鼾聲大作的「關東大漢」都被他吵醒了。「關東大漢」起了身，晃著把小水果刀走到他床邊，低聲發出最嚴厲的禁令：

「聽著！再不收起你這套叫人噁心的動作，趕明兒咱就用這把小刀把你閹豬一樣閹了，成全你當司馬遷去！老子講到做到！」

「紹興師爺」成了眾矢之的。水抗抗一方面也很討厭他，一方面又暗暗擔憂，總有一天會鬧出事來。惱怒、怨恨積澱得太厚，就像壓縮空氣，遲早會引爆的。

所幸暫且相安無事。

過了幾天，營部辦公室給水抗抗的班組增加了一名同教：召樹銀，雲南昆明人氏，北方交通大學地理系學生，雅號「南詔國王子」。就是曾經來給本排同教們行過「剃度禮」的小個子。召樹銀本來分配在二排三班，跟勞教營唯一的女生楊麗妮同一班組。楊麗妮號稱「師大之花」、「太湖才女」。沒過多久，「工人領導小組」成員便發現召樹銀長了色膽、害了單相思似的，總在暗中窺視著楊麗妮的行動，連工人師傅找楊麗妮個別談話他都不放過！雖說楊麗妮本人並沒有抗議，為著防範男女作風問題於未然，「工人領導小組」便把他調離了。

「南詔國王子」來到一排二班之後，倒是自報家門地向水抗抗介紹了自己的簡況：一九四三年出生於春城昆明。父親漢族，母親白族，成分資本家。從祖父一輩起開辦了「南詔國茶葉菸草貿易公司」。一九四九年解放軍進軍雲南前夕，父親去了泰國經商，後又從泰國去了香港、美國，仍在開商行做生意。一九五六年父親從香港回過昆明，接走了母親和兩個小弟妹。當時雲南省政府和省公安廳做了工作，讓他父親將兩個大孩子留在昆明讀書，長大了建設祖國。

於是他和姊姊就留在國內了。一九五七年反右運動後，父母親再沒有回來過，他和姊姊卻背上了可怕的「海外關係」，一會子說他們「美蔣特務子女」，一會子說他們是「泰國間諜後代」，一會子說他們是「美國中央情報局內線」。

「娘賣的，穿爛棉襖長蝨婆，再也捉不乾淨！只苦了我姊姊……」

「南詔國王子」倒是心地坦白，不像是城府很深的人。

「你是怎麼進到這裡來的？」水抗抗關切而好奇地問。

「禍從口出嘛……都怪我自己。你到過我們昆明地方麼？沒有？我們昆明城邊有座滇池，方圓五百里水面，是我們中國最大的高原湖泊，天下名勝。滇池邊上，有座大觀樓公園。大觀樓上有一副對聯，被稱為『天下第一長聯』，聽講過？有一回，我跟交通大學幾個雲南老鄉扯談，我無意中講道，毛主席最著名的一首詞〈沁園春．雪〉，有幾個句子大約是套了我們昆明大觀樓長聯上的……這可好了！被小人報告了上去，說我誣衊了偉大領袖的人格，是發洩階級仇恨，加上我的該死的『海外關係』，不死都要脫層皮囉！」

水抗抗將「南詔國王子」安置在一處空閒著的鋪位上，並在晚學習時把他介紹給班組裡的同教們。他跟每個人都握了握手，忽而望一眼空落落的寢宮西頭，問：「二排大寢宮西牆根，一到晚上就閃鬼火，這裡也一樣？有個學歷史的同教講，大家是住在古代冤魂們的白骨堆上……」

他說得大家目瞪口呆，毛骨悚然。

「南詔國王子」個子雖然瘦小，為人卻是有稜有角，爭強好勝，有著大西南山區人好鬥好拚的脾性。他到一排二班之後不久，就跟「河南騾子」打了一架。也怨「河南騾子」嘴貧，不知從哪裡聽來一段調笑雲南人的順口溜，當著他和許多同教的面唱將出來：

雲南十八怪！
草帽當鍋蓋，
吃飯不要筷，
芭蕉當大菜，
雞蛋穿起賣！
人肉樹上曬！
妹崽生得矮，
鴉片過國界！
汽車爬不上坡，
倒比火車快！
男子不離旱菸袋，
姑娘沒得褲腰帶，
嫂子胸前吊大奶，
姊姊抱娃談戀愛……

其時正是午間休息，同教們邊笑鬧著邊拍起巴掌，替「河南騾子」的順口溜打著節拍，沒想到「南詔國王子」竟像頭小山豹似的，「虎」地一傢伙衝出人堆，把「河南騾子」撞了個猝不及防，跌倒在地。「南詔國王子」並不住手，趁勢撲了下去，揮拳便打：

「你河南十八怪！你河南十八怪！你姊姊才是抱娃談戀愛……」

「河南騾子」被結結實實挨了幾拳之後，奮起反擊。於是兩人在地下滾打成一團。同教們立即將他們圍成一圈，勸架的勸架，為雙方吶喊助威的吶喊助威。大家十分吃驚的是「南詔國王子」雖然個子矮小，力氣卻大，加上動作靈活，跟大個子的「河南騾子」龍爭虎鬥，難解難分。慢慢地，「河南騾子」憑著個頭和體力占了上風，把「南詔國王子」掀翻在地……

說時遲，那時快，但見另有一位五短身材的同教「呼」地撲了下去，死死地抱住了「河南騾子」一條腿和一隻胳膊，好讓「南詔國王子」乘機反撲，他嘴裡卻連聲勸解著：

「玩笑歸玩笑！不要傷了和氣，不要傷了和氣……」

圍觀的同教們立即看出了奧妙，紛紛叫嚷了起來：

「這小子是誰？他哪裡是在勸架？明明是在幫拳！」

「他是三排的！王子的朋友！」

「二打一，要不得！矮胖子快退出！」

正鬧得不可開交，恰好「工人領導小組」成員中負責治安執法的張師傅走了進來：

「打架？又是召樹銀！起來起來！到營部去！」

同教們一看，知道壞事了，他三人起碼要各關三天禁閉了。好在這時水抗抗當機立斷，把右手食指塞進嘴裡，很響亮地吹了兩聲口哨，像個裁判似地下達口令：「雙方暫停！雙方暫停！」隨後他轉過身去，向執法員張師傅說：

「報告領導！他們不是打架！是摔跤，體育活動……」

同教們也乘機幫著證實：是摔跤，少數民族地區來的，業餘愛好。

張師傅瞪了水抗抗一眼，逕自問三個滾了一身泥塵，剛剛爬起來的「摔跤手」：

「你們說老實話！是打架？還是摔跤？」

「南詔國王子」和「河南騾子」相互看了看，才同聲回答：

「報告領導！我們是在練習摔跤。」

「摔跤還有三個人滾在一起的？」

張師傅盯著那矮胖子同教問。

「我、我也是裁判！我是趴下去看他們的肩膀、屁股誰的先著地……」

矮胖子同教竟然機巧地回答。大家都會心地笑了。

事情總算遮擋了過去。張師傅走後，水抗抗狠狠地批評了他們一頓，並讓他們握手言和，互不記仇。水抗抗也警告了「南詔國王子」的好友：

「朋友相幫，能幫拳頭？要叫工人師傅查出來，你從三排跑到一排來打架，就有你的好果子吃了！」

原來這矮胖子同教便是那曾經給「關東大漢」看過病的陳國棟，雅號「保定府學者」，北京醫科大學五年級學生。

經過了這場小小風波，「河南騾子」上工下工，仍是有一句沒一句的哼唱他的豫劇梆子。中氣雖足，嗓音卻實在不怎麼動聽。

「南詔國王子」仍是像大多數個子矮小的人那樣，凡事喜歡爭高下，論輸贏。有時他也會拉長了尖細喉嗓喊幾句雲南山歌：「月亮出來亮汪汪，亮汪汪，想起我的阿妹，在深山……」

「紹興師爺」仍是一有空閒就翻看他小美人的玉照，或是沒完沒了地寫那些從不見寄出去的情書。至於他晚上的小動作，同寢宮有一位電影學院出身的同教大號「好萊塢博士」的，竟然公開替他辯護：那不叫手淫，而應當稱為自慰，於身心健康有益無害。

「關東大漢」跟水抗抗私下裡交談最多的，仍是一個「吃」字，仍在後悔高中畢業考取了清華大學天體物理專業，而沒有進吉林省籃球代表隊去喝牛奶、吃蛋糕和各種水果及肉類。水抗抗跟他開玩笑：

「大漢，你為什麼就不想想水星、火星上的高級生命，他們劃沒劃階級成分，搞沒搞階級鬥爭、政治運動？馬克思主義的宇宙觀，在外太空上適用不適用？」

「噓——你這是個危險話題，」「關東大漢」苦著眉眼，看看四下裡無人，才笑了：「還談什麼天體物理？如今我們天天修理地球，改造思想，重新做人！地心引力對你我吸引得太厲害了！這勞教營更是個大磁場，如同給我們上了腳鐐，莫想逃離……噓——不談了，不談了，太危險。我們談談勞動改造、談談吃喝拉撒，保險。其餘還有什麼可談的？多麼簡單樸素呀。毛主席老人家教導，民以食為天，吃飯是第一件大事。談談吃，談談肉類和奶類，搞搞精神會餐，人類的頭一項動物本能，安全係數高……可它娘的不能談饑荒問題，人民公社餓死過人？社會主義還填不飽肚皮？安全係數就等於零，是個屁。真的，你他娘的不小心當眾放了個屁，都可以被看成對現實不滿，攻擊大好形勢……」

水抗抗愣愣地望著「關東大漢」，直有兩分鐘之久。果然，這位曾經對宇宙空間充滿了熱烈嚮往的天體物理學者，眼下卻對於在地球上的生活，是如此的空虛、無望。他儘管四肢過分發達，頭腦卻絕不簡單。

一天晚學習前，排思想管理股長通知水抗抗，讓「河南騾子」趙良成不用參加集體學習，而去營部，由教導員親自找他個別談話。為了這通知，水抗抗很替「河南騾子」高興了一陣。因為「河南騾子」勞動表現好，總是搶重活、髒活幹，又樂於助人，「工人領導小組」成員們有目共睹。加上他又是出身中農成分，對黨並無仇恨，最有希望被頭一批解除勞教，回到他的北京農業大學去完成學業。

「河南騾子」被召去個別談話，於晚九時四十分準時回到寢宮睡覺。水抗抗本來想問問教導員都跟他談了些什麼，但又想到福禍難測，便忍住了。自己也在強烈企望著早日解除勞教，好回到人民大學經濟系去完成研究課題，以告慰那仍在鄉下戴著地主分子帽子的老母親……每回想到遙遠的武夷山裡的老母親，水抗抗的心就被揪住了似地疼痛，就要失眠。這是他的階級本性。按照階級鬥爭學說，母子親情更是打上了深深的階級烙印。他發覺「河南騾子」也沒有睡著，總在輕輕地翻身，輕輕地嘆息，連「紹興師爺」那習慣性的可憐動作，都懶得理會。只「關東大漢」最有福氣，倒在下鋪裡鼾聲大作……

連續三天，愛唱愛講的「河南騾子」，也如「紹興師爺」一樣，陰沉著臉，沒有開口說過話，更沒有哼唱過梆子。水抗抗和「關東大漢」都有所警覺。一天吃中飯時，「關東大漢」用肩膀碰了碰水抗抗，差點把水抗抗手中的湯碗都碰掉了：騾子他怎麼啦？出什麼毛病了？這可是個新動向，「工人領導小組」成員們常說的階級鬥爭新動向。

難得大漢粗中有細。到了吃晚飯時，水抗抗實在忍不住了，把「河南騾子」悄悄叫到一邊，裝著邊吃饅頭邊喝湯的樣子，問：

「老弟，怎麼啦？這幾天你樣子大變……若還心裡堵了什麼話，什麼事，你就講出來，會好受些……」

「河南騾子」沒有回答。水抗抗發覺他端湯碗的手在顫抖，兩顆發亮的東西，閃著黃昏時分的餘暉，落進了湯碗裡。

「老弟……什麼話都可以跟我講。患難中，我們福禍同當……你明白？」

水抗抗這話一說，「河南騾子」的兩行淚光，連成了兩條細線。他終於開了口：

「營教導員找我去，說是根據我的表現，不久就可以被解除勞教，讓我回學校……但還要考驗我一下……考驗我一下……」

「太好了，太好了！你還掉淚？還要怎麼個考驗法？」

「叫我忠誠，赤膽忠心，用實際行動……打小報告，偷偷告發別的同教……可我，可我，老水哥，我是個講不來假話的人。我寧可來勞教營，都沒改過口，我老家開封鄉下，六〇年冬下吃公共食堂，餓死過二百多口……」

「啊！」水抗抗心裡發毛，渾身毛髮都豎了起來。太可怕了。竟然以解除勞教為誘餌，布置一個最誠實、最忠厚的農民的兒子，一個純樸得像中州平原上的泥土一樣的農業大學學生，暗藏在同教們中間當特務，做奸細！這叫什麼勞動教養、思想改造？叫什麼用毛澤東思想教育人？忠誠就要告發別人，出賣同伴？這明明是要一個好端端的人出賣自己的良心，變成苟且偷生、沒有自尊、沒有廉恥的畜生。

由「反動」到「進步」，由「壞人」到「好人」，由「黑」到「紅」，就是這麼一個脫胎換骨的過程？就是「工人領導小組」所謂的「階級使命」？是他們歪曲了毛澤東思想，歪曲了黨對知識分子「教育、改造、團結、利用」的八字方針？或者他們只不過是忠實地執行「階級的使命」……

水抗抗由吃驚、憤慨，忽而墮入了灰濛濛的絕望之中。恁什麼問題都不能往深處思考。越思考越可怕。越清醒越痛苦。難得的是糊塗！這一來倒好，立即產生了生理效應：倒了胃口，肚子不覺得餓了，手裡的饅頭，碗裡的湯，一時竟都成了多餘之物。

「老水哥……從今起，我很難做人了。我要是跟他們抗命，肯定永世不得翻身；我要是依從了他們，我就失去了靈魂。而一個沒有靈魂的人，就是行屍走肉了……俺只剩下了一條路好走……只對不起俺開封老家的老父老母。祖祖輩輩在黃河邊上種地，黃禍兵禍，哪裡有過安生日子？世代文盲瞎子，好不容易出了我這個大學生……為了我考上北京的大學，我老父老母硬是跪在毛主席像前，感恩磕頭……原想老老實實讀書，正正派派做人，做學問，替老父老母爭口氣，替俺鄉親們爭口氣。可我偏偏替他們丟臉，孬種……」

「河南騾子」的話句句像石頭，砸在水抗抗心上。這是一個溺水者無望的呼救，一顆受傷的心靈的痛苦呻吟。水抗抗從小在命運的折磨中長大，早已習慣於默默承受命運的擺弄。「河南騾子」蹲在他身邊，靠著夜幕的掩護，作著無聲的飲泣。

「渾蟲！你才活了二十二歲！生命如果是一次旅程，你只走了四分之一！就這麼沒出息？還來談什麼開封府的老父老母！人，是靠意志活著，也靠智慧活著！要說走某一條路的話，我早就該走了，輪不到你今天來跟我講這個話了。懸梁、投水、跳崖、服藥、觸電、割血管，就那麼些法子。起來，沒出息的！你給我站起來！」

水抗抗的厲聲喝斥，一時竟產生某種力道，使得本來整個身心都疲軟了下去的「河南騾子」站立了起來，求救似地望著自己班組的思想匯報員。那神情，就像一個孩子在天黑時分失去了母親，而急於找尋到新的依託。

「老水哥……那，我該怎麼向他們交差？」

「他們布置你至遲在什麼時候上交你的第一份小報告？」

「在本星期五晚學習結束之前……他們通常要在星期六早集合時懲治人……星期六是鬼門關……」

「那好辦。你先隨便揀點什麼無關痛癢的事，去應付了他們再說。但你幹你的，不必事事找我商量。這意思，你懂了？」

「老水哥，今後好好歹歹，小弟都只有聽你的了。」

晚學習的軍號響了，有人朝他們走來了。水抗抗放開了聲音說：

「河南騾子！工人領導小組叫幹啥，我們就幹啥！毛主席早教導過，知識分子是毛，工農是皮，知識分子是附在工農這張皮上的！皮之不存，毛之焉附？這教導多形象，多深刻。」

「工人農民、知識分子都只是皮毛，誰是血肉之軀？」

「河南騾子」不服氣地低聲喃咕。

「閉嘴！毛主席沒有教導的，你不要亂發揮，更不要深究！他老人家說一是一，說二是二……」

水抗抗也低聲告誡。

過的什麼日子，做的什麼人啊？監獄不算監獄，囚犯不算囚犯。水抗抗推想，除了「河南騾子」之外，營教導員還找了哪些人去個別說話，去曉以利害，面授機宜？在整座勞教營，整個大寢宮，每個班組裡，還相中了誰？「河南騾子」人老實，才偷偷向自己透了底細。可是其他的人呢？還有哪些可敬的同教，領下了任務，在暗中替「工人領導小組」擔任著眼線、耳線？當你突然省悟到，在你的周圍，在你日夜相處的同伴們中間，有的人在不顯形跡地悄悄監視你的一言一行，在暗中記筆記，按期上交……能不可怕？太可怕了。娘的！這不明不白的勞教營，不是勞改的勞改，比真正的監獄、囚犯還可怕。真正的勞改犯都有著明確的刑期，他們這些思想犯，卻是遙遙無期。

「河南騾子」呢？打這之後，倒是安定多了，不再像一隻犯了瘟病的公雞似的，總是耷拉著腦袋了。他有了一種新的喜好，常常自言自語，自顧自說。只見他厚厚的嘴皮，一天到晚都在咂吧咂吧，也不知道他在跟誰講話，講些什麼？

人在落魄的時候，許多話，許多事，只能自個兒說，說給那些遠在天邊的親人聽，甚至是那些已經不在人世了的親人聽。聽了，也是死無對證。

第四章　笛妹，笛妹

三月春風綠河堤，
砍根柳條做柳笛，
笛聲伴隨黃河水，
千里萬里總相依！
哥呀，
黃河大堤通天外，
未曾分手問歸期！

三月春風綠河堤，
砍根柳條做柳笛，
笛聲伴隨哥哥去，
風裡雨裡路不迷。

妹呀，

身上揣把黃河土，

難與我妹長分離！

笛妹，還記得這支歌嗎？是你送俺上黃河大堤等公車，流著淚，聽俺唱的。套的是梆子腔兒。俺為了胡謅這幾句不文不白的詞兒，熬了整整兩個通晚。俺真恨自己是個熊包、土包。

可那不是在陽春三月，而是大災之年——一九六一年的九月重陽。

中學時代，就聽歷史老師講，俺開封府地方，古時候曾是大宋國都，先後幾百年之久，汴京金粉，花柳繁華，溫柔富貴，水陸通達，天下朝歸之地啊！歷史老師講，俺開封府四周圍的地下，不定還掩埋著一座座宮殿、王府，掩埋著無數的珍珠寶貝呢。俺開封府地方是物華天寶，地靈人傑呢！

俺倆從小在黃河大堤下長大。春天打豬草，夏天放豬娃，秋天割蘆柴，冬天擠一個火坑角落兒。大人們都說俺倆是一對兒……小時候，俺倆都不知羞，一對兒就一對兒……那時，俺最喜歡聽你唱歌了，唱的都是俺黃河邊上的事兒：

一九北風吼，

二九凍裂手，

三九黃河水不流，

四九哥哥冰上走，
五九媳婦蹲炕頭，
六九河凍開，
七九看楊柳，
八九燕子來，
九九鯉魚產籽兒，
十九黃河走大排……

你呢，笛妹，最愛跟俺一起爬到大堤上，割下柳枝條，做成柳笛兒，放在嘴裡吹歌兒。黃鶯、雲雀的歌見，都不如你吹的柳笛兒好聽。

可是，說出來又是俺思想反動：一年大躍進，三年大饑荒。到了一九六〇年秋天，滿地裡長的不是綠油油的莊稼，而是白花花的鹽鹼。連春天播下去的最後幾袋種籽，都沒有收回來……剩下的只是「大躍進萬歲」、「總路線萬歲」、「人民公社萬歲」這三面紅旗，可也沒有變成糧食，不能投進人民公社公共食堂大鍋裡去蒸煮，抵擋住大饑荒的襲擊。

長期以來，人們習慣於把饑荒和死亡的罪孽算到古老的黃河身上，算給孕育過中華民族燦爛文化的搖籃。人們說，萬惡的黃河，自有文字記載的兩千五百多年以來，氾濫了八百三十次！平均三年一次大決堤，給沿岸上百萬平方公里的土地帶來死亡災害。由於長期的泥沙淤積，黃河河床早就比兩岸邊的耕地還高，成為地上河，天下第一害河，「黃禍」。

俺開封鄉下，俺大豐莊百十戶人家，就在這地上河下。黃河比俺大豐莊的莊稼地高出了整整一米。那萬里長城似的防洪大堤，把俺大豐莊壓得氣都喘不過來。每到夏秋之間，黃河漲水的季節，風風雨雨，日日夜夜，大堤上告急的銅鑼一響，俺大豐莊的男婦老幼，就只有哭爹喊娘……洪水來了，腿長的逃了荒，腿短的送了命。洪水一退，鄉親們又回到了自己的土地上，搭起茅屋，收拾家什，養豬打狗，播種收割，過起莊稼人的日子。俺黃河岸邊人，生生死死，就是離不開這條害河，離不開黃禍啊。

歷史上，也有過幾次人為的黃禍。以水代兵，水淹千里，死的都是俺黃河子民。可是笛妹，你我都記得，都是親身經歷的，一九五八年是個風調雨順的好年成，地裡的老苞米，長得比俺莊稼人的胳膊還粗，還有那紅苕，長長圓圓的，也就像從地裡冒出來的！還有那小米，沉甸甸的耷拉下來，像一根根又粗又肥的狗尾巴似的……

正是在這大豐收的季節，俺大救星毛主席，號召俺莊稼人敲鑼打鼓成立了人民公社。共產主義是天堂啊，人民公社是橋樑！一天等於二十年啊，共產主義在眼前！鑼鼓鞭炮響得咱莊稼人眼睛發花，標語口號喊得咱莊稼人暈頭暈腦！咱老支書還從縣裡聽到了風聲，說是共產主義從北京下來了，三個月後過黃河，過了黃河就到咱大豐莊！咱莊稼人要穿戴整齊、排起隊伍跟了三面紅旗上大堤去迎接。於是咱村口掛起了大紅布橫幅：苦戰三個月，迎接共產主義！於是砸了小鍋小灶，吃上了大鍋大灶的人民公社公共食堂。因為共產主義就是取消糧票、油票、布票、豆腐票、棉花票、鈔票，隨吃隨喝，隨花隨穿，各盡所能，各取所需。一時間那公共食堂裡啊，大鍋大鍋的白米飯，大籠大籠的白麵饃，大桶大桶的小米粥，任由人拿，任由人吃。

笛妹，還記得嗎？那時我正考上高中讀第一學期。十一月裡，俺回過一次家。你正在公共食堂當炊事員。你一身白衣白帽，俊臉上白裡透紅，一根粗辮子盤在腦後，可漂亮哩。俺來食堂開飯，你端來一大盤雪白雪白、熱氣騰騰的饃饃，一大鉢鹽菜蒸豬肉，加上一碗蛋花湯。你坐在俺對面，看著俺吃。你眼睛烏黑烏亮，臉上沒抹胭脂，嘴上沒擦口紅，可也是粉紅粉嫩，真像個畫片上走出來的人：

「哥！你多吃！看看你個高中生，還不如俺身子壯實哩！哥，你放開吃，白麵饃饃多的是，吃了長身子……」

「不用飯票？敞開供應？」

在這公共食堂裡，我大開了眼界，大長了見識。回到學校要好好寫篇作文：公社一日！

「是哩！是哩！甭管，甭管。咱毛主席英明，都共產主義了哩！過天堂日子了哩！」

笛妹，你有講有笑，一天到晚笑嘻嘻的，真招人疼愛呢。你跟鄉親們一樣，都歡天喜地的，以為真的就進了共產主義社會了哩。也有老一輩的人在搖頭，在嘆氣。老頑固，老保守，誰理他們？不批判他們就算便宜。

笛妹，還記得嗎？那晚上，月朦朦的，俺倆相約著上了大堤。那時大堤上下，是大片大片的柳樹林，護堤林。在柳樹林裡，你忽然告訴我，你長大了。隨後你的一雙柔軟而又有力的手，就抱緊了我。

你真的有點瘋哩。你巧嘴嘴貼在我耳邊說：

「哥，俺想你……這兩年白麵饃饃吃得飽，身子就也發得快……哥，俺羞死了……」

說著，你還拉過俺的手，放在你胸口上，那胸口上，已經聳立了兩座饅頭山。俺的心，就像在學校裡跑百米賽跑那樣劇烈地跳著，興奮萬分地跳著。

「哥，你想不想俺？俺倆從小就……」

「笛妹，俺想你，可現在俺還是一個高一生……笛妹，笛妹，俺腿都瘮啦……」

你把俺嚇壞了。你真大方。看看手都伸到哪兒啦？撩得俺都脹啦，大躍進啦，一天等於二十年啦，人的手腳都放開啦。

笛妹，你懂事。俺起來了，你手髒了。你沒放開俺，心疼俺了。你仍是抱著俺，說：

「哥，俺等你。你讀高中、大學，俺都等你。俺是你的人……」

笛妹，你醉了，癡了，我也醉了，癡了。俺倆都懂得，從童年時代就開始萌生的感情，已經接近成熟，誰也不願意離開誰了。

俺知道，大躍進帶來的時代激情，加上你青春的激情，加上你對俺的愛情，就像一股股火苗樣的，在突突竄著你，燒著你……好半天，你才說：

「哥！老支書說，俺這一代人，撞上好世道了，沒吃什麼苦頭，就進入共產主義了！今後的日子，是倒吃甘蔗節節甜，是矮子上天梯步步高了！哥，你要不想讀書，就回來種地好了。消滅城鄉、工農差別，腦力體力都一個樣了！」

笛妹，聽了你的話，我真想留下來。可是新社會更需要文化啊，你同意俺仍是回到學校。

真是個不可思議的年月啊，人民公社公共食堂鬧的正歡，咱偉大領袖毛主席又頒號令：超英趕美，大煉鋼鐵！書記掛帥，全黨動手，全民動員！男婦老幼，上的上大堤砍木頭燒木炭，下的下地裡挖鐵砂，拆的拆老屋砌土高爐，還有的拉起隊伍去一百多里外的煤礦挑塊煤，運石灰石……打霜了，飄雪花了，為了發射鋼鐵衛星，幹部們叫咱莊稼人砸了各家各戶的鐵鍋鐵器，投進土高爐裡，去煮成熟鐵、生鐵。就因為刨地五尺，咱大豐莊地下也沒見鐵砂礦。只有些古時候埋下的土陶瓦罐，連挖帶砸稀巴爛。不見鐵砂不收兵，男女老幼齊上陣……結果礦砂沒挖出，滿地那現成的糧食，到了口邊的苞米、紅苕、小米，一大半都爛在地裡了……大躍進啊，總路線啊，人民公社公共食堂啊，毛主席指向哪裡，咱莊稼人奔向哪裡……

有誰敢說個不字？有誰敢為丟在、爛在地裡的糧食叫屈？笛妹，你父親，一個老實巴巴的莊稼漢，下中農成分，不就因說了一句：為了煉鋼煮鐵，把大堤上下、莊前莊後的大片樹木都剃了光頭，來了洪水咋辦？就算不來洪水，咱大豐莊也要變成老鹽鹼——結果被公社派來的民兵抓去，五花大綁，四鄉遊鬥，成了破壞全民煉鋼、反對三面紅旗的壞分子。

過了一九五八年，到一九五九年，咱大豐莊人靠了點存糧，靠了點家底，還能硬撐著。可一九五九年還是持續大躍進，保衛三面紅旗，繼續發射各種農業高產衛星！畢竟是人齊心不齊，吃喝的又是大鍋飯、大鍋湯，春上咱大豐莊的集體土地，種的丟三拉四，圖個花架子。鋼鐵不煉了，又開始插紅旗運動。好像為革命種地，收割的不是糧食，而是政治哩；是為了上級的檢查團、視察組下來，給咱插面大紅旗，而不是黃旗，白旗！

人哄地皮，地哄肚皮。一九五九年咱大豐莊明明是個歉收年，卻硬被吹成了大豐年。明明畝產不到兩百斤，卻硬被吹成了畝產八百斤，過了黃河，跨了長江！可冬下咱老支書到公社去開總結會，一報數目字，還差點成了右傾分子！人家報的都是畝產跨千斤、千五百斤、兩千斤、五千斤。人家地裡的泥巴都是金子。畝產八百斤就八百斤吧！可你得按畝產交公糧、賣定購糧、餘糧。隔壁牛莊大隊的支書因吹牛皮報了畝產三千斤的衛星數字戴了大紅花，回到家裡卻拿不出糧食來，莊子裡鄉親們要找他拚命，他只好用一根蔴繩上了吊。以性命抵了公糧和征購。可是人死罪過在，全公社開萬人大會批判他叛黨叛國的反革命罪行！

咱老支書人還實在，叫咱大豐莊人勒緊褲帶，硬撐著，敲鑼打鼓去送了公糧，賣了餘糧。這一來，也就把咱大豐莊的老底子都亮了。明顯的變化，是公共食堂的主食供應，從任意拿取到憑票定量，從乾飯到乾稀搭配，從乾稀搭配到全部稀粥。可憐見兒，稀粥也從稠到清，最後是大鍋清水湯……

笛妹，這年的暑假、寒假我都回了大豐莊。可是你臉上已經不見了紅潤，而有些發黃，眼角、額頭上都也有皺紋。腦後的那根黑油油的辮子剪掉了，紮成了一束粗刷把。跟上一年相比，你好像一下子老了十歲。你離開了公共食堂，當了生產隊的婦女組長。送給俺吃的，是你省下來的乾薯片、山芋片。可是你思想仍是很積極。看得出來，是一種在苦澀中掙扎著的積極。你說：

「哥，俺太不懂事，沒能正確領會毛主席的教導……共產主義，哪能喊來就來了呢。俺老支書現在說，實現共產主義，是幾代人、十幾代人的事呢。說是現在世界上，還有三分之二的階級兄弟在水深火熱裡受苦難呢，先打救他們要緊，俺毛主席現在關懷世界革命……」

笛妹，聽了你這話，我沒吭聲。不知說什麼才好。我開始對許多事情起了疑心。

你抱住了我。我感覺出來你的身子已經消瘦，已經沒有了一年前的那股熱力，那股燎人的瘋勁。你卻仍在說：

「哥，不要緊，現在是暫時困難時期，中央文件上都說了，是自然災害，加上蘇修逼債破壞……哥，俺不懂，蘇聯是老大哥，為什麼對咱搞破壞？說是用西伯利亞的寒潮，破壞咱國家的農業，不讓咱老百姓活……」

我也不懂，笛妹。真的，什麼都不懂……

「哥，你安心讀書，能離開農村，就離開……俺爹私下說，下一世變豬變狗，都要變到城裡去，多揀幾塊骨頭……他是個老落後。」

笛妹，俺知道，你的心裡也有了一團疑雲。

還記得嗎？一九六〇年上半年開始，咱大豐莊已經有許多人得了水腫病，臉腫、腳腫、肚子腫。咱莊稼人開始見青就吃。後來就剝樹皮、刨樹根。好在咱大豐莊人自古以來就有吃樹葉樹皮的經驗。每逢黃河發大水，咱逃荒，也是見青就吃。老輩人都教晚輩哪些草能吃，哪些草肥，但不能吃，有毒啊。

這幾年，黃河可是沒有漲水，不能怪黃河啊。黃河也餓著肚子，淺了、瘦了啊。可老支書從公社回來，還總是領著咱喊口號，批判彭德懷元帥反對三面紅旗的罪行，喊共產黨萬歲，毛主席萬歲，萬萬歲！

一九六一年春上開始，咱大豐莊有成家成家的人口死去。千里黃河大堤下，所有的村莊都是這樣。可是不准講、也不敢講是餓死的，而要講是得了水腫病病死的。當然，便是傻瓜都知道，飢餓和水腫病的關係。起初死去的，大都是些娃娃和老人。到了夏天，青壯年漢子也相繼被飢餓奪去性命。

笛妹，我記得，由於乾旱，由於風沙，咱大豐莊的莊稼地裡開始長白花花——鹽鹼。記得你父親偷偷告訴我：「娃兒，五八年大鬧鋼鐵時，我就說過吧！砍光了堤上堤下、莊前莊後的樹林，老天爺要報復咱的！卻把咱打成壞人，五花大綁的去遊鬥……現在不？地裡長鹽花花，不長莊稼，作的子孫孽啊！」那時，我正在縣城讀高中最後一期。你明白，咱家也祖輩都是農民，咱父母跟你父母一樣，老實得用錘子都砸不出他們一句話。是靠俺大舅和舅媽在縣上工作，咱才讀上高中的。那一年，咱是咱大豐莊唯一的一名高中生。

笛妹，大約是剛過了五月端午節吧，我就私下裡聽到了一個驚人的傳聞，我至今都難以相信的傳聞，說是你那剛滿三歲的弟弟，大躍進時出生，名字就叫「小躍進」的，餓死了。你爸和你媽，把唯一的崽娃，晚上抱到野地裡，刨了個坑，埋了。可第二天，等你媽再去野地裡哭「小躍進」時，卻只剩了個坑，不見了兒子。說是被村裡餓極了的人家，刨去煮吃了……你媽氣得發了瘋，回到家裡找你爸要人。你爸不在家，而在屋後那草跺裡，渾身都腫得發綠，死了。說是他手裡，攥著的，是一隻瘦瘦的小胳膊，吃剩下來的……

幾天後，你娘也過世了。你不肯講她是餓死的，是哭弟弟哭死的，是帶了弟弟走的。弟弟太小，離不開娘……你成了孤女。是俺父母親收養了你。你跪在兩位老人面前，說過三年，你替你爹娘服滿孝，再當兒媳。

我不相信，打死我也不相信。飢餓會把人重新變成野獸，可以逼得人去吃人。但怎麼會去吃自己的親生娃兒？笛妹，真對不起，我提起了這事兒……那年月，鄉親們中間，總是流傳著一些人吃人的凶案，還有切人肉，煮人肉的各種法子。可是能有幾件是真的？只怕是人餓極了，生出來的種種慾望罷了。

那年夏天，俺高中畢業，回到俺大豐莊老家，等候高考發榜的消息。父母待俺好，笛妹你待俺更好，什麼都留給俺吃。你說俺正長身子，要多吃些。可你哪？你不長身子？你總是搖搖頭，搖搖頭。俺只覺得，大豐莊許多叔叔、伯伯、兄弟姊妹都不見了，人口少了許多。不問也明白，這些人都去哪裡了。也真怪，那日月，連雞狗畜牲都少了，難得見到。見到的人，不是黃皮寡瘦，就是渾身浮腫，眼睛發綠。俺村裡的老支書也餓得剩下把骨頭，有次對我說：娃兒，都走了，走了……人，倒是早走了好……

一年大躍進，三年大饑荒。又叫三年苦日子，三年自然災害，還有蘇修破壞。責任推給了老天爺，推給了外國。咱大豐莊，咱開封府、河南省，咱全中國，究竟餓死了多少人？沒有人敢調查，也沒有人敢統計。即便是有這類數目字，也是永遠的「絕密」，難得見天日。

笛妹，這時候的你，又黃又瘦，人都癡了、呆了。不再是那個紅紅白白、胖胖乎乎、熱熱火火、愛說愛笑的你了。

笛妹，我怎麼也忘不了，一九六一年八月，接到北京農業大學的錄取通知書，要來北京上學的前夕，也正是俺大豐莊老支書率領全莊三、四十名鄉親外出逃荒討吃的前夕。老支書含著淚花對俺說：身體是革命的本錢啊，俺一個大隊支書，帶了大夥去逃荒，丟人現眼，可也是為革命保住本錢啊，能多活下來一口，是一口啊。前莊的大隊支書老伍是個復員軍人，去兩年吹牛皮搞浮誇他鬧得最歡；可今年春上，他小子不忍心見莊裡老人孩子一個個餓死，竟帶上一個武裝民兵排，加上一百多口老小，去國家糧庫搶糧！後來他小子被逮住，以反革命罪判了死刑，執行槍決了啊……俺不過率了三、四十號人口外出逃荒，日後上級處分下來，頂多，開除俺黨籍……要是俺的黨籍，能換來幾條性命，也值……

狗娘養的，後來有個從外地調來俺鄭州做大官的，竟說俺河南地方人，開封府地方人，向來就有外出討吃的風俗習慣！狗娘養的，說俺鄉親每年秋後，便把糧食藏在家裡，然後拉上架子車，帶上妻子、兒子、被子，一路南行，下湖北，過湖南，到廣東，討到哪，吃到哪，乞到哪。然後再一路討回來，就到了第二年開春時節。說是全家人一冬都吃喝在外，為的省下家裡的糧食釀杜康酒！就是《三國演義》裡大奸臣曹操吟歪詩的那酒：

對酒當歌！人生幾何？譬如朝露，去日苦多。慨當以慷，憂思難忘，何以解憂？唯有杜康！

說俺鄉親這話的人，不管為官為民，都是爛了肺，黑了心。

笛妹，那晚上，隊上開會，老支書打發你來，把俺也找了去。一盞昏黃的油燈下，坐著七、八十口像是從墳地裡爬出來的人，一個個睜著餓狼似的眼睛。老支書正在講話：

「俺窮，要窮得有志氣，骨氣！這年月，普天下誰不窮？誰好過？美帝蘇修好過？臺灣老蔣好過？毛主席講現在世界上是東風壓倒西風！敵人一天天爛下去，我們一天天好起來！困難是暫時的。上級政府也困難！毛主席坐龍庭，也困難！聽咱縣裡書記說，毛主席住在北京中南海裡，帶領咱中央首長們，都不吃豬肉了！為咱全中國人民，能省下幾口是幾口！聽說好幾個省的百姓，都給咱黨中央寫了信，上了條陳，恭請毛主席老人家保重貴體，中央首長們保重身骨子，當吃的雞鴨魚肉，還是要吃，不要為咱黎民百姓省口……」

說著說著，老支書動了感情，用老樹根一般的巴掌擦著眼睛。整個會場上鴉雀無聲。

「所以，上級這回撥下來的這三千斤救濟糧，只能分給老弱病殘！還要留足明年春上的種籽。其餘能走得動路的，跟我下湖北、湖南去！八百里洞庭湖四周，挖個野蓮藕、摘個野菱角吃，也能活口！比不得咱黃河堤下窮地方，連片樹葉都沒剩下……困難面前，我們要看到前途，看到光明！只要有黨在，有毛主席坐鎮北京城，天下就不會大亂。興許明年就趕上個風調雨順的好年景，大家頓頓喝上小米粥，吃上白麵饃饃！」

笛妹，你領著俺，因來得遲，就擠在了門角落，站在我那開會從不講話、只會跟著點頭的父母身邊。老支書眼睛好使，早就看到俺來了。這時他把俺請到了臺前邊，拉住俺的手，向鄉親們說：

「看看！俺良成小子，就是俺大豐莊的希望！這裡，要報告大家一個喜訊，俺良成小子考取了北京農業大學！俺大豐莊又出了個大學生。他馬上就要跟俺毛主席住到一個城裡去。這是俺大豐莊的光榮。俺跟他講定了，他進了大學，頭一樁學問，就是研究咱大豐莊治鹽鹼地！治了鹽鹼地，咱大豐莊人的日子才能翻過身。所以，今天的會，一是咱外出討口的動員會，二是替咱良成開個歡送會。良成，你小子現在給鄉親們鞠個躬，行個禮，講幾句！」

俺面對一群飢腸轆轆的鄉親，一群不是骨瘦如柴就是全身浮腫的飢民，俺肚子也餓得要命啊。還沒開口，俺鼻子就酸了，眼睛就辣了：

「俺喝黃河水長大……俺黃河邊上的子孫，自古以來多災多難……讀完大學，一定回來治鹽鹼……為改變家鄉面貌，出力氣……」

老支書帶領鼓掌。只有笛妹你一人跟著鼓掌。鄉親們則只睜著眼睛，表示了他們的熱望。俺父母也沒有鼓掌。俺知道，鄉親們不是不顧意鼓掌，他們是沒有力氣鼓掌。多說一句話，多做一個動作，都會消耗他們的力氣，加劇他們的飢餓。

笛妹，最難忘那最後一晚，等俺父母都睡下了，你悄沒聲兒地到俺房裡來了。房裡沒有點燈，破窗格灑進亮汪汪的月亮。這是唯一的一次，也是最後的一次。你脫掉了破衣爛衫，跟俺躺在床上。你說你有預感，不如趁早給了，免得……俺捂住了你的嘴，不許你再說不吉利的話。你把俺的手拉到了你胸前。俺摸著，撫著，親著。你胸前也是皮包骨，只剩下兩粒小奶頭。你說，都枯了，縮了，沒有了。比不得三年前，胸前挺著的，比公共食堂的大白麵饃饃還鼓脹，還白胖。民兵營長總想摸，生產隊長也想要，都被俺咬了手。俺只給俺良成哥留著。都是你。那時俺就想要你，想給你。你個高中生膽子小，不敢，只把俺的手搞髒……聽了你這話，俺忍不住眼裡的淚水。你說，還哭？傻子，俺倆今晚上，是自己替自己辦了喜事，你變做男人，俺變做女人，沒在這世上白活一場……笛妹，月光裡，你雖是又乾又瘦，胸前只剩下排骨，可我看到的是一個世界上最美最美的女子，我愛極了的好女子。俺起來了，真不怕羞。你看著它，握著它。俺緊張得喘不過氣來，性急了，想到那個地方去，俺倆要變做一個人。可是俺痛得很，燥得很，就像扎進了石縫裡……你也急，也痛，還出了汗。後來，俺洩氣了。你抱住俺哭了：對不起，俺不好，身子也乾了，枯了，沒有滋潤了，都是餓飯餓的……可三年前，俺天天晚上都想你。那時，民兵營長說俺手腳白淨得像蓮藕，生產隊長說俺身子一定嫩得像水豆腐……可憐他們兩條漢子春上得了水腫病，肚子腫得像南瓜，都過世了……笛妹，俺說，俺明白，不怪你。只怪這饑荒，這年月。俺抱住你睡，俺已經得到你了。說著說著，俺就睏了，睡了。可半夜裡，俺做夢了：不知是什麼地方，反正四周都是花香，俺又起來了，你光著像蓮藕一樣白淨、像水豆腐一樣嫩生的身子，站在俺面前。你一點也不害臊。

俺倆就做那個事了。真美妙，真酣暢呀。俺成了勇士，成了英雄，成了好漢，勇猛無比，力大無窮。俺的大腿根脹脹的，瘦瘦的，舒服死了。俺醒來了。笛妹！原來你沒有睡，你爬在俺身下，用手一下一下地捋著。俺嚇壞了，笛妹！笛妹！你、你、你……俺完事了，渾身都酥了，癱了，成仙成佛了。你用手背揩著嘴，說，這最後一晚，總得讓你舒服一回。俺想了半天，沒有別的法子，才用手……

笛妹，這就是你的生命和我的生命結合在一起的唯一的一個晚上，也是刻骨銘心的最後一個晚上。第二天一早，你就送俺上黃河大堤。俺好高興，就哼唱起那幾句酸不溜溜的詞兒。你卻哭了。半坡上，你又伏在俺肩上哭。俺放下行李，抱住你。你身子是那樣輕，那樣瘦，盡是骨頭，沒有肉。三年前，也是在這大堤上，俺抱住你，你身子是那樣的粉嫩豐滿……俺最後對你說什麼來著？

「笛妹，活下去！一定要活下去……你們家就剩下你一根苗苗……」

「成哥……有了昨晚上，俺知足了……俺不知道，日後熬不熬得住……餓得只想吐，又沒有東西吐……」

「好，記著昨晚上。你跟著老支書，跟著俺父母，下洞庭湖！到了湖邊就好了，有野藕、野菱角，能活……」

「試試看，跟著老人，撐不撐得到洞庭湖……」

「一定！為了俺，為了今後還有許許多多的晚上……你要等著俺畢了業，回來娶你，一定！」

笛妹，你不哭了。是俺的許諾給了你力量？你嘆了一口氣，望了俺幾眼，忽然問：

「成哥，你到了北京，能不能見到毛主席？」

俺暗暗吃了一驚，你竟會突然冒出這個問題。

「北京有幾百萬人口，比咱開封府人口還多，地方還大……　毛主席又是住在從前皇上的大花園裡，宮廷深似海，門衛一層層……」

「老支書說，毛主席也過苦日子，帶頭不吃豬肉了，會是真的嗎？俺看過電影，他臉上油光光的，身子發福……」

「笛妹！笛妹，不要說，不要說……」

「俺做夢，夢到過毛主席……俺給毛主席下跪了，求他老人家發發善心，不要批彭德懷了，要把俺老百姓的性命當性命……可毛主席不理人，過來幾個大兵……」

笛妹，你一個沒有文化的鄉下姑娘，也做這個夢！我把你抱得更緊了。我抱住的是求生慾，是苦命。

「成哥……俺是在俺爹俺娘、俺躍進弟弟都走了之後，做的這夢……大半年了，從沒對人講過……」

笛妹，你又伏在我肩頭哭了起來，渾身都抽搐著。我好不容易勸住了你，好不容易上到了黃河大堤上。大堤上是一條公路。每天都有一班客車通開封府。寬闊的黃河河床，一派灰濛濛的黃沙。只在河床中間，有一線黑色細流，像娃娃尿尿成的細流……連堤岸邊的荒草都是灰白色的，一絲絲綠意都沒有。

汽車還沒有來。笛妹你的淚水就像一眼泉水，流不盡。我仍是抱著你，聽你哭，聽你說：

「成哥……你是俺的福分……俺不敢想，不敢想……還有一件事，要講……」

「俺聽著，笛妹，你只管講，俺都會聽著，記著……」

「成哥……你不要信人亂傳話……俺那小弟躍進，不是俺爹……俺娘臨斷氣前告訴俺，小弟是叫狼狗刨去的，狼狗也尋不著食……俺爹手裡攥著的小胳膊，是狼狗吃剩下的……」

笛妹，你說這話時，神色肅穆，竟沒有再哭。

俺相信你的話。俺一輩子也忘不了你的話。一個黃河邊上的鄉下女子，一個默默承受著巨大的精神痛苦和物質飢渴的鄉下女子，一顆被生活的苦汁浸泡著的心靈，說出的這些言語。

……可是，俺到北京上農業大學，兩個月之後，就接到開封老家的信，說你，我親愛的笛妹，可憐的笛妹，跟著老支書一行逃荒的人，只走到信陽地方，那河南、湖北兩省交界的雞公山下，就倒下了，再也沒有起來。

而那地方離洞庭湖，還有四、五百里，都沒有出河南地界……老支書本人，則長眠在湖北襄樊地界上，也沒有能夠到達洞庭湖，魚米鄉……只俺那老父老母，鐵打的身骨熬了下來。

笛妹！這就是我知道的「三年自然災害」，「國民經濟暫時困難時期」！學校黨委組織討論對「三面紅旗」偉大意義的認識，我能講假話？面對著一個個死去的親人，我能講家鄉的革命、生產形勢不是小好，也不是中好，而是大好？越來越好？就是好，就是好？俺大豐莊，黃河大堤下的大豐莊，一九五八年以來，人丁減少了一半嘛！笛妹，想起你，我就不能不講真話。我就不能認錯，去昧了良心，求得寬容。

笛妹，我對不起開封鄉下的父老，對不起老父老母，對不起你。

你沒有等到我娶你。

而我，非但沒能按時從北京農業大學畢業，回到家鄉治鹽鹼地，反而當了「問題學生」，進到了儒林園勞教營裡。

第五章　老佛爺等

中國的北方沒有春天。

北方的春天不過是嚴冬的延續、緩解，不過是向著萬木欣榮、色彩繽紛的夏天的過渡。不像南方的春天，杏花潤雨，柳霧桃雲，鶯飛草長，溫柔浪漫。

然而在北方，冬天太長久，人們更為熱切地企望暖氣東來，南風北漸。皆因冬天對人關懷過切，束縛甚烈，包裹忒嚴：棉帽、護耳、口罩、圍脖、大衣、小襖、棉褲、手套、毛襪、氈靴，從頭到腳，重重關卡，處處設防。更有偉大的主宰從中悟出濟世之道，將這冬季包裝術至善至美地運作於世人七情六慾諸領域：言論行動、日記書信、婚喪嫁娶、唱歌演戲、叩拜頂禮……稍有不慎，輕則傷風感冒，咳嗽發燒，重則肺炎不治，皮肉凍傷，肢體壞死。

在北方，春天卻幾乎總是和夏天同時抵達：強勁而濃郁，迅猛而浩蕩，轉眼間冰山崩裂，江河解凍，樹綠了，山青了，花開了，蟲叫了。翠森森北國大地，紅豔豔草原花香，無邊春色，春色無邊……草蟲粉蝶，飛禽走獸，牛羊牲口，都急於發洩積蓄了一冬的力量，而相互挑逗，相互引誘，相互追逐，盡情交歡！

生命的激情攪得大地都為之騷動。

儒林園舊監裡，也滲透著春的氣息：三棟大寢宮之間的空地上，長出了亮眼的青草。青草中還夾有一小朵、一小朵不知名的野花。高牆上、巖壁上了爬著些細瘦的卻是綠蔥蔥的藤蔓，以及東一片、西一塊的濕漉漉的青苔、地衣。土坪裡則仍是光禿禿的，南沿上那棵張牙舞爪的老柏樹，枝葉比先時蒼翠了許多。樹梢上的老鴉窩也安靜了，老鴉大約在忙著孵雛，培養可靠的接班人，免得身上的羽毛變顏色。

春天了，連頭上的藍天、白雲，都淨潔了，鮮亮了。

一個星期天的上午，「太湖才女」楊麗妮孤零零地站在土坪上，仰望著藍天上一隊一隊排列成「人」字形的大雁，咕咕啼叫著，從遙遠的南方水鄉飛來，前往更為遙遠的北疆大草原。雁陣是那樣地整齊有序，那樣地親密和諧，自由地翱翔……她望得著了迷。

不一會，幾個「南方佬」被楊麗妮的舉動所吸引，不約而同來到土坪上，仰起臉膛來觀看天上的雁陣。他們是：「武夷公子」水抗抗、「紹興師爺」周恕生、「南詔國王子」召樹銀……後來，「北方佬」們也一個個出動了，都默默站立在土坪上，仰起了一張張臉盤，獃獃地觀望著天上的大雁。他們偶爾也你看看我，我看看你，誰都不說話。他們的眼睛模糊了，不知是為著天上的歡欣，還是為著地上的悲傷。因為他們自身，便是一隻隻被折了翅膀的大雁。一群衣衫襤褸，不能飛翔的大雁。

一排三班有位電影學院表導演系發配來的同教，姓王名力軍，雅號「好萊塢博士」。他身高不過一米八，比「關東大漢」矮了整整一頭，卻自稱勞教營裡一人之下、眾人之上的「第二高度」。皆因他堂堂一表，相貌不俗：大腦袋，大額頭，大眼睛，大鼻頭，大嘴巴，虎背熊腰，渾身上下都顯得健壯結實。最為惹眼的是他長有一口濃密的連鬢鬍，兩天不刮，整個臉膛的下半部分便會荒草叢生。

「男子無鬚不成像！此鬚乃性激素豐富所現！」他很為自己的連鬢鬍自豪，並予以鼓吹：「我比較崇拜外國的馬克思、恩格斯，中國的張飛、關雲長，他們各有一口大鬍子，一望而知，是齊家治國平天下的人物！」

「好萊塢博士，你本人哪，是位什麼樣人物？」有人打趣地問。

「姜子牙八十高齡逢大運，做了周朝宰相，相當於現在的國務院總理；漢高祖劉邦先生地痞出身；孔夫子年輕時當過吹鼓手；明太祖朱元璋小時候給人家放過豬……有人少年得志，有人大器晚成，不可以一時一事論英雄。」他的回答總是頗為不俗，且常以聖賢自喻。

「可是咱偉大領袖毛主席老人家也沒長鬍鬚啊！下巴光溜溜的，只有一顆福痣。」有人故意挑逗他。

「男人女相，大富大貴，福大壽大，正是他老人家命相超凡的表現。」他回答得不倫不類，但還不算出軌。

「可是依你的理論，男子無鬚，不正是腎功能不強的表現？」問者有心，人家不肯放過他。

引蛇出洞，張網捕鳥。

「誰性功能不強？你懂個屁！」果然，「好萊塢博士」自投羅網，「毛主席明正言順的太太四位：第一位是老家韶山沖裡的童養媳，休了；第二位是長沙才女楊開慧女士，犧牲了；第三位是井崗山上女紅軍賀子珍，後來犯了精神病，至今在休養；第四位是我的同行，三十年代的電影明星江青同志，現正領導著京劇革命……偉大的人物皆有偉大的人格，也都喜歡漂亮的女人。不管這些人物來自封建階級、資產階級乃至無產階級，他們的戎馬生涯、血火征途，更需要溫香軟玉、傾國傾城……」

肆無忌憚，指桑罵槐，含沙射影，藉說說笑笑詆毀偉大領袖的人格人品，罪該萬死！

王力軍出身於大資產階級家庭，一下子暴露了他仇恨黨和人民的階級本性。據說送來儒林園勞教營，還是電影學院院長憐惜他是個「影視奇才」。否則單憑他「惡毒詆毀偉大領袖人格」這一條，即可判他十年以上的重罪。

來到勞教營後，王力軍也是積習難改，經常口若懸河，充滿性意識，跟同教們講些帶顏色的故事，叫大家苦中求樂，過過乾癮。

何謂乾癮？皆因這群二十幾歲的「問題學生」，正值生命最盛的年紀，如今降臨於他們頭上的，除了物質飢渴，更有精神飢渴，性的飢渴。乾癮即指實際生活所缺，只在口頭上、想望中繪形繪影，以圖得到些滿足。王力軍赤裸裸地將其稱為「口交」。於是聽他講述形形色色的男女祕事，成為同教們的一大精神享受。

這種精神享受經常發生在星期天。「工人領導小組」成員們除留下一人值班外，都於星期六下午進城與家人團聚，享魚水之歡、天倫之樂去了；同教們則只准留在營內自學毛著、洗衣曬被、寫信聊天等等。

就是「太湖才女」楊麗妮領頭觀望天上雁陣的這個星期天的中午，一排寢宮外的土坪上，暖烘烘的陽光下邊，又坐下了一圈幾十名虎視耽耽的聽眾。「工人領導小組」成員中留下值班的，常是一個柳姓師傅，也是個單身漢，知大家聽「好萊塢博士」講的都是些無聊也無大害的故事，便睜隻眼、閉隻眼的不予干預。工人兄弟們講起這些笑談來，還找女工們動手動腳呢。何況近些日子，柳師傅正忙著找「太湖才女」個別談話呢。

「好萊塢博士！你傢伙風月中人，見多識廣，今天來兩段新鮮的，怎樣？」

「聽講舊社會的女明星要拍電影，總要先跟導演上床操練，可惜那年月你沒有趕得上……」

「好萊塢博士」這時刻則總是端著一隻黑得泛紅的老茶水缸出場，環顧一圈聽眾之後，才席地一坐，老茶水缸地上一頓。

「腥的葷的，咱不來素的，好不好？」

「好！好！」

聽眾們齊聲應和。

「好萊塢博士」呷一口濃茶，潤潤喉嗓：

「咱醜話講在頭裡，日後哪位兄弟要是太看得起咱，打了小報告上去，就莫怪姓王的拳頭不認人。老子在電影學院就好當打手，等閑三五條漢子，甭想攏來！」

水抗抗、「關東大漢」、「河南騾子」、「南詔國王子」等，這天閒著無事，也都坐在人圈裡聽他信口雌黃。

「誰要為這件事告發了你，就閹了他狗日的！」「關東大漢」手一揮，笑著說。

「對！咱勞教營裡正缺太監！」

「揍狗日的奸細，不勞你王博士動手！」

「看誰賊大膽，敢犯眾怒！」

「好了，好了，好便是了，了便是好。我不過笑話一句，打個招呼罷了。」「好萊塢博士」自得地雙手捧起老茶水缸，把蓋子「嗒嗒」地磕了兩響：「咱現在言歸正傳。今天給各位講兩個白話，一個叫『老佛爺』，一個叫『黃香蕉』，怎樣？」

「好！好好好！」

「妙！只是你快開場！」

有人拍大腿，有人拍巴掌。

「先說『老佛爺』。說是某名山大川，有一座千年古剎。古剎有位老主持，年高八旬，功德圓滿，行將升天。眾徒弟在他四周圍，跪拜了三天三夜，送他魂歸上界，圓寂坐化。可這老佛爺冥冥之中，既未傳下衣缽，也不肯合上雙目，眾徒弟也就無法離去。老佛爺手下有一位高徒，知道師傅尚有未了心事，便附在師傅耳邊詢問：師傅在上，您成佛之前，還有啥樣未了的緣分，只管吩咐弟子，弟子盡力去辦。老佛爺眼半睜，將接班人打量了半日，才說：請眾徒起去，起去，俺另有話說。高徒會意，立即傳話命滿地下的師兄們盡行離去。後將老佛爺扶回禪房，老佛爺才對接班人說出心事來：你師傅幼年出家，修行七十載，緣結五湖，雲遊四海，紅塵界上，凡人未聞聞過，凡人未見見過……只一件小事，師傅尚未做過……接班人忙問：師傅盡管道來，弟子即去辦來。老佛爺又佛眼半睜，吶吶半日，方說：師傅平生，尚未觸撫過處子，不知是何情形……接班人會意，即著人以重金從鄉下貧寒人家買得芳齡處子一名，香浴玉體之後，方送入老佛爺淨室中三日三夜。第四天一大早，老佛爺向接班人傳授了衣缽，便魂歸離恨天，到極樂世界去了。合上雙眼之前，只對那接班新佛爺留得一句話：三日三夜，遍撫處子各處，原來都跟眾小尼姑一個樣……」

「好萊塢博士」話一落音，同教們便爆發出了一陣哈哈大笑，充滿野性的大笑。

「好萊塢博士」則雙手捧著個老茶水缸子不笑。人，難得的是高尚，容易的是墮落。既然活得這麼艱辛、痛苦，為什麼就不能墮落？墮落有時於人也是一種撫慰，一種解脫。與其苦著眉眼苟且偷生，不如嘻皮笑臉走向死神。他聽同教們捧腹大笑之後，相互壓低了聲音議論，各式各樣，毫無羞恥心的議論：

「咱還不如那老佛爺，從沒摸過女人，更不要說處子了……」

「傻瓜！你小時候吃奶水，摸過你老娘呀！」

「放屁！不摸你老娘，哪裡會有你？」

「老子揍你王八蛋！」

「嘻嘻，講笑莫認真，別別別，嘻嘻……」

「當然……我初戀的情人……可如今，一切都成了夢……」

「真後悔……我鄰居那小寡婦，總想勾我去。她見了我，衣服領口也沒有扣好過，露出那對粉紅粉嫩的寶物……我卻光顧臉紅……」

「二排那個『太湖才女』叫什麼名字？胸脯高高聳聳的……跟柳師傅關係不錯……」

「人家叫楊麗妮，師大中文系高材生。」

「真奇怪，有的女子胸脯扁平得像草地，有的卻要衝破衣！」

「真缺德。你都想作踐自己的同教？」

「只怕我們誰也當不了騎士，保護得了楊麗妮。她遲早會被人家捏在手裡。」

「你傢伙倒會憐香惜玉呀！」

「哼！日後，他奶奶的，有機會咱就上。」

「其實女人身上，只有三處地方最招人，一是嘴子，二是奶子，三是大腿。」

「母馬身上也有這三處呀！」

「不要講了！不要講了！」

「他昨天摸了母馬的奶子……我看見了，他邊摸邊哭……」

「聽講從前在鄉下，有的窮人娶不起媳婦，就跟自己養的畜生交合……」

「要是生下一頭人不像人、馬不像馬的小畜生來咋辦？」

「這倒是從沒聽講過……多出一個動物品種來唄！哈哈哈！」

「那叫遺傳工程！邊緣科學……誰是醫科大學來的，給爺們講一課！」

水抗抗和「關東大漢」，瞪著「好萊塢博士」，聽著同教們的議論，心裡是翻江倒海一般的難受。

「好萊塢博士」卻得意洋洋的！他在同教們中間散布了淫邪的意念之後，竟像個功臣哩。

「總有一天，要收拾他小子一頓，叫他閉上臭嘴巴！」水抗抗和「關東大漢」怒目相對，在心裡達成了默契。

他們身邊，「南詔國王子」和好幾位同教獃獃坐著，在無聲地哭泣。他們身強力壯，生龍活虎。他們需要，他們渴求，卻什麼都沒有。生活已經把他們做人的尊嚴、道德觀念、審美心理、社會習俗等等撕得粉碎，只剩下赤裸的生理慾念，熾熱燃燒著的生理渴求。

「王博士！講下一個！講下一個！」

「下一個是『黃香蕉』！」

「是進口的還是出口轉內銷的？」

同教們中間，有的人又開始叫喊，催促起來。光是聽了「老佛爺」還不過癮。大家停止了議論，安靜下來。

「好萊塢博士」得意地環顧了一圈聽眾，舉起手裡的老茶水缸，美滋滋地呷了一口茶，清了清喉嚨，才說：

「好。下一個白話叫『黃香蕉』。哥們要講義氣，不要亂告發呀。大家是白聽，我是盡義務說書，為工農兵服務，給諸位解解悶兒……

「說的是咱北京城裡的公共汽車和電車，每到上下班的高峯時刻，便會擠得人疊人、男女不分。一個個比他娘的搞對象還貼得緊。說是一位年輕婦女，跟自己的丈夫十分恩愛。一天下班後，她買了一串南方運來的大香蕉擠上了公共汽車。可是七擠八擠，香蕉全掉地板上叫人踩了。諸位都知道，擠公共汽車掉了東西你是沒法撿起來的。連站腳的地方都沒有，容得你蹲下身子去？她只好自認倒霉，白花錢了。幸好慌忙中，她把手裡僅剩下的一根香蕉放進裙子口袋裡，並且就用手捏著，免得再被人擠爛了。

「最後一根香蕉可得替丈夫留著。況且兩口子收入不高，財務公開，花了兩塊多錢買的香蕉，也好有個交代。站了兩站地，離家還遠。她只覺得身邊有一個男子漢，緊緊貼在她手臂上和腿上。大家都擠公共汽車，誰不出一身汗？你是沒法發火的，只能彼此忍受著點。記得有一回，也是在公共汽車上，一個男子這麼擠著她，她不耐煩地動了動身子，念了聲『討厭』；可那男子嘴不饒人，竟大聲說：『你有本事嫁個當官的，坐小轎車去呀？何苦跟咱老百姓來擠呀？』惹得一車人嘻嘻哈哈的，臊得她無地自容。後來她就學會默默忍受了。

「這時刻她又被人擠著。她只是感覺到，自己手裡捏著的那根香蕉，竟有些發燙。是自己的手心出了汗。公共汽車開到一處站牌下停住，只見滿地下的人都要朝車上湧。幸好有佩黃袖標的安全員在維持秩序，抵擋人群。司機和乘務員索性只放下兩個下車的人，旋即又將車門關上了。而那貼在她身側的男子，則輕輕地說：『請讓讓！我下一站下，我下一站下……』她沒有理睬。真好笑，滿車上都人疊人，誰讓誰？有本事自己朝外擠出去哪！

「車又到一處站牌下停下來。她身側的男子又輕輕說：『請讓讓！我要下車！我要下車……』那男子說話時嘴裡帶出一股熱氣，都噴到了她後頸上。她仍是沒理睬。一個大男人，下車還不會自己動？光嚷嚷，討厭！

「公共汽車繼續朝前開去。又快到一個站牌了。她身側那男子顯然有些性急了，聲音也粗了：『女同志！你放放，我都過了一站了！』『你過了一站關我什麼事？真是！』『我要下車。』

『你不會自己下？』『我沒法下！』『你不會擠出去？好笑！』兩人一人一句地鬥起嘴來了。『你不鬆開手，我能下？』『你這是什麼話？』『就是這個話！』『這裡是公共場所，請你禮貌點！』『倒成了我不禮貌了？誰不禮貌？』」

「好萊塢博士」的話一落音，同教們又爆發出了一陣哈哈大笑。甚至有人粗野地嗷嗷叫，有人則響亮地打起了呼哨。

「香蕉！媽的王博士，好一根黃香蕉！」

「咱人人都有一根香蕉……啥時候也叫人誤會一回就好了。」

「王博士，你這鬼故事不要再講了。」

「再講，就又成了惡毒攻擊社會主義制度，誣衊咱偉大首都了！」

「你傢伙的鬼白話，也真是害人不淺！你看看，許多人都挺著自己的香蕉蹲地下，站都站不起來了……」

天氣一天天炎熱。同教們脫掉棉衣、絨褲沒幾天，就又脫掉了毛衣、棉毛褲，光赤著膀子上工、下工了。幾乎人人都樂於袒露，展示自己的肉體。「好萊塢博士」王力軍無形中成了大家的精神首領，一個自甘鄙俗、下流的精神首領。群體的墮落，破罐破摔，亦是一種對命運的消極抗拒。

整個春末夏初，同教們的另一個愛好，就是在野地裡勞動時，圍觀牲口的交合。遇上這種時刻，隨同勞動的「工人領導小組」成員們，非但不會喝斥制止，而會同樣地興高采烈，全然忘卻了自己的嚴肅使命，階級重任。在豬、牛、羊、馬、雞、犬中，大家最感興趣的又是馬匹的交合。他們就如球迷、戲迷、歌迷一般，盡情地為表演者吶喊助威，當啦啦隊。

……公馬和母馬在地裡追逐著。母馬肯定是情場老手了，不肯輕易就範，滿地下繞著圈子，引誘、挑逗公馬的情慾。公馬像是頭春上陣的新手，急不可待，噴著響鼻，刨著後蹄，恨不能立即征服了對手。

同教們鬆散地圍成了一大圈，一個個手舞足蹈，又喊又叫。乘機大大發洩一番。「工人領導小組」成員們也跟大家打成一片，不分彼此地加以評點、判斷。

「上去！對對，上去，再上去！」

「你急啥子？想上去幫幫忙！」

「看那傢伙急的，一根粉紅的棒槌，都吊得要碰到地面了！」

「牠是畜生，頭子上沾點土，不礙事的！」

「對對！找準了，找準了！」

有些本來蹲著的人，這時都激動得站直了身子助陣。尤其是「好萊塢博士」那傢伙，像個啦啦隊長似的，揮起雙手，跑來跑去，過他娘的盛大節日哩；雙方的成敗，全在他娘的指揮叫喊得是否得力哩。

「嗨！公馬又下來了？不中用的傢伙！」

「母馬也太刁了！準是個餵不飽的蕩婦！」

「公馬沒經驗，是名處男，被母馬屁股一蹶，就蹶了下來！」

「就這事不用求師傅，無師自通，連它娘的畜生都會。」

「公馬又追上去了！不達目的，不會甘休的。」

「跟人一樣。跟你老兄一樣。」

「畜生們之間可沒有強姦這一說……」

「也不要改造思想，比人要自由。」

「噓——別胡說！領導階級過來了。」

「看看！又上去了，又上去了！」

「中中！這回母馬也上勁了，肯配合了。」

「進去了？這就進去了？」

「你看，你看母馬興奮得直舔自己的腳桿。」

「公馬也鬧騰得夠歡的……」

「公馬，加油！公馬，加油！」

「母馬，挺住！母馬，挺住！」

「該死的公馬！這幾下，就敗下陣來？」

「初生之犢，算不錯了。只怕換了你老弟，還沒有這幾下呢。」

「在俺老家，俺小時候常跟大人一起，圍著看狗交合。那公狗母狗可厲害了，牠們的後體連在一起，從村子的這一頭扯到村子的另一頭，一扯扯好幾里地！」

「咱也看過。咱村裡的大人還朝那狗屁股上潑涼水。說是涼水一澆，那傢伙就生生挺在裡頭了，想扯都扯不出了。」

「咱小時候聽大人說，有的男女也會這樣，最後雙雙被脹死在裡頭，用刀子都剮不開。俺那時不懂，人何苦做這等可怕的事？」

「哈哈哈！老兄現在就懂了？怎麼懂的？坦白交代！」

「咱現在也不懂。咱想……可從沒有過……」

「傻瓜蛋！這還不容易？學學紹興師爺嘛，夜夜都有小動作。」

「俺連小動作都不會。俺現在還怕……」

「真正的大傻瓜！告訴你吧，人是進去了就不想出來的！賴在裡邊越久越滿足。你日後改造好了，娶了媳婦就知道。你要七下八下就完事，你媳婦會恨死了。還保不定偷漢子尋野食。上帝創造的這玩藝，從來沒有出不來的理。到鐘點，你媳婦受用夠了，會乖乖地相送你出來的！」

「比梁祝姻緣裡的十八相送還親熱！」

……這種圍觀牲口交合的場合，只有水抗抗、「關東大漢」、「紹興師爺」、「南詔國王子」、「太湖才女」等少數同教從不參與；且避得遠遠的。

他們仰天躺倒在地上，橫七豎八。縱使是雲天萬里，惠風和暢，草蟲啼唱，鳥雀翻飛，他們都十分漠然。什麼都不看，什麼都不聽，什麼都不想。

他們都恨死了在這種場合中最為活躍的「好萊塢博士」。他一身獸性，出口動粗，不是人，卻最能跟幾位工人師傅打成一片。

人，都快變成牲口了。

林花謝了春紅，
太匆匆，
無奈朝來寒雨晚來風！
胭脂淚，
相留醉，
幾時重？
自是人生長恨水長東……

「太湖才女」雙手抱膝，背向人群，獨自低吟著蘇州評彈

第六章　時局

下半夜，儒林園內，星昏月暗，蛙蟲不鳴，萬籟俱寂。淡紫色的霧氣，如輕煙彌漫，如柔紗縹緲，給這古老的監獄披上一層神祕的外衣。

一排寢宮裡，同教們卻被一聲聲「嗷嗷」怪叫驚醒了。開初還以為是誰做惡夢，在夢裡鬼喊鬼叫。跟著大家就明白了，怪叫聲是從二班紹興師爺床上發出的。水抗抗、關東大漢、南詔國王子、好萊塢博士都起了床。但見紹興師爺盤起雙腿，在他的上鋪裡打坐。眼睛一眨不眨地盯著窗外，嘴裡只管發出一聲聲乾號。

「你瘋了？」

「神經病！還想活不想活？」

「你不想活，也得讓大家活！」

「快閉上你的鳥嘴！」

同教們圍在他床邊，叫罵了起來。

他卻仍是眼睛望著窗外，嘴裡「嗷嗷」怪叫。

「快看！那是什麼？」

南詔國王子眼尖，隨著紹興師爺的眼神看出去，就看出究竟了：窗外土坪南沿，那棵叫雷劈過的無頭老柏樹上，閃跳著一團臉盆大的螢光！那螢光時明時暗，時起時落，真叫人毛髮倒豎！

「天呀！鬼火！鬼火！」

「鬼火躥上了樹！」

「那老傢伙沒有腦袋，只有個黑洞……」

「樹洞裡冒鬼火？」

全寢宮的人都起來了。人多勢眾，膽子也就大了，都湧到兩扇裝著粗鐵條的玻璃窗口去，邊看邊各有高見。

「那樹洞裡肯定塞滿了白骨。」

「只怕是住著妖精哩！」

「女妖還是男妖？」

「老子明天爬上去看看！」

「你身上要帶銅器，鬼魂最怕銅器。」

還是好萊塢博士見多識廣，嘴巴又閒不住，見縫插針地給大家道出一段掌故來：

「沒啥稀奇的！大唐時候，山東黃巢密謀起事，決定起事那天拿莊裡作惡多端的楊財主開刀。事有不慎，消息傳到了楊財主耳裡。楊財主半夜起來逃跑。可莊前莊後，早布滿了黃巢手下的義士。他沒法逃出，只好躲進村頭一棵老楊樹樹身的空洞裡去。天亮時分，起事時辰到了，黃巢率人趕到楊財主家中，發現人已逃跑，便追到村頭，沒追著，一怒之下，一刀劈去，拿老楊樹祭了刀！可老楊樹濺出血汙來，原來是藏在裡邊的楊財主被劈成兩段……」

好萊塢博士的這段掌故，使得同教們對窗外那棵老柏樹，更有了一種神奇感。

「老柏樹也被祭過刀？」

「鬼曉得。只怕是扔進過死屍……」

「難怪聽說樹下有好多冤魂。」

這時，膽子大的同教已經開了門，走到寢宮外面去觀看。陸陸續續的，二排和三排的同教們也都來到土坪上。連「工人領導小組」的師傅們也出動了，一個個目瞪口呆，看著老柏樹上的那團螢光，一時竟道不出是真鬼魂還是假迷信，也不知該怎麼以毛主席教導來破除這迷信。

最後還是營教導員有主見，跑回值班室打電話給監獄警衛連，報告了階級鬥爭新動向。不久，即從新監崗樓那邊，交叉掃射過來兩束探照燈的強光，似兩把橫擱在夜空裡的利劍，對準了老柏樹上那團神祕莫測的螢光，螢光就地正法，被撲滅了。

正氣壓倒了邪氣，科學戰勝了迷信。「工人領導小組」成員們分頭吹響了銅哨子，命令大家回各自的寢宮裡去睡覺，各班排都要清點一次人數。

第二天，「工人領導小組」在老柏樹下立起了一塊紅色語錄牌。語錄牌上是一段「放之四海而皆準的」毛思想：

凡是錯誤的思想，凡是牛鬼蛇神，都要進行批判，絕不能讓他們自由氾濫。

水抗抗近來晚晚都失眠。他不是害怕古代的冤孽，而是恨上了好萊塢博士王力軍。這是匹害群之馬，是個流氓頭，是塊病毒的發酵體。這傢伙有意無意地在同教們中間散布腐爛、霉變的氣息。甚至公然提出某天晚上，讓同教們在各自的寢宮裡，來一次「集體手淫」，以利健康呢。可是能說，罪過就全在「好萊塢博士」？不，不……應當鬧出點什麼事兒來，打破這集體墮落的局面。

找誰商量商量？

水抗抗覺得唯一靠得住的，是關東大漢。

關東大漢該不會也暗中接受過任務吧？不會。憑他一米九四的高個頭，大目標，就不是個做奸細的料。

能鬧出點什麼事件來？聯絡其他班組，來一次集體罷工、絕食？要求「工人領導小組」及其上級明確大家的身分，究竟算勞改犯人還是犯有思想錯誤的在冊學生？集體上書北京市委、國務院高教部，要求高層領導過問「問題學生們」的處境？或是乾脆發動一次集體逃跑，各回各的大學去要求復課？或是給毛主席、劉主席、周總理、朱總司令寫信，反映「儒林園高校勞教營」裡的惡劣現狀？

種種設想，千難萬難，否定了又否定。

有一天，水抗抗實在憋不住了，在玉米地裡鋤草時，把關東大漢叫在了一起，邊鋤地邊交談。玉米已經齊嶄嶄長有半人高，再有一個來月，就成青紗帳。

十幾米外的高坡上，有警衛人員荷槍實彈在站崗。每當他們出野外勞動，就享受到勞改犯人們的同級保護，由武裝警衛布哨站崗。據說這些武裝警衛個個都是神射手，百步穿楊，彈無虛發。聽說有好幾回，有勞改犯人趁野外勞動時逃跑，剛剛跑出警戒線就被擊中了小腿，抓獲了回來。警衛們使用最新式的自動步槍，對外只用在越南戰場。而警衛們腰上纏著的，不多不少，給每個被看守者準備了一粒「鉛質花生米」。據說每一粒「花生米」的價值是兩斤半大米。

水抗抗和關東大漢兩人並肩鋤去。同教們在綠油油的玉米地裡一字兒排開來，有先有後，形成一道散兵線似的。水抗抗把近些晚上自己所思慮過的種種念頭，向關東大漢和盤說了出來。大漢聽得眼睛睜得像銅鈴，嘴巴都合不攏，搖晃搖晃大腦袋，彷彿不相信自己的耳朵一樣。他停下手裡的鋤頭，過了好一會才說：

「老水！我打心眼裡服你是條漢子。你是熟讀了《三國》，孔明先生一樣的計多謀足？」

「大漢，你先莫笑話，說說我的這些想法，可行不可行？」

「這可說不上來……你得容咱想想。老水，難得你這樣看重咱，把性命攸關的事兒跟咱來商量……」

「我想我不會看錯人……要是看錯了人，也是自作自受。」

「放心！咱大漢不是孬種。雖說咱老爹是官僚地主，可從前他是拉起隊伍，先打老毛子，後打小日本的！一九四五年小日本投降，從延安來了大軍，收編了咱老爹的地方武裝。咱老爹那時算起義有功人員。直到一九五二年土地改革複查，才把咱老爹定為軍閥地主……當然，咱不替老爹翻案。咱不像紹興師爺自作多情，給中央寫什麼鳥上訴信。咱老爹在舊社會拉隊伍，肯定幹過壞事。是黨和政府政策寬大，才留給他一條性命，准他重新做人。可咱母親卻是個老革命……」

關東大漢就像在背履歷表似的說了一通。水抗抗則只對他最後一句有興趣：

「你母親大人是老革命？」

「你不信？咱吹大牛？她是老托派！」

關東大漢不服氣似地斜了水抗抗一眼。

「從來吹牛皮都不犯法，還能升官掌大印。」

水抗抗早聽大漢說過他托派母親的事。

「傢伙！你是想聽我吹點什麼？是眼下的大好形勢？還是咱父母的光榮歷史？」

關東大漢盯住水抗抗問。他認水抗抗是個推心置腹的朋友。

「現在不是我們父母的問題。是我們自己成了問題學生，面對新的形勢……」水抗抗提醒似的說。

「依咱近些日子參加集體學習，拜讀毛主席著作《關於當前的時局》，咱的心得體會是……活學活用，急用先學，凡事要學會分析時局……」

「嗬嗬，大漢，真有你的……我就想聽聽這個。」

「咱就談談時局……還記得吧，一九五八年大躍進失敗，毛主席沒有服輸，拿了彭德懷一夥人出氣，還有彭德懷的後臺……今年年初，黨中央召開了政治局擴大會議。咱偉大領袖親自主持了會議。會後，頒發了指導全國城鄉社會主義教育運動的『二十三條』。『二十三條』的第二條，他娘的開宗明義：社教運動的重點對象，是走資本主義道路的當權派。走資本主義道路的當權派有在下面的，也有在上面的，直至在中央的某些部門……老水，你學習『二十三條』時，不知注意到這個新提法沒有？只有毛主席本人，才能提出這類新名詞來。我敢說，劉少奇、周恩來、朱德、陳雲、林彪、鄧小平，都不夠格說出這新詞兒。你想想，走資本主義道路的當權派，還有在中央的！什麼意思？大有嚼頭哩！來這倒霉的儒林園勞教營之前，我在清華園裡聽一個高幹子弟私下吹牛，說劉少奇夫人王光美搞的那個社教運動的『桃園經驗』，在中央碰頭會上挨了批。拿劉少奇的夫人開刀，是什麼問題？項莊舞劍，意在沛公？現在還難說……」

關東大漢掏出一包皺皺巴巴的菸卷，抽出一支來，蹲下身子去，雙手巴掌捧住火柴點燃了，有滋有味地吸了兩口：

「老水，你不行。不嗜菸和酒，白在世上走，你不行……」

這回是水抗抗瞠目結舌了。真是人心隔肚皮，原來關東大漢滿腹經綸，有大學問。

「大漢，你正講到了節骨眼上，不要故意打住，製造懸念。」

「嘿嘿，來這儒林園地方大半年了，咱天天收聽廣播，覺得空氣裡的火藥味越來越濃，階級鬥爭的弦越繃越緊。當前舉國上下，大學毛主席著作……叫做讀毛主席的書，聽毛主席的話，做毛主席的好戰士。都在大比賽哩，最後看誰的調門高……應當特別注意到，槍桿子裡面出政權，這回是幾百萬人民解放軍，走在了學習毛主席著作，歌頌毛澤東思想的前頭。

「同時，毛主席也向全國人民發出了號召：工業學大慶，農業學大寨，全國學習解放軍……所以這局勢，依咱的看法，不用很久的時間，就會爆發一場新的、規模空前的大運動……乖乖咚地咚，運動的主要目標，只怕不會是咱這些問題學生，不是社會上的地富反壞右死老虎，也不會是地方上的小官們，而是那些走資本主義道路的當權派，尤其是在中央部門的走資本主義道路的當權派。」

「這樣說來，黨又要來一次大清洗，自己鬥自己了？」

「事物總是一分為二的。革命的政黨為了保持其青春活力和馬列主義純潔性，就必須不斷地清理自己。什麼自己鬥自己？應該叫做黨內一次新的路線鬥爭。共產黨從成立那天起，就沒有停止過路線鬥爭。也有人把它稱為殘酷鬥爭，無情打擊。」

「大漢，在這大好形勢之下，我們這些人該怎麼辦？」

「咋辦？努力勞動，老實改造，服從大局……絕對不要異想天開，輕舉妄動，自投羅網，當然，也可能會天下大亂……」

「大漢，你真是個將帥之才！卻偏偏學了天體物理，還虎落平陽，當了問題學生。」

「聽你吹的！咱還不知自己的斤兩？咱後悔的仍是高中畢業後，考取了這倒霉的清華大學天體物理專業，沒進省籃球代表隊當主力中鋒，去餐餐吃飽喝足，營養營養！到如今，咱最難熬，是每天那幾兩饅頭，只夠填肚皮一個小角落。」

說到吃食，關東大漢那滿腹經綸帶來的聰慧就黯然消失了，又露出一副飢腸轆轆的饞相、蠢相來。水抗抗深知飢餓是如何折磨著這巨人的軀體，因之對他充滿了同情、憐憫。突然，他腦子裡一亮，大腿一拍說：

「有了！大漢，關於你的吃食，我可以向營部提出一個建議……反正你個大力氣大，平日也總是給人幫忙。乾脆，你每天幹雙分活，領雙分糧，怎麼樣？」

「中！中！中！老水你真是《三國》裡的諸葛亮先生！國以民為本，民以食為天嘛！」

關東大漢雙目炯炯，標起了大拇指，好像雙份口糧已到手。他的大拇指有一根小黃瓜粗，三寸來長。

「不不，周瑜三步一計，諸葛一步三計，我們都望塵莫及……『遙想公瑾當年，小喬初嫁了，雄姿英發。羽扇綸巾，談笑間，檣櫓灰飛煙滅』……」

他們正談得起勁，兩把鋤頭被忘其所以地並排立在地裡，半天都不見動彈一下……遠處的警衛大約覺得他們行跡可疑，便一路巡視了過來。

「看鋤！加把勁，追上去！」

水抗抗眼尖，拔起鐵鋤，左右開弓，飛快地鋤了起來。

關東大漢也發覺武裝警衛在朝他們走來，厚重的牛皮靴揚起一路土塵。娘的大熱天還穿厚靴子，也不怕熰爛了腳底板！大漢朝兩手掌心上各吐上一口唾沫，搓了搓，拔過鋤頭，飛快地舞動了起來，兩人就像拉開了架式，要百米賽跑似的。

「日他姥姥！憑他幾根五尺長的吹火筒，就把咱百十號人馬都看死了！哪一天，咱要是想離開這地牢，赤手空拳，就先把牧羊犬收拾了！」

「大漢，不要胡思亂想……難為這些農村兵，一月才六塊錢零花……可也比我們老家的青年們強。來到部隊上，肚子吃得飽，身上穿得暖，還見了世面……」

「可就是頭腦簡單得跟他們手裡的吹火筒一樣，叫他們種地就種地，叫他們餵豬就餵豬，誰最聽話誰就是『五好戰士』，入黨……當兵三年，回到老家就當生產隊長，民兵營長……」

「大漢，你講的大約是機關兵……這勞改農場的警衛連，可人人都是神射手，用來對付逃犯……幹活！幹活！」

全副武裝的警衛戰士走了攏來，是個面目清秀的鄉下小夥子，見他們正在奮力鋤地，便站了一站，沒說什麼，又繞回去了。

「看！那是誰坐在地裡哭？」

關東大漢一口氣鋤到地頭，回轉身來等候著水抗抗，指著玉米行裡一個蹲著的人影問。

水抗抗也鋤到了地頭，邊抹頭上頸上的汗珠子，邊仔細看了看，嘆了口氣說：

「是太湖才女……我們勞教營裡，數她最作孽，孤零零一個女的……」

「聽講她父母都死了，劃了右派，自殺的。聽講，她在偷偷把父母的事，寫成一本蘇州評彈。」

「快勸她住手，都什麼年月？」

第七章　太湖風月

風住塵香花已盡，日晚倦梳頭。物是人非事事休，欲語淚先流。聞說雙溪春尚好，也擬泛輕舟。只恐雙溪舴艋舟，載不動許多愁！

——李清照〈武陵春〉

說起楊麗妮從「師大之花」淪落為儒林園勞教營「問題學生」的緣由，又不得不先說到她的父母親。俺華夏子孫自古以來就有修家譜族譜的傳統。且新社會比舊社會更講究出身門第，為治國之根本。上查祖先五代，下查九族姻親。公、侯、伯、子、男，換上了黨、政、軍、工、農，三等九級，等中有等，級又分級。並立有另冊，載入地富反壞右，隨批隨鬥，不入流也。

楊麗妮的父母皆為江蘇無錫人氏。在她童年的記憶裡，母親喬師師是一位大家閨秀，父親是個建築師。外祖父做著大官，父母親很少跟他來往。楊麗妮六歲的那年夏天，外祖父全家遷去了臺灣，母親和父親卻留了下來，迎接解放軍進城，歡呼新中國的誕生。那真是龍飛鳳舞、萬眾歡騰的歲月。小麗麗騎在父親的肩膀上，舉著小彩旗，參加慶祝遊行。母親則在他們前邊的隊伍裡打腰鼓，扭秧歌，唱著「解放區的天是明朗的天……」一面又一面的彩旗，一支又一支的腰鼓隊，秧歌隊，獅子隊，像彩色的波濤湧過來了，又蕩過去了，人人歡天喜地，彷彿一切都有了新的生機。

不久，父母親都有了工作。並在太湖邊上有了一棟小房子。父親名叫楊佑銘，是位留美歸國的建築學博士，被聘任為華東建築設計院副總工程師，每星期六回家一次。母親帶著小麗麗，在太湖中學當了語文教員。人們都誇讚母親漂亮，是「無錫美女」，小麗麗也漂亮，是大仙姑養了個小仙女。一家三口生活得親密、幸福而和諧。

記得母親的一位同事伯伯，曾經撫著她的腦門說：

「看來，新社會的優越性，共產黨的恩情，都叫你們占全了……」

的確，每逢星期六下午，父親回了家，小麗麗和母親就高興得像過節日似的，穿上最漂亮的衣服，上街買東西，看戲，逛公園，遊太湖。無錫的小吃，花樣百出；太湖的山水，天下名勝；無錫的評彈古曲，更是令人陶醉。有時母親也愛彈琵琶，自彈自唱。聽眾當然是父親和小麗麗。母親懷抱琵琶，真像個畫裡人兒。小麗麗雖然聽不懂許多詞兒，卻最喜歡坐在父親的膝頭上，看母親撫琴弄弦，柔聲漫唱：

將進酒，枉癡迷，萬斛離愁，可對誰人提？生平惟有君知己！問蒼天，既許相逢，何故又相離？情默默，恨依依，想到了情濃處，掩面悲啼，這才是無錫風波平地起，郎君一去無消息，轉眼便把癡心人離棄，恨不得摔碎瑤琴，學哭子期……

評彈古曲，彈唱的多是兒女恩怨，生離死別。母親常常彈著唱著，眼睛裡就噙滿了淚水。小麗麗後來才明白，母親是在為古代的才子佳人們的不幸，灑下同情之淚。父親則總是勸慰著母親，如今是新社會了，天下的有情人都該幸福而安寧了。父親工作的華東建築設計院在蘇州城北，是國家建委的直屬單位，離無錫有一個小時的火車路程。他的設計圖紙總也畫不完，一座座高樓大廈，一處處亭臺水榭。

可惜這種日月並不長久。就在小麗麗考上太湖中學的那一年——一九五六年的春天，英明的毛主席發出號召，各行各業都要給黨組織提意見幫助黨整風，克服官僚主義和教條主義，要求做到「知無不言，言無不盡，言者無罪，聞者足戒」。並保證「不揪辮子，不打棍子，不戴帽子」。經過市委、學校黨支部的層層動員，一時間學校的老師們一個個大膽陳言，對教育工作、教師待遇等等提了很多意見。

父親仍是每逢星期六下午便回家來過週末。父母親仍是那樣相親相愛，常常躲開小麗麗相擁著親嘴。母親說：「孩子都十幾歲了，我們還在戀愛……」父親說：「就是，就是，我們要戀愛到白頭……」真不知羞哩。

可有時小麗麗也聽到父母親發生很厲害的爭吵。一次是因為父親說起，他們的建築設計院是全國首屈一指的，精英薈萃，人才濟濟。前不久接到了一項中央下達的光榮任務，為毛主席和中央首長們設計避暑地、療養地和會議場所，地點是在江西廬山、北京西山、河北北戴河、大連棒棰島、山東青島、河南鄭州、武漢東湖、南京紫金山、上海西郊、杭州西湖、湖南長砂和韶山、廣西南寧、四川成都等等。父親為此十分自豪和驕傲，他和他的同事們，決心集古今中外建築藝術之大成，盡善盡美地完成這一非凡的保密任務。這也是華東建築設計院的光榮。

母親卻爭辯說：「毛主席不是說我們國家還一窮二白嗎？不是提倡勤儉建國、勤儉辦一切事業嗎？」

父親卻不以為然地反駁：「你一個中學語文教師，管那麼寬幹什麼？毛主席也說了，一窮二白，好比一張白紙，沒有負擔，好寫最新最美的文字，好畫最新最美的圖畫！作為一個建築工程師，就是要為以毛主席為首的黨中央設計好這些樓臺館所，園林別墅，避暑山莊，寫下最新最美的文字，畫下最新最美的圖畫！」

母親很生氣，一改溫柔的性情，竟拍了拍桌子說：「你們是在設計新的『阿房宮』！秦始皇統一六國之後，便興建『阿房宮』，覆壓三百餘里。只是你們比秦始皇高明，將『阿房宮』化整為零，分散設計，遍布全國風景區、文化名城！」

父親也很生氣，聲音都有些顫抖：「師師！你瘋了？你都胡說了些什麼？不要命了？師師！我求求你，我原不該將設計院裡的保密任務告訴你……這些話，千萬不要到外頭去說，為了我們的小麗麗，千萬不要到外面去亂說……」

小麗麗是在自己的睡房聽著隔壁書房裡父母親的爭論，半懂不懂的，也有些害怕，卻很敬佩母親的勇氣，明天要偷偷問問母親：「阿房宮」是座什麼房子？在哪裡？怎麼會大到三百里？

母親和父親的另一次爭吵，是因為母親在鳴放中，給學校黨支部黃書記提了意見，請他尊敬女教師的人格。十三歲的小麗麗十分敏感地聽到了一個「男女關係」的話題。大約是有一回，母親去學校黨支部辦公室請示工作，走到門口，便聽到黨支部黃書記和政治教員、體育教員三人，正在評頭品足地給全校女教師打分數，母親自然名列第一，還把母親比作北宋末年徽宗皇上迷戀過的開封名妓李師師，身子如何如何……

在黨支部辦公室，竟然這樣談論女教師，侮辱女教師的人格，可恥。母親氣壞了。在學校的鳴放會議上，母親便坦率地把意見提出來了。

父親批評母親自找煩惱，閒言雜語，何必去認真理會？而且，你今天給他提了意見，難保他日後不報復你，給你穿小鞋。

對於父親和母親的爭論，小麗麗完全站在母親一邊，心裡暗暗地看不起父親。父親膽小，軟弱，自私，總是一門心事地做他的建築設計，沒有勇氣正視現實。可憐蟲！一個堂堂的副總工程師，還不如一個女老師勇敢！

小麗麗上初二那年——一九五七年夏天，政治風雲突變。原先的「百家齊放、百家爭鳴」、「幫助各級黨委整風」的莊嚴號召，「知無不言、言無不盡、言者無罪」的神聖保證，變成為舉國上下的「反擊資產階級右派分子進攻」的大運動，變成為「剝奪右派分子言論自由」、「凡是反動的思想，凡是牛鬼蛇神，都要進行批判，絕不能讓它們自由氾濫。」原來大鳴大放是引蛇出洞，是對右派分子們撒下的一張羅網？

太湖中學寧靜的校園裡出現了白花花的大字報、大標語、大口號。小麗麗每天放學後都跟了同學們去看大字報。一天，她真不敢相信自己的眼睛，新貼出了十幾張大字報，竟是指名道姓地揭發批判母親的反黨言論的！班上的同學們都對她側目而視，原先最要好的女伴也跟她疏遠了。回到家裡，卻見母親高昂著頭，自顧自地冷笑著。小麗麗不敢問什麼，乖乖地幫著母親淘米、洗菜做家務，然後乖乖地做功課。母親仍是那麼性情孤傲，心地高潔。仍是每天檢查麗麗的作業。麗麗感覺出來的變化，是母親的飯量大減，晚上喝很濃的茶，臨睡前照例到麗麗房裡來看看，摟著女兒躺一會兒。然後回到她自己的房裡寫啊寫啊，直至深夜。麗麗知道母親在偷偷落淚，在寫檢討書，認罪書。母親真夠造孽的。

星期六下午，父親回來了。父母親再也沒有爭論什麼，也沒帶麗麗出去散步，看太湖裡的漁火夜色。一家人早早地睡了。半夜裡，小麗麗被隔壁房裡的叫嚷聲吵醒了，趕忙起了來，走出門口去看。但見父母親房間的門大開著，母親穿著睡衣，披頭散髮，在又哭又鬧。父親雙臂摟著她，勸著她。

「他們說我反黨！反黨……我沒有！我只是對黃支書提了意見。他們說反對黃支書就是反黨……姓黃的如今正好當著學校反右鬥爭領導小組組長……當初是他大會小會動員大家提意見、幫助黨整風啊，他用毛主席的話作保證，不打擊、不報復，不給小鞋穿啊……可如今，仍是這個黃支書，說變臉就變臉了，又用毛主席的指示來抓右派，凡是鳴放中提了意見的人，凡是教書教得好、受學生尊敬的教師，一個不漏……

「他們還說我仇恨新社會，因為我出身於國民黨官僚家庭，有階級根源……我說我跟官僚家庭早劃清了界線，一九四九年才沒有跟著去臺灣，而是留下來迎接解放……可他們說，我是留下來等待國民黨反攻大陸，為了裡應外合……這個世界，還講不講道理，還有沒有良心啊？怎麼可以這樣傷天害理啊？」

小麗麗站在門口，淚流滿面，渾身打著顫顫。直到父親看到了她，母親看到了她。父親趕忙放開母親，過來哄著小麗麗回屋去睡。母親擦乾眼淚後也出了來，抱住了小麗麗，一口一口地親著。父親在旁說：沒事，沒事，要相信黨的政策，即便是媽媽當了右派被開除公職，還有他這副總工程師養家。幸好他在大鳴大放中沒有說過一句話，設計院不會抓他，沒有理由抓他……

第二天是星期日，母親情緒穩定了，又檢查了麗麗的作業。中午，母親提議去街上照相館照了一張全家福。全家福也只有三個人：父親，母親，中間坐著小麗麗。看來，父親已經勸好了母親：唯一的出路，向黨組織低頭認罪，爭取從寬處理。

星期一一大早，父親就又趕火車回蘇州去了，回他的華東建築設計院繪製那些中央首長們的樓臺亭閣、園林別墅的設計圖去了。可也就是從這一天起，母親每晚上都去接受批鬥。母親又不准小麗麗到會場外邊去等著她。怕嚇著了小麗麗啊。母親不回家，小麗麗不敢睡。到了星期四、星期五兩個晚上，母親都是天亮時分才回家。小麗麗整晚上都守在房門邊，眼巴巴地看著門縫外。

她怕自己坐在門邊睡著了，母親回來不曉得，便一遍一遍地背誦著母親教給她的那些唐詩：「月落烏啼霜滿天，江楓漁火對愁眠，姑蘇城外寒山寺，夜半鐘聲到客船」……「相見時難別亦難，東風無力百花殘。春蠶到死絲方盡，蠟炬成灰淚始乾，曉鏡但愁雲鬢故，夜吟應覺月光寒……」直到天上月亮落了，星星落了，太湖裡的漁火熄了，天邊泛起了魚肚白，母親才回來。母親見女兒整夜都等候在屋門邊，就抱著女兒痛哭起來。其餘什麼都不說。她美麗的臉上、脖子上都有被人抓撓過的傷印。母親是不是被人糟踐了？小麗麗不敢問，母親也不會說。

星期六的早上，母親又接受了通晚的批鬥回來。母親竟一反往常，讓小麗麗寫了張假條託過路的同學帶去給班主任請假，在家裡陪著她。做了飯菜，母親也只吃了兩口。然後就像小時候那樣，母親摟著小麗麗睡覺。母親渾身都發冷。麗麗大著膽子問：「他們打你了？還是……」母親連忙打斷她的話：「小孩子，不要亂問！要聽話，跟黨走，做革命人……」她在母親懷裡睡著了。到了上午十點鐘，母親叫醒了她。含著淚水打發她去上學，叮嚀她把缺了的課補上。

下午，小麗麗放學回家，使她高興的是，父親突然回來了！母親卻不見了。父親手裡拿著一張字條在發獃，是母親寫的：

我向學校告假半月，約了一條漁船，去西洞庭山看望范伯父。天天接受批判，也該休息休息。晚上記得給小麗麗蓋被子。

去西洞庭山看望范伯父？小麗麗向父親講了母親一週來天天吃批判，有三晚上都是被人批鬥到天亮。父親悶著臉，只嘆氣。麗麗問父親，西洞庭山遠不遠？范伯父家去過嗎？父親告訴她，喬家是有一門遠親在西洞庭山，多年前曾有過來往，是不是姓范，記不清了。

反右鬥爭風高浪急，母親去休息休息，避避風頭，也好……

可是到了第二天早上，父親坐不住了，領了小麗麗在太湖邊上轉了好幾處碼頭，想搭船去西洞庭山。西洞庭山是太湖裡的一個小島，五、六十里水路，煙波淼淼，就是找不到一條船！父親急得渾身大汗，又領著麗麗去郵電局打電話，向建築設計院領導延假。但在電話裡，人家領導說：正是反右鬥爭高潮，院裡星期天都在開批鬥會，你已經請假回了家，一定回來開會，參加運動！父親失魂，只好領著麗麗回家。一路上，他都在說：麗麗，聽話，麗麗聽話……媽媽會回家，媽媽會回家……

一大早，父親搭早班火車回蘇州去了。丟下了小麗麗在家裡。她好害怕啊，既盼母親回家，又盼父親回來。她才十四歲啊，每天放學回來就關緊了屋門，坐到窗邊去揭起一角窗簾，眼睜睜地守望著。她最怕天黑，天一黑就心焦，就要哭。她多麼想聽到屋外邊的沙石路上，能傳來那熟悉腳步聲。有時半夜裡突然驚醒，是媽媽在敲門？是爸爸回來了？待她走到門邊去，卻只聽見門外野地裡青蛙鼓噪，草蟲啼叫……

直到一天下午，班主任把她從課堂裡叫出來，撫著她的頭髮，讓她回家去，說是她父親回來了，正等她。她揹著書包飛快回到家。門外停著一輛公安局的吉普車。屋門敞開著。見屋裡有兩個穿白制服的公安員正讓父親在幾張表格上簽字。她在門口站了一會，直等到公安員出來，開車走了，她才進了屋。

父親斜靠在一張藤椅上，一下子像老了十歲，渾身被人抽乾了氣血似的，全無知覺。

「爸！儂哪樣啦？爸！出哪樣事啦？爸！」

小麗麗有了不祥的預感，一下子跪在了父親面前。父親病了？被人打了？她的眼睛突然落在父親腳邊的一張蓋有公安局大印的紙頁上：「死亡通知書」，太湖中學教員喬師師，女，現年三十三歲……

小麗麗一把抓起了紙頁，仔細看了看，趕快丟掉。她站了起來，抓住父親的肩頭，拚命地搖著：

「爸——我要媽媽！我要媽媽！我要媽媽……爸！你開口呀！爸，你還我媽媽！還我媽媽……我要媽媽呀——」

女兒的哭叫，撕肝裂肺，石頭落淚，青山垂首，江河嗚咽。

女哭三聲天地驚。丟魂喪魄的父親終於醒了過來。他竟然撲咚一聲雙膝跪到了女兒面前，滿臉上淚水縱橫，雙手拍打著地板：

「麗麗！小麗麗！爸爸有罪啊……爸爸對不起你，對不起你媽媽呀……師師，我對不起你呀！對不起女兒呀！師師！」

「還我媽媽呀！還我媽媽呀……我要媽媽呀！我要媽媽呀……」

小麗麗也跪下來，跟父親面對面地跪著，哭著。

「師師！女兒問我要媽媽！可我問誰要你，要妻子呀……問誰要妻子呀！問誰？問誰？告訴我，誰能告訴我啊？問誰要回我的妻子……她還那樣年輕，正直，聰明……」

小麗麗又一把抓過那紙罪惡的「死亡通知書」，三下兩下把它撕碎！

「我不信！我不信！他們騙人！騙人…… 媽媽會回來！媽媽會回來……爸！我要媽媽！給我媽媽呀……」

父親卻一邊哭，一邊爬在地下，一片一片地撿起那被女兒撕碎的紙片：

「麗麗！爸爸對不起你，對不起你媽媽……我跟著他們去過西洞庭山，是漁民報的案……我一個男子漢，保護不了自己的妻子……沒有了她，這日子怎麼過呀？還有什麼過頭呀……」

父女兩個，一個要母親，一個要愛妻，哭得死去活來。

幾天之後，麗麗的眼睛腫了，喉嚨啞了。父親也跟著眼淚流乾了，才沙啞著嗓子告訴了小麗麗：

「沒想到，你母親，進了太湖，走這條路……難怪她說，要去西洞庭山看望范伯父……」

父親說著，又哭了起來。

小麗麗，心裡有一團謎。

痛定思痛。父親也曾經力圖為母親討回公道，伸張正義。可是找誰上訴？找誰告狀？

父親領著小麗麗去找太湖中學。學校反右鬥爭領導小組通知父女倆：喬師師生前有過反黨反社會主義言論，受到大字報揭發批判，若她的親屬硬要求組織上作出結論，就只能定為「右派分子，畏罪自殺」。

父親領著小麗麗去找市檢察院、市中級人民法院，都遞上了申訴書。市檢察院、市人民法院都把他的申訴書轉回太湖中學反右鬥爭領導小組處理。

父親領著小麗麗去找市公安局、市教育局、市政府文教辦公室、市委宣傳部、市委組織部，結果都是一樣的。父女倆碰上的是同一個「組織」。

個人在「組織」面前，書生在政治面前，猶如一條魚在一張大網裡面。

要活下去，生活只能選擇妥協。個人對整體的妥協，弱草對巨壁的妥協，感情對專制的妥協。

母親的悲劇，就在於她不肯妥協、不肯含垢忍辱以苟全性命。

市政府有位好心的熟人怕他父女倆執迷不悟，便給父親指點迷津：什麼叫做無產階級專政？就是外國的馬克思加中國的秦始皇……老兄，誰能說得出這個話？還不明白？千萬不要亂傳，剛剛內部傳達……

市委組織部也有好心的人，可憐他們父女倆。徵得父親的同意，通過組織出面跟有關部門協調，將父親調至無錫師範學院任數學教員。小麗麗也轉到師院附中讀書。本來父親可以把小麗麗帶去蘇州。但父親跟建築設計院領導的關係有些緊張，還是早離開為妙。父女倆都願意留在無錫。無錫離太湖近，離妻子近。離母親近。

父親總算有所慰藉。他在心裡埋下了妻子的沉冤，領著小麗麗含辛茹苦地討生活。他安分守己，沒再申訴，沒再妄圖給任何人增添一星半點兒痲煩。他們仍住在太湖邊上的那棟小屋裡，開門就看得見太湖的萬頃碧波，漁帆點點；晚上掀起窗簾的一角，便看得見太湖月色，漁火閃灼。他的妻子，她的母親，就在太湖深處，漁火深處。

家裡的一切陳設，都保持著母親生前的樣子。小麗麗很懂事，一日三餐，每餐都要在母親的座位前，恭恭敬敬地擺上碗筷碟子，給母親添上小半碗米飯……母親依舊與女兒同在，與父親同在。

父親一天天變老了。他把全部的感情、希望，放在了愛女身上。小麗麗一天天長大，她出落得像她母親那樣，亭亭玉立，俏麗奪目，心性高潔。

到了一九五八年的秋天，轟轟烈烈的反右派鬥爭，已經基本結束。但根據上級指示，運動結束之前，各單位需要查一查，還有沒有漏劃右派？右派指標完沒完成？小麗麗在長大後才明白，所謂「右派指標」，係上級「反右鬥爭領導小組」明文規定，在知識分子隊伍裡，應當揪出百分之三至百分之五的右派分子。可以適量超過，但不得低於這個比例①。

於是一九五八年秋冬之季，全國各地又進行了一次反右鬥爭「補火」，殺回馬槍，父親執教的無錫師範學院，屬於未完成「右派指標」的單位，還少揪了三名。可是學院反右鬥爭領導小組下屬的辦公室、專案組均已撤銷。學院黨委只得重新召集有關積極分子會議，經商議，內定下三名教師為「補劃右派」。同時決定，對這三名新補劃的右派教師，只給戴帽、上報，不再開批判會，不給行政處分，仍然留校任教。當然需要當眾宣布「組織決定」。在右派分子大軍裡，他們既是倒霉蛋，又是幸運兒了。

其中一名便是小麗麗的父親楊佑銘。本來學院上下，對她父親的印象頗佳。調閱他的原單位寄來的檔案材料，也證實他在大鳴大放中未講過一句話。皆因市委宣傳部新近被提拔上任的黃部長在一次大會報告時問道：

「師範學院的右派分子都抓乾淨了嗎？比如去年太湖中學畏罪自殺的那個女右派，她的先生就在你們學院當教授嘛！這種人能對黨、對社會主義沒有仇恨？這種人不是右派，誰還是右派？有人講他大鳴大放中沒有說過一句話，什麼意思？敵對分子常常用沉默來表示不滿、表示對抗嘛！不叫的狗咬人，不鳴放的右派比鳴放了的右派更危險。引蛇出洞，有的蛇出了洞，有的蛇還沒有出洞嘛……」

黃部長就是原太湖中學的黨支部黃書記。麗麗聽大人們私下議論過，黃部長因為抓右派有功，懂得如何對知識分子實行無產階級專政，才被提拔重用。麗麗也明白，父親當了右派，也就永遠失去了發言權，不會再替母親申冤。

父女倆的生活，又一次選擇了屈從、妥協。不屈從、不妥協行嗎？另一種選擇便是跟母親一樣：下太湖。父親倒是能處之泰然，戴了右派帽子回家就跟上了一趟街回家一樣：

「麗麗，你知道什麼是托爾斯泰主義嗎？」

麗麗搖了搖頭，但她讀過《安娜卡列尼娜》，讀過《復活》。父親苦笑著說：

「當有人打你的左臉，你再把右臉湊上去。打吧，打吧，高抬貴手，左右開弓，直至你大人的手打疲乏了，也就寬恕了……」

什麼屁托爾斯泰主義？麗麗覺得太可悲，是逆來順受的基督精神？

父親當了增補右派之後，生活上的一個重要變化，就是搬了一次家，從三房一大廳變成兩房一小過道，從磚房變成木板房。數千冊母親留下來的古版圖書無處堆放，只好交給學院圖書

①據一九七九年全國右派分子平反，《改正時報》載，一九五七年計有五十三萬名知識分子被打成右派，僅七名未予改正。

館。麗麗默默地跟著父親接受著一切。她什麼都不問，卻又什麼都懂。

一天，父親從學校回到家裡，見女兒在牆上貼了一張毛筆字，筆鋒俊秀：

山不在高，有仙則名；水不在深，有龍則靈。斯是陋室，唯吾德馨。苔痕上階綠，草色入簾青。談笑有鴻儒，往來無白丁。可以調素琴，閱金經。無絲竹之亂耳，無案牘之勞形。南陽諸葛廬，西蜀子雲亭。孔子云：「何陋之有？」

原來女兒為了寬慰父親，抄錄了唐代詩人劉禹錫的散文〈陋室銘〉。

父親很感激女兒。父女心相通。女兒能體諒父親的苦衷。但過了兩天，父親就把這〈陋室銘〉從牆上揭了下來，惹得麗麗很不高興。

「爸！劉禹錫犯錯誤啦？」

「麗麗……」

「〈陋室銘〉算不算反黨反社會主義的大毒草？」

「麗麗，別生氣。爸只是覺得它貼在家裡不妥……」

「有哪點不妥？」

「劉禹錫以神仙、神龍自喻，玩世不恭。『唯吾德馨』則是自我標榜，自高自大……」

「還有哪些不妥？」

「這『談笑有鴻儒，往來無白丁』，更是劉禹錫流露出了看不起勞動人民的封建士大夫氣習……」

「用毛主席的階級分析法來給劉禹錫劃成分？搞批判？他是一千多年前的古人！」

「毛澤東思想，無論古今，放之四海而皆準。」

「爸爸！儂也學會了人家用來對付儂的一套？」

「知道，知道……麗麗，阿拉父女在家，雖說可以自嘲自諷，取個樂子，但叫人家看了，會說是阿拉借古諷今，對現實不滿，發牢騷，抗拒改造……」

「爸爸，儂是被嚇破膽子了，樹葉子掉下來都怕打開腦殼子！」

「麗麗，夾著尾巴做人，埋下腦殼做學問，是我們的本分……」

父女兩個誰也沒有說服誰。這時的小麗麗已經長成一個大人，不再高興人家呼喚她的小名，而要求喊她的學名：楊麗妮。

楊麗妮平日沉默寡言，只顧埋頭讀書，不事修飾打扮，卻十分注重自己的獨立人格。對人對事，亦有了一些她相當獨立的見解。常常使做父親的感到吃驚。殊不知正是楊佑銘推薦了許多古今中外的文學名著叫女兒閱讀，使女兒無形中受到了人文主義、人本主義的薰陶，並初識社會人生的種種醜惡、奸詐、複雜。因之父女之間也時有矛盾和爭論。

楊麗妮漸漸地以批判的目光來看待父親的人生哲學、道德學問。父親是在政治高壓下變了形。她最為不滿的，是父親平日對上級、對同事、對學生的那套點頭哈腰、唯唯諾諾、奴顏卑膝：

還有人前人後，甚至在家裡，也總是不忘稱道社會主義制度優越、共產黨領導英明、毛澤東主席偉大。父親像一個中了邪的人念咒語。

有時，楊麗妮會在飯桌上突然問：

「爸！儂對黨的領導是真擁護，還是假擁護？」

楊佑銘教授便會吃驚得把眼鏡都摘下來：

「儂個高中生，革命接班人，哪能問出這號話？」

「嘻嘻……也難怪，儂個大教授，需要護身符……」

「放肆！不是共產黨領導，正確對待阿拉這些舊社會過來的知識分子，阿拉還有命？歷史上，哪次農民起義不燒殺？唐朝時候山東的黃巢起義，殺人幾百萬；明朝末年四川張獻忠的起義軍打進成都，張榜招賢，聲言要重開科舉，把全省的讀書人騙來，然後一個晚上殺絕……四川被他殺得人口大減，後來的滿清政府不得不從湖南、江西兩省移民……」

「爸！儂這話可不要到外邊說。儂誣衊農民革命，是不是？」

「對對對……阿拉舊社會過來的人，中毒太深……是黨救阿拉出火坑。今天還能在大學裡教書，月工資比普通工人高出三、四倍！還有這宿舍，這水電……」

「算了，算了，阿拉個高中生，剛剛讀過一本書：《變形記》。原來生活裡，就到處都有變形。」

「放肆！為哪樣不多讀些馬列？不多讀毛主席著作？政治是統帥，是靈魂，毛澤東思想是指路明燈！」

「爸！儂是舊社會過來的，要改造思想，要接受批判，多讀些馬列吧！阿拉生長在紅旗下，從小受的是黨的教育……」

「危險，麗妮，儂思想危險呀！思想改造，人人都是需要的呀！」

「放心，抓右派，當反革命，阿拉都還不夠年齡。」

這時，父女倆就要鬧得不歡而散，格格不入。彼此都傷心。

在日常生活上，楊麗妮卻很會體貼和照顧父親。家務事，她總是搶了做，幾乎不叫父親沾手：上街買菜，買米買煤，洗衣做飯，收拾房間。到了一九六〇年，全國城鄉開始鬧饑荒，鄉下開始餓死人，城市裡食品供應奇缺，黑市上的豬肉雞鴨漲到幾十塊錢一斤。可楊麗妮總是想方設法讓父親吃飽。有時寧願自己挨餓。因為她想到要是母親活著也會這樣做。父親的同事們都說他不幸之中有大幸，養了個女兒像天使，人品學業，家務操持，都是人見人愛呢。

一天，楊麗妮替父親收拾書桌，無意中看到一封信，大約是父親原工作單位——華東建築設計院的老友寫來的，卻又無頭無尾。大概意思是說：國家經濟這麼困難，鄉下到處都在餓死人，城裡人也得了水腫病，原先幾角錢一斤的餅乾賣到了十幾塊錢一斤，雞鴨賣到了六、七十塊錢一斤，大學講師和一般知識分子一個月的薪金還買不回一隻雞……可是，原先建築設計院以最高標準為中央領導人設計的那些樓臺館所、園林別墅，卻都開了工。從廬山的廬林一號，到長沙的蓉園，韶山的滴水洞，南寧的明園、西園，廣州的珠島林園，杭州的西子園，上海的西郊賓館，南京的紫金山別墅，北戴河、青島的避暑山莊，北京的西山別墅、釣魚臺園林，大連的棒棰島賓館，鄭州的黃河賓館，武漢的東湖賓館，成都的蜀園……

這些工程為什麼不停下來？是中國革命的急需？還是世界革命的急需？為什麼不用這筆巨大的基建費用去拯救全國二十幾個省市瀕於餓死的數以億計的飢民？特別是在廬山上的所見所聞，更是令人吃驚，除了新建廬林一號②之外，還翻修了當年蔣委員長和宋美齡女士的別墅：美廬。美廬二字，為「中正」題，至今留存在山石上。原先美廬的樓上住蔣委員長，樓下住宋美齡女士。如今樓上住毛澤東主席，樓下住江青同志。只是比原先闊氣、氣派多了。家具卻仍是原來的，毛澤東主席睡在當年蔣委員長的床上，書桌也是蔣委員長用過的，上面硯筆均在，還擺有一支大象牙，為當年雲南軍閥給蔣委員長的賀壽禮品……

這封信，使楊麗妮大吃一驚。父親當了右派，還竟然收得到這種信！幸虧沒有被郵政部門查出來……過了兩天，楊麗妮找來了《古文觀止》一書，讀了其中的〈阿房宮賦〉，真是觸目驚心。同時也留意到，父親書桌上那分包藏禍害的東西不見了，大約是被一根火柴燒掉了。許多事情不能說在嘴上、寫在紙上，只能記在心裡。

通過這件事，楊麗妮漸漸能理解父親和父親那一代知識分子了。在做完功課和家務事之後，她愛上了琵琶——亦是母親的遺物。她偷偷地躲在小房間裡自彈自唱，很快便無師自通。猶抱琵琶半遮面，是一種人生哲學，也是一個人生畫面。畫面的背後，有著人世滄桑，歲月淒涼。琵琶古曲，浸透了歷史的淚水，現實的悲傷。

每當楊麗妮懷抱琵琶撫弄琴弦，父親就會悄悄站立在身後，凝神靜聽。一次，父親聽著聽著，便轉到女兒身後，將手掌放在女兒肩上。一雙略顯昏花、十分慈祥的眼睛，緊盯住女兒看，總也看不夠似的。女兒出落得跟她娘一模一樣了：清水出芙蓉，天然去雕飾啊，而且是生長在汙泥上。

楊麗妮的湖水一般明亮的眼睛，也緊盯住了父親的臉盤。父親才四十出頭，已經滿臉皺紋，早生華髮，兩鬢染霜。可父親的清俊儒雅氣度，卻未因生活的磨難而消滅。此時刻在女兒的眼裡，父親仍像反右鬥爭之前那樣瀟灑脫俗，風采翩然。她不由地歪過了身子，像兒時一樣將腦袋瓜靠在了父親的胸前：

「阿爸……我有一句話……」

「說，有話就說……」

「儂，應當替阿拉找一個後媽。」

父親楞住了。沒想到女兒竟會想出這樣一個問題。

---

②為毛澤東在山上避暑時午睡及室內游泳處。

「儂這些年來，忒苦了自己……」

「不，不。阿爸的心，一半隨你娘去了西洞庭山，剩下的一半留給了你。等你上了大學，阿爸就好了。」

良久，父親以喁喁耳語似的聲音，對愛女說。

愛女不負慈父心。一九六一年初秋時節，楊麗妮在全國高等院校統一招生考試中，以江蘇省文科考生第一名的優異成績，後來還查明是全國文科考生第一名，被著名的京華師範大學中文系錄取。據說師大校長親自調閱過她的考卷，該生的古漢語程度，已經達到研究生水平。可是再調閱她的政治審查表格時，卻又不得不發出哀嘆：

這麼優秀的人材，卻不是出身於工農家庭！

女兒考取了全國名牌大學，楊佑銘了卻一樁心事，對得起愛妻喬師師在天之靈。一九六一年冬，他向學院遞上了因病自願退職的報告，很快獲得批准。一個摘帽右派自動請求離職，誰還會挽留？不久，他去了西洞庭山，去追尋愛妻的亡魂。

這一切，他都做得入情入理，不留政治汙跡，以免再影響女兒前程。直到這年的寒假，在北京讀書的楊麗妮才知道父親於兩個月前在西洞庭山失蹤的信息。父親是陪伴母親去了。

楊麗妮哀痛欲絕，哭了好幾個通晚。好在師範院校歷來管吃管住管學雜費。她這才明白了，父親活得最清醒。

第八章　歸來兮！阿房宮

應當說，楊麗妮進京華師範大學讀書，是趕上了好年月。經歷了連續三年的大饑荒之後，黨和國家領導人忙於拯救業已崩潰的國民經濟，中國城鄉的政治空氣有過短暫的寬鬆。還傳出了「毛主席犯了錯誤、作了檢討，已退居第二線研究理論、發展馬克思主義」的信息。在高等學府，政治觀念有所淡泊，學術至上、業務第一的風氣又大為抬頭。人的階級成分的緊箍咒，也暫時放寬了尺寸，沒教五湖四海的知識分子猢猻們滿地下打滾，磕頭求饒。

父親去世後，楊麗妮成了孤女。在神州大地上，她已經無親無故。書中自有黃金屋，書中自有顏如玉！唯有讀書能稍稍緩解她的孤獨和痛苦。她很少跟老師、同學談話，也規避許多集體活動。文文靜靜，自怨自艾，蛾眉深鎖。功課卻十分出色，在課堂上與師長對答如流，鋼筆字毛筆字也都寫得特別娟秀。在中文系裡，她很快得了個外號：冷美人。她只是淡淡一笑，不予計較。業餘時間，她下意識地搜集、剪貼著一些城市地圖、風景畫片，有北京西山，北戴河海濱區，大連棒棰島，青島嶗山，河南鄭州，南京紫金山，杭州西湖，江西廬山，廣州珠島，廣西南寧，湖南長沙和韶山，四川成都，武漢東湖……誰都不明白她為什麼要搜集這些地方的地圖和畫片。大約連她自己也不清楚。無所事事，百無聊賴吧。同學們都憐惜她、敬慕她。因為她是一個自甘寂寞而又哀怨動人的孤女。

她的天生麗質，卻終於被藝術系的女輔導老師看中。一九六三年元旦，學校裡要舉辦一次文藝晚會。在輔導老師的一再動員、說服下，她試了試嗓音和身段，同意擔任學校業餘藝術團的報幕員和在晚會上演唱一段蘇州評彈。女輔導老師十分熱情，自我介紹是復員軍人，延安出生，名叫呂延兵，父母親都是高幹。

她是個做事認真的人，要麼不接受輔導老師交下的任務，一經接受，就要出色完成。於是她從業餘藝術團借來琵琶，每天下課後便躲到避人耳目的角落裡去演習。她還從衣箱裡翻出一件母親當年的遺物——軟緞蘇繡旗袍來，趁著同宿舍的三位女同窗不在，對著鏡子穿上了：天呀！鏡子裡的人是誰？是自己嗎？她簡直不相信，不相信……她雙手捂住了火燒火燙的臉龐。這深紅色暗花旗袍，把自己的身段、線條，那麼高潔、優雅地襯托了出來，真真一個美人兒……她對著鏡子看了許久。她彷彿第一次發現自己是這樣的俊麗。她心裡滋長起一種好勝心。這回要麼不上臺，上臺就要一鳴驚人。只此一回，以後仍要甘於寂寞，好好讀書做學問。

藝術系的呂老師也興致勃勃地給了她許多次的個別輔導，還參加了業餘藝術團的走臺、連排和彩排。

一九六三年的元旦之夜，燈紅火綠，禮花束束，真是個令人難忘、使人陶醉的夜晚。還在化粧室裡，呂老師剛給楊麗妮上了妝，並讓她穿上那件深紅色蘇繡旗袍，就把歌詠隊、舞蹈隊的男女演員們驚住了：乖乖！Beautiful！賽過了中央歌劇舞劇院的報幕員！我們的晚會成功一半！呂老師則一再給她交代：回頭你從乳白色的紗幕中間走出，聚光燈會打在你身上，在四周成一個光圈。你應面帶微笑，安靜地佇立十五秒至二十秒鐘之久，讓全場幾千觀眾的視線都停佇到你身上來，你再宣布晚會開始……不要怯場。祝你成功！

舞臺監督這時進來宣布：時間到，報幕員上場。

楊麗妮跟著舞臺監督上場。腳下的高跟鞋使她的腰肢俊挺，深紅色的軟緞旗袍使她全身線條豐潤而流暢。她站在幕側定了定心。大廳裡播放著圓舞曲，人聲沸揚。她掀開了大幕的一角看了看，黑壓壓一片人頭，五千座位座無虛席，連四周的過道都坐滿了。場燈轉暗，樂曲停止。舞臺監督把她拉到了乳白色大幕中央，替她掀開了一條中縫。

楊麗妮心口怦怦跳著，落落大方地從大幕中走出。一束圓圓的橙色追光打在她身上。身後的大幕中縫隨即合上。乳白色的大幕十分鮮明地襯托出了她高雅、俏麗的身段。映日荷花分外紅。人聲喧嘩的大廳頃刻間安靜了下來。就像全體觀眾「哇」地吃了一驚似的，所有的視線都集中到她身上，為她所吸引，為她而興奮。彷彿幾千雙眼睛都在問：「這是誰？美麗的天使，師大的維納斯，是誰？」

桃花嫣然出籬笑，似開未開最有情。她微微笑著，風姿綽約。她切記著呂老師的囑咐，要停留十五秒至二十秒鐘之久。她環視著大廳，心裡默默地數著數。數到全場鴉雀無聲時，她對著麥克風，以甜柔而略微發顫的嗓音宣布：

「親愛的老師們！同學們！來賓們！『爆竹聲中一歲除，春風送暖入屠蘇。千門萬戶曈曈日，總把新桃換舊符』，京華師範大學一九六三年元旦迎新晚會，現在開始！」

她的略帶吳儂軟語的普通話，清爽甜柔，風情別具，立即贏得全場暴風雨般的掌聲、喝采聲。從來的大學生們都是些最好激動、最好鼓掌歡呼的觀眾。一時臺下已是議論紛紛：「我們師大還有這等美女！」「冠壓群芳！」「全北京大專院校女生第一！」甚至有男生站起來大聲問：「你是哪個系的？怎麼不認識？」「你叫什麼名字？」接著是一陣友好的哄笑。

乳白色的大幕在她身後徐徐開啟。她仍是笑微微，亭亭玉立。她既有些害羞又十分自得。她明白全體觀眾都在讚賞自己。她稍稍側過臉去，見臺上的幾十位男女歌手們早已排列整齊，全場觀眾又安靜下來，才朗聲報幕：

「第一個節目，大合唱〈祖國頌〉，由校業餘合唱團演出，業餘樂團伴奏、指揮……」

報幕完畢，她在掌聲中退進幕側。呂老師已在那裡等著她。她雙手按在胸口上，幾乎要倒在呂老師的懷裡。

「媽呀！緊張死啦！心都快要蹦出來啦！」

呂老師擁抱了她，高興得直拍她的肩背：

「傻子！還叫媽哪！看老師同學們反應多麼熱烈，多麼喜歡你！你馬上就要成為師範大學的驕傲啦！」

晚會節目一個接一個演下去。楊麗妮的每一次報幕，都先朗誦一首跟節目內容相近的唐詩或宋詞，生動別致，因而贏得一次比一次熱烈的掌聲。一顆長時間處於孤獨、寂寞中的心靈，一下子接受著這麼多掌聲和巨大的熱情，她真有些暈暈乎乎了。她激動得直想哭。人世間，校園裡，對她一個孤女，還有這麼多溫暖，這麼大的撫愛啊。

中場休息之後，頭一個節目便是她的蘇州評彈〈十杯酒〉。當大幕又拉開來，換上另一位女生報幕時，觀眾都十分驚詫，就像怕她突然失蹤了似的。報幕員報下一個節目，由中文系楊麗妮同學，演唱蘇州評彈〈十杯酒〉，觀眾們還沒有什麼反應。可是，等到大家看清楚了就是原先的報幕員抱了琵琶上場行禮時，全場才又爆發出了熱烈的掌聲。

楊麗妮懷抱琵琶，在椅子上坐定，對正了麥克風。但見她手指撫弦輕輕一挑一撚，便珠落玉盤，未成曲調先有情了。頓時，全場觀眾的心，都像在隨著她手指彈奏出的節奏跳動。低眉信手續續彈，弦弦掩抑聲聲思，似訴心中無限事……她以柔情千結、咬字清晰的蘇州方言唱道：

一杯酒，唱郎君，
憶多情，天南地北無音信，
離多會少，離多會少難親近，

萬里關山教人何處尋？
自從含淚分別後，
一直苦守到如今！
可曉得，春宵一刻值千金？
最關情，一輪皓月明如鏡，
照出離人兩地一樣心！

二杯酒，唱郎君，
曉日照簾櫳，
夢斷華胥蝴蝶又成空，
問多才何日才得成鸞鳳，
俏冤家含愁無語欲哭無聲！
可記得，長亭送別盟誓在，
可記得，約定佳期兩心同。
不知是你有意將奴哄？
為什麼雁斷衡陽再無聲？

三杯酒，唱郎君，
問卜去求神，
斷不出凶和吉，
判不出假和真，
我只得，咬定牙根耐著心腸等，
究不知，何年月日才見負心人，
暗地裡將郎恨！
自古道，恩有多深恨便有多深，
海枯石爛、海枯石爛只有我女兒心！

楊麗妮聲情並茂，一字一句，緊緊揪住了觀眾的心。真個是：鶯啼翠柳，燕語花枝，流泉幽咽，風情萬種！

待她唱完〈十杯酒〉，已經禁不住淚流滿面了。她無形中藉了這蘇州古曲，在悼念自己那不幸去世了的可憐父母……她心裡的這段曲折，大廳中的數千名觀眾，自是無人識得了。倒是有不少年長的觀眾跟著她熱淚漣漣，唏噓飲泣。

對於她真情的彈唱，觀眾報以長時間的熱烈鼓掌、喝采。許多人更是從各自的座位上站起來向她揮手致意。她只得連著兩次謝幕。但掌聲依然不息，叫喊著要求她再來一曲。她知道晚會的節目排得很滿，不能占用了別的節目的時間，只得拉著舞臺監督一起再次謝幕，並親吻了一下琵琶，然後高高舉起，向熱情的師友們表示謝意和敬意……

晚會進行了整整三個小時，最後以五彩繽紛的民族歌舞大聯唱結束。在全體演員謝幕時，觀眾席上又有不少同學叫喊著，要求單獨介紹一下報幕員兼評彈演員楊麗妮。藝術系的輔導老師呂延兵只好從隊伍裡把楊麗妮拉了出來，對著麥克風說：

「大家看仔細了！這就是中文系的楊麗妮同學。她平日很孤獨，不苟言笑，在咱師大校園裡隱姓埋名。這次籌備元旦晚會才把她發掘了出來！據我了解，她父母親都去世了，是個孤女。今天的晚會上，大家已經熱情地向她表示了，咱師大校園就是她的家！咱老師同學們是多麼的喜歡她！咱男女同學們都是她的兄弟姊妹，咱師長教授們都是她什麼哪？」

「爸爸和媽媽！」

呂老師的話，也是一個節目似的，贏得了滿場的笑聲和掌聲。楊麗妮站在一束橙黃色的追光下，感動得哭了。

元旦晚會的成功，使得楊麗妮成了京華師大校園裡的知名人物。一星期之內，她收到的各式各樣的明信片、請柬、便條，竟有上百件之多。有邀請她參加演講會的，出席生日聚餐的，騎自行車郊遊的，進城看劇的；有向她表明全家四兄弟就少了一個妹妹的，更有大膽向她表示願當多情騎士、永結秦晉之好的。有幾位教授夫婦則給她送來蛋糕、糖果，想認她做閨女……她不再孤獨寂寞。人世間畢竟充滿了人性的關懷和愛撫。她多麼需要這溫情的愛撫啊。可惜就在這時，她最感親切的藝術系的呂老師，被抽調到中央高級黨校學習、深造去了。

接著下來，她被邀請參加了許多校內外社會活動。她擔任了師大學報文史版的特約撰稿人，校廣播站業餘播音員，校業餘藝術團專職報幕員，文藝晚會節目主持人，中文系學員代表，師大附中少先隊輔導員……一時間，這些業餘頭銜，就如一朵朵鮮亮奪目的小花，編織成了她俊秀而高潔的頭顱上的勝利花環。

她變成了另外一個人。她無論出現在哪裡，哪裡就要圍上一大群男生女生、青年工人。許多人僅僅為了一睹她的芳容。就連一些部隊文工團出身，見過無數秀色可餐的美人兒的高年級學員，都為她的「回眸一笑百媚生」的風姿所傾倒，無不驚歎：江南靈秀，太湖風月，孕育出這等絕色人兒！

「師大出了個維納斯！」

「師大一朵校花，風靡京華。」

「聽說她可能進中南海，在中央辦公廳任職……」

「她這等可人兒，遲早被人選了去……聽說她收到的情書塞滿了床腳，連拆都不拆。」

「好幾個元帥、將軍的公子，想請她去歐洲旅行……」

道聽塗說，似是而非，添枝加葉。楊麗妮被生活的浪花從一極拋到了另一極，從淒清悲戚無人問，到舉手投足都會成為人們議論的話題。

當然，校黨委政治處的幹部們了解到以上傳言後，也皺眉撇嘴：看看，思想工作一放鬆，政治觀念一淡泊，大學校園裡就風行這種流言蜚語，奇談怪論。

星移月轉，韶華如梭。

一九六三年的下半年，北京的幾家權威大報上同時刊載出了毛澤東主席的最新指示：「千萬不要忘記階級鬥爭」，「政治是統帥，是靈魂」，「階級鬥爭，一抓就靈」。原來他老人家從未真正退居過「二線」，而是龍盤虎踞，深居簡出，靜觀天下大勢，之後運籌帷幄，神機妙算，呼風喚雨。

不久，學校黨委開始分級分批向全校師生員工傳達中共中央文件：「農村工作十條」，即將在全國城鄉開展社會主義教育運動。政治空氣，又日趨濃烈了起來。明眼人一看便明白，前幾年因大饑荒過苦日子，讓知識分子、資產階級輕鬆舒服了一陣，各種錯誤思潮大大氾濫了一陣，如今該好好清算、收拾一番了。誰叫你們知識分子得志便猖狂，忘記了天是無產階級的天，地是社會主義的地了？

學校黨委組織學習、討論中央文件，有一整套的方式方法、層次等級：先上級後下級，先黨內後黨外，先幹部後群眾，先教師後學生。學生裡邊又分別出許多層次：先黨員學生，後團幹部，後團員學生，再是黨團積極分子，最後才是普通學生群眾。這最後一小批人，自然大都是出身剝削階級家庭、社會關係複雜、平日不熱心政治活動的「白專苗子」①們。

政治學習運動一開展，楊麗妮這朵品學兼優的「校花」便立即黯然失色，一下子跌落到了政治身分最低等級。於是給她的書信、便條日見減少了，約請她參加活動的各種通知沒有了，許多老師、同學們見了她，也不再停下來有一搭沒一搭地說個沒完了，只是點點頭如同路人般就過去了。最明顯的，是校廣播站給了她一紙通知，不再聘用她為業餘播音員。因為廣播站是個宣傳陣地，要害部門。

政治又還她以罪惡出身，還她以應有的社會等級。她咬了咬牙，低眉斂目，好不容易維繫了內心的平衡。時漲時落三秋水，世事如棋局局新。她本來就是孤獨寂寞的，不應害怕回歸孤獨和寂寞。她開始學得逆來順受，最下一層就最下一層。兩耳少聞窗外事，一心鑽研古詩文。

其時系裡的古典文學教授正在給他們講授唐代散文。楊麗妮最推崇杜牧的〈阿房宮賦〉。杜牧雖然名不及韓愈、柳宋元，但她偏愛著〈阿房宮賦〉的詞章雄渾，立意恢宏，警喻萬世。正好學報編輯部也約她寫一篇分析唐代散文的評論文章。於是她便找來一張白報紙，以羊毫正楷將〈阿房宮賦〉抄正了，貼在宿舍牆上，以便閒時吟誦。

①指「又紅又專」的對立面，只埋頭學問，不過問政治，大都為剝削家庭出身的知識分子及青年學生。

她卻萬萬沒有想到，或是一時粗心大意，她貼〈阿房宮賦〉的牆頭，緊挨著一幀被稱為北京八大建築之一的人民大會堂的彩色照片！

女友們在宿舍裡出出進進，說說笑笑，指指點點。誰也沒覺得有什麼不妥。不久楊麗妮的文章也在學報上發表了，不少同學稱讚她的文字老辣，思想尖銳，只是言猶未盡，意猶未窮。

殊不知這一來已經觸動了某種巨大的社會心理，某根敏感的政治神經。自毛澤東主席在多次重要講話中極力推崇秦始皇為統一中國之千古一帝，肯定其「焚書坑儒」為德政之後，報刊輿論亦步亦趨，對秦始皇一片歌功頌德之聲，歷史學者們則做出了一篇篇「為秦始皇翻案」的鴻文。整個社會也彷彿達成了一項心照不宣的政治默契：罵皇帝、罵秦始皇者，都是借古諷今，含沙射影，矛頭指向偉大的毛澤東，是可忍，孰不可忍！如今，你楊麗妮區區一個出身不良的師大女學生，竟敢冒天下之大不韙，公然著文頌揚批秦檄文〈阿房宮賦〉。

一九六四年夏初，根據國務院高教部和中共北京市委的統一部署，師範大學被列為首批開展社會主義教育運動的試點單位，派駐了工作組。教學、科研，又一次為政治運動讓路。一方面在高等學府裡也搞「訪貧問苦、扎根串連」，一方面大造輿論，廣為宣傳，幾乎是一夜之間，面積達五平方公里的師大校園，教學大樓、圖書館大樓、科研大樓、學生宿舍、教職員新村等等，就到處貼滿了大標語、大橫幅：

「教育為無產階級政治服務，與工農群眾相結合」；

「面向社會，面向工農」；

「千萬不要忘記階級鬥爭，千萬不要忘記貧下中農，千萬不要忘記社會主義道路，千萬不要忘記無產階級專政」；

「政治掛帥，思想先行」；

……

接著出現了大字報專欄，檢舉揭發箱。工作組會同學校黨組織對全校師生員工進行階級摸底，左、中、右政治排隊，開憶苦會，吃憶苦餐，唱憶苦歌。高等學府又一次成為兩個階級、兩條道路搏鬥，你死我活的戰場。時而口號震天，時而鑼鼓動地，時而高舉紅旗列隊遊行。只紅難專的工農學生、黨團員積極分子揚眉吐氣，鬥志昂揚，如日中天；只專難紅，剝削階級出身的教授、學生風聲鶴唳，如喪考妣，惶恐萬狀。

由於運動中師生員工繃緊每一根階級鬥爭的神經，眼睛擦得雪亮，嗅覺空前靈敏，中文系高材生、校花、右派子女楊麗妮貼於宿舍牆上的〈阿房宮賦〉及它旁邊的人民大會堂彩色照片，以及兩者之間的聯繫、隱喻，終於被同宿舍的女生檢舉揭發了出來。

觸目驚心的階級鬥爭新動向！誰說師大校園裡花紅柳綠，風平浪靜，是文理科學者埋頭學問的世外桃源？問題學生公然把封建文人杜牧的〈阿房宮賦〉和人民大會堂相提並論，把全國人民代表大會的所在地，中華人民共和國最高權力的象徵，黨中央國務院召開重要會議，毛主席接見外國貴賓縱論天下大勢、指點世界革命的神聖殿堂，比作秦始皇驕奢淫逸的「阿房宮」！「阿房宮」占地三百里，是被楚霸王項羽率領的士兵放火燒毀！

楊麗妮妄想「楚人一炬」燒毀人民大會堂！

楊麗妮與新社會有殺父弒母之仇不共戴天！

楊麗妮是哪個階級的「校花」、「高材生」？

揪出潛伏在師大校園裡的美蔣特務！

打倒現行反革命分子楊麗妮！

楊麗妮碰到了政治運動的刀口刃尖上。她被工作組、校黨委定為運動的突破點、藉此發動群眾，大造聲勢，打開局面。於是她四面楚歌，身陷重圍，大字報、小字報、大標語、大橫幅，雪花一般，冰雹一般，彈雨一般，潑面而來，鋪天蓋地。

群眾運動，必先發動群眾。運動之初，就是要強調敵情嚴重，借一兩件「壞人壞事」，大轟大擂，大風大雨，來造成群眾輿論。能揪出反革命陰謀集團來則最過癮。不要怕出偏差，怕過激行動，也不要怕死人。只有廣大群眾起來了，激發出了橫掃一切牛鬼蛇神的政治熱情，壞人壞事成為過街老鼠，人人喊打，人人追殺，運動就走上軌道，形成高潮了。當然，千百萬群眾參加的大運動，難免出現這樣那樣的問題，如批鬥對象畏罪自殺，其家屬小孩挨打等等。這時切忌右傾保守，搞資產階級人性論、人情味，給運動降溫，潑冷水，吹冷風。那你就會成為革命的絆腳石，對立面，最後被人民群眾所唾棄。真正有了問題，也要放到運動後期處理，等待政策落實。

楊麗妮跌落在運動的漩渦裡。她慌了，亂了，像被無數悶棍劈頭蓋腦打暈了。但她一清醒過來，便不服，便要解釋，便要申訴。她表現出了一個外表文靜、內心堅強的人的固執與倔強。態度驚人地死硬。可是她一張嘴面對著上千張嘴，一個人面對著上千個人，有誰聽她的？有誰敢理會她？世界翻了臉，社會反了目。她又成了一名孤女，罪孽的孤女。

由於她不肯坦白交代，不肯低頭認罪，妄圖以辯解、淚水來抵賴運動，經社教工作組和校黨委研究決定，召開一次全校性的講評〈阿房宮賦〉大會，用以滅資產階級威風，長無產階級志氣。

大會在學校大禮堂舉行。又是五千座位，座無虛席。連過道上都坐滿了人。舞臺上，原先的乳白色大幕換成了深紅色金絲絨。舞臺兩側的圓柱上，貼著紅地金字的大對聯：反修防修，滅資興無；階級鬥爭，一抓就靈。舞臺上方的大橫幅為：戰無不勝的毛澤東思想萬歲！舞臺內壁上，還掛有一塊白紙黑字大橫幅赫然醒目：〈阿房宮賦〉批判。

整個會場以紅顏色為主，莊嚴肅穆，一掃過去輕歌曼舞的乳白色情調，呈現出緊張、激烈的鬥爭氣氛。大廳裡一曲又一曲地播放著雄壯有力的革命歌曲：「天大地大不如黨的恩情大，爹親娘親不如毛主席親」，「什麼藤結什麼瓜，什麼階級說什麼話」，「社會主義好，社會主義好，右派分子想反也反不了……」

楊麗妮被事先通知到了，由社教工作組兩位女組員陪同，坐在前排最右邊的位置上，以便隨時傳喚上臺，接受批鬥。她自然是渾身哆嗦著，面無人色了。學校領導、校黨委成員、工作組領導，都坐在了前排正中央的位置上。

大廳裡的樂曲停了，場燈大放光明。

校黨委政治處處長宣布大會開始。大會第一項，全體起立，唱〈憶苦歌〉。於是全體與會人員跟著廣播喇叭裡的歌曲，人人愁眉苦眼，臉色陰沉地唱起：

「天上布滿星，月牙兒亮晶晶，生產隊裡開大會；訴苦把冤申！萬惡的舊社會，窮人的血淚恨，千頭萬緒，千頭萬緒湧上了我的心，止不住的辛酸淚掛啊衣襟……」

由城裡文化人下鄉，代替鄉下窮人創作的革命民謠，從鄉下返回了城市，進入了有著悠久文化傳統的高等學府。這支〈憶苦歌〉確能使人捏緊了拳頭，咬定了牙根，睜圓了血紅的眼睛，激憤起對於地主資產階級不共戴天的深仇大恨。確是文藝為政治服務的一大成功。唱過了〈憶苦歌〉全體人員坐下。政治處長宣布大會第二項：

「下面，由校運動辦公室專案組成員、校黨委政治處副處長呂延兵同志作今天大會的中心發言！」

渾身哆嗦的楊麗妮簡直不相信自己的耳朵，今天的中心發言人，竟是那位一年前發掘了她這顆「藝術明珠」的原藝術系女輔導員！聽說她從中央黨校學習回來，就受重用當了官。這時整個會場上，只聽到一片掏鋼筆、打開原子筆的沙沙聲。楊麗妮絕望地抬起了頭，看了臺上一眼。但見女輔導員呂延兵老師穿著一身舊軍裝，站在了擺著三支麥克風的講臺前。

「同學們，老師們，同志們！我今天發言的題目，已經掛在了這大幕上：〈阿房宮賦批判〉。批判就是評論，有好說好，有壞說壞。這個題目，本來應當請中文系的老師來講恰當些。由於意見分歧，工作組和校運動辦公室才決定由我這個外行來做中心發言。好在偉大領袖毛主席早就指出，就是要由外行來領導內行。中國的革命戰爭，不就是由一批又一批不懂戰爭的工人農民組成的人民子弟兵，打敗了那些保定軍校、黃埔軍校、美國西點軍校畢業的將領們嗎？誰算是生而知之的天才？所以，外行領導內行，是一個樸素的真理，革命大老粗的真理。我們相信，今後隨著社會主義革命的步步深入，會有更多的工農兵外行，走上長期為非無產階級的知識分子所主導的全國高等院校的講堂！」

女輔導員的開場白，說得整個大會場鴉雀無聲。無形中被敲了一棒的各學系的教授、講師們，自然是一個個低首俯身，洗耳恭聽了。甚至還像學生們似的，架上老花眼鏡，打開筆記本，恭恭敬敬地做著記錄呢。他們都沒有忘記自己是一九五七年反右鬥爭時的僥倖過關者。

「不用說，唐朝詩人杜牧寫過一篇散文叫〈阿房宮賦〉，是許多人都知道的。今天我們要批判的不是這篇文章本身。而是在我們學校裡，在中文系，有人把人民大會堂比作『阿房宮』！

這是什麼性質的問題？所以我們今天就來看看這〈阿房宮賦〉究竟是一篇什麼樣的文章，它跟咱們人民大會堂究竟有什麼關聯！用你們學問家的話講，奇文共欣賞嘛！」

會場上是一派沙沙沙的筆尖速記聲。楊麗妮更是老老實實地記著筆記。女輔導員嗓音圓潤，略略帶出一點陝北腔。

「杜牧寫道：『六王畢，四海一，蜀山兀，阿房出。』這裡是說，秦國消滅了燕趙韓魏齊楚六國，統一了中國。這是秦始皇的偉大功績。當然他比不上咱毛主席領導中國共產黨打敗日本鬼子、戰勝了國民黨軍隊所立下的豐功偉績！秦始皇把四川的山都砍光了，在陝西驪山腳下興建起他的阿房宮。這跟咱人民大會堂的興建，跟中南海的修復，毫無關係嘛！今天誰把四川的山砍光了？木頭是全國各地運來的嘛！

「『覆壓三百餘里，隔離天日。』阿房宮占地三百多里，連天接地，氣魄真夠大！可咱人民大會堂屹立在天安門廣場西側，一樓有萬人大廳，二樓有好幾個小劇場，還有二十九個省市自治區的會議廳，怎麼能相比呢？『驪山北構而西折，直走咸陽。二川溶溶，流入宮牆。五步一樓，十步一閣；廊腰縵迴，檐牙高啄；各抱地勢，鈎心鬥角。』這幾句是講，阿房宮北靠驪山，西面直達咸陽，築有咸陽殿，為最大宮殿。而讓渭水、樊水兩條河流奔流在宮牆之內。牆內五步一樓，十步一閣，是杜牧的誇張描寫，不然那建築物也太擁擠了，秦始皇住起來能舒服？至於這些建築物內長廊迂迴，倒是跟人民大會堂有些相像。『各抱地勢，鈎心鬥角』則有些像中南海和頤和園的建築了。再說秦王朝的封建統治階級內部，哪有不鈎心鬥角狗咬狗的？跟咱人民大會堂更是風馬牛不相及……」

「哎呀！她都講了些什麼呀！把咱當解放軍戰士了？」

「堂堂高等學府，來了些這號人物，搞得學校不像學校，兵營不像兵營……」

楊麗妮聽見身後有人議論。女輔導員的講解是有點不倫不類，叫人哭笑不得。惶恐中，她不由地撇了撇嘴角。她身旁的兩位女工作組員，也有點坐立不安。

「噓——」

「毛主席教導，全國學習解放軍……」

「中央高級黨校出來的就這德性，這水平？」

「老天爺！她像是把我們都強姦了……」

大廳裡，泛起了一派嗡嗡的議論聲。學生們都在交頭接耳，擠眉弄眼，冷嘲熱諷。

這時，大約坐在前排位置的工作組領導人也發現了問題，便往臺上遞了個條子。女輔導員接過條子看了看，不動聲色地順手塞進了軍裝口袋裡。她拍了拍麥克風說：

「請大家安靜！安靜。黨團員同學要帶頭，注意互相監督，維持會場秩序。工農兵上講臺，有少部分人還不習慣！你們必須習慣！可以告訴你們，高等院校，是無產階級必須從資產階級手中奪取回來的思想文化陣地！」

「什麼教授治校，專家治學業務掛帥，高、精、尖人材第一，統統是資產階級的貨色，必須徹底批判！學校向工農開門，樹立工人、貧下中農的階級優勢，是當務之急……好了，大家安靜了，我繼續發言。下面的文字，我不多解釋了，大家可以聯想頤和園、圓明園的景色來思考。本次大會的內容，是在念完這篇文章之後！」

會場上又歸於平靜，但已經聽不到筆尖觸在紙頁上的沙沙聲。女輔導員嗑嗑巴巴地念道：

「……嗚呼！滅六國者，六國也，非秦也。族秦者，秦也，非天下也。嗟夫！使六國各愛其人，則足以拒秦。秦復愛六國之人，則遞三世，可至萬世而為君，誰得而族滅也？秦人不暇自哀，而後人哀之；後人哀之而不鑑之，亦使後人而復哀後人也！

「同學們！同志們！以上便是〈阿房宮賦〉的全文。它的主題思想，是表現秦始皇統一中國之後，為建造阿房宮，荒淫無度，而激怒天下，二世而亡。這就歪曲了歷史真相，全盤否定了秦始皇的功績。對於秦始皇的歷史功過，我們偉大領袖毛主席有過多次重要的指示。以郭沫若同志為首的史學界，已經發表過一系列為秦始皇翻案的文章。例如說秦始皇焚書坑儒，毛主席就予以肯定！他教導我們說：秦始皇有什麼了不起？他不過坑了四百個儒生。我們解放初一次鎮壓反革命，就殺了四十萬！我們比秦始皇高明了十倍、一百倍……這就是說，對於一切反動分子，包括一切反共反人民的知識分子，我們就是要鎮壓。槍桿子裡面出政權。政權就是鎮壓之權！不鎮壓反革命，就不能保護人民，捍衛革命成果。所以毛主席還教導過我們，對階級敵人，我們絕不講仁慈，絕不施仁政。對他們施仁政，就是對人民的殘忍。這就是革命的辯證法。

「今天我們來討論〈阿房宮賦〉，它的要害，在於『楚人一炬，可憐焦土』！在我們學校裡，具體來說就是中文系學生楊麗妮，竟然把人民大會堂比作阿房宮，妄圖也來一次『楚人一炬，可憐焦土』！這是她的癡心妄想！人民大會堂永遠屹立在北京、屹立在天安門廣場，也是屹立在我們工人、農民、革命知識分子的心坎上！

「這裡，我要向大會透露一點專案組最新掌握的材料。楊麗妮絕不是一時糊塗，粗心大意，把她抄錄的〈阿房宮賦〉貼在人民大會堂的彩色照片旁邊達三個月之久。不是的！三天前，我們從她的書桌裡，搜查出了一批地圖和畫片。是些什麼樣的地圖和畫片呢？初看全是文化名城、風景名勝。其實，全是毛主席和中央首長們療養、度假或是舉行重要會議的地方，是解放以後修建了樓臺館所、園林別墅的機密要地！例如大連的棒棰島，江西的廬山，湖南的長沙、韶山，北戴河的海濱區，北京的西山，杭州的西湖，廣西的南寧，武漢的東湖……請問她的這些地圖、照片是哪裡來的？誰提供的？她是一個人的單獨行動？還是有組織、有綱領的陰謀活動？他們的反革命綱領就是〈阿房宮賦〉，他們的接頭暗號就是『楚人一炬』！他們妄圖效法希特勒，製造第二次『國會縱火案』！是可忍，孰不可忍！……」

紅唇皓齒，唇槍舌劍，呼風喚雨。楊麗妮的問題越揭越嚴重，越揭越可怕。大廳裡終於人聲鼎沸，群情激憤。情勢急轉而下。

這時，人群中一位工作人員拿著個小本本站起來，領頭高呼口號：

「打倒現行反革命分子楊麗妮！」

「粉碎反革命陰謀集團！」

「坦白從寬！抗拒從嚴！檢舉有功！立功受獎！」

「誓死保衛人民大會堂！誓死保衛毛主席！誓死保衛黨中央！」

「偉大的人民解放軍萬歲！」

在這渾雄如大海波濤、激烈如疆場廝殺的口號聲中，大廳前排右角有許多人站起來了，發生了一陣小小騷亂：原來是問題學生楊麗妮，口吐白沫，眼球翻白，暈倒了！裝死？工作組、校黨委負責人立即決定：送校醫務室搶救，絕不能讓剛剛揭開的戰鬥序幕斷了線。

楊麗妮被抬走後，批判大會繼續進行。那些原先準備好了發言稿的各學系的師生代表，一個一個依次上臺發言，義憤填膺地聲討楊麗妮及其同夥的反革命罪行。關於這次大會，校工作組、校黨委後來聯合出過一期運動簡報，總標題為「師大在怒吼」。

……楊麗妮經過學校醫務室幾位校醫的全力搶救，活了下來。由於醫生暫不同意她出院，專案組便讓她在醫務室「隔離治療」。

這時刻，一切人性的慈悲、友善、良知、同情心乃至憐憫心，都沉默了，龜縮了，退隱了，都為你死我活的鬥爭哲學所替代、排斥。整個社會、世態人心，變得空前地盲從、強硬、殘忍、專橫。人人自危。人人防我，我防人人。每個人的首要任務是盡力保護住自己及其家小。為免下煉獄而不惜主動出擊，出賣親友，轉嫁災禍。這便是群眾運動，運動群眾。人人都在表演，都在運動。

楊麗妮從北京市高等院校最美麗、最高潔，品學兼優的女生，墜落成為靈魂最骯髒，心地最陰暗，手段最毒辣的女子。她一貫搔首弄姿，以美貌迷惑進步師生，腐蝕工農幹部、黨團員積極分子。是一條道道地地的美女蛇。你道美女、美麗是什麼好東西？她屬於萬惡的資產階級。美麗的罌粟花，結下來的果實用來提煉鴉片、海洛英，所以又稱之為虞美人。美麗原跟蛇、毒不可分。自古以來的美女：妲己、褒姒、西施、虞姬、趙飛燕、卓文君、貂蟬、楊玉環、李師師……有哪一個是好東西？個個都傾國傾城。傾國傾城，就是亡黨亡國，就是紅旗落地，千百萬人頭落地。

經過大會批判之後，楊麗妮的精神崩潰了。她失去了自信、自尊，自己是多麼的渺小，鬥爭洪流中的一片枯葉，政治巨壁下的一棵小草。她明白，她又在重復經歷父母親經歷過的一切……專案組負責人，她所熟悉的原藝術系輔導老師呂延兵，找她談過兩次話，一句都沒有提到去年的晚會，那段難忘的交往。人的忘性真大。呂副處長只是向她交代了黨的政策，讓她爭取主動，揭發別人，以便得到寬大處理。並代表黨組織通知她，只要她主動交代全部的事實真相，不管涉及到什麼人，多少人；只要她揭發有功，便可以免予刑事處分，可以保留她的學籍，保留她的畢業分配的權利。「你這樣年輕，又有學問，又聰明……」呂延兵副處長不厭其煩地說了又說，政策攻心，苦口婆心，彷彿在竭力拯教她於水火，仁至義盡。

楊麗妮只有舉手投降。但她到底也沒有按照專案組「順藤摸瓜，擴大戰果」的指示，去「揭發」一些無辜的老師、同學。她坦白了，交代了，她的反動思想來自她的父母。她供出了那曾是中學語文教員的喬師師，供出了那曾是留美建築學博士、華東建築設計院副總工程師的楊佑銘。反正他們已經死去。

她出賣了父母。她從母親身上秉承了天生麗質，也秉承了內在的孤傲高潔。她從父親楊佑銘身上秉承了瀟灑和儒雅，卻沒有來得及學會父親游刃人生的韌性，以及由這韌性帶來的生活智慧。但令人驚異的，是她具備著一種她的父母都沒有的生命力。她從來沒有想到過死。年輕人不願意死，而要熬下去把這世界看個究竟。

又經過無數次的大會批判，小會揭發、恫嚇，沒完沒了的交代、檢討，到底也沒有查出她是反革命陰謀集團的要犯，或是美蔣、蘇修派遣特務的真憑實據來。錯誤仍是那紙貼於人民大會堂照片旁邊的〈阿房宮賦〉。專案人員翻箱倒櫃，把她單人床下的三合土地面都勘察遍了，也沒發現反革命集團名單以及汽油、酒精、導火索、雷管、黃色炸藥之類的作案器具。她又不吸菸，連個打火機、火柴盒都沒有！於是，回到了實事求是，批判教育從嚴，組織處理從寬，且念其年紀輕輕，認錯態度尚好，恩准不予逮捕，編入儒林園首都高校問題學生勞教營，強制勞動教養，以觀後效。黨的政策總是寬大為懷：不一棒子打死，給出路。

被發配來儒林園勞教營之後，楊麗妮蓬頭垢面，布衣泥足，目光呆滯，表情木然，精神有些失常。

只在她髒亂癡呆的神色下，仍流露出一些她那被扭曲、掩埋了的綽約風姿。可憐金玉質，終墮淖泥中。她逢人愛說一句話：

「我沒有……我沒有……」

「楊麗妮！你沒有什麼？講話！」

「工人領導小組」成員們曾經逗問過她。

「我沒有……我什麼都沒有……」

「你想有什麼？講話！」

「我想做一個女人……女人，可以嗎？」

她的才情、追求，簡約成了這句膚淺的話。

第九章　情書，奸細

清晨，儒林園谷地霧氣平鋪，如一張乳白色絨毯，輕柔而溫軟，淨潔而舒展。又如藍天上覆蓋下來浩闊的白雲，團團滾滾，綿綿不絕，連接天日。

四周的山崖，山崖下的大牆，崗樓，監房，樹木，時而浮現於霧靄之上，時而隱沒於團團滾滾的白雲之中，近看似古代城堡，遠望似瓊閣仙山，哪裡像千載天牢儒林園？

晨霧真是大自然的奇蹟，有形有色，包融萬象於懷抱，掩護山川於渾然。她不似風，時急時緩，反覆無常；她不似雨，鞭抽大地，乖張暴戾；她不似霜凍，嚴酷無情，扼殺生機；她不似冰雪，狂暴僵化，久難消蝕……她從不在大自然裡逞強鬥勝，炫耀標榜，大喊大叫，不可一世。她總是靜悄悄而來，靜悄悄離去。她是虛無的化身，她為縹緲作證。她撩人光怪陸離的夢幻，寄人天上人間的遐想。她無爭無求，無得無失，大悟大徹，瀟灑飄逸。她最富神祕，傳奇，哲理，詩意。

且慢！晨霧，有人指你為大自然的偽善者！你模糊是非，阻擋視野，消磨意志，遮蓋醜類，淡化凶殘，淹沒真實，迷濛悲苦，侵吞星月……你以光明為敵，你與黑夜結盟，你跟陰險為伍，你布設迷途歧路！

晨霧，世人就是這樣的極端，這樣的盲目，這樣的頑愚。你不因被美化而自得，被詆毀而氣餒！

你就是你，霧就是霧。看！東邊的旭日已經躍昇，霞光已經飛舞，軍號已經吹響，你快些蒸騰，快些消隱，快些還人間舊有容顏，復大地本來面目。

這天是星期六。根據往常的規律，「工人領導小組」於星期五晚學習結束前，收到他們的「眼線」、「耳線」送上的匯報，從中找出一兩個「抗拒改造」或是「圖謀不軌」的反面典型，在翌日早集合時進行「因材施教」。「因材施教」是營教導員的口頭語，據說他曾經在工廠子弟中學代過體育課。

早上六點半鐘，霧氣已經散盡。勞教營全體同教聽新監崗樓軍號在土坪上列隊集合。沒有一個遲到的。三個排擺下三個長方塊。每個長方塊又由三個班組的三列縱隊組成。報數點名均以排為單位，三個排同時進行。聲音短促有力。半年時間下來，三個排的報數、點名聲已能整齊劃一。對於這一點，「工人領導小組」成員們頗為滿意，營長、教導員引為自豪。

遵例，「工人領導小組」全體成員包括值夜班的，都應出席星期六早上的集合儀式。當然他們無須列隊報數，而成散兵線很威嚴地站立在同教們面前。

報數、點名完畢，營長和營教導員走到了隊伍面前。值日員聲音雄渾地發出口令：「立正——」

營長、教導員向大家行注目禮，以眼睛巡視隊伍一周之後，才點點頭：「稍息！」他們的臉色很嚴厲，眼睛像長了刺，嘴皮緊閉，嘴角下撇，臉塊比平日拉長了半寸。同教們一個個豎起耳朵，心裡「怦怦」跳著，不知哪一位今天又要倒大霉了。

「一排二班周恕生！」

營長厲聲點名了。

「學生……到。」

稍稍遲疑了一下，紹興師爺在一派死寂似的隊列裡輕聲回答。

「出列！站到隊伍前邊來。面對全體，站好。」

教導員的聲音倒是不高。在同教們的印象裡，他比營長有水平，強調思想教育，利用政策攻心，講究獎罰並舉。

紹興師爺滿不在乎地站到了隊列面前。他摘下近視眼鏡，扯起衣角擦擦，再戴上，又抬起手來抹了兩把頭髮，高昂著腦袋瓜。

水抗抗在隊列裡替紹興師爺捏一把冷汗：又迂又腐的傻瓜蛋！還不趕快低頭站好？營長馬上就要「打」你的「態度」了。

「打態度」就是在鬥爭中對被批判者當眾施以高壓，打掉其囂張氣焰或其他惡劣表現，使其老實就範。

「跪！你給大家跪下！」

果然，脾氣暴躁的營長火了，打旱雷似地吼了起來。同教們對他這吼聲沒有不膽戰心驚的。出乎「工人領導小組」成員們的意料，更是出乎全體同教們的意料，紹興師爺竟是個死硬派，非但沒有遵從命令跪下，連腦袋瓜都不肯低下。

死豬不怕開水燙。

雙方呈現出嚴峻的對峙。土坪上更是一派死寂般肅靜，彷彿空氣都凝固住了。

營長的眼睛要爆出火花來。竟然有問題學生對抗他的命令。從來沒有過的事情。他威不可擋地逼近了紹興師爺，咬著牙關警告：

「跪不跪下？混蛋，你真的活夠了？還不跪下？」

紹興師爺看了營長一眼，眼睛在鏡片裡閃著亮光。這位自從來到勞教營後，就沒有開口說過一句話的北大法律系高材生，這時冷冷地吐出六個字來：

「士可殺，不可辱。」

「什麼？混蛋，你再講一次！」

營長顯然是一時沒有聽懂這句文謅謅的話。

「士可殺，不可辱。」

紹興師爺重複了一遍。

他的聲音不高，可是全體同教們都聽清楚了。一排二班的隊列裡，他的位置空缺著。有種！好樣的。水抗抗、關東大漢懂得，同教們都被他的大膽妄為所鼓舞、激勵。只有河南騾子像幹了什麼虧心事，渾身在篩糠似地發抖。

「汪得弗[①]！汪得弗！」

隊列裡，第三排那位矮矮胖胖的保定府學者忽然喊了起來。這叫喊聲像導火線，許多同教都跟著嚷嚷：

「汪得弗！汪得弗！汪得弗！」

「工人領導小組」成員們不知道「汪得弗」為何物。營教導員憑直覺感到這是個不祥之兆。他向著隊列走前了兩步，高高舉起雙手，像樂隊指揮打拍子似地朝下壓了幾壓，把學生們的叫嚷聲壓了下來。隨後，他以目光在隊列裡找尋著目標：

「一排二班思想匯報員水抗抗！」

「到。」

「你匯報匯報，剛才他們叫喊什麼？為什麼叫喊？」

---

①「Wonderful，英語「妙得很」的漢音。

「噢噢……他們叫喊『壞得很』、『壞得很』……出於氣憤……」

水抗抗一本正經地回答。為了大家，為了事情不再惡性發展下去，他甘願日後為這個回答受到懲罰。南詔國王子偷偷朝他標了標大拇指。

隊列裡有人竊竊浪笑，是「太湖才女」楊麗妮。

「嗬嗬，原來你們中間還有黑話……今後，大家不准講黑話。改造思想，重新做人，就應當老老實實，打開窗戶說亮話。」

營教導員朝水抗抗點了點頭。之後他又退過一旁，背過身子去，好讓營長繼續打紹興師爺的頑劣態度。

營長叉開雙腿，像個等邊三角形似地站在那裡，眼睛朝隊列瞇縫了好一會，忽然亮開他的粗喉大嗓：

「執法員！」

立即有兩位牛高馬大的「工人領導小組」成員應聲而出，站在了營長的身旁，準備執行紀律。

「讓這個敬酒不吃吃罰酒的反動傢伙跪下來！今天就是要殺雞給猴子看。」

兩個執法員二話沒說，轉身一人一下掃堂腿，就把紹興師爺掃得倒一筒木頭似的，趴在了地上，啃了一嘴的泥巴。眼鏡被跌出去好幾尺遠。他仍不甘服，雙手在地上摸索，雙腿在地上亂蹬，身後留下四道鮮明的泥印。他摸著了眼鏡，用袖口擦擦，再戴上，然後屁股著地，雙手抱著膝頭，硬著頸脖，倔強地朝向大家，就是不肯跪下。

「茅坑裡的石頭，又臭又硬！對抗改造，死路一條！」

營長銜著他惡狠狠地罵道。罵罷還不解恨，又朝地下啐了一口。

隊列裡又是一派死寂，一派無聲的對抗氣氛，同教們都在互相交換著眼色。水抗抗緊張地盯住關東大漢。大漢雙拳捏得鐵緊，渾身都在顫抖。水抗抗真擔心他手臂一揮，大叫：「反了！反了！」

好在這時營教導員轉過身子，又走了攏來。他邊走邊從上衣口袋裡摸出一張白紙片來，朝大家晃了晃，才說：

「周恕生！你可以站起來，站起來。我們不主張搞體罰。說理鬥爭，以理服人嘛，毛澤東思想是戰無不勝的理論武器嘛。當然，有時工人、貧下中農對於抗拒改造的人，出於革命義憤，偶爾動動手，也不是什麼大不了的問題。總的來說，我們是講政策，講紀律。所以，你站起來，面對大家站好了，對，不要頂牛嘛。」

紹興師爺站了起來，還前邊拍拍膝蓋，後邊拍拍屁股，揚起一陣小小塵土。

營長大為不滿地瞪了教導員幾眼。

教導員回敬了一個眼神，不動聲色。

「下面，我們來宣布周恕生抗拒改造、妄圖自絕於人民的證據，也是令工人領導小組，以及你們大家都要百倍警惕的證據。」

教導員近半年來領導水平提高很快，講究鬥爭策略，即便是說的最嚴重的事情，也是不緊不慢，有條不紊。跟性格魯莽、脾氣暴躁的營長形成鮮明的對照。他清了清嗓門，略微抬高了一點聲調說：

「大家注意聽了。最近，我們查獲了周恕生的一批反動信件。是寫給他情人的。現在，我就給大家讀一讀。用你們讀書人的話來講，是『奇文共看』，對，『奇文共看』……」

教導員顯然是不熟悉「奇文共賞」的「賞」字。此時刻，隊列裡的同教們便是想笑，都笑不起來了。紹興師爺妄圖自殺？他的一批並沒有郵寄出的私人信件，怎麼落到了教導員手裡去的？

隊列裡，關東大漢和南詔國王子分別看了水抗抗一眼。他們的意思很明白，讓水抗抗注意一下河南騾子的表現。整個早上，河南騾子都像在發瘧疾似的，渾身哆嗦個不停。

「大家注意聽了，下面，我開始念了！」

教導員這時又清了清喉嗓，邊念邊評論、邊消毒：

「『親愛的蓮，』肉麻得很嘛，『大半年過去，我沒有給你寄過信。不是不想你，念你，』呸，真不像話，『也不是哥沒給你寫，寫了很多很多，但沒法給你寄……』狐狸尾巴露出來了，對工人領導小組審查信件不滿，『半年來我總在做夢，夢見你，夢見我們在一起的甜蜜、純潔。

純潔得戀愛了六年，沒有肌膚之親……』呸呸！後悔啦？來不及啦？是不是？『那時，我待你如親妹妹。你守身如玉，我潔身自好。你是個越劇演員，在臺上演《梁山伯與祝英台》。我就是臺下的那個又癡又傻的梁山伯，你就是那個聰明伶俐、閉月羞花的祝英台……』聽聽，自比封建時代的才子佳人，靈魂多骯髒、多陰暗！「蓮蓮，可是現在我墮落了。晚上，我總是親著你的相片，笑盈盈的相片，做著下作的動作……』靈魂的骯髒必然帶來生活的腐敗，不打自招了吧？『這個世界，我看透了，以黨代政，以言代法，以權越法。仍是帝王獨裁，朕即天下……』這是反革命的瘋狂叫囂！這是對無產階級專政的最惡毒攻擊！大家不要忙著呼口號，要沉得住氣，聽我把周恕生的情書念下去。『古人說，聖人不死，大盜不止。因為聖人往往是和尚頂上打傘，無法（髮）無天！古人又說，法之不行，自上犯之。長此下去，天下豈能無事？』大家聽清楚了，周恕生在這裡影射了我們英明的黨中央和偉大領袖毛主席。

「『蓮蓮，更可悲的，是執法者毫無法治觀念，知法犯法。我們國家現行的至上而下的勞教制度，本身就是一項違法的制度，沒有刑法、民事訴訟法做依據，關押的是一些不經法庭審理、而由黨政長官們判定的人犯……』反動透頂！誣衊黨所制定的勞教制度為違法。把你們送來勞教營，怎麼沒有法律手續？黨領導法律！北京市委聯合高教部、公安部作出的決定！還有中央領導同志的親筆批示！怎麼不是法律？黨的決議就是法律，是比法律條文還具權威性的高級法律！大家不用急，還有精采的哪：『查遍古今中外的法典，都不曾有過「勞教」這一說。它是史達林統治時期的發明。是解放後從蘇聯抄襲過來的……所以，蓮蓮，在這勞教營裡，真正犯法的，絕不是我們這些說了幾句不合他們口味的言論的大學生，而是那些把我們關進這古老天牢儒林園來的人……』周恕生！我們告訴你，甭想用封建主義法律和資本主義法律來反對無產階級的法律！無產階級法律的第一大特點就是它具有鮮明的階級性和黨性！你個問題學生根本沒有資格說法律！大家耐心聽，下面還有哪：『先前說過，這個世界我看透了，不讓人話，只讓人畜生一樣苟且偷生……』好傢伙，誰不讓你活？是你自己不配活！我們要正告你周恕生，這個世界，天，是無產階級的天，地，是社會主義的地，一千個好得很，一萬個好得很！東風浩蕩紅旗飄，八億神州盡舜堯，堅決消滅帝修反，紅色江山牢又牢！

「『不久，我將回去，乾乾淨淨地回老家去，回到從小養育我成人、供我上學，已經揹著現行反革命分子的沉冤謝世的叔父身邊去……』大家都聽清楚了，他的叔父是個什麼貨色？是個畏罪自殺的革命敗類！他現在也想學他叔父當自絕於人民的敗類！這就是周恕生抗拒改造、妄圖反動到底的鐵證。

「這裡，首先，我們要問問你周恕生，以你滿腦袋瓜的反動思想，怎麼算得上『乾乾淨淨』？你有哪一點乾淨？從頭到腳，靈魂骯髒，臭不可聞！再有，我們也要告訴你周恕生，你想死？沒那麼容易！還得看組織上同不同意你。因為說不定工人階級、貧下中農，還要以博大的胸懷，立足於拉你、挽救你、爭取你、改造你。要實行革命的人道主義，做到苦口婆心，仁至義盡。

即便是對那些定了性、戴了帽的敵人，我們都立足於教育、改造嘛，何況你是個沒定性、沒戴帽但確實是反動透頂的思想犯呢？只要你老實認罪接受改造，脫胎換骨，重新做人，你就會有出路，有一定的前途！」

隊列裡，有幾個同教在偷偷哭泣。水抗抗、關東大漢、南詔國王子的眼睛也熱辣辣的。原來紹興師爺晚上的小動作，還有這麼一段苦情；原來紹興師爺對於法律，還有這麼勇敢而精闢的見解。他不愧為北大法律系的高材生。

營教導員的話一落音，營長便又走上前來大聲宣布：

「工人領導小組決定，一排二班反革命學員周恕生停工反省。暫不關禁閉，就在土坪上站定，由執法員看管。下午，一排全體營員開會，對周恕生進行批判、鬥爭，視情況再考慮是否逮捕法辦。誰也不准請假。現在，大家快去食堂早餐，不准誤了上工。解散！」

畫地為牢，紹興師爺被單獨留在了空盪盪的土坪上。水抗抗和關東大漢最為關心的，是有沒有人給他送早餐。在勞教營裡，「吃」成了生命的同義語。人只要願意活著，就似乎沒有比吃飽肚子更大的慾望，也沒有比飢餓更可怕的折磨。活著是為了吃，吃是為了活著，成了一道簡單的公式。

關東大漢的口腹之患，由於水抗抗的多方請示匯報，「工人領導小組」倒是發了善心，已經決定在每天增加一倍勞動量這個前提下，每餐多發給三兩饅頭的定量。由此，關東大漢對水抗抗滿心感激。

當天上午的勞動，仍是分段開挖水渠。兩華里長的渠道線上，就像一群啞巴在剷土掘壕，沒人喊話，也沒人哼唱。他們都只剩下了軀殼，而把思想、靈魂、感情留在了那土坪上，留在了那個平日不大起眼、甚至人人都有些嫌惡的紹興師爺身邊了。紹興師爺空下來的一段土方，正好加給關東大漢來挖掘。吃雙分糧，就得幹雙分活。

關東大漢的左鄰是水抗抗，右鄰是河南騾子。河南騾子過去是南詔國王子。河南騾子平日幹活，總是閒不住鳥嘴，晃著顆光腦袋，不是來一段梆子，就是來幾句小調，中氣十足，自得其樂。可今天，這小子從一大早起就臉色發白、神不守舍，像犯了瘟病一般。你看他小子，哪有心事幹活？拿著把鐵鍬，手腳都發軟，鬼鉤了你的魂去啦？你小子拉下了土方，還會有誰幫你的忙？

河南騾子的苦衷，只有水抗抗心裡有譜。可是水抗抗也頗懷疑自己的推斷。紹興師爺的絕命書，難道真是河南騾子偷下來，上交給「工人領導小組」的？天哪，河南騾子幹得出這號缺德事？他可是個最為忠厚、誠實的人哪，當初是寧可來儒林園勞教營，也不肯將他開封老家一九六一年餓死兩百多人口那句話改口的呀，他為自己的誠實付出過沉重的代價。

水抗抗一鍬一鍬地甩著土塊，不時地朝河南騾子那邊打量。或許，他偷了紹興師爺的情書，也曾經苦思苦想、猶豫遲疑過很久。在權衡了種種利弊之後，出於對紹興師爺性命的關切——

從營教導員早上宣讀的那情書內容來分析，紹興師爺確是隨時都有自殺的可能，才上交給「工人領導小組」去的……但這一來，河南騾子不管出於什麼動機，都是當了奸細，出賣了同教。而他一個誠實的人幹下了不誠實的勾當，又最不善於掩飾、保護自己。

整整一上午，同教們在無聲無息中過去。

吃中飯時，水抗抗和南詔國王子各省下了半個饃，關東大漢省下了整一個饃；河南騾子則只喝了一碗菜葉子湯，把兩個大饃都帶回到寢宮裡來。他們心裡都有默契，這些饃是為誰留下的。下午的批判教育會，觸及靈魂又觸及皮肉，會有紹興師爺的好果子吃。營長和幾位「工人領導小組」成員都憋了一肚子火，留著下午來發作。

他們返回寢宮的路上，發現紹興師爺仍是孤零零地站在離老柏樹不遠的土坪裡，雙手背到了身後。他被正午的太陽曬著，乾灼的熱風吹著，滿頭滿身都是土塵。趁著看守他的執法員取中飯去了，水抗抗走攏去才發現，紹興師爺的雙手背到身後，是被上了手銬。水抗抗汗津津的身子一下子涼了，只覺一股冷氣從腳後跟颼地躥到了腦門頂。這就叫做無產階級專政？無產階級鐵桶般的專政？每一個人都面臨著這嚴酷的專政。

水抗抗一時覺得冷氣透心，又口乾舌燥，說話十分困難：

「他們給了你饃吃？給了你水喝？」

紹興師爺看了他一眼，不答話。透過那厚厚的蒙著塵土的鏡片，他彷彿看到紹興師爺的眼睛裡閃著兩星模糊的淚光。

「不要緊，我們都替你留著饃……都怪你脾氣犟，不肯低頭，還當面頂撞……他們說過什麼時刻放開你？」

紹興師爺又看了他一眼，仍是不答話。水抗抗心裡一沉：他已經是啞巴了？從此不再講一句話了？或者說，他的心，早已經死了？

這時，大牆下的總門大開，一輛軍綠色的中型吉普車駛了進來，停在勞教營辦公室門口。從車裡下來一個挾著皮包的人，行色匆匆地進了值班室。

「誰？那是誰？周恕生身邊的人是誰？」

執法員頭戴草帽，肩上挎著快慢機，手裡拿著個吃餘下的饅頭，大步走了上來。是那姓張的師傅。

水抗抗轉過身去，雙腳跟一並，作了個立正姿勢：

「報告！一排二班思想匯報員水抗抗，來問本班同教周恕生要不要喝水、吃飯。」

「嘀嘀，你個二班匯報員，倒是很會愛護你的同教，噢？不經過批准，誰讓你來交頭接耳的，噢？」

張師傅兩手叉腰，乜起雙三角眼，上上下下地打量著水抗抗。

水抗抗身子站得筆挺，規規矩矩地保持著立正姿勢：

「報告！偉大領袖毛主席教導，民以食為天，吃飯是第一件大事……」

「混蛋！你敢歪曲毛主席的教導？毛主席指示的是四個第一：人的因素第一，政治工作第一，活的思想第一，活的因素第一！你個臭大學生，欺侮我老粗沒有文化？在工人階級面前要花招？」

這下子壞了，秀才遇到兵，有理講不清了。說不定最後導致挨幾個耳光武力解決。遠處，三間大寢宮裡的同教們，都提心吊膽地擠到了窗口，門口。

水抗抗倒是不怕，自己惹下的不是什麼大禍。而且「四個第一」明明是林彪副主席的話，是工人師傅張冠李戴了。毛主席的「吃飯是第一件大事」這話，卻有文件可查。頂多，也是打他的態度，來陪著紹興師爺，在日頭下罰站好了。何況自己平日勞動積極，營長、教導員都看在眼裡的……

正在這節骨眼上，營長、教導員一班人馬都走出了值班室。每人肩下都挎著個黃挎包。他們一直走到執法員面前。教導員通知說：

「『領導小組』全體成員都要回城裡聽重要報告，這裡暫時交給監獄警衛連看管！至於周恕生的問題，等我們回來再作處理。現在吹哨子，全體集合。」

臨時緊急集合之後，「工人領導小組」全體成員坐車走了。三間大寢宮的前後，各站了一名全副武裝的警衛戰士。走了工人民兵，臨時來了正規軍。

紹興師爺恢復了「自由」，回到了班組裡。下午的批判會也取消了。

但對紹興師爺的懲罰，確是起到了殺一儆百的效用。同教們中那些膽小怕事的，一個個把自己龜縮、封閉得更緊了。有的甚至不敢抬起眼睛看人，只顧低下腦殼走路、幹活、吃飯、睡覺。除了天花板，就剩了腳尖前面的三尺地面。

星期六晚上仍是政治學習，以寢宮班排為單位。營長、教導員臨走時布置：一排今晚的政治學習，主要內容是批判周恕生，幫助他認識「自絕於人民」只能遺臭萬年，痛改前非重新做人才是唯一的出路。同時也要聯繫每個人的思想實際，談各自的認識。其餘兩個排，各要派兩個代表參加。可是學習會剛開了三分鐘，跟南詔國王子召樹銀坐在一起，早上領頭叫喊「汪得弗」的三排那位矮矮胖胖的保定府學者，就跳了出來：

「咱提議今晚上挖挖奸細！看看是哪位梁上君子偷了人家的私人信件，送交上去邀功請賞的！」

對於這突如其來的提議，同教們面面相覷，一時竟沒有反應過來。

好萊塢博士這時端著他的老茶水缸站起：

「怎麼？大家都陽痿了？沒有一點精氣了？告訴你們，太史公可是在受了宮刑、割掉睪丸之後，憤而著書立說的！我們呢？胯下的香蕉都還在嘛，當硬的時候，倒軟塌塌的了？」

這話沒有引起粗野的哄笑，而像突地點燃了一串鞭炮，大家都叫嚷，蹦跳起來：

「對！一定挖出奸細！」

「狗特務！有種的站出來，站出來！」

「天哪！我們中間埋伏著多少奸細？」

「不挖出奸細，大家都熬不出勞教營！」

「今晚上來一次大清理！」

第一排大寢宮裡，一時群龍無首，喊聲大作，亂成了一鍋粥。其他兩排的同教們都被吸引到了窗戶外邊來，並且惡作劇地跟著屋裡叫叫嚷嚷，像在助威。兩位警衛戰士連忙過來驅趕，命令他們各回各的寢宮去，不得在外逗留。至於寢宮裡發生的事情，警衛戰士則不予干預。「問題學生」們不算正經勞改犯，情況太複雜，他們也只是臨時戶外執勤。

寢宮裡，身胚高大的關東大漢，這時站到了同教們中間，儼然一個司令官似的，雙手巴掌朝下一壓，以他低沉雄渾、震得整個屋子嗡嗡作響的嗓音宣布：

「誰是奸細，他自己清楚，我大漢也心裡有數。現在，我從一數到十，他若還不自己站出來認錯，保證今後不再做內奸、特務，我就要像拎小雞一樣把他拎起來，扔到腳下，把他揍成肉泥！」

關東大漢的最後通牒，立即贏得了一片叫好聲。這傢伙講話底氣足，有號召力。

南詔國王子這時倒能提醒關東大漢：冷靜，冷靜。他身邊的保定府學者也說：不急，不急，先問明情況再說。水抗抗眼睛一直不離河南騾子，不知怎樣給予幫助。河南騾子早已嚇得面無人色，渾身篩糠似地顫抖。

紹興師爺倒是雙目緊閉，彷彿對這場因他而起的騷亂，早就一切看破，置之度外了。

關東大漢哪里聽得進南詔國王子和保定府學者的勸告，開始扳動他的小黃瓜一般粗細的手指頭：

「現在計數！一，二，三，四！五！六！七——」

還沒等關東大漢拉長嗓門數出「八」來，就見河南騾子突地起了身，水抗抗想拉都沒能拉住，撲通一聲跪到了地下！

關東大漢雖說早就對河南騾子起了疑心，這時仍然有些吃驚：

「是你？你？」

好萊塢博士一個箭步跳將出來：

「好哇！爺們拳頭癢了幾天了！來，大家揍這狗日的過過癮！」

「打！打死了大家償命！」

「打奸細！難怪他平日假裝憨厚老實！」

一時，十幾二十個怒不可遏的漢子一湧而上，拳腳交加，把河南騾子打翻在地。河南騾子只顧用雙手雙臂護住頭部。整座寢宮，一片砰砰彭彭的拳腳聲。許多拳腳，甚至都沒有落到河南騾子身上，而是相互落到了打手們自己的臂上、肩上。

這情形，倒是使得關東大漢傻了眼，不知怎麼辦。他眼睜睜地望著水抗抗幾個較為冷靜的班組長在拉扯，在勸阻。還有南詔國王子和保定府學者兩位矮個子又跑又跳地在叫喊：

「住手！大家住手！要出人命啦！」

「坦白從寬！人家是自己站出來認錯的！」

「讓他作交代！讓他作交代！」

人們墮落在瘋狂的憤怒中。水抗抗等人的勸阻，根本不起作用。有人乘機獸性大發作。寢宮外值勤的警衛戰士走到窗口，隔著鐵窗玻璃看了看。「問題學生」們自己打自己，活該，領導上也沒叫他們管。

關東大漢正在猶豫，自己要不要使用武力，將打手們一呼啦全撩倒在地……卻見一直靜坐一旁閉目養神的紹興師爺，忽地「哇哇」大叫，像頭餓狼似地撲入人群，整個身子趴在了血跡斑斑的河南騾子身上！如果還有人施展拳腳，就只會打在紹興師爺身上了。

人們這才住了手。一個個看著自己的巴掌、拳頭……水抗抗眼裡的淚水，唰唰地流了下來。

整座寢宮墮入了死一般的沉寂。

這時，從屋外牆角處傳來一個女子幽怨的歌聲，唱的是江南評彈曲調：

尋尋覓覓，冷冷清清，悽悽慘慘戚戚……

「誰？今晚上真是見鬼了，又鬧鬼了？」

好萊塢博士看了保定府學者一眼。他額頭上添了兩塊紅腫。同教們也都被這如哭如訴的歌聲吸引了，呆住了。南詔國王子立即趕到了後牆窗口。

牆外那女子仍在唱著：

乍暖還寒時候，最難將息。三杯兩盞淡酒，怎敵他晚來風急。雁過也，正傷心，卻是舊時相識……

「是太湖才女楊麗妮？聽說她神經有些個毛病。」

「這年月，這地方，誰神經沒毛病？」

「啊，她唱的是北宋女詞人李清照的一首〈聲聲慢〉。」

「蘇杭一帶的評彈曲調，最適合唱宋人的長短句……」

同教們聽著，議論著。彷彿剛才什麼事都不曾發生過。也沒著誰去理會自己的傷痕。

太湖才女大約是離開了牆角，聲音小了許多，但仍能聽得清晰：

滿地黃花堆積，憔悴損，如今有誰堪摘？守著窗兒，獨自怎生得黑！梧桐更兼細雨，到黃昏，點點滴滴。這次第，怎一個愁字了得！

「回去！回去！誰讓你跑出來亂唱的？」

「還不走？快點！」

屋外，顯然是警衛戰士前來驅趕她，命令她立即回自己的寢宮裡去。

第十章 鬼域

每逢星期天，保定府學者陳國棟便會在老柏樹下，捧著一部又厚又大的《人體解剖學》，一坐就是一整天。只有頭上的知了吱呀吱呀地叫個不停，給他做伴。

他本來是北京醫科大學五年級學生。也是因言及禍。皆因他一年前，在醫療系的政治學習會上，頑固堅持「醫學只有人性、沒有階級性」的反動觀點，受到黨團組織的嚴厲批判。他態度惡劣，拒絕認錯，還振振有詞地詭辯：

「我要是做為一個外科醫生，無影燈下操作手術，就應當為任何階級的病人解除痛苦。難道因為病人是階級敵人，我就拒絕手術，或是操刀亂割一氣不成？」

「但是你可能用手術刀殺人！殺死你所仇恨的人！」

「華佗當年未必就喜歡奸相曹孟德。可他還是以崇高的醫德，高超的醫術，要為曹孟德打開大腦，摘除腦瘤……他因此丟了性命。」

「你這是鼓吹業務掛帥，否定技術為政治服務！」

「為政治服務，也不能叫我假治療名義，去害死政治需要殺死的人。」

「你放屁！你誣衊！政治是統帥，是靈魂，是一切工作的生命線！這是偉大領袖的教導。」

「不管誰怎麼說，政治覺悟並不等於醫療道德！職業的道德觀超乎階級政治而存在。」

這還了得！對政治統帥業務冷嘲熱諷，對毛澤東思想懷有刻骨仇恨。他的頑固對抗，激怒了學校政工部門的領導。先查他的檔案歷史，找出了破綻；再派人到離北京兩個鐘頭火車路程的保定市去外調，結果大有收穫：原來該生長期欺騙黨團組織，在履歷表上只填寫了養父的「城市貧民」成分，而隱瞞了生父為日偽時期漢奸，早在抗戰期間即被八路軍游擊隊處決的罪惡歷史！正本清源，察言觀行，陳國棟真是「什麼藤結什麼瓜，什麼階級說什麼話」了。不久，醫科大學開始了社教運動，他被列為全校師生中「思想反動，對抗運動」的典型。經過重點批判、鬥爭之後，念其年輕——其漢奸父親死時他還不滿周歲，被送來儒林園勞教以觀後效。

陳國棟和召樹銀是來到儒林圈才成為好朋友。可說是惺惺惜惺惺，矮個子憐惘矮個子。陳國棟喜歡召樹銀熱情坦誠，頭腦靈活，樂於助人。召樹銀敬重陳國棟身陷逆境，仍不放棄專業、學問。每逢陳國棟坐在老柏樹下溫習他的那部足有一塊紅磚厚的《人體解剖學》，召樹銀便自動服務，三餐飯菜、茶水都送上來，並尊以「大夫」之稱。兩人也常並排坐在柏樹根上，聊上一陣子彼此都憋在心裡的那些話兒。

「陳大夫，你講講，你的醫術，日後還用不用得上？」

「怎麼用不上？凡有人群的地方，就少不了醫生這一行……哪怕在監獄裡，也離不開醫學的。」

「可我的地理學……到了這籠子裡，還有啥學頭！」

「哪能沒學頭？你能閉上眼睛背出來咱中國二十九個省市、每一個地區的名字，每一個縣分的名字？長江中上游，有多少條可以通航的支流？我們國家的鐵路、公路交通現狀如何？布局合不合理？古代的絲綢之路是從長安出發還是從洛陽出發、揚州出發？經過了我國境內的哪些縣址？書到用時方恨少呀，我們不可自暴自棄……」

保定府學者講起話來總是有板有眼，一套一套的，召樹銀打心眼裡佩服。

「自毛主席提出『政治掛帥、思想領先』的原則，報紙、廣播就天天都在批判『業務掛帥』、『技術第一』為反動觀點，變成一切為了政治，政治就是一切。」

「唯心論，形而上學，真正的反動觀點！」保定府學者瞪著眼睛，鐵青著臉孔，接著說：「政治掛帥掛在嘴皮上，思想領先頂在腦門上？整個國家不學無術都不打緊，只要天天有人喊萬歲、唱讚歌就行！」

南詔國王子聽著，警覺地四下裡打望了一眼，才苦笑著嘆息：

「毛主席老人家坐了龍庭，還總是不放心，尤其是對知識分子不放心，你有啥子辦法嘛！」

「所以要推行愚民政策。都二十世紀六十年代了，人家在修建高速公路、研究衛星通訊、建造民用住宅……我們卻在一次又一次的搞鬥爭、運動，出了個史達林還不夠，又來搞造神運動……真叫人噁心！寒心！」

「陳大夫，危險言論，危險言論。」

「我就是不同意醫學有階級性，要為政治服務，為神服務，才被送來這裡的。他們口口聲聲以理服人，說服不了我，還是靠壓服！」

「鳥毛！誰心裡服？只是當啞巴，不出聲囉。」

「依靠占人口大多數的文盲、愚昧，管制占人口少數的文化、知識，加上監獄和槍桿子，於是天下一統，四海肅穆。」

說到這裡，兩個夥伴你看看我，我看看你，沉默了。只剩下知了在他們頭上吱呀吱呀地拖長了嗓子叫著。

「陳大夫，我不像你，來到這地方，還能靜下心來讀書……可我一到了晚上就做夢，不是回到昆明見了姊姊，就是跟了孔夫子周遊列國，跟了酈道元、徐霞客爬山涉水……你講荒唐不荒唐？」

過了一會，南詔國王子又忍不住說。

陳國棟胖乎乎的臉上，泛起了笑意。彷彿很欣賞自己的同伴富於夢想。

「對了！思想改造，就是想讓讀書人腦瓜裡長滿荒草……你做夢也是學習，做精神旅遊，可以溫習你學過的山川地貌，風光名勝。『人人盡說江南好，遊人只合江南老』，「地敞中原秋色盡，天開萬里夕陽空』，『大漠孤煙直，長河落日圓』，都是古代遊客的名句……」

「崽佬乖，陳大夫，你還很有文學修養！」

「從小就喜歡文學。因想到自古文客無下場，才報考了醫科大學。想學一門服務社會的專長。當然，從來文醫問道，都是替人、替社會治病。俄國的契訶夫，我國的魯迅、郭沫若，都是學醫出身。」

「你呀，大約正是跟文學的緣分未了，才學了醫，還來儒林園改造！」

「是了，是了，我們都應該熱愛政治，仇恨文學了！」

這時刻，兩位朋友就會開心地大笑。南詔國王子還會以他的雲南官話罵上兩聲：

「鳥毛！鳥毛！」

「依咱醫學名詞，稱為『陰毛』。」

「對了，陳大夫，聽講你們醫科大學，用藥水泡了些男屍女屍？你敢看？」

「教學用的……怕什麼？」

「在我們雲南大山裡，有人夜裡趕屍，你信不信？」

「什麼趕屍？」

「就是趕起死屍走夜路呀！趕屍人渾身披掛著符咒，手執神鞭，叫那死屍走就走，叫那死屍停就停！聽講趕屍之後，那人就會消災弭禍行大運……」

「騙人的迷信，落後的奇風異俗。」

「你怎麼曉得是騙人？人家講得活靈活現，有名有姓。」

「你親眼看過，還是親手趕過？」

「倒是沒有。老子從小最怕看死人。」

「我們醫大是花錢買下些屍體，用來上人體解剖課。」

「崽佬乖，你動過手？」

「咱給教授當助手，共解剖過五具……教授誇咱刀法準確利落。」

「真有你的！我只是小時候剖過青蛙肚皮……你不害怕嗎？晚上不做惡夢？」

「第一次很難受。老是想嘔吐，吃不下東西……後來就習慣了，解剖死去了的人體，是為了今後替活著的人解除痛苦，延長生命。」

「這個我懂。你們不是取人首級，是科學文明……」

這天又是星期日。陳國棟又一整天都坐在老柏樹下溫習他的醫學書籍。為了讀書的事，他已被「工人領導小組」的師傅們訓斥過多次了：來到儒林園，不好好勞動改造，重新做人，還死啃書本，留戀三名三高？還妄想走白專道路？老實告訴你吧！你就是學得飛天本事，黨和人民不需要你，也還是廢物一個！

對於許多同教一到星期天就圍著好萊塢博士聽鄙俗故事，工人師傅們倒是十分寬容，甚至認為是一種向文盲大老粗靠攏，打成一片的進步。有時值班師傅還會坐在一旁，不動聲色地聽得有滋有味。在工廠農村，工友農友們開起這類男女間的玩笑來，有時還興動手動腳，男的女的滾做一堆呢，肌膚相觸，何樂不為？

天色將晚。同教們都回了各自的寢宮，土坪上靜悄悄的，又只剩下知了陪伴著陳國棟，吱呀吱呀沒完沒了地叫。

太陽如一團熔化中的火球，墮落進晚霞燃燒著的西邊山谷。

陳國棟斜靠在老柏樹蔸上，一動不動地望著天空發呆。他神思恍惚，被天上絢麗、神奇的雲霞所迷惑，所威懾。彷彿魂魄都出了竅，眼前是一派廣袤的空虛……

西邊山谷的上空，血紅色的雲霞輝煌耀目。就像有人用了巨筆，飽醮了鮮血一筆一筆塗抹上去的。甚至還沒有乾涸，還在濡染、滲濕著天幕。

血光千里的天幕！紅色濡染的天幕！橘紅，粉紅，金紅，殷紅，紫紅，杜鵑紅，玫瑰紅……紅色真是一位魅術無邊、瘋狂無比的妖冶蕩婦！被多少人寵愛、讚頌，又令多少人賭咒、戰慄。她是一個複合體：她象徵生命，亦預示死亡；她象徵吉慶，亦預示痛苦；她象徵革命，亦預示災難。她能給冷漠的人生以溫暖的慰藉，又能焚毀人生的一切。她富於昂奮的激情，卻極易轉變為野蠻的暴力。她能夠呼喚光明降生大地，又能跟漫漫黑暗融為一體。她可以洗滌社會的腐爛，卻又可以滋生腐爛社會的瘟疫！

有人說，血紅色的晚霞是對湛湛藍天的屠殺，是對皎皎白雲的塗炭，是對璀璨星月的鯨吞，是對蒼茫大地的恫嚇！那麼人們不禁要問：鮮紅可是嬰兒的鮮血？金紅可是少年的青春？殷紅可是壯年的腦液？紫紅可是老年的生命？且看！鮮紅色在翻著泡沫啼叫，金紅色在湧起浪花吶喊，殷紅色在燃起光焰咆哮，紫紅色氣衰力竭，在凝固、板結……還有，那滲透於銀灰色雲層裡的血汗！那浸潤於黛青色雲彩裡的血斑！那飛濺於紫黑色雲團裡的血垢！

千里血光，血汗千里，大濡大染，浸淫河漢。這血光，抑或是從地平線上噴薄而出，倒映在黃昏時分的天幕上？多少朝代，多少子民，多少屠場，多少變亂，新血壓著舊血，才能匯聚起這漫天血源？

此時刻，儒林園四周的山崖、田地、溝渠、樹林，新監、舊監的大牆、電網。牢房、放風土坪，全都罩上了這血紅的光焰。

老柏樹下，陳國棟望著霞光，目瞪口呆，驚心動魄。四周都彷彿彌漫著一股嗆人的血腥氣。南詔國王子曾經兩次走近他，都被他揮手支使走了。

霞光漸漸隱退。山崖上的鳥雀紛紛歸巢。歌唱了一整天的知了也安靜了。草蟲上陣，開始了夜間的啼鳴。

暮色越來越濃。從四周山腳升起的夜幕，不覺地就籠罩在天地之間，一切都歸於模糊、渾然。陳國棟和老柏樹也被這夜幕裹住了，成了兩個朦朧的黑影。天低星暗，連對面那三大排寢宮，都彷彿十分遙遠。巖腳的螢火蟲，開始閃著晶亮晶亮的小燈籠翻飛。一隻又一隻，向著老柏樹舞動，彷彿要來給他照明、引路。

螢火蟲，謝謝你。你們都從哪裡來？白天都住哪裡？你們有家嗎？家鄉在哪裡？從小就跟父母親住一起？你們都是平等的？可有君王統治？也有歧視、仇恨？

忽然，陳國棟見山崖下，有兩隻巨大的螢火蟲在閃撲。不，是兩團碗口大的螢光在滾動。啊哈，真好玩，真漂亮，兩團藍得發白的螢光，向他飄來了，靠近了。難道真的是來給他照明、引路的？要把他領到那裡去？一定是有上千隻小小的螢火蟲滾做一團，才會發出這麼大的亮光。他倒是一點都不覺得神奇，一點都不害怕。冥冥中，他彷彿已經進入到了一個陌生的混沌世界……終於，兩團螢光在他面前落定，轉瞬間化作了兩個人影，且是兩個古代的人影，齊齊地朝他拱了拱手。

他慌忙鞠躬還禮，之後先向一位目光炯炯、衣袂飄逸的長者問：

「請教先生尊姓大名？何朝人士？據何來得此地？」

那目光炯炯的長者又是雙手一拱，答道：

「在下呂憲，字伯齊，號長山，明萬曆年進士，東林黨人……受權奸魏忠賢輩誣陷，入此天牢。」

「啊！東林黨人，清流士大夫，緣何與權奸魏忠賢相對抗？」

「廟堂昏亂，閹黨坐大，東西兩廠淩辱朝政，荼毒生靈……」

「一個個市井小兒出身之小小宦官，何以飛黃騰達，高居廟堂專權？」

「皆因禁苑之內，三宮六院，嬪妃無數，美女如雲，需這些失卻人常之閹寺行走侍奉……他們雖受腐刑，萎縮陽具，而成為皇上後宮、外戚臣僚的公共器官，然淫邪不滅，慾念別生，且諂媚有術，八面逢源。帝王后妃需用他們做心腹，宗室親藩需以他們為耳目，外戚新貴暗通他們做股肱，名臣公卿亦收買他們為爪牙。他們周旋於文武臣僚，窺伺帝后顏色，揣摩王侯脾性，猜測外戚心理，熟識公卿臉孔，故能因勢乘便，縱橫捭闔，分化拉攏，以至結黨營私，傾陷異己，弒殺東林儒生，剿滅人間正氣。直至乾坤顛倒，帝王后妃成為他們心腹，宗室親藩成為他們耳目，外戚新貴成為他們股肱，名公臣卿成為他們爪牙，攘奪宮廷大權，橫行天下於不法……」

「可悲可嘆，滿腹經綸之讀書人，竟鬥不過閹寺。」

「日月不明，廟堂昏亂……我輩東林，縱是才高八斗、學富五車，亦無力安邦濟世、報效國家……唯黃泉飲恨，不能瞑目。」

說罷，東林長者退過一側，悵然長嘆。

啊，怪道他面貌皆模糊，唯雙目炯炯放亮，原是含冤慘烈，不能瞑目。

溟濛中，陳國棟再看另一位古人。這古人卻衣冠不整，似落拓不羈，氣宇不凡；以至他的腦袋脫離開他的頸項，高踞身軀半尺以上，真是奇人奇貌了。陳國棟恭恭敬敬地問：

「請教先生尊姓大名？何朝人士，緣何也來這天牢之地？」

「哈哈！黃毛小子，你倒問起你老祖先來了，緣何來此天牢之地？」

「學生新來，乞先生不吝賜教……」

「吾乃腰斬《水滸》，批注〈離騷〉，評點《西廂》之金聖歎是也！」

「久仰先賢！先生江蘇常州人氏，倜儻不群，為文怪譎，直言無忌，名滿天下……」

「哈哈！你倒是知吾大名。」

「請教先生，當初著書立說，緣何墮入天牢？」

「賊兵入關，滅我大漢宗室，立為清朝。吾與賊不兩立……賊順治十八年，吾坐哭明皇祖廟以述心跡，又書寫『清風不識字，無事亂翻書』句，諷賊子興文字獄、殺我江南儒生，而被賊投此天牢處斬，是故身首分離，不得全屍。」

「請教先生，適才可曾聽得東林老人之語？」

「問得好！問得好！自古讀書人深明大義，宗室事大，閹寺事小！」

「請教先生，閹寺專權，殺我儒生，豈是小事？」

「問得好！問得好！明鏡高懸，天網恢恢，魏忠賢輩終逃不脫伏屍市井，你知也不知？」

「請教先生，緣何從古至今，天下讀書人少有善終？」

「問得好！問得好！筆如三尺龍泉劍，不斬奸邪誓不休……天下學人，多腦後有反骨，輕易不得歸順……」

「請教先生，生前不臣服，死後亦鬼雄乎？」

「問得好……吾在塵世，不齒入宦；卻在陰間，轄下儒林三千，皆為歷朝天牢冤孽，汝欲一見？」

「如得一見，三生有幸。」

陳國棟話才落音，便見兩位先人復又化作兩團螢光，倏忽即逝。緊接著，卻是天昏地暗，陰風怒號，雷電交加，飛沙走石……旋又在昏暗中，有千千萬萬螢光閃閃，焰火團團，上下翻飛，遍及天地……直閃耀得陳國棟膽戰心驚，睜不開眼睛。過了一會，他覺得風息月明，螢光盡逝，沙石不揚，萬籟俱寂。慢慢地，還起了一種十分悽婉的歌聲，歌詞倒是清晰可辨：

曼余目以流觀兮，
冀一反之何時。
鳥飛反故鄉兮，
狐死必首丘！
信非吾罪而棄逐兮，
何日夜而忘之……

可他睜開眼睛一看，天啊！大牆上下，監房內外，土坪遠近，到處站滿了各朝各代、各種服飾的無頭冤魂，一個個頸項上冒出血光，伴隨著思鄉古曲，齊齊地搖動著身軀，哀歌悽厲……

「媽呀——我不！我不！救命啊——救命啊——」

溟濛中，陳國棟終於禁不住四周圍無頭冤孽們的恐怖，站起來沒命地奔跑，奔跑！可無頭冤孽們齊齊地繞住了他，困住了他，截住了他逃生的路……

「我不！我不！我不能跟了你們，不能跟了你們去……」

他跌跌蹌蹌，一頭栽倒在老柏樹下。直到南詔國王子和一排寢宮裡的同教們聽到他的呼喊聲，跑出來把他抱住。但見他口吐白沫，牙關緊咬，面如土灰，不省人事，卻不忘把那本厚重的《人體解剖學》，死死抱在胸口上。

①屈原〈九章．哀郢〉句。

第十一章　首長，你是誰

由於舊監內連續發生鬧鬼事件，「工人領導小組」為破除迷信，採取了兩項得力措施：首先是在大牆上、巖壁上、每棟寢宮，以及食堂、公廁的門旁窗下，貼上了一張張鎮妖驅邪的大紅標語，標語內容大都抄錄著毛主席教導，如「東風壓倒西風」、「橫掃一切牛鬼蛇神」、「絕不允許帝王將相、才子佳人、死人洋人統統出籠」等，加上「五大萬歲」①；接著又全營停止野外勞動半天，進行一次突擊性大清掃，先室外後室內，分片包幹，任務到班組。一排清掃土坪，二排清掃膳食堂、男女浴室、廁所、禁閉室，三排清掃土坪之外的所有空坪隙地。

第一排的三個班組之間又有所分工，水抗抗的班組負責填平土坪上的幾處坑坑窪窪。同教們挑著土箕倒也你追我趕的，有說有笑。這土坪雖說每到晚上有些陰森嚇人，還不時有燐火飄忽，在大白天卻是他們勞動之餘可以自由走動的「廣闊天地」。土坪南側老柏樹上的烏鴉大約最近孵出了小崽子，站在窩巢旁「呱呱」地朝同教們叫個不休，真是不吉利。南詔國王子幾次想爬上樹去搗毀烏鴉窩，都被水抗抗勸住了。工人師傅們就在旁邊守望著大家勞動，弄不好鬪

①當年大小集會必呼的口號，群眾私下裡戲稱為「五大萬歲」：「毛主席萬歲」、「毛澤東思想萬歲」、「共產黨萬歲」、「無產階級專政萬歲」、「馬列主義萬歲」。

你三、五天禁閉，把你餓得半死不落氣，何苦來？另又根據水抗抗小時候在武夷山裡得到的經驗，老鴰窩裡都盤有一條花蛇，誰去掏窩就咬誰，不死都要脫層皮！南詔國王子被嚇住了，卻又心有不甘地衝著烏鴉不祥的叫聲，唱了一支昆明兒歌：老鴰叫，叫四方，四兩茶油二兩薑，炒起老鴰噴噴香！唱得關東大漢他們都笑了。

二排太湖才女楊麗妮所屬的班組，在那位名叫柳逢春的青年師傅的率領下，負責清洗男女廁所。公共廁所向來是最為汙穢的場所，儘管平日由同教們輪流打掃，仍不免蒼蠅群舞，惡氣熏人。沖洗過後，噴灑滅蠅劑，再撒上一層石灰，頓時風清氣爽。「工人領導小組」這時卻派人將男女廁所都釘上門扣、上了鎖，並貼出兩塊「安民告示」：

經研究決定，本日中午，男女廁所暫停使用！

同教們不知道出了什麼緊急情況，「工人領導小組」竟突然宣布廁所管制，是出了反動標語案，要保護現場？中國城鄉的公共廁所內經常有反動標語興風作浪，使得偵破人員也臭氣熏天地罵老娘；還是有人在茅坑裡投放了定時炸彈，妄圖在無產階級專政的鐵監裡製造事端？一時間，人人面面相覷，個個疑神疑鬼。其實被改造分子們最怕自己周圍出現不測案件，因為他們總是要被偵查人員當作重點懷疑、反覆訊問的對象。

卻說這人畢竟是高等動物，消化、排泄系統運作不停，屎脹尿急乃人之常情，非思想覺悟所能控制，而「工人領導小組」又有明令規定除男女廁所之外營內任何地方皆不得大小便……

於是不到一個小時，許多有了生理壓迫感的同教就不避風險，一個個繞著廁所打轉轉，急切盼著解除管制，實行開放。不久便是極具政治政策水平的領導階級們自身也有了腹下之患。還是虧了那位名叫柳逢春的師傅想出了辦法，不知從哪裡找來一根膠皮管，接上水龍頭，自告奮勇地在廁所門口值班，命同教們隨拉隨沖洗，問題才算緩解。至於女廁，因全營只楊麗妮一位女同教，便較易於保持清潔。經過了這件事，同教們對於柳逢春師傅都有了好感。

直到當天中午午餐前，清掃工作結束，營長、營教導員召集同教們臨時集合訓話才宣布：下午，有市委首長陪同外省市首長，前來勞教營視察工作。今後各省市都要學習推廣本勞教營經驗，把各地高等院校裡的「問題學生」，集中起來勞動教養，強制其改造思想。為完成本次光榮的接待任務，下午要提前一個小時出工，只留下一排水抗抗、二排楊麗妮、三排陳國棟三位營員作為大家的代表，跟「工人領導小組」成員們一起，向省市首長同志們匯報。

同教們這才恍然大悟。勞教營突擊大掃除，原來是全國各省市首長們要來視察監獄。公共廁所戒嚴，也是為著首長們在茶水招待之後，難免有腹下之患而準備著的。更可怕的是全國各省市都要推廣儒林園勞教營經驗，不知又該有多少地方高等院校的高材生們，將面臨這種不經法律審判的勞教之災了。

中午一時三十分，監獄裡的上工軍號提前吹響，同教們整隊外出勞動。平日總是緊閉著的大鐵門打開來，門兩旁貼出了鮮紅的大標語：

向來自全國各省市政法戰線的首長們學習致敬！

熱烈歡迎出席全國政法會議的首長們蒞臨視察！

在首長們到來之前，由「工人領導小組」三位成員分頭找水抗抗、楊麗妮、陳國棟三人交任務、交政策；為了讓來自全國各省市的首長們充分了解到本勞教營的優越性，一定要高舉毛澤東思想偉大紅旗，突出無產階級政治，那些不應該說的話一句也不要說，否則一切後果自負。出色地完成這次接待任務，是組織上對你們的信任和考驗等等。他們三人還有所分工：楊麗妮、陳國棟參加集體匯報，水抗抗則接受一位首長同志的「個別問話」。

下午三時，由一輛閃著紅燈的警車開道，二十幾輛銀灰色的上海牌轎車一輛接一輛地駛入了舊監總門，一字兒停泊在土坪裡。總門則立即由兩位荷槍實彈的警衛戰士把守住。為了首長們的安全，新舊兩監的大牆上、山崖上，都有戰士站崗。「工人領導小組」的成員們大約從未見過這麼多大首長，誠惶誠恐地站成一橫排恭候著。從一輛輛轎車裡鑽出來二十幾位頭髮花白、紅光滿面、氣度不凡的首長，以及一位位挾著黑色公文包、態度謙恭的祕書們。

首長們立即進到會議室去邊抽菸喝茶吃瓜果，邊聽取勞教營教導員、營長及營員代表的匯報，自有祕書們攤開筆記本龍飛鳳舞地作記錄。

水抗抗被安排到教導員辦公室去接受一位首長的「個別問話」，房間裡也擺有菸、茶、甜瓜、香蕉、西瓜等。他心懷疑懼地進了門，見一位面目祥和、手裡拿著眼鏡、身子微微發福的首長，已經坐在一把木沙發裡等著他了。還禮賢下士地站起身子來迎著他，仔細端詳他，卻沒有向他伸出手。這是水抗抗業已習慣了的。有身分、地位的人，誰會屑於跟他這等勞教人員握手呢？他也趕緊瞟了首長一眼，只覺得首長身材魁梧，濃眉大眼，腮巴上的鬍鬚剃得光光溜溜，寬闊的額頭上沒見多少皺摺，一副養尊處優、保養得法的體態，年紀大約在五十歲左右。

「坐吧，坐下談，替你泡了茶，水果你隨便吃。」

首長招呼著，態度出人意料的和氣，甚至有些親切。首長面前的茶几上放了一支鉛筆，一個記事本，沒有祕書陪著做筆錄，倒是真正的「個別問話」了。

使水抗抗十分吃驚的是，首長竟然講一口他家鄉武夷山區的官話！而且面貌也有些熟悉，像在那裡見過。

「你叫水抗抗？福建武夷人？」首長問。

水抗抗點了點頭，雙手放在雙膝上。

「一九六〇年考入人民大學政治經濟系，已經本科畢業，留下當研究生的？」

水抗抗又點了點頭。他不知首長為什麼要問這些檔案材料上早寫得一清二楚的事。

「你怎麼成了問題學生，送來這裡勞教的？」

首長戴上眼鏡，又摘下來拿在手裡，一動不動地盯著他看。

「材料上早寫清楚了……」

水抗抗忍不住也以武夷官話答了一句。他已經學了一口北京話，平日很少用到鄉音。

「我並沒有看過你的材料。想聽你自己說說……」

首長強調著。並不是咄咄逼人的命令。他只好說：「都交代過上百回了……去年春天，一位中央負責人來人民大學作政治報告，講到馬克思的《政治經濟學手稿》時，南轅北轍，紕漏頗多，我就在自己的記錄本上寫了幾句話……」

「幾句什麼話？」

「我寫了，以他這種理論修養，馬列水平，怎能主持好北京市的工作和參與全國的領導決策……被鄰座的政治學徒看了去，打了小報告……據說那位中央領導看了〈動態簡報〉，親筆批示，我就到儒林園來了。」

首長專注地盯住他，好一刻沒有說話。

「我已經書面檢討過十多次。就那麼幾句話，我很後悔。檢討書比我的經濟學論文還厚了。我們勞教營裡，全是思想言論問題……」

「言為心聲，禍從口出。言論也是行動的一種。」

「可憲法還規定了公民有言論的自由……」

「自由？那要看是什麼性質的自由。憲法首先確立了共產黨是全國人民唯一的領導核心。如果你的言論違反了黨的領導，首先就違反了憲法。」

到底，黨腔加官僚腔，出來了。且善辯，善闡述，不愧是首長水平。

「那還要叫什麼『言論自由』？」水抗抗忘了營教導員的事前囑咐，頂起牛來了。

「從來大道理管小道理。黨的領導是最根本的大道理，而言論自由不過是小道理……你抽菸嗎？不抽？好習慣，那你喝茶，吃水果。」

首長說著，便逕自點起一支「鳳凰」牌，抽起來了。

「你們一天吃多少糧？能吃飽嗎？油水怎樣？」首長又問。

水抗抗如實報告：每人每天一斤四兩糧，勉強可以吃飽，油水不足，一個月打一次牙祭。他真盼首長開恩，盡快結束這次問話。格格不入，味同嚼蠟。

「你們一個月的伙食費是多少？」

「可能是十四元五角。」

「不低了，不低了。全國學習解放軍，已經達到了解放軍戰士的伙食標準。當然，連隊食堂可以自己種菜餵豬，毛主席號召農業學大寨嘛，自己動手，豐衣足食。你們食堂種了菜？餵了豬？」

水抗抗搖了搖頭。他報告首長，監獄本身就是一座勞改農場，種糧食，種果樹，餵豬餵雞、養鴨養兔。可聽說產品上交，不能自行處理。

這時首長卻有些心不在焉似地，不停地把副眼鏡摘下，戴上，摘下，戴上。使水抗抗覺得十分奇怪，這首長真有意思。

「你們每個月可有零花錢？」

「誰給？沒人給……」

「牙膏、肥皂、墨水、郵票、紙張等等，這些問題怎麼解決？」

首長大約是個工作細緻的人，注意到了這些瑣碎事情。

「有的同教原先有點積蓄。有的同教靠親友接濟……」

「你本人哪？」

「學習紅軍長征精神，艱苦樸素，不用牙膏刷牙，不用肥皂洗衣。」

「也不寫家信？」

首長又目光炯炯地盯住了他。

水抗抗心裡「咚」地一跳。他想起福建武夷山裡的母親。自來到儒林園後，他就沒有給母親寫過信。他怎麼能把自己當了問題學生，進了勞教營的事，告訴那在老家孤苦伶仃，受苦受難的地主分子母親！

首長寬闊的腦門上出現了幾道深深的皺紋，一雙臥蠶似的濃眉也擰了攏來，彷彿也有一腔不便說的心事。兩人都沉默了一會。

「吃，吃香蕉吧！香蕉，南方運來的……」

首長這時竟遞給水抗抗一隻金黃色的香蕉，還特意說「南方運來的……」隨後就又逕自點燃一支香菸，吸著，在權衡著什麼話該說不該說，或是該怎樣來說。

首長這出人意表的神情，倒使得水抗抗如墮五里霧中了。這算哪門子「個別問話」啊？首長們向來胸有成竹、高瞻遠矚、一言九鼎，很少這樣婆婆媽媽的。

「我也是福建武夷山裡人。二十五歲時出任地下縣委書記。一九四〇年去了延安，便與老家斷了聯繫……」

首長竟自己報起家門、身世來，且視線從水抗抗身上移開了，盯著了面前的筆記本。什麼意思？水抗抗一時更摸不清頭腦了。難道他一個做大官的，大約貴為一省的政法書記，還要來認自己這「問題學生」做小同鄉不成？

「你現在大約能猜出我是誰來了？今天為什麼要來找你個別談話……」

水抗抗搖搖頭，搖搖頭。他一直處於精神的極度緊張之中，思緒早已被堵塞住。再說他來到儒林園半年了，最大的變化是思想已經遲鈍，原先那些極為靈敏、活躍的思維觸角，都已經枯竭、萎縮。難怪有的同教把「儒林園」改稱為「愚人園」，這原是一座從古至今都要把讀書人變為愚人、傻瓜的場所。

「你今年該二十四歲了？」

「還差幾個月……首長，你為什麼要問這些？」

「沒想到，我們會在這地方，第一次見面。」

「首長，我不懂……」

「你還想不起來我是誰？」

首長抬起了眼睛，目光裡竟透出了慈愛。一種長輩對晚輩的慈愛。水抗抗又固執地搖搖頭。他毫無思想準備。他怎麼也沒有想過要把自己和什麼大官人去高攀在一起。只覺得這首長好面熟，好面熟……是誰？

「唉！相見不相識，相見不相識……你想不起來，可見平日心目中……」

首長搖著頭，深深地嘆息著。有一刻，連頭都低垂了下來。於是，他的由日常的凜然盛氣、大權在握、自命不凡、頤指氣使、君臨一切等等交織而成的大首長架子，統統瓦解了，回歸成一個普通人，一個將要進入垂暮之年的中年人。甚至是一個感情上乞憐著什麼的可憐蟲。

「我是誰？」

他又抬起眼睛來，盯住水抗抗，彷彿在問。

「我是誰？」

水抗抗也盯住了對方，也彷彿在以眼神相問。四目相對……能碰撞出火光！就在此一刻，兩個社會地位、政治等級都有著天壤之別的人，呈現出了一種奇妙的精神上的平等。因為他們都失去了自己，都不知道自己是誰。他們早已經沒有了真正的自我，只有一具為偉大領袖的思想，以及由這思想派生出來的各種各樣的概念、觀點、意識名詞等等填充起來的皮囊、軀殼。

終於，水抗抗腦子裡忽然「轟」地一響，眼睛突地一亮：

他就是那個叫「父親」的人？那個拋棄了母親做了大官的「父親」？

他心裡起了一片惶恐、驚悸……緊接著這惶恐、驚悸就鬱結成一團，堵在了他胸口上，越來越脹，越來越滿，直至快要爆炸……又覺得渾身的血液直朝頭上湧，滿臉通紅，身上的肌肉綳得鐵緊。

他為什麼要來找自己？為什麼要來可憐自己？誰請他了？約他了？求他了？正是他黑了良心，背信棄義，害苦了母親！害得母親二十歲上守寡、三十歲上當了地主分子，揹著黑鍋，一輩子抬不起頭、直不起腰來做人！

水抗抗從小就在心裡發誓，要替母親報仇！要殺死這個坑害了母親的男人。他的拳頭捏緊了，頂住了座下的木板凳，面對著第一次見面的父親，睜大了血紅的眼睛……可是，能報仇嗎？能猛然站起身子，撲向這個人嗎？他的身子卻被座下的凳子吸住，像磁石吸鐵似的吸住了，不能，不能……

痛苦扭歪了他的臉。一股熱辣辣的東西湧上他喉嚨，襲上了他眼睛。他死命地咬住嘴唇。不能哭，說什麼也不能哭。絕不能在這個人面前掉淚。自己用不著他可憐。就是犯了死罪，也用不著他來嘆一口氣。

盛怒中，他發現對面的人也掏出塊小毛巾來擦了擦眼睛，接著又往上擦額頭上的汗粒。他這種政治金剛還會有淚水？而且掏小毛巾擦擦眼睛也要掩飾，是在擦額頭上的汗粒！真正的可憐人，失去了常人本性的大官老爺。

「孩子，你就不需要我做點什麼來幫助你？」

漁夫終於伸出了釣竿，投下了誘餌。

「請免了這稱呼。我從來沒有認過你，更沒有要巴結你，大人。」

兒子的回答竟是這樣地冷酷，不給情面。

父親是這樣地尷尬，自討沒趣，完全喪失了大首長的威嚴身分。

「過去的，就過去了……歷史造成的，難以挽回……我只想幫助你，你目前這處境……」

「你們來儒林園參觀、取經，不是要回自己的省裡去辦勞教營，關押管制更多的高等院校的大學生？抓更多的思想言論犯人？」

肆無忌蟬，不知天高地厚，攻擊黨的知識分子政策。

「那是中央的統一部署，具體的由各省市自己定……以你目前的狀況，不要談這些了。我只想問你，做為你的生父，能不能幫幫你……」

「幫助問題學生、勞教人員，不怕惹火上身，給你今後的政治前程罩上陰影？」

「當然，我也很困難，說實話，很困難……看起來高高在上，在省裡主持政法、文教工作，被吹著捧著，其實，人事關係複雜，上頭又千變萬化……這次來中央參加政法會議，恰好組織了這次集體視察活動……」

「你幫我，用什麼方法？有什麼條件？」

「方法你不用管。無非是求老戰友、老上級出面……條件當然有，也很簡單，你從此要跟你的地主分子母親脫離母子關係……」

「啊？你！你！你……」

水抗抗「呼」地一下站了起來，捏著兩隻拳頭，像一頭煞紅了眼睛的公牛。

「坐下，坐下。你要冷靜……我也是沒有辦法。吃了這碗飯，鬥爭無情，六親不認，只能講黨性、階級性……這是真話。」

哈哈！他還會說真話。水抗抗氣得渾身都在顫抖。但他還是強迫著自己坐下了。他不能喪失理智，暴跳如雷。要是能大喊大叫，又哭又鬧痛痛快快發洩一通就好了。他忽又急中生智，冷笑著說：

「若要我接受幫助，也有個條件……」

「有話只管講，只管講。講錯了也不要緊，可以商量。」

「你先去幫助福建老家我母親，給她摘掉地主分子的帽子，讓她做個堂堂正正的公民……我要告訴你，她二十歲為你守寡，哺養兒子，三十歲因你當了地主分子！現在也只有四十幾歲！

你的地位、你的權力，你的所謂幸福，養尊處優的一切享受，都是建立在你髮妻、我母親的痛苦和災難上邊！我求求你，求求你……」

這回卻是輪著首長張目結舌，如五雷轟頂。

「孩子，知道，這些我都知道……但你不想想，現在是什麼年月？能做的事，我早就可能去做了……在社教運動中，我一個省委政法書記，能出面去幫助農村的地主分子？不是存心要使自己成為運動的活靶子？黨中央年初製訂了城鄉社教運動二十三條，就提出了運動的重點，是整黨內走資本主義道路的當權派……省委內部，有人正愁著找不到我的材料，好把我搞下臺……」

水抗抗睐縫起眼睛，彷彿在重覆著三個字：可憐蟲、可憐蟲、可憐蟲。

「那我們都免了！我不是你兒子，你也不是我父親。我倒是奉勸你一句……今天的事，不要讓你的祕書知道了，免得你哪天倒霉時被檢舉揭發！」

「你、你、你……我今天布置他在那邊聽匯報、作記錄了。」

首長的臉都煞白了。想不到跟兒子的第一次見面，就這樣格格不入。談崩了。

「孩子，不說你也曉得，我早已有了新的家庭……」

「在我看來，那並不是什麼光彩的結合。」

「你太……唉，我可以告訴你，父親的家門，永遠朝自己的兒子開著。」

「我也要告訴你，兒子的心，永遠連著母親。」

還有什麼可談的？冒著風險，費盡心機，好不容易安排了這麼一次見面。兒子都長到二十四歲了，才第一次見面，結果卻弄成這樣。兒子不是兒子，父親不是父親。

「好了，以後的事，我們以後再說。今天的這次見面，談話內容，你可要……」

「放心，我守口如瓶。我還從沒有出賣過人。當然，我也學會了撒謊，會另編一套去騙他們……」

可悲，可嘆，可憐。革命鬥爭已經進入了最高人生境界：人人防我，我防人人！

就在這時，門外「嗒嗒」地敲了兩聲。

首長立即坐正了身子，不失威嚴地朝門口望了一眼，道了一聲：

「進來！」

一位戴著深度近視眼鏡的祕書模樣的人將房門輕輕推開了一半，滿臉謙恭地微笑著：

「聞書記，談好了？其他首長參觀完了，都上車了……」

首長站起身子，萬般無奈地最後看了水抗抗一眼，顯然是為了不讓自己的祕書生疑，又提高了聲調，公事公辦地說：

「年輕人！你今天談得不錯，不錯。好好向工人階級學習，好好勞動，改造思想，前途是光明的！黨和人民是會向你伸出溫暖的大手的！」

說罷，看了茶几上的筆記本一眼，並不收起，朝祕書揮了揮手，也沒等水抗抗站起來送送，便大步走出了房門。

水抗抗艱難地站起身子，望著那離去的魁梧背影，心裡滋生出一種說不出的酸楚。

忽然，他想起首長的筆記本仍然放在茶几上，趕快取過來一看，筆記本是新的，只是第一頁上寫有兩個字「收下」，原來裡邊夾著十幾張「工農兵」②……看來是首長早有準備，留給他的……他下意識地把筆記本裝進口袋裡。送回去！送回去？送回去……

他走出房門，倚靠在門邊磚牆上，失神地望著土坪裡，首長們已經鑽進了各自的轎車。「工人領導小組」成員們又站成一橫排，拍的拍著巴掌表示歡送，道的道著：「首長們再見！」「首長們身體健康！」

銀灰色的上海牌小轎車，一輛咬住一輛，從水抗抗的面前駛過，再經那座大開著的總門駛出。佇立在總門兩邊的警衛戰士，像儀仗隊似地向首長們的車隊行舉手禮……。

水抗抗眼睛裡熱辣辣的。

「老水！老水！你怎麼啦？受訓斥啦？」

「沒事啦，他們都走啦，沒我們事啦……」

保定府學者陳國棟和太湖才女楊麗妮來到水抗抗面前。

水抗抗朝他們點了點頭，這才緩過神來似的。又見營長和教導員他們送走了首長的車隊，朝這邊走來了，水抗抗便向兩位同教提議：

「走走！我們到老柏樹底下去坐坐。小楊，他們都讓你匯報了些什麼？」

「匯報怎樣虛心接受工人師傅們的思想教育，以及我們在這裡生活得如何充實，有意義……反正內容都是事先就布置好了的，只不過要我當著大官們的面撒一次謊……反正大家都撒謊，一九五七年以來就人人學會了說謊……」

「老陳，你呢，也跟小楊一樣？」

水抗抗又問保定府學者。保定府學者撇著嘴角沒好氣地說：

「日他姥姥……讓我介紹怎樣以科學戰勝迷信，以唯物史觀戰勝唯心史觀，分析了老監獄鬧鬼的辯證法……日他姥姥，要老子講假話……」

「陳大夫，你嘴巴就不能衞生點？你算是省罵還是國罵？」

太湖才女朝保定府學者嘟了嘟腮幫，問。

水抗抗和保定府學者都笑了。

「對不起，是咱保定府的府罵……對了，老水，今天你是受重視的人物，一位首長找你個別問話，都問了些什麼內容？」

水抗抗苦苦一笑：

②當時最大的人民幣面值圖案，為十元。

「比你們更有意思……你是前些日子的一個傍晚在這老柏樹下遇了鬼，我今天是大白日裡遇了神……」

「神？什麼神？」

「一尊政治金剛，革命菩薩……」

楊麗妮卻仍不滿足：

「你分析那首長是做什麼工作的？為什麼單單找你個別問話？」

「免了，免了，今天折騰得我夠可以了……內容還要保他娘的密！可我，不管怎麼說，也要活得像個人！」

水抗抗忽然黑虎下臉來，沒頭沒腦卻又凶狠狠地說。

「算了，小楊，不問了，人人都有一本難念的經。」

保定府學者怕太湖才女生氣，連忙代為解釋。

楊麗妮停下不走了，一時又魂不守舍似的，仰起臉龐來望著藍天嘆息：

「他們參觀回去，又該抓多少問題學生……」

第十二章　師大之花

炎夏過盡，金風送爽，天高雲淡。

春天的心血，夏天的汗水，澆灌得大地豐腴，秋天富饒。

秋天最富色彩和情調。君不見千山萬壑，丘陵平原，一草一木，皆由生命的旺盛步入生命的輝煌：黃了，紅了，醉了，金燦燦成熟了。

落葉知秋意。秋天又最是令人思索和惆悵。君不見收穫過後，千里沃野，是一派寂寞的空曠，斷株殘枝的荒涼……當樹梢枝頭的最後幾片紅葉飄零，面對的就是風雪壓境，嚴冬侵占！

是的，秋天好作燦爛無私的奉獻，卻落得破敗悽惶的下場。怪道古往今來的騷人墨客，那樣地眷戀秋色，吟哦秋天：

落霞與孤鶩齊飛，秋水共長天一色（王勃）；

秋風吹不盡，總是玉關情（李白）；

天階夜色涼如水，臥看牽牛織女星（杜牧）；

停車坐愛楓林晚，霜葉紅於二月花（杜牧）；

秋風萬里芙蓉國，暮雨千家薜荔村（譚用之）；
秋風生渭水，落葉滿長安（賈島）；
山明水淨夜來霜，數樹深紅出淺黃（劉禹錫）；
雲物淒涼拂暑流，漢家宮闕動高秋（趙嘏）；
月落烏啼霜滿天，江楓漁火對愁眠（張繼）；
無言獨上西樓，月如　，寂寞梧桐深院鎖清秋（李後主）；
一年好景君須記，最是橙黃橘綠時（蘇東坡）；
莫道不消魂，簾捲西風，人比黃花瘦（李清照）；
江聲不盡英雄淚，天地無私草木秋（陸游）；
動地風來覺地浮，拍天浪起帶天流……（楊萬里）。

閒話打住。卻說儒林園勞改農場，此時刻滿地下玉米老了，地瓜肥了，小米黃了。滿園裡果子也是大豐收：紅香蕉，黃香蕉，國光，金帥①，柿子，沙棗，大蜜棗，京白梨，太白梨，鴨梨，大黃梨……皮薄肉細，香甜嫩脆，都是優良品種。

勞改犯人們和勞教學生們，加上管教幹部、警衛戰士、職工子弟學校師生，統統投入了緊張的收穫勞動。說來令人驚奇，儒林園的果品出產，竟然大部分直接供應中央機關，供奉中央首長們食用呢。

一年一度的秋雁，又在高潔的藍天上寫下一個接一個「人」字，咕咕歌唱著，飛過儒林園上空。牠們是些不知疲倦的旅行家，紀律嚴明的遷徙者。牠們每年春天迢迢萬里，飛往北方大草原交尾、覓食；每年秋天飛回溫暖的南方家鄉產卵孵雛，生生不息。

同教們起早貪黑地連續勞動了三個星期。直到全農場收穫完畢的前一天中午，「工人領導小組」才宣布：全體人員補假兩天休息。

沒想到這時候出了大事故。那天下午，「工人領導小組」成員們大都進北京城去與家人團聚，留在營部值班的，仍是那位年輕的柳逢春師傅。

柳逢春年約三十，身材高大，初中文化，原是首都工程公司勞動模範，活學活用毛主席著作積極分子。他二十二歲那年從部隊復員下來，即參加了北京人民大會堂的建築施工，成為青年突擊隊裡日砌千磚的標兵，被授予「青年魯班」的光榮稱號。

上級抽調他來儒林園勞教營工作後，他才接觸到了「楊麗妮案件」。一個資產階級右派分子家庭出身的小姐，竟然把他親手參與建築的人民大會堂比作秦始皇的「阿房宮」，而且妄圖仿效楚霸王，放火燒毀，他心中那勞動者的義憤，是可想而知的了。他為人正直，嫉惡如仇，業餘時間也愛讀點古典詩詞。在他看來，新社會竟然培養出了楊麗妮這種高材生，真是千奇百怪。花錢培養新型反革命？

①皆為蘋果品名。

一次，他找楊麗妮個別談話——「工人領導小組」成員們都經常找勞教學生談話，了解思想動態。他倒是和顏悅色的，但開口便問：

「楊麗妮，你在師大讀書時，看過電影《青年魯班》嗎？」

「看過，……還不錯。」

楊麗妮蓬頭垢面，衣履不整，不知道工人師傅為什麼要問這個。她習慣性地斂目低眉。

「我曾經是『青年魯班』成員。當然電影演的不是我。全是我們青年突擊隊的生活。共和國大廈工地上有我們的汗水和鮮血……」

柳逢春師傅態度和藹，不像別的工人領導，動不動就豎眉立眼，開口訓人，就像對待五類分子似的。

「柳師傅，您……」

「我是首都工程公司的……不瞞你說，也愛好文學。」

楊麗妮瞇起眼來看了看對面的人。

她很久沒有這樣眼睛看人了。柳師傅濃眉大眼，五官端正，身胚粗健，坐在那兒，伸出來一雙粗長的腿，身高起碼在一米八〇以上。

「工人階級，也愛好文學？我就是被文學害了的……」

她又看了柳師傅一眼。

「文學本身沒有罪過……我喜歡古典詩詞，特別是李白和蘇東坡。也讀過〈阿房宮賦〉，一篇警世傑作。」

柳逢春注意著把話引入正題。

楊麗妮低下頭去，不吭聲了。

「你，怎麼把『阿房宮』和人民大會堂扯到一起去的？你的材料上說，你幻想著像『楚人一炬』那樣，燒毀人民大會堂……我作為一個參加過大會堂建築的工人，當然很氣憤！真是不可思議的事情。你是新中國培養的大學生，據說，還是絕頂聰明的高材生，怎麼會有這種愚蠢的念頭……我覺得這裡邊有一些費人思索的問題……。」

柳師傅的話沒說完，楊麗妮眼裡的淚水，已經如同露珠似的撲撲滴下來了。這是一年多來，她聽到最富有人情味的話，還稱她為「絕頂聰明的高材生」……一年多來，誰這麼憐惜過她、誇過她？而且，柳師傅親自參加過人民大會堂的建築施工，他這種人，才是最有發言權的。

楊麗妮那冷如冰塊的心，這時竟升起來一陣暖意。她再止不住眼睛裡那冤屈、恥辱、酸楚的淚水。

柳師傅默默地望著她，沉穩得像一棵樹，一座山。他讓她哭。還彷彿在說：哭吧，愛哭就哭個夠，哭個夠。

楊麗妮哭了整整一刻鐘。柳師傅竟也沒有訓斥她、制止她。看來這個師傅比較講道理，比較近人情。是個願意耐心聽她講出事件的全部經過的人。不似那些批鬥、審查、處理她案件的人，從沒有認真聽過她的申辯、解釋、哀告、哭訴。案情是由他們鐵定下了的，只要她交代動機、目的，要她挖掘反動的階級根源，要她低頭、認罪，在各種專案材料上簽字，以便爭取從寬處理。

於是，她把自己從小怎樣受到古典文學的薰陶，怎樣受到父母親右派思想的不良影響；但考入師範大學後，怎樣熱愛自己的專業，怎樣熱心各種校內外社會活動，怎樣盼望著早日成為一名合格的人民教師；到怎樣接受師大學報社會哲學版編輯老師的約稿，為寫一篇剖析唐代散文風範的論文，選了杜牧的〈阿房宮賦〉做例子；又因她實在喜歡這篇縱橫古今、氣勢雄闊的文字，且從小練過毛筆字，她便找來紙筆，打好格子，恭恭敬敬抄上，貼在宿舍牆上。在牆上貼了好幾個月，同學們出出進進，都只稱讚她的毛筆字如何俊秀有力，誰都沒有注意到旁邊的那張人民大會堂的彩色照片；人民大會堂的彩照是上一屆同學貼上去的，用漿糊封死的。當初她和其餘三位女生住進來時，打掃衛生，想把它揭下來但沒法揭下，只好原樣留在牆上了。

人民大會堂就在天安門廣場的西側，與革命歷史博物館遙遙相對，中間是人民英雄紀念碑，不少同學都進去開過大會，聽過大報告，節假日還進去參加過文藝晚會、舞會、電影招待會……可是社教運動一來，這事卻被同宿舍的女生揭發，學校工作組通過這件事打開運動缺口，開展局面，也是可以理解的……後來卻越鬧越厲害，說她有意把人民大會堂跟秦始皇的「阿房宮」相提並論，是瘋狂發洩階級仇恨。後來又說她要效法「楚人一炬」，陰謀縱火焚燒人民大會堂。還要她交代反動組織，有無汽油、酒精、雷管、導火索。結果連盒火柴都找不到，因為她從不吸菸。

當然，自己錯誤是有的，由於出身於剝削階級家庭，政治上難以紅起來，就只顧埋頭讀書，不大過問政治，結果走了白專道路，做了資產階級腐朽思想的俘虜；學校黨委、工作組、廣大師生員工，對自己進行了嚴肅批判，寬大處理，自己絕不翻案，決心老老實實改造，爭取重新做人，今後一生一世，與剝削階級劃清界線，堅定站在工人階級、貧下中農一邊……

楊麗妮抽抽噎噎，委委屈屈的訴說了許久。

柳逢春師傅看得出來，她的案子，儘管有許多是非疑點，但她表示的「永不翻案」的態度，卻是十分真誠。剝削家庭出身的人，思想言行上無不打上階級的烙印，不改造、不脫胎換骨、洗心革面怎麼行？在今天，這是天經地義的真理，誰都不應當有所懷疑啊。

柳逢春師傅老家在冀東鄉下，父母親都是目不識丁、老實巴巴的農民。他們從小教給兒子的人生哲學，便是人生在世，靠勞力吃飯，講天地良心。為人不做虧心事，夜半不怕鬼敲門……柳逢春從父母身上秉承下了泥土一樣樸實的品性。在不危及自身利益的情況下，他們能保持住善良的同情心和正義感。

此時刻，他聽了女大學生的訴說，心裡便如同倒了一罐五味汁。他的階級覺悟，告訴他應該憎恨這些「問題學生」。這些剝削階級的接班人如不好好改造，隨時可能變成無產階級、工農群眾的凶惡敵人。他跟這些人是統治與被統治、改造與被改造的關係。可是往往在具體接觸到一些人事時，他的心腸卻硬不起來，甚至還會流露出某種憐憫心情，覺得這些大學生年紀輕輕來受罪，造孽。因之領導上經常提醒「工人領導小組」的成員們，要慎防資產階級香風的腐蝕，警惕糖衣炮彈的襲擊，保持工人階級自身的革命純潔性、堅定性。他們經常學習的一段毛主席教導便是：有些共產黨人，在拿槍的敵人面前，不愧為英雄的稱號；卻經不起資產階級用糖衣裡著的炮彈的襲擊，在不拿槍的敵人面前倒下。

柳逢春對於楊麗妮有了十分複雜的印象。恨，他是肯定恨不起來了。他只覺得對方遭到了不幸，值得同情。他默默地注視著她，沒有說話。彷彿這思想反動的女大學生身上，仍有某種魅力在吸引著他，誘惑著他。

過後，他雙手巴掌貼在寬寬的額頭上，慢慢地朝下抹，把一張方方正正的臉膛都抹紅了。他竟然嘆了一口氣，說：

「小楊，今天就談到這裡……今後再看看。不過我估計，你的案子很難翻……運動中越翻越倒霉。」

跟柳逢春師傅的這番談話，大大出乎楊麗妮的意料。原來「工人領導小組」成員們也不是鐵板一塊，一個個銅澆鐵鑄，金睛火眼。還是有好心人，能把人當做人來看。

一年多來，楊麗妮的感情世界，已經淪為一片沙漠，一塊冰大坂。現在，突然出現了一片綠蔭，一泓清泉……她一方面仍是那樣的冷漠、麻木，另一方面卻仍然十分的敏感、脆弱。她太枯竭了，生命已經萎縮，心靈已成絕望的焦土，太需要哪怕是幾絲絲人性、人情的滋潤和撫慰。

況且她的人生目標，感情需求，已經從一極走到了另一極，從巔峰直落谷底。什麼理想、抱負、學問，在「一切都是政治，政治就是一切」的今天，在由於自己的出身成分所固定下來的社會等級上，統統都是鬼話、屁話，無稽之談。她已經懂得了生活的素樸與實際。她很羨慕那些鄉下女子，沒有文化、沒有知識，平平凡凡，卻有一個出身好、忠實可靠的丈夫，有一個溫馨的小家庭，出工收工，養豬打狗，生兒育女……古典辭章中，陶淵明的〈桃花源記〉、〈歸去來辭〉，不就是真摯表現的這樣一種人生境界、避世哲學？

過了幾天，柳逢春師傅又找她談話，內容很簡單，讓她寫一篇學毛著的心得體會文章，爭取在營部舉辦的牆報上能選用上。牆報由營教導員王忠同志親自審稿，應當力爭給他一個好印象。隨後還竟然借給她一本《革命烈士詩鈔》，加上一包洗髮膏、一塊檀香皂。

「好好洗洗吧！何必作賤自己？改造思想，跟工農打成一片，就必定是黑頭黑腦，邋裡邋遢？革命化要求人衣著樸素，不用花里胡哨打扮，可也要講衛生，整潔乾淨！聽說你從前還是『校花』？什麼『北師大的維納斯』？查了幾本大辭典，才查出是希臘神話裡的那個斷臂美女，殘廢人……」

聽聽，他都說了些什麼話？

楊麗妮接過這三樣東西，轉身就跑了。她跑到一個牆角落躲起來哭。又不敢哭出聲。沒有嚎啕大哭的權利。哭過之後，她的胸口怦怦亂跳了好久。小柳師傅真是個大善人，在心疼自己……可自己，卻是個政治墮落、靈魂陰暗的「問題學生」。

這天下工後，她待在澡堂裡洗了又洗。從頭洗到腳。把裡面的衣服全換了。外邊的青衣青褲不用換，髒就讓它髒著。她時時注意著自己的政治身分，再不能衣著惹眼，風姿綽約。應當愁眉苦臉，臉上留些汙跡，變得醜一些。如今越粗越醜越安全。一切都反著擰著。美醜都講究階級性。

促使楊麗妮對柳逢春師傅產生好感的，還有另一個原因。跟小柳師傅同宿舍住著的是名叫張大方的師傅，年紀也只三十來歲，生得黑頭黑腦、虎背熊腰大塊頭。說是他練過武功，赤手空拳打得過三五條漢子。他在「工人領導小組」成員中兼任執法員，專門對付那些不服管教的同教。同教們背地裡喊他「張大棒」。自來到勞教營後，這張大方師傅的瞇瞇眼就總是在跟蹤、捕捉著楊麗妮。楊麗妮被單獨安排在營部值班室後的小雜屋裡住。張大方師傅便有事沒事的來這小雜屋的窗下轉悠。她的最初反應是：還有男人對我感興趣？有天中午，楊麗妮坐在屋外窗口下曬太陽、看書，這張大方師傅冷不防地走了來，抓住她的雙手，眼睛直勾勾地順著她半敞著的衣領口看下去。楊麗妮掙了幾下都沒掙脫。張師傅涎皮賴臉說：

「小楊，我一見到你……就不行……我倆表兄在市公安局，都當著處級幹部……只要你肯、你肯我……你解除勞教的事，只他們幾句話……」

楊麗妮的魂都嚇掉了！她又不敢高聲叫喊，只有哭，只有哀告：

「放開，放開……我是問題學生，……　我是有政治問題的人，你不要毀了自己的前程……」

好在這時，南詔國王子在牆那邊喊：「楊麗妮！上工啦，上工啦！」

另有一次是夜裡，楊麗妮去參加了晚學習出來，又是這位張大方師傅，竟趁著黑地用雙手捏住她的胸，幸好又是南詔國王子「咚咚咚」地走了來，他才放掉……南詔國王子不顧風險，在護衛著她。

為這事，楊麗妮又怕又恨。她很感激那個子瘦小的南詔國王子。但不久，王子就被調到一排二班去了，不再看顧她了。她想過自殺，但又不甘心。一位鄉下大娘告訴過她：閨女家不出嫁，就沒變全一個女人。叫喊吧，告狀吧，又出醜，還可能反咬你一口，說你誣陷工人階級，妄圖拉「學毛著標兵」下水，而招來更可怕的懲罰。當問題學生，也該變個男子啊，女的總是吃啞巴虧，受人欺凌。她無依無助，只有插上房門躲在床上哭。

如今，她總算結識了柳逢春，這個好心腸的小柳師傅。人正直、樸實、厚道、懂禮。他跟你談話，眼睛不亂看，一臉真誠、憨厚的表情。因之柳逢春對於太湖才女來說，就如一個落水的人攀到了一根救命的樹枝。

一來二去的，小柳師傅跟太湖才女談話日多，了解日深。他們不由地有了默契：都願意多有些時間在一起，談談心，也不管是什麼話題。而且由於有了小柳師傅的經常接觸，張大方師傅規矩多了。見了面，也只好乾瞪著忌妒的眼睛。

柳逢春師傅呢，到底也是個男子，漸漸地對她萌生了一種甜蜜又令人不安的感情。男子對女子最終跳不出這感情。有一回，柳逢春師傅還沒開口，先就滿臉塊脹得通紅，吶吶了半天才說：

「小楊，你，與其在這裡勞教……還不如申請下放到我冀東鄉下父母親那裡去……我是個獨子……」

天啊，這是什麼話啊？太湖才女慌得心口怦怦跳了好久。但心裡既委屈又高興。嘴裡卻說：

「不，不，小柳，你不要，不要……我不好，不好……」

為此，柳逢春師傅還誤會了她，跟她生了氣。整整十多天都迴避著她，沒有找她談過話。而那個張大方師傅，卻像乘虛而入似的，又有事沒事的來糾纏她。這對她真是個沉重的打擊。落在洪水裡的她，剛剛攀到了一根岸邊的樹枝啊。可她還沒來得及攀牢了，樹枝卻彈了回去，甩開了她……

柳逢春師傅這時刻是在跟自己作著苦鬥。理性和感性的苦鬥，政治和人性的苦鬥。他在心裡設置下了道道防線。白天還能站穩立場，及時跟太湖才女劃清界線。可一到了晚上熄了燈上床，滿腦子裡裝著的，就又全是那張迷人的臉龐，那雙怎麼看怎麼漂亮的眼睛。他知道自己著魔了，不會有好下場。他曾經打電話給公司領導，要求返回單位勞動。但「工人領導小組」不同意，公司領導也不批准。

幾天後的一個晚上，也是晚學習結束之後，他發現同宿舍的張大方師傅遲遲沒有回來。他不禁起了疑心。也是鬼使神差，他不覺地出了門，轉到了值班室後，才大吃了一驚，原來張大方正在奮力推那小雜屋的門！門被太湖才女從裡邊死死頂住，並輕聲哭著哀告：

「不不不……求求你走開！張師傅，你不要斷送了自己的前程……走開！求求你……」

柳逢春不覺怒火衝上腦門頂，伸出手去抓住張大方肩膀，奮力一拽，就拽得姓張的跌出去兩丈開外。他再一個箭步撲上去，低聲吼道：

「想打架？來！咱在老家鄉下摺倒過一頭公牛！」

「姓柳的，好呀，你有種，干擾咱求親……」

張大方立穩了身子，見是柳逢春壞了他的好事，一時怒不可遏，揮著拳頭要開打。

柳逢春跟他繞著圈子，適時警告著他：

「求親？哈哈，咱哥們都是領導階級，不能作強姦犯，不能丟工人階級的臉……今天的事，只要你走開，咱不言聲，一了百了！你要糾住不放，咱就叫喊起來，公開了！」

張大方畢竟心裡有鬼，底氣不足，只好收場。嘴頭卻仍是鐵硬著，邊退邊說：

「好個哥們！咱知道，她的好處全叫你占了……前面道黑著，咱走著瞧！」

事實上，他們誰都不願事情公開了出去，壞了彼此的名聲。

張大方走避之後，柳逢春推了推門，本想進去問問楊麗妮是怎麼回事。可憐的楊麗妮一直在哭泣，卻不肯開門。她只是站在安裝著鐵條的窗戶裡，抽抽噎噎說：

「小柳師傅……多謝你，多謝……但我不能，不能……我不能馬馬虎虎就做了女人……那我就什麼都沒剩下了，什麼都沒剩下……」

經歷了這件事，柳逢春身上陡漲了一種道義感和責任心。他決心不計後果。跟楊麗妮這種政治身分的人搞對象，特別對方又是自己的管教對象，他會被視作「丟失了階級的尊嚴」、「政治墮落」、「階級的背叛」，而開除他的黨籍，撤消了他的「學毛著標兵」光榮稱號，直至清除他出工人階級隊伍，遣送回老家去種地。這是他將要為自己的感情付出的代價。當然，他也可能找到為自己辯護的理由：毛主席不是教導知識分子跟工農群眾相結合嗎？要化消極因素為積極因素嗎？自己若跟楊麗妮結合，不正是實踐了這一教導，有利於知識分子的思想改造嗎？報紙上也經常報導城市女大學生下嫁工人、農民的消息嘛，肯定了這是幫助知識分子改造思想的一個途徑嘛。

再者對於孤女楊麗妮來說，她不能保護自己，已經別無選擇。只要小柳師傅下了決心，不嫌棄自己的政治身分，她便要死心塌地跟了他，愛上他，向他奉獻出自己的貞節。並盼望著有一天，小柳師傅能說話算話，把她這孤女送回他冀東老家去，平平安安地生活在一個貧下中農家庭裡，孝敬老人，既做女兒，又當兒媳。

就這樣，他們之間的堤防，終於一點一點地潰決。成年男女間的戀情，一經來到，便難以收拾。可是在勞教營這種特殊的環境裡，加上他們各自的特殊身分，注定了他們戀愛方式的隱密、詭譎。類似各有家室的男女之間的偷情。人世間的男女戀情，跟其他感情的主要區別在於：她承受的社會政治、風俗習慣的壓力越大，其誘惑越大，吸引越強，反叛越烈。一但得手，便會捨生忘死，一往無前。

即古人曰「色膽大過天」是也。

他們只有星期六的晚上和星期日的白天才能偷偷摸摸廝混在一起。好在男同教們一到休息時間，便只顧了去聽好萊塢博士講鄙俗故事，搞精神會餐，或是彼此打架鬥毆，作「摔跤」運動，又樂得值班的柳逢春師傅對他們的所作所為睜眼閉眼，因而也就常常把女同教楊麗妮的存在丟到了腦後，只有南詔國王子彷彿什麼都知道，卻又什麼都不說。偶爾，也會有某位同教問他：

「王子！太湖才女哪？她是被人搶走了？還是嫁人了？解除勞教了？」

「放屁！人家天天都跟大家一起上工、下工，可憐兒悶不做聲……」

「放屁不放屁，憑了她那姿色，工人師傅誰不喜歡她？解除勞教她準保是頭一批！」

「放心！如今有人保護她！」

南詔國王子惡狠狠地回答，那樣子又像要跟人打架。這小子真是個單相思，多情種。真正知道他們底裡，需要認真提防的，仍是柳逢春同宿舍的張大方師傅。不過近些日子以來，張大方師傅像服了輸似的，保持著沉默，行為上也規規矩矩。

像世界上所有的男女一樣，楊麗妮和柳逢春雙雙墮入愛河，亦是從擁抱、親吻入手的。在他們的潛意識中，卻仍然保持著各自的階級屬性。當楊麗妮第一次被柳逢春熱吻著的時候，忍不住淚流滿面。柳逢春一面吮吸著她略帶苦澀的淚水，一面問她為什麼要哭？她說：

「我是被工人階級抱著，被工人階級親著啊……」

當他們第一次在柳逢春的宿舍裡做愛，兩人都進入了為所欲為的境界時，楊麗妮忽而又哭了。柳逢春問她又哭什麼？她抽抽噎噎說：

「我是被工、工人階級占、占有了……我從、從屬於工人階級了啊……」

柳逢春師傅這時卻表現出了不應有的粗心。或者說他根本不在乎戀人的這句瘋話，甚至洋洋自得於這句瘋話。對於一個翻身農民的兒子來說，他最為滿足的，是得到了她，占有了她。而且得到的是一個血紅的處女！他像大多男性那樣，有一種對女性的占有慾。他一個只有初中文化的工人大老粗，搞對象搞到了一位名牌大學生，一個資產階級大小姐，模樣又極俊，曾被稱為師大校花，不能不是鄉下大老粗的勝利，壓倒一切的階級優勢。要在解放前，這種人家的千金閨秀，還容得窮人的孩子側目？只怕是剛一走近她，就會被趕花子一般趕開去……

可如今，窮人翻身，工農當家，負責監督改造知識分子，得以居高臨下，得以抱她、親她、摸她、捏她。捏遍她的全身上下，雪白豐腴的肌膚、飽滿堅挺的乳房，還有那大理石柱一般滑潤迷人的雙腿……直至雄赳赳地進入到她的身體裡去，弄得她神迷心亂，嬌喘微微，是何等的享受，何等的美妙……

男性的占有慾加上階級的占有慾，加上男女間熾熱的情慾，加上道德的責任感和義務感，政治的同情心和憐憫心，初識文字的勞動者對於文化學問的樸素崇敬……這一切構成了柳逢春師傅的潛意識，以及由這潛意識所產生的心理動機。

在一段短短的時間裡，他們竟然把「工人領導小組」的其他成員，把其餘的勞教學生，都蒙在了鼓裡。

應當說，東窗事發的責任，還在他們自己的行為失控。「工人領導小組」宣布放收穫假的前一天下午，同教們仍在地裡勞動，「工人領導小組」的成員們則到附近的馬路邊等候公共汽車回城。營部辦公室又只剩下柳逢春師傅值班。恰好楊麗妮請了病假，留在值班室裡選黃豆種。由於時間緊迫，柳逢春只對楊麗妮使了個眼色，兩人便進到了房間裡。

也是合當有事。「占有者」和那老要半推半就的「被占有者」剛脫光了衣服鑽進了被窩，擁在一起發瘋似地忙活著，都沒發覺門上那牛眼睛鎖被人旋開了，張姓師傅一頭撞了進來！

原來張大方師傅早已做下了手腳。也早覺察到同室哥們所取得的勝利。他豈能善罷甘休？這回姓柳的果然中計，但他還是吃了一驚。他畢竟是過來人，立即採取了相應的措施，將占有者和被占有者的衣服褲子統統一手抓了，擲到了門洞外，接著又反鎖上了門，然後要笑不笑，話裡有話地開了口：「好哇！你們這對男女，一個領導階級，一個勞教學生，大白天幹下了好事！現在我給你們兩分鐘時間，由你們倆自己說，這事該怎麼辦，就怎麼辦！」

柳逢春露出半個身子來，斜靠在冰涼的鐵架子床頭上，牙巴骨直打戰戰，把平日那雄壯魁梧的身形都縮小了：

「張師傅……好哥們，你，你怎麼回、回來了？」

「爺們今天算倒了八輩子楣！等公共汽車忘了帶錢包。老子回來拿錢包……怎麼著？回來錯了？」

「好哥們，求求你，先把衣服還給我，我們……有話好說……」

太湖才女則早嚇得魂飛膽喪，連頭都捂進了被窩裡，一動不動。

張姓師傅惡向膽邊生，真想一把掀開那被子，看看那雪白的玉體。但他沉住了氣：

「放心，現在走廊裡連鬼都不見一個！你們還是快自己說說，今天這事怎麼了？是要我去找照相機來拍照片？還是去通知監獄警衛連？」

「不不不……好哥們，看在我們都是工人大老粗的分上，饒了這一回，一世都報答你……」

「扯上階級情分了，是不是？那咱問你，今天你姓柳的這事，是要公了，還是私了？」

張大方此時放緩了口氣，但也不能白白便宜了人。

「自然是私了，只能私了……」

「怎麼個私了法？」

「你哥們先說說嘛……」

「你是叫我先說條件？吃你的冷飯剩菜？」

「不，不是這樣說……現在兄弟的性命捏在你哥們手裡，後半輩子都捏在你手裡……」

「這還算句人話。那好了，按咱老家上山打獵的規矩，見人有分……一了百了！」

張大方甩出了底牌。柳逢春張大了嘴巴。太湖才女龜縮在被窩裡邊幽幽哭。她已經明白了兩個男人是在拿她討價還價了。

「好哥們，你先把衣服給了，先把衣服給了……」

柳逢春渾身不再哆嗦，只是想著如何盡快脫身，使整個事態得到補救。

張大方將門張開一條縫，隨手扯了兩樣階級兄弟的衣物，摔了過來。

柳逢春立即穿上了上衣，然後鑽出被子要穿褲子。可他被被子裡的人死死抱住了：「不不！你不能丟下了我，丟下了我……」

「哎呀，好人兒，聽話，聽話，放開手……不能為這事把後半輩子都毀了，毀了……你，我求求你，你可以咬、咬……」

柳逢春附在楊麗妮耳邊求告。他急得滿頭虛汗，額頭上、頸脖上的青筋，如一條條蚯蚓似地暴突了出來。

「再怎麼著，也不能昧了良心，把我送給別人……我們立即申請結婚！結婚！」

楊麗妮也不要臉了，掀開被子坐起來，上半個身子伏在柳逢春身上。柳逢春扯了被角替她蓋上。

他哭了，在她耳邊輕聲說：「結婚，是要結婚……好人兒，我一定要你，天打雷劈，一定娶你……但我們先要過了今天這一關……不能為了今天毀了今後，一生一世……你先放開了我……只要我出了這房門，他進了來，我就可以叫人來，叫來人！我們一口咬定是他強姦你……或是你咬，咬掉他的……讓他什麼都說不出……」

急中生智！真是階級的智慧，鄉下人的智慧。勝過詩書萬卷。

「人要有廉恥，要有廉恥，你要把我當人，當人……」

楊麗妮伸出玉臂，在他肩背上捶打了起來。就趁著這功夫，柳逢春伸由兩隻腳丫叉，穿上褲子。

一直牢牢把守在門外邊的張大方師傅豹眼圓睜，很不耐煩地看了看手錶，又是提醒，又是警告說：

「現在是下午四點。你們還不趕快統一認識、統一步調？再有一個多鐘頭，大隊人馬就下工了！」

「你們不是人，也不把人當人……」

這可好了！竟敢罵爺們不是人？咱哥們早做了人上人。

張大方師傅這時對柳逢春使了個眼色。但見柳逢春一個鯉魚打挺，就把太湖才女摔到了牆角去，接著下了床，赤著雙腳衝到了房門外。

只聽張姓師傅對他囑託了一聲：

「在外邊看著點！」

張大方師傅閃身進了屋，反鎖上了門。

柳逢春停留在門外，不敢遠去。他驚魂未定，卻心如刀絞，又無可奈何。他想去叫人，雙腳又像在地下生了根。但聽得屋裡一派撕扯聲和叫罵聲：「畜生！我不！畜生……」

「嗬嗬，光著這麼漂亮的身子，還當母老虎？看看，看看，咱保險讓你滿意……他不算老幾，不算老幾……」

「禽獸！禽獸！你們不是人！不是人……」

「嗬嗬嗬，小寶貝，你勁還不小，勁還不小……他幹得初一，咱幹得十五……咱保證讓你過癮、舒服……」

「你們！你們！不是人！不是人……」

「好奶子！好奶子……還有這腿子，咱從來沒見過這樣白嫩的奶子、腿子……來來，嘴子，嘴子……」

「我，我——」

「啊——啊——」

兩聲嚎叫！加上身子砰然倒地的撞擊聲，之後屋裡歸於寂靜。

守候在門外的柳逢春奮力推開門板進去時，但見張大方師傅已經像一頭剛剛挨了刀宰的肥豬，直挺挺地倒在了地上，滿嘴吐出血泡泡，兩條鬆開了褲釦的長腿在抽縮著；太湖才女也是滿嘴鮮血的，橫在床上暈了過去……

柳逢春師傅這時刻倒是神志清醒，頭腦冷靜，他盡快收拾好自己的衣物，又把太湖才女的衣物統統扔回屋裡去，然後將門帶上，保護好現場，回到值班室，掛電話向監獄警衛室報了案。監獄警衛室立即派人來到了現場，拍下一系列照片。緊接著是將兇犯太湖才女單獨監禁了起來，又同時派救護車把「被害者」張大方師傅送進醫院去搶救。陪送的醫護人員後來說，張師傅的舌頭喪失了三分之一，看來要終生失去語言能力。

這一切，都在勞教學生們下工前處理完畢，不留痕跡。等大隊人馬回到住地時，一如往常，好像什麼事情都沒有發生過。只是晚學習前，二排三班的思想匯報員向值班的柳逢春師傅報告，他們班的女生楊麗妮未見人影。

柳逢春漫不經心卻又一臉穢氣地點點頭說：

「知道了，你們不用找人，也不用打聽了。」

奇怪的是，第二天上午，回城休息的「工人領導小組」成員們除張姓師傅之外，都趕回勞教營來了。顯然是有專車去把他們接回的。

使同教們疑神疑鬼的另一個情況是，「工人領導小組」宣布取消補休，照常開工。同教們不禁私下裡相互打聽、推測了起來，一定是跟二排三班的太湖才女楊麗妮突然失蹤、「工人領導小組」成員中的張大方師傅也未見露面了有關係。他們能出什麼事？太湖才女會看得上那個年上三十還滿臉青春痘的張大方師傅？

水抗抗和關東大漢都問過南詔國王子。三排的保定府學者也來找他打聽過。南詔國王子噙著眼淚，只是搖頭，還丟魂失魄地雙手合掌放在胸前，口裡叨念著：「菩薩保佑，菩薩保佑……我姊命大，我姊命大……」

第十三章　公堂一瞥

出乎同教們意料的是，新的災害並沒有即刻降臨。倒是「工人領導小組」進行了一次內部整風，天天關起門來開會，學習文件，聯繫實際查思想、查鬥志、查立場、查作風。最後進行了人員調整，把兩位年過半百的老工人退回他們原先的工廠去勞動。原因是他們思想右傾，同情問題學生，為兇手楊麗妮暗傳書信。加上原已離開的張大方師傅和柳逢春師傅，「工人領導小組」新進來四名成員，都是來自生產第一線的學毛著標兵，立場堅定，旗幟鮮明。其中一位是電影製片廠來的女師傅，姓呂，黑黑壯壯的，二十幾歲，像個運動員。好萊塢博士嘴巴不乾不淨，說她很性感，一定是別具風情。

這樣，「工人領導小組」便完成了一次從思想到組織的整頓，形成為一個「統一認識、統一紀律、統一行動、統一步調、統一作風」的戰鬥集體。對此，營教導員略帶總結性地說：

「改造思想，脫胎換骨，是一個痛苦的過程。學生們所以思想反動，在於他們的階級本性，使得他們的心地太陰暗，頭腦太複雜。他們從小讀古書，讀洋書，讀帝王將相、才子佳人、死人洋人，就是不讀馬列，不讀毛著！他們身上缺少的是什麼？是我們勞動人民或者說文盲大老粗思想上、性格上的純潔性、簡單性、明了化，心口一致化！不會繞彎子，不會兩面三刀搞陰謀詭計！如今，勞教營裡，學生們變得粗野了，能挑百斤擔，能吃三斤饃了，愛罵街、好打架，有什麼不好？有什麼可怕？正是一種值得肯定的變化！」

關於「工人領導小組」成員們的階級覺悟，營教導員也有自己一套獨特見解，令大家五體投地，一種真正的活學活用毛主席著作得來的思想藝術：

「我們身上的階級覺悟來自哪裡？不是我們頭腦裡固有的，也不是從天上掉下來的，而是來自我們的階級仇恨和階級責任。工人對資本家的仇恨，農民對地主的仇恨，被壓迫被剝削者對壓迫剝削者的仇恨。也可以說，是窮人對富人的仇恨，過去的窮人對過去的富人的仇恨，窮人的後代對富人後代的仇恨。

「這就是我們階級覺悟的基根，出發點，起跑線。所以我們要憶苦思甜，世世代代不忘階級苦，子子孫孫永記血淚仇！無論在城市、在農村，我們都是占人口的絕大多數。

「上級黨委把這批問題學生交給我們來監督勞動，教育改造，是我們的光榮任務和階級責任。他們的老一輩統治、壓迫過我們，如今他們兒子一輩又上了大學，回頭又高我們一等，又來領導我們？這是什麼性質的問題？這叫什麼貧雇農打天下、坐天下，工人當家做主人？

「難怪鄉下的貧下中農說，如今是死農民管死地主，活地主管死農民！一針見血地指出了我們的知識分子隊伍、幹部隊伍的階級成分嚴重不純！活地主是誰？就是一切剝削階級出身的幹部和大學生，還有教師、醫生、工程師、科技人員、文藝工作者、作家、記者等等。

「所以毛主席教導說，貧賤者最聰明，高貴者最愚蠢！農民腳下有牛屎，身上有泥巴，但是他們都比知識分子要乾淨，要衛生！上海的十里洋場出花花公子大流氓，延安的山溝溝裡產馬列主義！工人貧下中農沒文化，卻常常能講出最樸素的真理！」

金玉良言，擲地有聲。句句出自營教導員之口，又句句都像領袖的話，都分不清哪算哪了。教導員把毛主席的階級和階級鬥爭學說，吃得最透，領會最深，真正的融會貫通了，使得「工人領導小組」成員們口服心服。而且覺得營教導員前程遠大，講不定哪一天就會被某位大領導發現，提拔重用，出入中南海，即為古時候的「禦前行走」。

氣溫一天比一天陰冷，北風一天比一天凜冽。室內開始生暖氣。氣象預報說，不日將有大雪。

太湖才女楊麗妮一直沒有露面。誰都不知她被單獨監禁在哪裡。這天又是星期六。

在儒林園勞教營，星期六成了災難的同義語。皆因「工人領導小組」把每週一次的點名批判會，安排在這週末一天，叫做早上點名，白天醞釀，晚上批判。同教們勞累一週之後本應有個輕鬆點兒的週末，卻被搞得人人自危，氣氛緊張。

據說，讓同教們自己批鬥自己，自己教育自己，最後達到自己解放自己，這是他們與隔壁監獄裡那些名正言順的犯人們的最大區別之一，也用以說明他們跟那些殺人犯、縱火犯、強姦犯還不是一個量級。

這天早集合時點了太湖才女楊麗妮的名，晚上的批鬥會自然是以她為對象了。正好同教們都想看看，被單獨關押了半個多月的太湖才女變成了什麼模樣了。把她拉出來批鬥，是要從輕發落，還是正式宣布逮捕呢？

會場擺在二排寢宮裡，由勞教營營長親自主持，值班的是那位不久前從電影製片廠抽調來的女工呂師傅。

二排的寢宮跟其餘兩排的一樣，西頭的學習室可容百十號人席地而坐。西南角上是一道鐵門。靠門口擺了一張四方桌，兩把靠背椅，是會議主持人的座席。

晚七時半，各班排點名完畢，報告人數到齊。依近年來的慣例，各種大會之前都要高唱〈東方紅〉，散會時則要齊唱〈大海航行靠舵手〉。已經有傳說，〈東方紅〉可能取代〈義勇軍進行曲〉成為新國歌，〈大海航行靠舵手〉則要成為新的「國際歌」。這就好了，新的國歌和新的國際歌，歌頌的都是咱敬愛的毛主席——當代最偉大的馬克斯列寧主義者，世界革命的領袖了。那一來，馬、恩、列、斯通通不如毛主席偉大，不算老幾了。

全體起立唱過了〈東方紅〉。營長威嚴地拍了拍手，讓大家坐下，宣布開會了。

「今天晚上，咱要批鬥的對象，不說大家也是燜罐裡煮餃子，心裡有數了。這對象就是楊麗妮。大家不是叫她『太湖才女』嗎？嗯？她是哪個階級、哪個陣營、哪個黨派的才女，嗯？」

營長習慣性的雙手扠在腰上，穿一身舊軍裝，戴一頂黃軍帽，卻沒有帽徽領章，沒有風紀，軍人不像個軍人，幹部不像個幹部，工人不像個工人，或者說軍、工、幹兼而有之。

因為是按班排順序坐位置，水抗抗一班人正坐在明亮的燈光下。南詔國王子東張西望，神色萬分緊張，好像今晚上他是批鬥對象。關東大漢看在眼裡，側過身子對他耳語了一聲：

「看看臺上那德性，就他們最革命……」

「鳥毛！」

「噓——」

水抗抗立即制止住他們的危險高論。營長繼續：

「楊麗妮是太湖什麼人呢？我們掌握著她的檔案材料。她出身於號稱『無錫第一家』的大資產階級家庭。她的外祖父是國民黨無錫航運總局局長，一九四九年全國解放前夕跟著老蔣跑了臺灣。她的父母親都是資產階級右派分子，而且都已經自殺。她的直系親屬裡，有五個傢伙被我們殺、關、管。其餘的也都是戴了帽和沒有戴帽的地富反壞右憲警特！可說是一窩黑，一筐蛇。

「我們是有成分論，當然也不唯成分論，重在本人的政治表現。這是市委主要領導同志在今年年初，決定把你們送來儒林園勞教時，就批示了的。那麼，楊麗妮本人的政治表現又如何呢？她小學沒有當過紅領巾，初中、高中、大學沒有寫過入團申請。是個不問政治走白專道路的典型。我們要問，這樣一個出身，這樣一種政治表現的人，怎麼考上大學的？而且是全國的名牌大學？這正說明我們的教育戰線出了問題嘛，只重成績、重分數、重才輕德嘛，根本不要德嘛，就是有人把毛主席的政治第一，教育為無產階級政治服務，與生產勞動相結合的教育方針當作耳邊風嘛！

「我們再來看看楊麗妮進入師範大學中文系以後的表現。她一貫思想骯髒，道德敗壞，卻有人把她吹捧成『校花』。一年級時，她搞過三角戀愛，二年級時，她到處唱歌跳舞，主持晚會節目，甚至妄圖打進中南海；三年級時，她終於暴露出了政治上的反動本性。道德的敗壞和政治上的墮落常常是分不開的，是一根藤上的兩個毒瓜。

「楊麗妮幹出了什麼好事呢？本來她宿舍牆上張貼著人民大會堂的彩片畫片，可她卻抄下一篇什麼古文來，貼在畫片旁邊，說人民大會堂是秦始皇的什麼宮殿，要放大火燒掉，還揚言要殺人，要聯合六個國家的兵力來殺，你看她反動不反動，野心大不大？」

同教們中間發出了嘻笑聲。

「笑什麼，有什麼可笑，我們別看她是個女的，卻是個死硬派，對自己的罪行，不肯老實承認。我可以說，她是本勞教營問題最嚴重的人之一，比起她來，你們中間的許多人的問題，就簡直輕如鴻毛了。——不過你們自己也要重視問題！加強思想改造，爭取早日解除勞教，早日返校！

「半個多月前，楊麗妮又犯下了新的嚴重的罪行！她妄圖施美人計，把工人領導小組成員拉下水！當她的陰謀被識破，被拒絕後，竟然動口咬人，咬傷了人……所以今天我們開會批鬥她，是為了揭露她的真面目，教育你們大家。所以你們要端正立場，旗幟鮮明，徹底跟她劃清界線。實話對你們講吧，還是工人領導小組給你們一個立功的機會，給你們一次政治上的考驗！」

整個會場上鴉雀無聲。

不少同教你看看我，我看看你，彷彿在交流著一個共同的印象：營長同志的水平提高得真快，儒林圍這地方真能培養政治人才。

「好，現在，把現反分子，資產階級臭小姐楊麗妮帶上來！」

營長說罷，手朝門口一揮，一個警衛戰士和電影製片廠來的那呂師傅，一左一右的，便把太湖才女楊麗妮押了上來。大家看得明白，並沒有給她上手銬。

會場上立即響起一陣口號聲：

「打倒現行反革命分子楊麗妮！」

「坦白從寬！抗拒從嚴！」

「低頭認罪，老實交代，才是唯一的出路！」

「頑固到底，死路一條！」

「楊麗妮不投降，絕沒有好下場！」

「檢舉有功！立功受獎！」

每逢批鬥大會，每當批鬥對象被帶入會場，都要高呼一陣口號，先給個下馬威，以便正氣壓倒邪氣。聽著這沸騰的口號聲，看著這如林的手臂，主持會議的營長臉上露出了自得的笑意。自己的一番講話，把與會人員的情緒都激發起來了，人人都厭惡楊麗妮，而不是惺惺惜惺惺，同病相憐。這就是先拋材料、後講政策的威力。

當然，領頭呼喊口號的人都是他事先布置好的骨幹分子。這些骨幹分子中的十名即將被解除勞教，第一批返回學校。而且他的目光，不時地巡視著會場，隨時掌握著大家的動向。他已經注意到了，坐在對面的水抗抗、關東大漢、河南騾子、南詔國王子幾位，臉色都有些惶惶然，對不起，回頭就先點他們幾個的將。再有就是值日的呂師傅，竟是慈眉善眼的，對壞人壞事恨不起來？還是缺乏鬥爭經驗？她站在那楊麗妮身邊，倒像個陪鬥的人犯似的！

口號聲停歇下來之後，營長立即抬高了聲音說：

「楊麗妮！今天的這個會，是專為批判你、幫助教育你開的。也是為了再給你一次認錯、悔罪的機會，把你三個星期前犯下的新的罪行，交待清楚，你抬起頭來！」

楊麗妮被帶進會場後，一直低垂著頭，一頭濃密的黑髮瀑布似的披掛下來，遮去了她的整個臉龐。她抬起了頭，舉手將仍垂在胸前的頭髮甩到了肩後去。大家這才看清了她的有些浮腫的臉，比先前寬了許多。一雙眼睛的四周，是著了顏色似的兩圈青暈，眼珠子被襯托得大大的，有些突。鼻子和嘴角可能被磕碰過，有兩處顯眼的傷印。嘴唇紫紅色，血色不正。她長長的脖子上也留有被手指掐傷過似的印跡。上衣的領口也沒有扣好，露出來雪白的脯子，都現出了乳溝，她的足有一米七五的修長身材，仍是挺得直直的，胸脯也聳得高高的，倒是沒有什麼大的變化。

她的眼睛滿不在乎地打量著同教們，竟然像個壞女人似的，涎皮賴臉地流露出淫蕩的笑意……那目光，那表情，就像她什麼都不在乎，任何男人都可以跟她睡覺似的！

一些本來同情她的同教，一下子對她產生出了厭惡和鄙夷。難怪早就有人傳說她主動去挑逗、勾引工人師傅，出賣自己的靈魂和肉體……可鄙！無恥！臭不要臉！還不如死去呢，你一個堂堂的文科高材生，墮落到任意讓大老粗們玩樂，還來者不拒！同教們紛紛議論、斥責起來。

主持會議的營長又喝問道：

「楊麗妮！快交代你的問題，想混是混不過去的！」

楊麗妮仍是滿不在乎地打望著大家，嘴裡咕咕噥噥了好一會，忽然聲音清晰地說：

「不是人。」

「你講清楚一點嘛！哪個不是人？」

坐在人群中間的南詔國王子忽然站起來高聲問。這傢伙顯然話裡有話了。他那好朋友保定府學者也跟著站了起來。

「我講，不是人……」

楊麗妮仍是高揚著頭，重複著同一句話。

「講大聲點！」

「哪個不是人？」

「你不要裝蒜，把祕密公開！」

許多同教紛紛跟著南詔國王子站起來質問。有的是真氣憤，有的是假氣憤，有的則要存心攪亂會場秩序。

這時營長威嚴地一拍桌子，怒斥道：

「坐下！大家都坐下！發言先舉手，一個一個來。大家不要被她牽了鼻子走！楊麗妮，既然你不肯自己交代，現在我問你，你是怎樣使美人計，勾引、腐蝕兩位工人領導小組成員的，你向他們提了哪些條件？讓他們反映你勞動好，思想進步快，好讓你擠進第一批解除勞教的名單去？講講呀。兩位工人階級，活學活用毛主席著作標兵，早就向領導上揭發、匯報了你的問題！工人階級是先鋒隊，革命的不鏽鋼，拒腐蝕，永不沾！而你，在美人計破產後，便進行瘋狂的階級報復，竟然用嘴把人咬傷！下面，由你自己來老實交代，挖出你的犯罪根源！」

嗬嗬！原來那兩位領導成員是因為跟她不乾不淨，才退回他們原先的單位去的……同教們這才恍然大悟，明白了其中的一些奧妙。

「姓楊的！你坦白坦白，你怎麼像頭雌狼，把人咬傷了？你咬傷誰了？咬傷了什麼部位？」

這回是好萊塢博士站起來大聲發問。問過之後即又坐下去了。這傢伙真有興風作浪之嫌，三排那邊，保定府學者一夥人在低聲哄笑。

楊麗妮眼睛紅了，她閉了一會眼睛，才把眼眶裡的淚水嚥回去了。

「那叫正當防衛……」

營長一見情勢不對，火了：

「你再講一遍！什麼正當防衛？」

「就是正當防衛，法律名詞……」

「誰跟你談法律？談名詞？無產階級的法律，就是專政，就是鎮壓一切反動派，橫掃一切牛鬼蛇神！就是把反革命分子打翻在地，踏上一隻腳，叫他永世不得翻身！法律？哼！你跟無產階級來談法律？保護工人、貧下中農、革命群眾、革命幹部的利益，消滅一切剝削階級，就是法律！你一個犯罪分子，有什麼資格來談法律？」

營長的一番高論，說得同教們一個個瞠目結舌，啞口無聲。接著是一派低低的唏噓聲。

會場上的氣氛冷清了下來。營長朝人群裡使了好幾次眼色，於是又有人領頭呼喊起口號來：

「打倒現行反革命分子楊麗妮！」

「楊麗妮誣衊工人階級，絕沒有好下場！」

「坦白從寬！抗拒從嚴！」

「脫胎換骨，改造思想！」

「工人階級萬歲！」

「共產黨萬歲！」

「偉大領袖毛主席萬歲！萬歲！萬萬歲！」

口號聲持續了兩三分鐘之久。開始時同教們的聲音有些沙啞，跟不上趟似的。後來就逐漸開放了喉嗓，聲音越來越宏亮。最後索性狂呼狂叫了起來。也不知他們是想在營長面前表現一下，還是乘機盡興發洩一番？在許多時候，大喊大叫是一種生理平衡，一種生命渴求。至於在批鬥會上呼喊口號，則另是一門學問。會議之初呼口號，是為了造成聲威，激昂鬥志；批鬥對象進場呼口號，是為了迎面給他個見面禮，打掉其猖獗氣焰；會議中間呼口號，常常是為著扭轉群眾的不正常情緒，提高階級覺悟，堅定階級立場，同時也使會議主持人和積極分子們穩住陣腳，調整鬥爭節奏，把握會議動向。

口號聲中，營長大為光火地瞪了那像個木頭人似的女師傅兩眼。媽媽的，電影製片廠竟派了個這樣的標兵來改造反動學生！還哭喪著臉，像在批鬥她老子老娘！

口號聲停息下來後，營長才宣布道：

「好！楊麗妮不但不交代罪行，反而玩弄名詞，負嵎頑抗！現在，我來點將，大家一個一個上前來，對她進行揭發、批判！」

說著他的目光落在了坐在他正對面的一排二班的幾個人身上。他自然忘不了紹興師爺，這個死也不肯開口的頑固分子。本來依他的意見，上回公布那反動透頂的情書，就應以現反分子論罪，但「工人領導小組」內部意見分歧，事情才給拖了下來。對了，以毒攻毒，哪壺不開偏要提哪壺！看看是你魔高一尺，還是我道高一丈。

「周恕生！你和楊麗妮都是江浙一帶人。現在，由你上來批判她，劃清思想界線！」

營長出奇制勝。會場上的氣氛，如同一下子灌進來一股冷風似的，又緊張了起來。不過這回，也可算是營首長寬宏大量，不計前嫌，給你紹興師爺一個大面子，你可要知趣，嗯？

眾目睽睽之下，紹興師爺倒是扶了扶眼鏡，慢條斯理地站了起來，小心翼翼地從同教們之中走出。他在太湖才女面前站定了，目中無人地一手扶著眼鏡，一手張開巴掌，像要搧上兩掌似的。但他畢竟沒動手，也沒有開口，只是惡狠狠地朝地下啐了一口，又狠狠踏了兩腳，才轉過身子，完成了任務似地下了場。

人群裡湧起了一陣笑聲。紹興師爺這傢伙倒是鬼得很，不開口，不動手，就算完成一次揭發批鬥。南詔國王子連說「高，高」。

營長大為不滿地橫了他一眼，忽然又點將道：

「劉漢勳！對，就是叫你關東大漢，由你來揭發批判，要聯繫實際，批中要害，不要走過場！」

關東大漢晃著高大的身軀站起，直像一根屋柱。人們生怕被踩上似的給他讓出一條道來。這幾月來，他由於吃上了雙分口糧，顯得紅光滿面，精力旺盛，帶著一股風，走到太湖才女面前，豹眼圓睜，雙手緊握鐵拳，忽而打悶雷似地向營長和值班呂師傅請示道：

「我想揍她！揍她！請問能不能揍她？」

太湖才女卻毫無畏懼地仰起臉來看了看他，還張了張嘴，露出一口潔白的，咬過人的玉牙。

營長興奮得眉頭都揚了揚，卻又頗講鬥爭策略地回答：

「我們不提倡打人，主張說理鬥爭。當然，廣大群眾出於一時的革命義憤，動了動手腳，我們也不潑冷水，吹冷風！」

「可我關東大漢手腳重，一拳下去三、五百斤，把她打死了怎麼辦？要不要償命？即便沒有要她的命，只是打傷了，要不要送醫院？誰付醫療費？對她，我是有一種義憤！」

關東大漢已是脹得滿臉通紅，一本正經。

「你這是什麼意思？什麼用意？」

營長畢竟經驗豐富，嗅覺靈敏，聽出關東大漢的弦外之音，便面色冷峻地問。

「為了把楊麗妮徹底批垮批臭，使她永世不得翻身，我建議，『工人領導小組』把那兩位被她勾引、腐蝕了的工人師傅請回來，對她進行面對面的揭發批判！揭出真實面目，擺出事實真相，到那時，楊麗妮再不老實，再不投降，我關東大漢就一拳把她的小命收拾了，再去投案償命！」

關東大漢一席話，無懈可擊，贏得了滿場的掌聲、喝采聲。好萊塢博士和南詔國王子竟然雙雙跳了出來，領頭呼口號：

「揭出真實面目！擺出事實真相！」

「受腐蝕無罪！揭發檢舉有功！」

「不打倒楊麗妮，絕不收兵！」

「歡迎柳、張兩位師傅回勞教營！」

「工人階級萬歲！」

「共產黨萬歲！」

「偉大領袖毛主席萬歲！萬萬歲！」

媽媽的，什麼口號都喊到了一起，真假難分，包藏禍心。這些臭知識分子，反動大學生，就是這麼難於對付，難以改造。你們是不見棺材不落淚，不到黃河不死心！跟無產階級來鬥法、比高下？等著吧，媽媽的！

營長恨得牙癢癢、眼睛直冒火，卻又發作不得。今天的批鬥會就叫召樹銀、王力軍、劉漢動三個攪和了，荒腔走板了，不能再開下去。還有三排那名叫陳國棟的矮胖子，今晚上也鬧騰得夠歡的。記下這幾個傢伙一筆帳，留著好好算。

營長只好及時收兵。他先讓警衛戰士和呂師傅把楊麗妮帶下去。你看看那呂師傅，扶著楊麗妮的胳臂走路，你怕是在工廠裡認姊妹、跟男朋友吊膀子哩！

同教們都輕輕噓了一口氣，並沒有宣布逮捕楊麗妮。好幾個人偷偷拍了拍南詔國王子肩膀，摸了摸他的腦袋瓜呢。接下來聽營長大聲總結說：

「今天的批鬥會開得很好！很成功！開出了高水平！提高了大家的覺悟，也是使大家受到了一次深刻的教育！當然也要看到不足，要提高警惕性，防止壞人混水摸魚，乘機打亂仗！時候不早了，散會！」

話雖這麼說，營長心裡有數，批鬥會是失敗了，而且敗得很慘，不能不承認，自己的鬥爭藝術，領導水平，是比王忠教導員差了火候，短了一截。要記取教訓，今後再開這種會，必須摻沙子，起碼應有三分之一的革命群眾，正氣才能壓過邪氣。

散會後，水抗抗他們回到了自己的寢宮裡。

水抗抗在關東大漢手臂上擊了一掌：

「真有你的！太湖才女要感激你這位恩人了！」

「還有我呢？哥們跳起來三次！」

好萊塢博士胸膛拍拍，大言不慚。

關東大漢得意地擠了擠眼：

「好萊塢博士的邊鼓敲得不錯，南詔國王子不錯……要不，人家真要把咱這些臭知識分子，反動大學生當飯桶、自癡、窩囊廢了，活該在這裡勞動改造了……好萊塢的邊鼓敲得不錯……」

「咱電影界能出孬種？哥們沒看見那個呂師傅，是個有良心的好妞？她要是還單著，老子就把她辦了！」

「哈哈哈……」

「對了，王子哪裡去了？今天救助楊麗妮最出色的還數他！」

水抗抗沒見了南詔國王子，忽然問。

「看！那不是？人小鬼大……」

原來南詔國王子站在窗口，望著窗外漫天飛舞著的雪花，哭了。

「下雪了？下雪了！快來看，下得好大！」

「大雪兆豐年……王子你在哭？為什麼哭？」

同教們都聚集到窗口來了，邊看大雪，邊問。

「我姊姊……我姊姊……」

南詔國王子索性哭出聲音來了。

「又是楊麗妮？她沒事了！」

「傻瓜！她算你哪門子姊姊？」

「不，是我昆明家里的姊姊……好造孽……」

南詔國王子用巴掌抹著淚水，晃了晃腦袋瓜。大家這才朦朦朧朧地感覺到，他對太湖才女楊麗妮表現出那麼一種莫名其妙的關切，原來他昆明老家也有個不幸的姊姊。

「昆明四季如春，冬天又不下雪，你急什麼？」

「你姊姊也常常被人拉去批鬥？」

「你父母親去了外國，就再沒管你們姊弟？」

同教們紛紛問。

第十四章　燕山雪，滇池月

燕山雪花大如席！

這是唐代大詩人李白的詩句，極狀燕山風雪。

不是來到北京讀書，南詔國王子很難想像到北國冰雪的遼闊壯觀。每年入冬以後，常常在一夜之中，有時甚至是頃刻之間，滿天裡玉龍紛紛，銀甲千萬，卻又輕若雲，軟如棉，無聲無息地就把房舍院落、樹林道路、山丘原野，乃至整個燕山山脈，華北平原，裝扮成耀眼的銀色世界。這世界是那樣的淨潔溫柔，又是那樣的冷酷嚴寒，把一切生命的美醜、善惡、真偽都覆蓋住，也把大自然的活力統統窒息住。

儒林園的這頭場大雪，卻是裹脇著北風呼嘯而來。風助雪勢，雪助風威，整整一夜都沒有停息。就像那荒野上有千千萬萬頭餓瘋了的白毛老狼，在一起淒厲地嗥嗥長嚎……南詔國王子一整夜都沒能睡好，渾身骨頭痠痛。他時睡時醒，似夢非夢，恍恍惚惚，一會兒覺得自己回到昆明老家見到了姊姊，一會兒又覺得是姊姊迢迢萬里，來到冰天雪地的儒林園探望他王子弟弟，姊弟倆有多少話要說啊，許多話，信上沒法寫，只能見面說……在夢裡和姊姊談心，會話。

姊，近一年來我寫給你的信，都是說的假話。因為真話不讓說，原因你猜也會猜得出。昆明家裡還暖和嗎？樹還青，草還綠，花還開？我現刻不在北京，而在燕山腳下一座勞改農場裡，領受著今年的頭一場大雪。我至今還沒告訴姊，弟被送到這勞改農場附設的勞教營來改造，還真跟「雪」大有關係呢。弟自小跟了姊在昆明讀書、長大，那時我們都沒見過雪景，只是十多歲時跟著父母去過一次大理，站在洱海邊，遠遠地打望過蒼山雪峰。那時，我和姊都嚮往著北方大平原，嚮往著大平原上的冰雪風光。因之我們都喜歡朗誦毛主席的那首著名的〈沁園春．雪〉：

北國風光，千里冰封，萬里雪飄。望長城內外，惟餘莽莽；大河上下，頓失滔滔。山舞銀蛇，原馳蠟象，欲與天公試比高！須晴日，看紅妝素裹，分外妖嬈！

江山如此多嬌，引無數英雄競折腰。昔秦皇漢武，略輸文采；唐宗宋祖，稍遜風騷；一代天驕，成吉思汗，只識彎弓射大鵰。俱往矣，數風流人物，還看今朝！

可是，姊，我卻萬萬沒有想到，毛主席的這首詞也會給自己引來政治災禍。皆因去年冬天的一個禮拜天，我和北方交通大學的幾位雲南老鄉一邊觀看校園裡的雪景，一邊聊大天，吹牛皮時說：

「我對毛主席老人家的〈雪〉一詞有兩點看法，一是他受了我們昆明滇池邊上大觀樓天下第一長聯的影響，二是反映出了毛主席有帝王思想。」

我得意忘形，語出狂妄，發表自己的高見。當即有位老鄉問我：

「大觀樓上那天下第一長聯，你能背？」

「有什麼難的？」

「好！你先背上聯。」

也是年輕人逞強好勝，我一口氣將那長聯的上聯背了下來：

五百里滇池，奔來眼底，披襟岸幘，喜茫茫空闊無邊。看東驤神駿，西翥靈儀，北走蜿蜒，南翔縞素；高人韻士，何妨選勝登臨，趁蟹嶼螺洲，梳裹就風鬟霧鬢；更蘋天葦地，點綴些翠羽丹霞。莫辜負四圍香稻，萬頃晴沙，九夏芙蓉，三春楊柳！

「好！好！王子，上聯你背得一字不差！」

「下聯呢？王子，背下聯！」

「這長聯真是文采風流……」

我又洋洋自得地一口氣背下了下聯：

數千年往事，注到心頭。把酒凌虛，嘆滾滾英雄誰在。想漢習樓船，唐標鐵柱，宋揮玉斧，元跨革囊；偉烈豐功，費盡移山心力。儘珠簾畫棟，捲不及暮雨朝雲，便斷碣殘碑，都付與蒼煙落照。只贏得幾杵疏鐘，半江漁火，兩行秋雁，一枕清霜！

「好！好！王子，你傢伙應當去讀文科。」

「真難為他，記性這麼好。」

老鄉們紛紛誇著我。

「我現在讀地理學，日後當徐霞客，周遊名山大川，不是更好？」

「王子，言歸正題，你說毛主席的〈雪〉怎麼受了大觀樓長聯的影響？」

他問者有意，我言者無心：

「你看，長聯上的『想漢習樓船，唐標鐵柱，宋揮玉斧，元跨革囊，偉烈豐功，費盡移山心力』這幾句，跟毛主席的『昔秦皇漢武，略輸文采；唐宗宋祖，稍遜風騷；一代天驕，成吉思汗，只識彎弓射大鵰』，是不是有些關係？」

「不算，不算，王子，你太牽強了。」

「至多，只算啟發借鑑。藝術創造講究古今中外廣為借鑑。」

「王子，你說〈雪〉一詞所表現的帝王思想呢？」

「我姑妄言之，你們姑妄聽之，大家都不要太認真，好不好？」

「放心，王子，都是幾個老鄉在一起。三個公章，不如一個老鄉，對不對？」

「你們看，還是上面的這幾句，『昔秦皇漢武，略抒文采；唐宗宋祖，稍遜風騷；一代天驕，成吉思汗，只識彎弓射大鵰。俱往矣，數風流人物，還看今朝！』這不明明在說，古時候的秦始皇、漢武帝，他們不過略微有點學問作為罷了；唐太宗、宋太祖雖說被人稱為明君，但他們的德政仍然有限得很，算不上文采風流；至於成吉思汗，好像天之驕子很不起，他的騎兵遠征了歐亞大陸，但也不過是位在馬背上靠了弓箭打遍天下的武夫而已！以上這些所謂的英雄都過去了，成了歷史，要是論及真正的風流人物，領導世界革命，實現天下大同，還得看今天的領袖了！同志哥哥們，這不是帝王思想是什麼？」

姊，俗話說：老鄉見老鄉，兩眼淚汪汪。當時老鄉們在一起，說過幾句不知天高地厚的話，也就過去了。可是有人要跟我過不去。我們北方交通大學的社教運動深入開展後，不知是哪位可敬的老鄉提高了階級覺悟，揭發了我這「攻擊偉大領袖毛主席的反動言論」。

學校黨委和社教工作組對我進行專案審查，又聯繫到我的「大資產階級家庭出身」和「父母都在海外的複雜背景」，很快將我定為「問題學生」，大會批判、小會鬥爭的結果是：出於反動的階級本性及其複雜的海外關係，惡毒歪曲毛主席詩詞，瘋狂詆毀偉大領袖人格，送儒林園首都高校勞教營改造一年。

姊，這些事，我都沒法在信上告訴你。我對不起姊姊。想到你一個人在昆明家裡忍受各種痛苦折磨，我就要掌自己的嘴，掌自己的嘴……

弟，連著幾天夜裡，姊都在夢裡見到你。姊每回盼到你的信，就高興得掉淚。可你的信裡，總是講你被下放勞動了，哪樣都好，哪樣都不缺。姊就曉得，弟一定是瞞著什麼事情了，弟是有了苦處了。近半年多來，姊總是右眼皮跳，姊總是揉右眼皮，可它總是跳。右跳禍，左跳喜啊，弟！你來信給姊講句真話吧，你如今不在學校好好念書，下放到了哪裡？

弟，昆明天氣滿暖和。街兩邊高大的桉樹、水杉樹葉子青青的。木棉樹更是開滿了碗口那樣大一朵的花，現在都叫它為英雄樹，開的花也叫英雄花，可老街坊們仍是叫它攀枝花。同是一種樹，都各有各的叫法。你還記得離我們家不遠的翠湖公園嗎？公園草地好嫩綠，柳樹新出了葉，湖裡那大片水浮蓮，開滿了水仙。今年公園裡還增修了幾處新景致，有「爬雪山」，「過草地」，「紅色遵義城」，「飛奪蘆淀橋」，「延安寶塔山」。城市居民休息遊公園，也不能忘了長征精神，革命傳統。只是做得有點假，不耐看。

對了，姊差點忘了告訴你，我們織布廠也在搞社教運動，搞傳統教育。唱憶苦歌，吃憶苦餐。派老工人去郊區山上挖來野菜，去打米廠買來粗糠，做成野菜粑粑吃，一邊吃一邊唱憶苦歌，聽老工人訴苦。姊出身不好，也跟著吃，跟著唱，抬不起頭。車間裡也是大會串小會開個沒完。有個四十幾歲的女工，平日從不做聲，只埋頭織布的，查出來她是逃亡地主的小老婆，被鬥爭了三次，打脫了牙齒，最後開除了廠籍，送回她鄉下老家改造去了。弟，看到這些，姊就嚇得渾身打哆嗦。不過姊眼下情況還好。運動積極分子們會議多，生產任務完不成，我們不開會的女工就常常加班加點。可大家都上「貢獻班」，不拿加班費。每架織布機上，都掛了標語牌，不是寫著「工業學大慶」，就是寫著「農業學大寨」或是寫著「苦不苦，想想紅軍二萬五」！「累不累，想想革命老前輩」！

弟，自運動以來，姊禮拜天都很少休息，自願參加青年突擊隊，出義務工。車間黨支書郝大姊（也有人背後喊她母夜叉）說，出身不好的人，更應多出些義務工，有利思想改造，脫胎換骨。姊是盡了自己的力氣在做。姊今年二十六歲了，還月月向團支部交心。團支部也一直在考驗我。可我都快過歲數了，他們還不批准。如今運動多，一個人有天大本事，也要依靠黨團組織，做馴服工具。有時候，姊心裡也想不通，很委屈。姊織的布都是一等品，已經連著三百天沒有出過次布。可車間領導從不表揚姊，任什麼「先進」、「標兵」都沒有姊的分。姊有好幾個徒弟，都是工農出身的子女，說實在的，工作都不如姊，卻入的入團，入的入黨，當的當班組幹部。姊明白，如今做人，全憑出身成分。

弟，你放心，黨的階級政策，姊也懂。姊不會發牢騷，講怪話。車間黨書記郝大姊在會上講：出身不好的青年，就是要夾緊尾巴，老老實實，規規矩矩。她只差沒說「不准亂說亂動」了。可人哪來的尾巴？怎樣能夠夾得緊？這事姊想了好幾天，才想通。是打了個比方，還記得我們家從前養過的一條大黃狗？狗就愛翹尾巴。後來城市裡不准養狗，被公安局的人牽走了，弟你還哭了鼻子。是叫我們這些出身不好的人，做一條夾緊尾巴的狗。車間黨支書記郝大姊常對出身不好的女工講，她手裡有根棒子，哪個的尾巴翹得高，就要把哪個的尾巴敲下去！姊可沒有尾巴翹，免得人來敲。

弟，上個月，姊參加了一次義務獻血。姊是「O」型血，隨哪個病人都用得上。而且這次獻的血，聽講還是運到越南前線去的。越南兄弟正在跟美帝國主義打仗，在流血犧牲。姊獻血，也是國際主義。姊要醫生抽一千ＣＣ，可醫生只肯抽五百ＣＣ。醫生還給我寫了個證明，說我覺悟高呢。聽講這個季度又要發展一批新團員。姊自十八歲進工廠那天起，就月月寫入團申請。每屆團支部都找我談過話，都對我好。可總也沒通過。這回我又獻了血，有醫生的證明，看看他們批不批，還有哪樣話說。

這兩個休息天，姊都參加了廠裡的青年突擊隊，去滇池邊上開墾大寨田。只是上月抽血後，頭有些暈。不過弟放心，姊買了十個雞子回來煮紅棗吃，還有半斤紅砂糖，都是補血的。姊一個人在家，休息天不去做事，日子太難打發。你認得的那個卡車司機，自社教運動後，再沒有來找過我。沒天良的！我都為他做過流產手術，當初他是跪著求親來的。弟，他絕情絕義的那些日子，姊差點就……再見不著你。

如今，我已經不恨他了。他有他的難處。他出身好，根正苗紅，要是沾上了我們的壞出身，還有可怕的海外關係，就一輩子都會洗刷不乾淨，並且害了子子孫孫。他也怕丟了手裡的方向盤。他是大娃子，上有老父母，下有小弟妹，負擔不輕……我有時真想幫幫他，我也不要跟他成親。可他再也不肯回來！我們的家庭成分、海外關係，嚇得他不敢回來……我只可憐他，不可憐自己。姊已經是個賤體。有時想哭，都哭不出。

弟，再說這滇池邊上的大寨田，省委、市委領導都在廣播裡講，我們昆明地方海拔一千七百米，是個高原城市，又四季如春，風調雨順，要五百里滇池做哪樣？至少要圍墾出五千畝到一萬畝大寨田，向黨中央報喜！向毛主席報喜！可是也有老輩分的人私下講怪話：雲南壩子多，氣候好，陽光和雨水都充足，可就現成的田土都種不好，年年靠從兄弟省分調進糧食來吃，如今找上滇池圍墾大寨田，是個專討中央領導喜歡的花架子功夫；還有的講，滇池的水面縮小了，自然生態被破壞，會改變昆明四周十來個縣分的氣候，是作的子孫孽囉！這些怪話有不有道理，姊不敢認真想。姊反正一心跟黨走，就不會有錯。要隨時隨地跟錯誤思想言行劃清界線。出身不好的人，可犯不起錯誤。如今全昆明市各行各業的人，都在滇池邊上出義務工。我們廠青年突擊隊，就在離大觀樓不遠的蘆葦灘上插下了戰旗。團支書要求我學習愚公移山精神，在火線上立功。

弟，姊就是要學習「愚公移山」，要「感動上帝」。姊在拚足了最後的力氣，爭取搬掉壓在我們姊弟頭上的兩座大山：資本家出身和海外關係。別的人，如今姊都不恨，就恨我們反動的父母親！他們自己去了美國，花天酒地去過資產階級的腐朽生活，而把你我兩個做子女的丟在這裡，揹著該死的出身和比鬼還可怕的海外關係，揹著「美蔣潛伏特務」的嫌疑，走到哪裡都是一身黑，受審查，受監視，抬不起頭，做不起人……

姊！窗外邊的風雪，一夜都沒有停息。窗子玻璃上結了一層硬殼似的冰花。這雪下得人一身骨頭都痛。我們四十多名同教共住著的這大寢宮，後半夜暖氣還是停了。暖氣由隔壁監獄送過來。娘賣的，一切都是那樣刻板，都是些死腦筋！明天肯定是大雪封路，還趕不趕我們按鐘點起床集合？還上不上工？要是能停工兩天就好了，每天在營部值班室聽「工人領導小組」成員們白字連篇地讀報紙，唸文件，閉上眼睛領受文盲領導文化的美味，也是一種休息。不讓人講話，還能不讓人走神？腦殼裡的世界總是自己的。可人家也要鑽進來，要占領，叫你靈魂深處爆發革命！

姊，爸媽最近可有信來？我有時想他們，有時又恨他們。他們在外國過好日子，不理睬我們都可以，為什麼還要留下個「海外關係」害我們？弟想不通。天底下哪有不疼自己親生骨肉的父母？姊，還記得嗎？一九五六年，阿爸他從外國回來接走阿媽和阿昆、阿明之前，領著我們玩了半個月，去遊了黑龍潭、金殿、筇竹寺、大觀樓、西山龍門，還去遊了路南石林，遊了大理洱海、三塔寺、蝴蝶泉！

如今，我閉上眼睛，就又像跟阿爸阿媽阿昆阿明一起，還有你阿姊，重遊這些地方。還記得黑龍潭森林公園裡的漢柏、唐梅、宋槐嗎？西漢的柏樹青雲直上，已經兩千多年；唐代的梅花古樹新枝，已經一千多年；宋朝的槐樹年紀最小，也已經八、九百年。多麼倔強的生命。比起它們來，人真是應該羞愧；也就有了勇氣，要活它個七、八十歲，把這世界看個究竟。當然有的事，或許到我們死時都不會搞清白。

離黑龍潭森林公園不遠，是金殿。那真是座奇特的建築物。從殿柱、牆壁、走廊，到殿裡的每一尊菩薩，殿壁上雕刻著的龍鳳麒麟、神話故事，到整座金殿的梁簷頂蓋，全部都是黃銅作成！古時候的人真比現在的人聰明。現在的人越變越蠢。一九五八年大煉鋼鐵時，曾經有人想放炸藥把它炸毀了，好去發射鋼鐵衛星！幸虧殿裡的幾個老活佛提出抗議，報告了上級，才被制止住。還有那筇竹寺，也是座古老的寺廟建築。我記得進了寺廟大門，就有一副對聯：

鐵笛無聲知音者忠言貫耳

黃粱未熟睡著的且莫翻身

多麼深刻的人生哲理。這副對聯，我看過一回，就再不會忘記。人活在世上，究竟圖個什麼？世界上所有的宗教信仰、思想主義，都在力圖回答這個問題。不同文化、種族、信仰，應有不同的回答。我們倒是省事，只有一種回答，由一個人代替回答。誰不同意，就專政，就你死我活。為什麼要人家都死了，他才能活？

姊，不講了，不講了。我思想走了板，跑了調了，又反動了。越想這些，就越沒有「脫胎換骨」、「重新做人」的勇氣。我們還是來講講小時候跟了父母親的最後一次旅行。姊還常去西山龍門嗎？那是在滇池北面的懸崖絕壁上，人工開鑿出來的一條半明半暗、高高低低的巖石走道，下邊是碧波萬頃的滇池。登上走道向南望去，就真是「五百里滇池奔來眼底」、「喜茫茫空闊無邊」了。走道盡頭，是座凹進石壁裡的山神廟，以及那座神龍騰飛的龍門。阿爸當時告訴我們，這條石壁走道，高出滇池水面一百多丈，是由一位四川來的石匠獨力鑿成。石匠信佛，他要藉這石壁工程來感動天神、修成正果。他年年月月、日日夜夜地鑿啊鑿啊，開鑿了整整四十年，鑿出了這條石壁走道，這座山神廟，最後鑿成了這座龍門。可是等他正在修整神龍的最後一根龍鬚時，忽然天昏地暗，雷閃雷鳴，風雨大作，他一失手，腳下一虛，就像顆石子似的，栽下波翻浪湧的滇池裡去了……也有人說是玉皇大帝派來一班仙女，把他接到天堂去了。因為風雨過後，西山、滇池的上空，出現了一道七彩長虹，長虹上仙袂飄飄，仙樂裊裊，直有一個時辰那麼久……

迷人的地方，自有迷人的傳說。阿爸還領著我們遊了路南石林。路南石林是一大片天然石灰巖「森林」。鬼斧神工、天下奇觀呢。那一棵棵高聳入雲的「石樹」，像刀像劍，像碑像柱，像獅像虎，千奇百怪，千姿百態，像什麼的都有……遊石林必須結伴而行，由嚮導帶路，否則會走入迷宮，越繞越深，再也出不來的！石林四周的山寨裡住著哈尼族兄弟。他們愛唱歌跳舞，火把節是他們的情人節。他們的姑娘穿著繡花衣裙，頭上銀飾閃閃，一個個美如天仙。姊，記得那回你還纏著阿爸在石林百貨商店替你買了一套哈尼族服裝，說是學校裡舉辦文藝晚會穿呢。

姊，看看我都說到哪裡去了。我就是好胡思亂想。我自小的理想就是做一個旅行家、遊歷祖國的山山水水。阿爸帶我們走得最遠的地方，是大理縣的洱海、三塔寺、蝴蝶泉……點蒼山下，南詔古國，田園錦繡，白藥之鄉，歌舞之地，多麼富於詩情畫意！我的「南詔國王子」這外號，還是阿爸在三塔寺裡給我取下的呢！阿爸說，從大理往西南方向沿著滇緬公路走，過騰衝，翻越橫斷山脈，到德宏州，下瑞麗，抵達邊境小鎮畹町，就是外婆家了。畹町外婆家屋後有一條小溪是國界，那邊就是緬甸了。阿爸說，等過幾年，我和姊姊都高中畢了業，他再來接我們出去時，就先領我們去畹町看一次老外婆……。

姊！阿爸阿媽他們是怎麼了？一九六二年底以前，他們月月都給我們寄信寄錢，過苦日子那兩年還大包小袋地給我們寄來過餅乾、奶粉、牛肉罐頭。可自從臺灣的蔣委員長喊過一陣「反攻大陸」，國內階級鬥爭的風聲日緊，阿爸和阿媽就再無音訊。阿爸、阿媽是丟下我們不管了、不要了？阿昆阿明在美國過得習慣嗎？英語學得怎樣了？長有好高了？聽講美國那地方風氣很壞，把牛奶、小麥倒進海裡去，人人開著小汽車亂跑，女的光了屁股跳舞，男的愛打架鬥毆，資本家壓迫工人，地主剝削農民，遲早會爆發革命……阿爸阿媽為什麼要到那鬼地方去？連信都不能給自己國內的兒女寫？還是他們自己的日子也不順？生意賠了錢？遭了土匪搶？阿爸、阿媽！要是在外邊日子不好過，就帶了阿昆阿明回來吧！國內除了愛搞政治運動，抓階級鬥爭，生活用品一律憑票供應，住房比較擠——阿昆阿明可以睡上鋪，我可以睡地板，私人沒有小汽車，其它的也都還過得去！當然你們在外國生活過、情況複雜的人，恐怕每三天要去居委會派出所匯報一次思想，但不管怎麼講，也比住在那人吃人的外國地方強……你們回來了，我和姊就不再揹著個「海外關係」、「特務嫌疑」，一舉一動被人懷疑，受人監視了……

弟，你想阿爸阿媽、阿昆阿明了，姊又何嘗不想著他們？骨肉手足，怎樣劃得清界線？你說跟他們沒有任何來往，一刀兩斷了，誰相信？人家說，反動父母反動心，打斷骨頭連著筋！刀子刮不掉思想上的階級烙印……所以多半時候，姊恨著他們！

上星期，車間裡通知我到廠保衛科去開了一次會。廠保衛科是個什麼地方？不是偷、扒、騙、賭，不是地、富、反、壞、右五類分子，好人誰到那地方去？一聽這通知，姊的心就跳得又慌又亂。

弟，你知道廠保衛科開的什麼會？原來是全廠五類分子子女會！我進會議室一看，牆上貼著大字標語：認清前途、改造思想！真可憐啊，來開會的都是些二、三十歲的妹子、後生子，一個個灰頭灰腦，滿臉晦氣，不敢抬起眼睛來看人……我也低下了腦殼，有一肚子吐不出的苦水。原來我們廠的五類分子子女，只有三、四十名。父母一輩的罪孽，遺傳給了我們這些無辜的後代。有了這罪孽的身分，非但入不了團，進不了黨，表現再好也當不了「基幹民兵」①，勞動再出色也成不了先進，還鬧得男的沒人肯嫁，女的沒人敢娶！因為有紅頭文件規定，重要部門的工作人員和黨政幹部，不經嚴格審查批准，不得與五類分子子女及其有複雜海外關係的人通婚！這一來，出身好的青年人，誰肯找這政治麻煩？若還跟我們這些人沾了邊，豈不壞了階級成分和社會關係？還要影響下一代，子子孫孫跟著沒出息！五類分子子女們互相通婚呢？

又會黑上加黑，雙料貨，反動加反動！工廠裡、街道上一出什麼事故，或是有了偷盜案、反動標語案、投毒縱火案、反革命集團案，公安人員來偵破，首先被懷疑、受審查的，總是地富反壞右五類分子和我們這些做子女的！挨了打，受了氣，都不敢訴冤屈。有人甚至公開辱罵：地富子女，殘渣餘孽，社會禍害，遲早要被斬草除根的！

弟，你還是聽聽我們廠的保衛科長是怎麼講的吧。他是個矮矮墩墩的轉業軍人，在越南前線當過炮兵排長，打下過美帝國主義的飛機；他的腦殼四四方方，像被刀劈過似的，一雙眼睛被炮火熏紅後，眼球的紅絲絲再也沒有消退；一開口就露出兩顆包了金的門牙——聽講在前線時，就是他的嘴裡的兩顆金牙暴露了炮兵陣地，引來美帝飛機的狂轟濫炸，犧牲了很多士兵，他倒沒有死，轉到後方來工作，來訓話：

「我不說，你們自己也清楚，今天到會的都是些什麼人！全廠各車間的剝削家庭出身的子女。黨在現階段的階級路線，是依靠工人階級、貧下中農，團結其他勞動者，改造、利用民族資產階級及其知識分子，孤立、打擊直至消滅地富反壞右、官僚資產階級及其堅定反動立場的家屬子女！其中，關係你們這部分人的具體政策是：有成分論，不唯成分論，重在本人政治表現！我們是注意把你們跟你們的父母一輩區別對待的。至於你們是不是接受改造、脫胎換骨，跟罪惡的家庭徹底決裂，站到工人階級和貧下中農一邊來；還是堅持反動階級立場，跟自己的

①大陸民兵分為三個等級：武裝民兵、基幹民兵、普通民兵。

父母劃不清界線，仇恨黨和人民，就全看你們自己了！叫做『出身不由己，道路可選擇。』我是當兵出身的，從來沒有忘記給反動分子準備幾粒花生米②！我也可以告訴你們，我們廠黨委響應偉大領袖毛主席『農業學大寨』的號召，先後派出三批先進骨幹去山西大寨參觀學習。三批取經回來的同志都深受教育，大寨大隊貧下中農長期堅持抓階級鬥爭，抓出了經驗：定期召開五類分子訓話會，地富子女交心會，經常警告、提醒他們，只許老老實實，不許亂說亂動！一有風吹草動，比如說臺灣的老蔣反攻大陸，或是美帝、蘇修大舉入侵，首先就解決了這批人，剷除內應……這裡，我也代表廠黨委和革命群眾先跟你們講清楚了，你們都認識認識，誰是誰，以便提高警惕性，互相監督，檢舉揭發壞人壞事；檢舉揭發得好的，可以立功受獎！同時，我也告訴你們，你們每個人的一言一行、一舉一動，都在黨團員積極分子和廣大革命群眾雪亮的眼睛監視之中！只許你們努力生產，改造思想，重新做人……」

弟，參加了廠保衛科的這次訓話會，姊心裡只想哭。我想所有參加會的人回到家裡都會哭。我們犯哪樣罪了？為哪樣要重新做人？一九四九年，我只有八歲，弟你只有六歲。我們沒有壓迫剝削過人，沒有做過任何壞事呀！為什麼我們成了天生的反革命？為什麼公開威嚇說，臺灣的老蔣一旦反攻大陸，或是美帝蘇修入侵，就先要消滅了我們這些人？老輩人講，古時候皇帝出兵打仗，總是先殺幾個死囚犯來祭刀、祭旗；現在新社會，要跟人打仗，就要先拿我們這些出身不好的人祭刀、祭旗？阿媽呀，太可怕了！姊自開了這次會，常在夜裡做惡夢，夢見他們殺人，殺人……

弟，開會的事還沒有完。

上前天，我下班回家還沒燒晚飯，街道上的居民委員會和公安派出所，竟來通知我去參加五類分子會！我說我是織布廠的女工，已有八年工齡，不是五類分子呀！可人家問：你父母親是不是地主兼資本家？逃到海外去了？這次開會一戶一個代表，只好請你去參加了！莫要敬酒不吃吃罰酒噢!?我說不過他們，更害怕他們給我吃罰酒，只好去參加了。一到那會場上，天啊，都是些六、七十歲的地、富、皮、壞、右分子。從小在教科書、連環圖、電影裡接受教育，他們都是舊中國的剝削者，吸血鬼，害人精啊，我一個二十幾歲的青年女工，今天卻落到跟這些社會敗類一起開會……

會上，派出所幹部屁股上別著一把手槍，腰上束了一根子彈帶，訓起話來更嚇人：你們，在舊社會搞壓迫，搞剝削，吃喝嫖賭，姦淫擄掠，無惡不作！你們的雙手沾過工人階級、貧下中農的鮮血！新社會，由於毛主席政策英明偉大，大部分不抓不殺，交由當地群眾管制勞動，實行改造！黨和政府允許你們活下來，並給你們一分口糧，讓你們自食其力，重新做人，是你們的萬幸！所以，只許你們老老實實，不許你們亂說亂動！給你們定的制度都遵守了沒有？外出請假，來客登記，定期匯報思想、分段打掃街道、互相檢舉揭發……

---

②手槍子彈。

噢？哪個不老實？現在社教運動高潮，你們是老鼠過街，人人喊打！噢？聽清楚了？老實告訴你們吧，無產階級專政的鐵拳，是不講客氣的！噢？監獄再擠，也總給你們留著位置的！噢？只有老實改造，天下太平，才有你們的出路，噢？大寨大隊的貧下中農說得好，一有風吹草動，一旦臺灣的老蔣反攻大陸，或是美帝蘇修大舉入侵，就先解決了你們這些內部禍患……

阿媽呀，為什麼到處這樣恐嚇人？為什麼都說的一口話？上上下下在造一種輿論、一種氣氛……到底要幹出什麼事情來？其實，包括五類分子在內，誰敢反對黨、反對毛主席？誰都曉得，在我們國家，工人、貧下中農、城市貧民，占了人口的絕對優勢啊；誰都曉得，無產階級專政的柱石，是數百萬的人民解放軍和公安幹警，還有數千萬的武裝民兵啊！哪個反對得了以這樣強大的軍隊武裝起來的黨權、政權？而我，一個二十幾歲的織布女工，出身剝削家庭，已經是條夾緊了尾巴的狗，好聽話啊，還不放心？還不放過？既不准我信奉如來佛、觀音娘娘，更不准我信奉上帝，我不信服共產黨、不信服毛主席，還會信哪樣？

弟，事情還沒有完。

參加過五類分子訓話會後，居委會和派出所的人把我單獨留下來談話。他們問我：你父母親是那年逃去外國的？現住在那一國？是幹什麼的？知不知道他們跟美國中央情報局和臺灣特務機關是什麼關係？這些年來，他們給你寄了多少錢做活動經費？都交下了一些什麼祕密任務？你給他們回了多少次信？每次信裡，都寫了些什麼？用了些什麼暗號暗語、假名假姓？用沒用顯影墨水？你有些什麼思想動機？

我就像跌進了冰窖裡，嚇得渾身打哆嗦。我哭著，向他們訴說了父母的事情。我們是自一九六二年底以後，再沒收到過父母親的信。弟你那年僥倖考取北京的大學，我給父母寫過幾封信報喜，告訴他們國內形勢如何大好、黨的政策如何英明，我們生活如何幸福、身體如何健康、思想如何上進，以及我跟那卡車司機的感情……可一直沒有收到回信。我跟自己的父母三年前就斷了聯繫，徹底劃清了界線呀！我和弟只是父母在外國所造成的海外關係的受害者呀，受害者……

至於我本人的表現，他們可以去織布廠了解……我是新社會長大、受教育的青年，我熱愛新社會、熱愛黨和毛主席，我沒有做過任何壞事，我已經三百多天沒有出過次布，都是一等品，我怎樣會是「美蔣特務機關的內線」？

我嚎啕大哭，用兩手巴掌捂住眼睛都止不住。我哭得那樣傷心，這麼冤屈，就是鐵石心腸也會軟一些。居委會和派出所的人口氣緩了些，臉色也好了些，沒繼續盤問那些可怕的問題。他們拿出來一大包信件，都貼著外國郵票，寫著外國字母的地址……我看到了自己的名字，是父親的筆跡……我這才明白，一大包信件都是父母親這兩三年來寄給我們的，被當作特務嫌案扣在了他們手裡…… 最後他們倒是問了我：想不想看看這些信件？但要交由派出所保管……我說不要，不要，不要！就是這些信件害苦了我和弟弟！我們不要，不要…… 這天雷劈、天火燒的海外關係，害得我和弟弟人不人，鬼不鬼……害得我，一個二十六歲的女工，魔鬼附了身，是男人見了我，都避得遠遠的……哪個男的都不敢跟我談戀愛，我是個一輩子都嫁不出去的貨……

弟！姊活得真累呀，弟！姊只是為了弟才活著。姊只盼望著你大學畢業，有分工作。弟，姊要是沒了你，就沒有任何牽掛了。五百里滇池，是個上好的淨身地……

姊！姊！你不要走，你要等著我……姊，你的事，你不講，弟也夢得到，想得出……姊，你不要只想著五百里滇池一條路。世上還會有別的路，真的！姊，你相信弟，莫太急……講不定，哪天半夜，弟就回來敲屋門。只要姊備下一筆盤費，糧票，弟就和姊走大理，過騰衝，翻橫斷山脈，到德宏州，下瑞麗江，到畹町外婆家……阿爸講過，外婆家的屋後邊，就是那條邊界小溪……只要有姊跟弟在一起，哪怕討米要飯，走到天邊，也要找到阿爸阿媽和阿昆阿明兩個老弟……

儒林園的風雪，燕山山脈的風雪，華北平原的風雪，整個中國北方的暴風雪，來吧！來得更猛烈些！

第十五章　帝王風流

儒林園遇上了百年罕見的大風雪，時颳時停，十天半月都沒有停息。真正的滴水成冰、冰凍三尺的嚴寒天氣。

有一天好萊塢博士突然在寢宮裡大叫：

「各位上廁所尿尿可要小心啦！最好帶根棍子，不然剛剛尿出就成了冰棍，要把哥們的香蕉凍住啦！」

南詔國王子那傢伙好樣不學，有次蹲了茅坑回來也說：

「是要帶上根棍子！娘賣的，你剛剛屙下去的肥料就被凍住，一筒一筒凍上來，滿坑裡長出了路南石林，再不敲打就要鑽出茅坑板啦，娘賣的！」

勞教營的同教們跟隔壁監獄裡的犯人們一樣，停止了野外勞動。「工人領導小組」對大家的日常活動作了臨時調整：早點名改在室內進行：上午以班排為單位挑選明年開春用的花生種、玉米種、春麥種、棉花種、黃豆種等等，下午則集體學習文件或讀報紙，或召開各種名目的批判會。偶爾也安排同教們在各自的鋪位上自學，但不准串床，不准交頭接耳，有「工人領導小組」

成員們巡迴檢查。

日子一天天挨過去，氣溫一天天見寒冷，風雪像個性情乖戾的魔王，直到把大地凍得開裂、把一切生機掐滅。

在水抗抗的班組裡，同教們的生活仍是像鐘錶那樣刻板：

關東大漢一人選不了兩分種籽，食堂也沒減他的雙分口糧。

河南騾子自兩個月前挨了那頓亂拳腳，人瘦多了，走路一直有點歪歪斜斜的，也沒見他請傷病假。有時還能聽見他在偷偷哼唱兩句河南梆子。

南詔國王子沒再到處亂竄，去找尋楊麗妮的下落。太湖才女已回到了自己的班組。如今他一有空閒就躲在床上翻看一張雲南省地形圖，再沒聽他拉長尖細的嗓音唱過雲南民歌：月亮出來亮汪汪，亮汪汪，想起我的阿妹在深山……

紹興師爺周恕生比先時更陰沉了。不知他從什麼時候起，撿回來一床腳亂七八糟的廢鐵絲、銅絲、鋁絲，像個收破爛的。他傢伙撿來這些廢金屬絲做什麼？難道想去換成零花錢，買糖吃？買菸抽？又見他不知從哪裡弄來幾大塊舊砂布，一有空閒就咬著牙關一根根地擦拭這些金屬線，擦得晶亮晶亮的。

一個星期日的下午，不少同教又圍聚在大寢宮的過道上，聽好萊塢博士瞎講鄙俗故事。他說他今天要溯歷史河道而上，從北宋徽宗皇上如何嫖上名妓李師師到大唐女皇武則天如何玩弄男臣。他傢伙倒是坦白，承認自己的故事並無歷史依據，純係「說書小子」的杜撰。

水抗抗因對好萊塢博士那套亂七八糟的「學問」十分反感，便拉了關東大漢，坐在大寢宮的一個光線暗淡的角落裡聊天。水抗抗喜歡跟關東大漢談論「大好形勢」，彷彿能從「大好形勢」的縫隙裡，找尋到一絲半點兒希望的亮光。

於是這大寢宮裡，無形中便有了兩組聲音，一古一今，帝王風流和當代政治，交織、融匯在一起。卻又是各唱各的調，各吹各的號。

「話說那大宋王朝，本是由一介武夫趙匡胤發動『陳橋兵變』創立的天下，建國都於開封府，是我們河南騾子的老家了。趙匡胤因此被尊為宋太祖。有一段說書故事，叫做〈宋太祖千里送京娘〉，說他沒有發跡之前，很有英雄豪氣，路見不平，便要拔刀相助。有位名叫京娘的孤女因被人拐騙，流落異鄉，十分可憐。他一怒之下，便將京娘從人口販子手中奪下，然後千里迢迢，護送弱女子回老家。這段評書，說的是宋太祖不好女色而好江山！他媽的，一個年輕的單身漢，領著個妙可的小娘子，曉行夜宿，同行千里，什麼好事幹不出來？可說書的就是把趙家祖先說成不沾女色，好生了得！

「也罷，皇上輪著做，風水流著轉。到了北宋末年，趙家皇上由一個叫趙佶的龜孫子做了，號稱徽宗，吟詩，作畫，書法都十分了得，卻是個十分荒唐的風流人物。真是皇家氣數，子孫不肖了。正是在這位皇上治下，天災連年，人禍橫行，餓殍遍地，直鬧到天怒人怨，山東宋江謀反，浙江方臘起義。

「現在咱來說說，這宋徽宗皇上如何好色呢？他皇宮裡養著數千名普天下選來的嬪妃宮娥，真叫美女如雲，香豔欲滴，可他卻一個都瞧不上眼，單單戀上了開封街頭煙花巷裡的絕色名妓叫李師師的……敢情這皇帝老子，也跟咱市井男兒一樣，端著碗裡，瞧著鍋裡，家花沒有野花香哩！可他娘的皇帝老子嫖上了街上有名的窰姊兒，你說這大宋江山，還有個不衰敗的？」

……

「大漢，你鼻孔大，聞到了什麼氣味沒有？」

「老水，你指的是鮮饃的？還是肥豬肉的？」

「好萊塢博士那傢伙滿嘴裡就是色色色，你滿腦瓜裡就是吃吃吃……勞教營作風敗壞，工人領導小組成員進行了調整，二排三班那太湖才女的案子，被搞得神神鬼鬼，最後不了了之……」

「不過小打小鬧，男女關係，咱沒有大興趣。」

「老兄對什麼大事有興趣？」

「當然是全局性的……你聽說過沒有？三軍總部，已經開始批鬥羅瑞卿……羅瑞卿官封大將，素有儒將之稱，外號羅長子。解放以後，他青雲直上，從兵團司令升為公安部長，又從公安部長做到總參謀長，做到國務院副總理，中央政治局委員，書記處書記……類似古代的樞機院主事、內閣副總理大臣、兵部尚書，官不可謂不大。他被揪了出來，會是他一個人的問題？聽說在批鬥他的會議上，葉劍英元帥怒髮衝冠……」

「你這些消息哪裡來的？當我不知道？你天天晚上蒙著被頭睡覺，也不打呼嚕了，用小耳機聽收音機！是美國之音，還是倫敦ＢＢＣ？還是自由中國之聲？你千萬注意，不能出岔兒，收聽敵臺，要判十年以上重刑……至於咱鐵哥們，你放心，誰都賣不了誰……」

「你囉嗦什麼？還讓說不讓說？」

「說說說！不過好心提醒你一句……」

「咱看大氣候，是『山雨欲來風滿樓』，中央揪出了羅瑞卿大將，只是一齣大戲的序幕。」

……

「卻說徽宗皇上迷上的這絕色名妓李師師，是個九天玄女帳下幾百年下凡一次的妙可人兒。咱不說她長得沉魚落雁、閉月羞花，是西施再世，貂蟬轉生；也不說她如何通音律、善歌舞、吟詩作賦、琴棋書畫，聰明的了得……咱先說說，貴為一國之尊的皇帝老子，怎麼迷戀上她的？九重禁苑，跟大街上煙花巷，好比天上人間之別啊。原來宮中制度，皇上每日裡五更早朝之後，便整天無所事事了。說書小子云，皇上五更早朝，聽大臣奏事，接各方奏摺，撐死了一兩個時辰。下朝之後，昏庸皇帝自然是把時間和精力都花在聲色犬馬之中了。

「皆因有一天，徽宗皇上閒來無事，忽聽身邊兩個小太監在竊竊私語，說京都教坊，出了個絕色名妓，詩詞歌賦樣樣精通不說，最妙者是她的身子，時冷時暖，有奇香。若是她喜歡的相公睡上去，她身子便要柔弱無骨，溫軟如綿，還透出陣陣幽香，叫人銷魂；若是她看不上的等閒漢子一躺上去，她那身子便會陣陣發冷，直至寒若冰霜，且下體也天衣無縫，無徑可循。直令那漢子興致全無，認了倒霉，告辭了去……

「如今滿京都城裡，王公大臣，文人學士，莫不以與她相交為榮。只嘆俺這禁宮裡，養著的這三宮六院七十二嬪妃，三千宮娥，竟無一個比附得上！

「你說宮裡的那些小太監，活活地被閹了，摘去睪丸，不通人道，不談論這些花街柳巷的軼聞趣事，還能談論別的？可叫徽宗這好色皇上聽了，卻春心大動，不能忘懷。但那李師師礙著名分，又不能下旨傳進宮裡來，怎辦？他又猴急的，也等不及像唐明皇時候，楊玉環那樣先去佛門裡邊走一遭，帶髮修行，淨身三載，再傳進宮來給個封號……苦思苦想，都不得法兒。只為了這李師師啊，徽宗皇上直鬧到日不甘味，夜不安枕了。幸而他身邊有個見多識廣的年老太監，摸準了皇帝老子的這個不得告人的淫心浪性兒。」

……

「老水，上星期的上海《文匯報》上，登了一篇大文章，叫做〈評新編歷史劇《海瑞罷官》〉，你注意到了沒有？」

「在營部值班室那報架上，粗粗瞄了幾眼……《海瑞罷官》這齣戲，可是歷史學家吳晗教授一九五八年寫的呀！他身為北京市副市長，全國人大常委，跟彭真、鄧小平、劉少奇他們的關係都很深……聽說還是鄧小平的老牌友，常在中南海北面的養蜂夾道裡一起打橋牌。」

「所以我說老水，上海姚文元的這篇文章有來頭！事非偶然。誰不知道吳晗教授跟中南海的關係？聽說毛主席曾經看過《海瑞罷官》的演出，說不錯不錯，共產黨員也應當學點海瑞精神……當然偉大的政治家，常常忘性大，說翻臉就翻臉……到如今，若是沒有通天人物做後臺，沒有大的政治鬥爭的需要，他姚文元一介書生長了幾顆腦袋，敢拿吳晗教授的戲來開刀？文章後面，一定還有大文章……」

「是不是你關東大漢疑神疑鬼了？不過是一篇文藝批評。」

「你老水真是……天大的事情擺到了眼前，還裝糊塗。咱新中國解放後的哪次大運動，不是先拿文藝開刀？評《武訓傳》，批《清宮祕史》，評《紅樓夢》研究，反胡風，反右派，到一九六二年八月的北戴河會議，毛主席嚴厲指出：利用小說反黨是一大發明！到去年公布的毛主席關於文藝問題的兩次憤怒批示……只差沒有下命令把他媽的寫書的、唱戲的、拍電影的統統抓起來斃了……當然話說回來，哪次運動要解決的又哪裡是什麼文藝問題？他老人家不過是拿文藝祭旗！」

「嗬嗬，大漢，你真是人高一頭，肚量大，眼界寬。從姚文元這篇文章的發表，你能看出些什麼高層權鬥來。」

「大約，中南海內，又要風起雲湧，波翻浪滾了。」

……

「卻說老太監給徽宗皇上出了個主意，叫微服私訪。先著人探明了路徑，打聽好了李師師女士在何處院坊上班接客。便在一個黃昏時分，皇上老兒也換了太監服飾，由一老一小兩個太監陪著，人不知鬼不覺地鑽出禁宮後門，一路闖蕩到燈紅酒綠的煙花巷裡來。你看他個萬歲爺竟跑到開封街上來嫖妓，算他娘的什麼事兒？真是朝無朝規，國無國法！

「三個宮中人，來到天香園，見庭院清幽，屋宇別致，花木繁盛，絲竹悅耳，燈火燦然，跟那闊大陰森，大殿套小殿的禁宮相比下來，又是另一番風光。老鴇母見來了三個宮中人，忙不迭的滿臉上堆下笑容來，讓坐敬茶，不敢怠慢：請問三位大人屈尊賤地，有何吩咐？老太監忙答：傳女兒李師師來見！一聽要傳李師師，老鴇母心裡便叫聲苦也，正陪著樞密院太尉大人下棋哪！晚上全包了去。可宮中人又是開罪得的？雙膝一軟便跪了下去：三位大人在上！奴婢萬死！小兒李師師偶感風寒，病臥在床，不得見客，奴婢萬死……兩個太監知是鴇母託詞，正待發作，倒是徽宗皇上識得事體，這檔子事兒著急不得，便使眼色止住，並命鴇母平身，不忙不忙，，改日來見罷！

「你說算個什麼事兒！一個皇帝老子微服出宮，私訪名妓，竟沒見著人面，白跑了一趟。

「原來徽宗皇上究竟是個皇上，不似那太監平日裡狗仗主勢，奴才的身分老爺的威福，知道事情張揚不得，相逼不得。李師師縱是個風月女子，若要到手，還得憐香惜玉，不可莽撞……另說三個宮中人離開之後，老鴇母好生納悶：今日這三個相公，怎的這般有禮？不似往常如虎如狼？特別是其中一位，更有些大人氣象。你說個老鴇母，風月場中察言觀色，什麼世面、什麼人兒沒見過？她心裡暗自鬼喜，倘若是個真命天子，小兒李師師可就紫微、太極雙星高耀，有了攀龍附鳳的福分呢。

「過了三日，徽宗皇上仍做太監妝扮，命那一老一少兩太監帶一份厚禮，乘夜色混出了禁衛森嚴的皇宮，又來到天香園。這回鴇母更不敢怠慢了，忙將三位宮中人讓進內園一陳設雅致的花房內，擺果請茶，閒話一刻，方見一位眉清目秀小丫鬟腰肢款擺，從內室長廊走出，稟告鴇母：媽媽在上！姊姊剛服過龍肝鳳汁湯，須在床上歪一會兒，還請三位官人稍候……氣得兩個太監直瞪白眼，一個教坊窰姊兒，倒比宮中娘娘還會拿分兒！倒是徽宗皇上沉得住氣，靜靜地坐著，又等了半個時辰，方聽得那內室長廊裡，慢慢起了絲竹笙弦之音，又款款飄出一陣陣溫馨檀香，方見一位盛裝玉人，豔壓群芳，麗若仙子，由兩位小女兒隨侍左右，裊裊婷婷，輕搖蓮步，從中走出。那徽宗皇上，一時心猿意馬，眼花撩亂，如同在九重天外，見了西施、貂蟬、楊玉環。麗人直走至三位宮中人座前停下，屈膝行禮：

「『奴婢李師師，拜見三位大官人……』

「鴇母讓她在三位宮中人斜對面坐下。徽宗皇上眼睛一眨不眨，直盯在李師師身上。名不虛傳，李師師果真妖媚百態，風情萬種，國色天香。可坐了不到一杯茶久功夫，沒說上八、十句話，那兩位小女兒竟又過來隨侍。李師師起身唱了個萬福，即告辭道：

「三位大官人在上，諒奴婢身上不爽，來日相侍了……

「氣得兩個太監直咬牙，只得在鴇母耳邊交關道：

「聽著！三日之後，著李師師淨室迎駕！皇上微服賞花，不得有誤！再者，閉上你臭嘴，皇上的事要傳了出去，你滿門抄斬！」

……

「大漢，眼下這社教運動，正轟轟烈烈，鄉下都在重新劃分階級，城裡也在大批判、大鬥爭，還會有比這更厲害的？」

「老水，你沒見《文匯報》上的這篇文章，是為了把一九五九年黨中央廬山會議上，批判彭德懷右傾機會主義反黨集團的老案子，重新翻出來？海瑞是明朝嘉靖皇帝手下的清官，跟宋朝的包公一樣，為百姓平冤獄，除奸賊。現在來批『海瑞』，不是把彭德懷元帥當海瑞了？那麼，誰又是嘉靖皇帝呢？他娘的，這團歷史的麻紗總也扯不清了……另外，你沒感覺出來？近幾年來，在黨中央最高層裡，對於彭德懷反黨集團一案，總好像有些貌合神離似的。聽說一九六二年的北戴河會議，曾經爭論過要不要給彭德懷平反。毛主席動了氣，才又重新提出，千萬不要忘記階級鬥爭！」

「大漢，你怎麼就看出了最高層的這些不一致呢？」

「問題的根源，在於怎樣評估一九五八年的大躍進運動以及隨之而來的三年大饑荒，餓死人口幾千萬。你沒聽講過？劉少奇主席在一九六二年一月黨中央召開的七千人大會上，代表中央作檢討，痛哭流涕，說應當把這幾年來對國家、人民犯下的錯誤，刻成石碑，樹在每個縣委的門口，樹在每個地委、省委的門口，直至樹立在中南海的大門口，讓子子孫孫不忘記前人的錯誤、教訓！這是什麼話啊？說給誰聽啊？誰聽了舒服啊？據說大會代表們個個熱淚盈眶，報以之經久不息的掌聲，還有人喊了劉主席萬歲……」

水抗抗如今聽來，都有一種驚心動魄的感覺。劉少奇主席真是敢講話啊。可會不會被人認作是「司馬昭之心」？

關東大漢繼續說：

「彭德懷元帥的主要罪名，是反對總路線、大躍進、人民公社這三面紅旗。尤其反對大躍進大煉鋼鐵、破壞森林勞民傷財，反對人民公社『一大二公』吃公共食堂！可是黨中央近幾年的方針政策也真奇怪，報紙、文件上天天批判彭德懷的右傾機會主義路線，可是在一些具體的做法上，又處處都是按了彭德懷元帥當初的批評意見辦。

「彭德懷元帥不是反對人民公社吃公共食堂嗎？公共食堂已於一九六一年夏天明文撤銷，允許農民恢復家庭的小鍋小灶：

「彭德懷不是認為人民公社『一大二公』是颳共產風，是小資產階級的狂熱性嗎？一九六一年黨中央製訂了『人民公社六十條』，規定在現階段，人民公社的管理不宜實行公社、大隊兩級所有制，而要退回去，實行『三級所有，隊為基礎』！好傢伙，以生產小隊為經濟核算單位，一退就退回到一九五六年的初級農業合作社去；

「彭德懷不是說全民煉鋼是破壞森林、勞民傷財，得不償失嘛？自一九五八年冬天的全民煉鋼運動之後，黨中央再沒有叫咱老百姓砍樹木、挖鐵砂、砌土高爐煮生鐵了；

「所以這幾年，批判彭德懷有名無實，或者說名實相反。這不能不說明，黨中央的路線方針出現了某種斷裂。在對待彭德懷的問題上，高層領導人在搞釜底抽薪，金蟬脫殼，實際上是在孤立、架空偉大領袖……」

……

「這回，她娘的鴇母還不喜從天降？李師師更是閉門謝客，淨室三日，日日香浴，迎候皇上駕臨。

「那晚上，徽宗皇上駕到，園中各處，皆由太監把守得密不透風。且說皇上進得李師師香閨，免去許多禮節，酒席歌舞侍候罷了，揮去左右，逕由李師師牽了手，領進極樂房中，即有侍女上來寬衣。但見房中紅燈半暗，香氣馥郁，那李師師啊，披了件蟬翅金絲杉兒，把個身子半露不露、半透不透的，嬌豔羞怯，柔若無力，撫著皇上的手，鶯啼燕語：賤婢今日得幸萬歲隆恩，三生福分……請旨萬歲爺的……說得徽宗皇上渾身惹火，哪裡還顧得龍顏體面？

「你說那李師師平日嬌嬌滴滴，羞怯無力，可到了戰場上，那床第功夫，卻如蛟龍翻滾，千姿百態，極盡妖淫。那徽宗皇上，哪裡經見過這等歡媾手段？更兼李師師幹著這活兒時，便嬌喘微微，遍體透香，柔若無骨，溫軟如綿……直叫皇上銷魂。她更有一套豔功絕技……直夾得皇上嗷嗷歡叫，欲生欲死，欲仙欲佛，直到渾身都要融化了……

「自徽宗皇上得了李師師妙體，頓叫六宮粉黛，顏色盡失。他沉湎於妓房之娛，更是疏於朝政。只因李師師名滿京師，王公大臣，名人學士皆有過歡娛交往，徽宗皇上也就無法將其接進宮中。後來，他命太監在皇宮地下，掘出一條暗道，直通天香園李師師極樂房內。也是豔史一絕。真是既為人君，就任什麼事情都辦得到，任什麼花樣都使得出。

「也就在這時，山東義士及時雨宋江率眾起事，於水泊梁山聚義一百零八條好漢，替天行道，劫富濟貧，數省災民紛紛投奔，聲勢浩大，馬步水三軍，軍威日盛。朝廷派去十萬官兵圍剿，卻是屢戰屢敗。於是有奸相蔡京、太尉高俅合謀，替皇上定了招安之計。招安之計，兵不刃血，自然屬於特級絕密。徽宗皇上招宋江進京，便將其安排住進李師師的香閨裡，可見是何等的禮遇隆恩了。你想想，宋江為一反賊，身高不過五尺，又生得黑頭黑臉，其貌不揚，得著了李師師這絕色名妓，床第高手，還有不飄飄欲仙的？再說那李師師也十分懂得國家事體，社稷大計，雖說接待的是一個綠林匪首，但既是皇上招來平定天下的，便是朝廷貴賓了，還有不曲意迎逢的？她奉呈給好漢宋江的，也自是香體而不是冷體了。

「再說宋江本來是個讀書人，一心報效朝廷，不得已才當了反賊，現在迷上了李師師，又是跟當朝皇上在床上平分了春秋，哪裡還想回水泊梁山寨子裡去，跟那班粗魯兄弟大碗喝酒，大塊吃肉，過草莽生涯？因之說書人稱道，自古以來，有三樁美人計名垂千古，功名萬世。一是春秋戰國時候的西施之於吳王夫差，二是東漢末年的貂蟬之於董卓呂布父子，三是北宋末年的李師師之於山東及時雨宋江義士……所以說京都名妓李師師，為平定梁山泊一百零八條好漢，穩固大宋江山，立下了大腿功勞的……」

……

「大漢，你真有高見；我聞所未聞……」

「以毛主席高瞻遠矚的政治眼光，明察秋毫的鬥爭經驗，還會看不出來自己的同事們對他玩的這一套？他老人家只是不動聲色、睜眼閉眼先讓同事們表演罷了。何況又是他力舉三面紅旗，造成三年經濟災難，國家和老百姓都傷了元氣，偉大人物也不得不忍氣吞聲於一時；

「現在可以了！通過幾年的政策調整，國民經濟情況已經基本好轉，難關已過，危機消除，毛主席看準時機，又可以在政治上大展拳腳了！否則，任憑他的同事們幹下去，他就真要被人架空，大權旁落了。對不起，天既降大任於斯人，他老人家要重起路線鬥爭……」

「大漢，毛主席是借了這個題目，來做新的文章？」

「老水，你大約說對了。黨內鬥爭，從來就是翻舊帳，為的算新帳。翻舊案，為的辦新案。醉翁之意豈在酒？」

「項莊舞劍，意在沛公。如今，偉大領袖又著人舞劍了，意在誰呢？」

「所以我說，《文匯報》上的這篇大文章，不同凡響。反修防修，警惕中國出修正主義，出赫魯曉夫式的野心家、陰謀家、兩面派啊！」

……

「哈哈哈……」

「好萊塢博士！再講一個！再講一個！」

「你傢伙懂的怪事真多！」

「還有那武則天女皇上哪？快講！快講！」

……

寢宮裡，又爆發出陣陣粗野的哄笑。

水抗抗和關東大漢在牆角再也坐不下去了。人各有志，亦各有所好。好萊塢博士的風流掌故，真是不堪入耳，鄙粗之極。

他們不約而同地站了起來，回各自的鋪位上穿了大衣，出到寢宮外邊走走。雪停了，乾冽的白毛風仍在呼呼叫嘯，捲起雪地裡的紙屑，像巫婆扶乩時放出的紙人紙馬似地相互追逐。土坪凍成為一塊大冰板，可惜不能溜冰玩。老柏樹披上了一層厚厚的冰甲，更像一個斷頭殘臂的「兔」字。山崖下，垂下來一排排長長短短的冰掛，像一把把銀梳……

水抗抗和關東大漢無處可去，只好上公共廁所。每逢休息日，往來於寢宮與公共廁所的人就很多，彷彿是一條散步的林間小路。只要你願意，蹲在廁所裡，愛拉不拉，熏著臭氣聊聊天，交換一些無傷大雅的小道消息，警衛戰士和值班師傅多不予干涉。

畢竟是天寒地凍，廁所又無門窗玻璃，四處透風，水抗抗和關東大漢低頭看了看糞坑裡，果然如南詔國王子所說，一根根糞柱如筍如塔，高高矮矮，成片聳立，真像是一坑大盆景了。他們蹲了一會，便覺股下如利刃割著般生痛，趕忙提褲起身，切切察察踩著雪粒，返回寢宮來。還是寢宮裡暖和，進門就要脫下大衣。

他們一上午都沒注意到紹興師爺。那傢伙一直捂著被子倒在自己的鋪位上，臉色蠟黃，牙關咬定，雙目緊閉，一動不動，就跟死了一樣。

這時，好萊塢博士他們那邊也散了場，吵吵嚷嚷如同剛下了大課似的，不能忘懷博士的胡編浪說。

「紹興師爺死了？」

過了一會，好萊塢博士後面跟著南詔國王子、保定府學者幾個「聽眾」，路過二班床頭時，他忽又怪聲怪氣地叫道。

他這一叫，又把全寢宮的人都驚動了。大家慌忙趕到紹興師爺床邊來看個究竟，但見紹興師爺眼睛睜得大大的，眼珠子一動不動，射出陰冷、直勾勾的光來，不肯瞑目似的。

當好萊塢博士惡作劇地伸過手去，要替他把眼皮合上時，他忽然惡狠狠地從牙縫裡擠出三個字來：「娘希匹！」

第十六章　蘭亭會，沈園戀

轉眼已是一九六六年春天。

北京的春天無春色。天氣仍是乾凍乾冷。街道兩旁的樹木，仍是枝椏光禿，毫無綠意。即便是那些號稱四季常青的松樹和柏樹，也被一冬的寒風吹打成了土灰色。建築物下，人行道外，到處都是裸露的灰白色泥地。由於乾旱，地表全是一層浮土。有時還會颳上幾天幾晚的「賊風」。那來自塞外荒原的沙塵，便跟北京郊區、城區的浮土匯集成風沙大軍，襲擊大街小巷，攪得天昏地暗。這時刻最苦了滿街上那些騎著自行車上下班的芸芸眾生。十米開外，看不清人影、車影。風衣風鏡，圍巾頭巾，成為出門必備之物。因之北京人老少皆有一領銀灰色或米黃色風雨衣，不防風雨，只防沙塵。

北京的自然氣候彷彿與政治氣候保持著某種一致。二月末，各大報紙和廣播電臺，均以頭版頭條地位發表了重要文獻：〈林彪同志委託江青同志召開部隊文藝工作座談會紀要〉，首先提出「文藝黑線專政問題」，槍桿子又過問起筆桿子的事兒來。政治敏感的人們立即明白了，這是一場大規模政治鬥爭即將降臨的信號彈。每逢毛澤東主席提出文藝問題時，都不會停留在文藝問題本身，只是挑破個出氣孔而已。緊接著，又傳出了北京四周的軍隊頻繁調動的消息，空氣驟然緊張了起來。

儒林園勞改農場暫時還是個政治死角。即便是在乾旱惡劣的沙塵天氣，勞教營的同教們還是要照常上工。「工人領導小組」的邏輯是，越是艱苦的環境、繁重的勞動，越有利於改造人、教育人。「久旱必有久雨」，為了使農場新闢的一片大寨田旱澇保收，同教們在開挖了整整一冬的灌溉渠之後，現在轉為挖排水溝。排水溝要求挖掘成底寬一米、堤高一米五，頂寬兩米。每人每天的進度為兩米。澇時排水，旱時可做戰壕，警衛連隊練兵場所。同教們自是一個個累得賊死。出工收工都是一身厚厚的沙塵。

「我們就像在替自己掘墳地，」有天河南騾子偷偷對水抗抗和南詔國王子說，「如果他們肯開開恩，把我們全都活埋在這排水溝裡就好了。」

「老子死也要死回雲南去，老子昆明四季如春……」南詔國王子說。

「別這麼沒出息，總有一天會解除我們勞教的！」其實水抗抗心裡也很絕望，但嘴裡卻這麼說。

「屁！現在城裡的風聲越來越緊了，鬥爭越搞越激烈，」關東大漢插嘴說。由於每人每天挖渠兩米，因此彼此靠得很近。「你們聽說了嗎？原先準備第一批解除勞教的十名同教，上面不予批准。有的人白拍了馬屁、白當了積極分子了。」

關東大漢這話，無意中又刺傷了河南騾子。這時，他們的目光忽然落到了紹興師爺身上。紹興師爺倒在了他自己挖掘的那段溝渠裡，用一塊骯髒的圍脖蒙住了頭和臉，又跟一具殭屍似的。這傢伙，近些日子總是要死不活的。或許，他早活膩了。

乾燥的西北風呼嘯著，捲起一股股沙塵在大地上肆意橫行。名曰春天，卻是比冬天還要嚴酷……

田成方，
水成網，
蠶桑滴翠繞家園，
白屋青瓦芭蕉樹，
杏花春雨到江南……

近些日子，陰冷孤僻的紹興師爺常在閉目靜思，神遊桑梓。他家浙江紹興城，跟魯迅先生故居「百草園」、「三味書屋」為同一條里弄。紹興地方歷史悠久，戰國時代曾為越國國都，宋高宗時亦曾為行都；從來地靈人傑，魚豐米裕，富貴風流。讀書人卻往往性情孤傲，近乎刁鑽，又刀筆犀利，諳熟典章，擅長為人作訟狀打官司，世稱「紹興師爺」。紹興師爺這稱號之於周恕生，原是儒林園同教們對他的調侃嘲弄。他自幼喪父失母——解放初為人民政府所鎮壓。如果說，幼年喪母、中年喪妻、晚年喪子為人生的三大不幸，他攤上的便是頭一大不幸。好在叔父周漢池憐恤血脈親情，自小收養了他，供他上學讀書，望他學業成就。叔父雖為世家弟子，卻於青年時代便加入了地下黨，投身革命，解放後貴為紹興縣縣長，主持縣人民政府工作。周縣長為人正直，不卑不阿，抗上護民，五十年代在紹興縣境深得民望。於此一來，周恕生的少年時代，小學中學，衣食無愁，甚是順達而安寧。

他嗜書如食，手不釋卷。十五歲上配了近視鏡，瘦長個子，文弱書生，謙謙君子。十六歲上交了女友，感情上早熟早戀，行為上循規蹈矩。

那是一個春天假日，叔父見他一天到晚當蛀書蟲，不愛戶外活動，便將一輛平日自己上班的自行車借予他，命他去郊外蘭亭公園一遊。這蘭亭公園，位在紹興城西南十幾公里山中，是當地一處名勝。相傳為一千多年前西晉大書法家、文學家王羲之所書〈蘭亭集序〉碑刻，所設鵝池，所養荷花，所植修竹，所居瓦屋等等。

卻說周恕生騎著自行車，一路上春風煦日柳綠桃紅，路兩旁麥浪翻湧，菜花金黃，來到了蘭亭園林。但見園林背靠大山，前臨溪谷，茂林修竹，石板路蜿蜒於清溪之畔、花蔭之下，好一個景色清幽、山明水秀的去處！恰好這天遊人稀少，偌大一座園林越發顯得清靜。不用說，頭一件要觀賞的，便是那被譽作「鐵畫銀鉤」的〈蘭亭集序〉碑刻了。

他將自行車停在一叢茂密的竹子背後，鎖好，才沿著竹林小徑，來到碑刻前。卻見一位女子，背對著他，半跪半蹲地正在那兒抄寫碑文。窈窕淑女，把塊碑刻遮去了大半。他只好默默地立過一旁，等著人家離開。

無意中，他多打量了那女子幾眼。但見女子一身素白衣裙，一頭烏黑青絲，學古代仕女似的綰成一個髮髻，高高頂在腦後，自有一種風韻。由於髮髻綰得高，潔白細嫩的後頸、雙耳就特別惹眼，雙耳上還上有兩顆瑪腦耳墜，在微微顫動。再看這女子半跪半蹲的側影，更覺面目俊秀，線條流暢，體態動人。這女子、這石碑、這蘭亭、這清溪，倒是渾然一體，組成為一幅畫、一首詩、一支歌了似的……他不覺地呆呆看了許久，晃了眼，迷了神。

「恕生？是儂？嚇了阿拉一大跳啦！」

原來這女子竟是他高小時的同班同學，小名蓮蓮，小他一歲，愛唱歌跳舞，也愛在老師和男生面前耍點嬌氣。高小畢業後，他們考上了兩所不同的中學。住在一座紹興城裡，竟也一晃三年沒有見面。

「蓮蓮，儂長高了……」

周恕生這才看清楚蓮蓮已經長得身材修長，粉面含春，眼波欲流，神態嫵媚，儼然一個大女子了。他不覺地漲紅了臉。

「恕生！儂也長高了！儂把人都忘記了吧？來，比比，看誰高過了誰？」

蓮蓮比他大方，立時走了過來，硬拉他背靠背地站在了一起。周恕生敏感地感到，他們的肩背、臀部、腿肚，觸電似地貼了一貼。

「鬼！沒人當裁判，這樣子比得高低出來的？」

蓮蓮還是那麼天真無邪，好動而淘氣。又把他拉到一棵竹子下，靠攏竹身量高度，纖纖玉指，壓在了他腦門頂上，而那少女的圓圓隆起的胸脯，也輕輕觸到了他身上，憋得他氣都出不來。

「鬼！儂硬是比阿拉高啦？」

輪到周恕生來給蓮蓮比畫身高時，他的心才跳得平緩了些，也增添了些勇氣。他確是比女同學高出了三公分。但蓮蓮身子修長，水靈水嫩得像棵青蔥似的，看起來就高哩。

其實，周恕生覺得蓮蓮變化得最大的，是那雙眼睛。三年前，那雙眼睛也黑亮黑亮，但黑亮得有些呆。可現在！她的一雙眼睛，顧盼多情：清泉似的，照得見人的影子；會說話似的。無盡情思，欲言又止。莞爾一笑，令人銷魂。

或許，也是周恕生平日好讀書、好胡思亂想，感情上過於敏銳所致。但蓮蓮確是長成為一個美人兒了。

「蓮蓮，儂哪樣一個人來遊蘭亭？」

周恕生口舌木訥，問。

「恕生……儂又哪樣也一個人來蘭亭？嘻嘻嘻，一個人就一個人！阿拉和儂在一起，不就成了兩個人？」

蓮蓮的嗓音甜甜的，唱歌似地好聽。

「阿拉是被叔父趕出來的。」

「多謝儂叔父趕儂出來啦……儂一定還是老脾性，一天到晚啃書本？對對，書獃子，剛才抄的這〈蘭亭集序〉，阿拉不會斷句，儂教教，怎樣？」

這於周恕生可是拿手本領了。他立即信心大增，把蓮蓮領回到〈蘭亭集序〉碑刻前，雙雙蹲下身子去，邊誦讀、邊講解了起來。蓮蓮則一手撐在膝頭，一手撐住下頜，做出副聆聽教誨的樣子。

「『永和九年，歲在癸丑，暮春之初，會於會稽山陰之蘭亭，修禊事也。』這開篇幾句，講的是時間、地點、事由。西晉穆帝永和九年，亦是古曆癸丑年，三月上巳日，王羲之和他的朋友們，相聚在會稽、山陰兩縣交界之處，這個叫做蘭亭的地方，臨水洗濯，除去宿垢。會稽就是今天的紹興，山陰今天仍叫山陰。『修禊事』就是用溪水洗去身上不吉祥的汙穢之氣，但又不是真的洗浴，只是一種象徵性的儀式。我這樣講，你懂嗎？」

周恕生扶了扶眼鏡，問自己的女同學。

蓮蓮忙在自己抄錄的本子上打著標點符號，邊點著頭，大眼睛一閃一閃的，對自己的男同學的學問充滿了敬佩。

「『群賢畢至，少長咸集。』這兩句講的是當時當地有名的學者名流，老的少的都來了。他們是王羲之、謝安、孫綽、郄曇、魏滂，還有凝之、渙之、玄之、獻之等。真是群賢畢至了。

「『此地有崇山峻嶺，茂林修竹，又有清流激湍，映帶左右，引以為流觴曲水，列坐其次，雖無絲竹管弦之盛，一觴一詠，亦足以暢敘幽情。』這一段先介紹了蘭亭的地理特點，自然風光，再寫王羲之和他的朋友們依次列坐在彎彎曲曲的溪水之旁，有人在上游將盛了酒的酒杯，放在荷葉上，任其順著溪水飄下，當那杯酒飄到誰的面前，誰就將那酒飲了，隨即賦詩一首……這時刻，雖然沒有絲竹管弦音樂伴奏，但一杯酒、一首詩的，大家輪流著抒發情懷，也該是十分美好的了。多麼有趣的一群文人騷客啊。」

聽周恕生講解得那麼生動有趣，蓮蓮不覺地將一隻手放在他肩上。周恕生卻怕癢怕燙似地輕輕抖了一抖肩膀，把蓮蓮的手抖了下來。蓮蓮噘了噘嘴，委屈地瞋了他一眼。

「『故列敘時人，錄其所述，雖世殊事異，所以興懷，其致一也。後之覽者，亦將有感於斯文。』是說，因此他把今天來蘭亭相聚的朋友們所賦的詩等，記述下來，讓後代的人讀了之後，知道有今天的盛會，更知道有這一段關於生死的感嘆……蓮蓮，這就是這篇〈蘭亭集序〉的大概意思。有的，我可能講得不貼切，古文的妙處，常常是只可意會，不可言傳……」

周恕生扶了扶眼鏡，愣愣地看著蓮蓮。他不再迴避那春水盈盈、脈脈含情的目光。

蓮蓮的那隻手又放在了他肩上，手指尖在輕輕的觸摸著，像在傳遞著某種柔情。他沒有再抖動肩頭，而是感到十分愜意。因為他感覺出來，蓮蓮雖然嘴上沒說什麼，但她的眼神、手指在明白無誤地傳達著，她敬重他！

「多謝儂的講解……可王羲之這篇〈蘭亭集序〉的主題思想是什麼？」

蓮蓮仍不放過他。他們都從語文課堂學得了習慣，讀一篇文章首先要問主題思想。

「王羲之的這篇文章……蓮蓮，儂曉得，魏晉時候，讀書人都不務實際，而喜歡高談闊論。叫做坐而論道，紙上談兵。他們常常空談什麼生啊死啊，並且引經據點，滔滔不絕。對於社會生存、發展所需要的農桑百工經濟，他們毫無興趣，是一批真正的空談家、書呆子、蛀書蟲！王羲之所感嘆的，就是這樣一種學問風尚……」

出於一種對自己所知頗廣的得意心理，周恕生雙目炯炯，神采飛揚，也滔滔不絕了。

蓮蓮卻格格格笑了起來，笑聲如銀鈴般悅耳。

「儂笑哪樣？笑阿拉……」

「阿拉笑今時的書呆子、蛀書蟲，批評舊時的書呆子、蛀書蟲！哈哈哈……」

周恕生也忍俊不禁，興之所致，又說：

「王羲之不單是個文學家，他更是阿拉中國第一大書法家。古時候的人稱他的字有『鐵畫銀鉤』之妙。可惜他書寫的〈蘭亭集序〉原帖早已遺失，現在的碑刻，是後來的書法家仿照他的字體書寫的，也已經有上千年了。」

「儂什麼都懂……哎喲，阿拉膝頭都蹲麻了，站都站不起啦，儂就不會拉人一把？」

蓮蓮這時雙手撐在雙膝上，嬌氣地望著他。

周恕生連忙站起身子，伸出一隻瘦長的手去，將蓮蓮拉了起來，卻又怕燙似地縮回了手。

蓮蓮埋了埋眼皮，咬住嘴唇，又想笑他什麼似的。

他們離開了碑亭，肩並肩地沿著竹林小道，向鵝池走去。鳥雀在竹枝上啁啾跳竄，不時把一陣陣晶亮的露珠，灑在他們頭上身上。

「是日也，天朗氣清，惠風和暢……同學偶遇，男女相聚……此地有崇山峻嶺，茂林修竹，又有清流激湍，映帶左右……」

蓮蓮格格笑著，跑著，淘氣地亂背起〈蘭亭集序〉中的句子來。周恕生跟著笑了。

「好哇！儂亂改古文，褻瀆前賢！」

「阿拉今日裡好高興！儂呢？」

「高興，高興……阿拉再跟你講兩個王羲之的故事，儂要不要聽？」

「賢兄有請——愚弟洗耳恭聽！」

蓮蓮竟學起越劇腔兒，像個古代仕女似地給他行了個屈膝禮。

「賢弟免禮——」周恕生也學著越劇腔兒，雙手打拱還禮。更是逗得蓮蓮笑得腰都直不起來。

「這個王羲之呀，自小就喜歡臨帖練字。年輕時候，他交了個有學問的和尚做朋友。那和尚在自己的寺廟前養了一池荷花，還養了一群白鵝。他常跟這和尚坐在荷池邊談古論今，欣賞荷花和白鵝。後來就連那白鵝都認識王羲之了，只要他一來，白鵝們便會伸長頸脖，晃動腦袋，搧起雙翅，『嘎嘎嘎』歡叫著，迎著他跑去，歡迎他的到來。他也喜歡這些白鵝，每回都要給牠們帶上些吃食。據說王羲之就是從鵝頭、鵝頸晃動時的形態裡，領悟到書法運筆的生動有力氣韻，而逐漸形成了『鐵畫銀鉤』的獨特風格的。」

「啊，儂講得真好，真新鮮。再講，再講講。」

「後來，王羲之娶了媳婦，成了家，還是念念不忘練書法。說是有天晚上，他在睡夢中，用手指在媳婦肚皮上畫呀畫呀，他媳婦被他畫醒了，捉住他的手指問：儂在做哪樣呀？王羲之半睡半醒，說，阿拉在練書法……他媳婦抱怨：怎麼要畫人家的身體，儂自己沒有體呀……王羲之醒了：對呀！書法應當有自己的體，自己的風格！」

周恕生正講得洋洋得意，不知為什麼，蓮蓮竟飛紅了臉，側轉身子去，不走了：

「鬼！儂壞，儂壞……」

敏感的蓮蓮，聯想到男女間羞人的事兒上去了。

周恕生也省悟到什麼似的，自覺失言了，也脹紅了臉，無地自容地低下了頭。

一時，兩個情竇初開的人兒，好不尷尬地站立在竹林小道裡。陽光撫弄著竹枝葉影，竹枝葉影撫弄著他們。還有畫眉、黃鶯、小竹雞在他們頭上啁啾歌唱，像在窺探調笑著他們！

過了一刻，還是蓮蓮先轉過身子來，輕輕拉了拉他的手：

「走呀！儂倒好，比阿拉閨女家，還怕羞啦？」

他們走出竹林，過一道小溪石橋，來到鵝池邊。正值荷葉新綠，團團圓圓，如笠如蓋，簇立水面。葉面上有露珠滴溜，有蜻蜓駐足，有青蛙翹首。還有兩隻人工雕塑的白鵝立於池畔，以及幾隻正在覓食的水鴨子。

不見寺廟，不見和尚，也不見大群嘎嘎歡叫著的白鵝。只在鵝池的一側建了座鵝亭，鵝亭裡立有一石碑，石碑上大書一個筆走龍蛇的「鵞」字，相傳為王羲之真跡。

他們在鵝亭裡坐下來。蓮蓮這才告訴周恕生，自己已經沒在中學念書，而考入了縣越劇團當演員……過些日子，她們劇團要演出折子戲〈十八相送〉、〈樓臺會〉、〈化蝶〉，她要請他去看戲。

難怪蓮蓮出落得像個畫裡人兒！原來她已是個越劇演員……

經過了這個春假日，每到星期天、節假日，周恕生不再需要叔父催促，便自己戶外活動去了。且必定是和蓮蓮在一起，形影不離。

有一次，他們約定了在沈園相見。沈園是一座古老的林園，位於紹興舊城禹跡寺的南面。沈園因南宋大詩人陸游與表妹唐琬的愛情故事，並其在園壁上所題一首〈釵頭鳳〉聞名於世，作為文物古蹟保存至今。

周恕生來到當年陸游題寫〈釵頭鳳〉一詞的園壁下，左等右等，不見蓮蓮到來。正在著急，便覺身後拂過一陣清風，他的眼睛就叫一雙從後面伸過來的手蒙住了。這是一雙柔嫩的手，多情的手。他的心，一下子又劇烈地跳動起來。他知道這是誰的手。他沒有叫喚。這雙手願在自己臉上停留多久就讓她停留多久。他張開嘴唇，直想親一下那手指頭，卻够不著。

「蓮蓮，蓮蓮……」

他到底忍不住了，叫喚了。

蓮蓮輕輕地把他的身子轉了過來。那雙手從他臉上滑到了他肩上，落在他胸前：

「怎麼？掉了一顆鈕子？回頭，阿拉來縫上……」

蓮蓮的聲音很輕很柔，總像唱歌一樣的好聽。

「不，阿拉自己會縫……從小自己縫……」

周恕生的聲音也很輕，但已是個男子漢似地粗聲粗氣。

蓮蓮這才想起，恕生自幼喪父失母，缺少撫愛。這一來，更激起蓮蓮心裡溫暖的願意和柔情。

「傻子，儂是個男的……日後這些事，有阿拉來替儂做，啊？」

蓮蓮的聲音很清晰，很堅定。當然也包含有徵詢、探問的成分。周恕生藏在鏡片後邊的眼睛裡，溢起了淚花，渾身都升起了一股暖意。他連連點著頭，真像個傻子似的，不會說話，只會點頭。

這時園林門口，湧進來一大群戴紅領巾的小學生。孩子們像一群下了河的鴨子撲閃著翅膀

「呷呷」叫著那樣快活。

周恕生和蓮蓮的心裡也很快活。他們稍稍拉開了些距離。不然人家要笑話的。他們轉過身子，向著那因年深月久風雨吹打得字跡模糊了的園壁。

「儂講講啊，陸游的詞，是哪樣回事？」

蓮蓮用手指點了點周恕生的肩背，眉宇間總流露出一種嬌氣，以及伴隨這嬌氣而來的嫵媚。她很喜歡聽周恕生講古文，講詩詞。而恕生一講起這些來，總是那樣有板有眼，生動有趣。蓮蓮真想什麼時候，也能把這書呆子難住一回！

果然，周恕生扶了扶眼鏡，眉宇一揚，又說開了：

「陸游，世稱陸放翁，阿拉浙江紹興人，南宋偉大的愛國主義詩人。他文武雙全，嫺熟兵法，曾經長期參加抵抗金人南侵的戰鬥。〈釵頭鳳〉這首詞，寫的是陸游自家的愛情悲劇。陸游初戀的情人，是他的表妹唐琬，兩人青梅竹馬，一起長大。後來有情人終成眷屬，結了婚。婚後愛戀更深了。但陸游的母親是個老頑固，見兒子年紀輕輕，只依戀自己的妻子，無志仕途，便很不喜歡唐琬這個才貌雙全的媳婦，認為媳婦過於妖媚，耽誤了兒子的前程。加上唐琬婚後無子，更是觸犯了封建倫理，就硬逼著陸游跟唐琬離了婚。活活地把一對恩愛夫妻拆散了。

「過後，陸游另外娶了親，他表妹唐琬也改嫁給了當地一位名士。有一次陸游郊遊，在沈園與表妹不期而遇。兩人舊情難忘，卻又無可奈何，欲哭無聲。表妹置以酒席，殷勤款待了陸游。

兩人都十分傷感，他們本該是舉案齊眉的好夫妻啊。陸游告別表妹後，帶著幾分醉意，著人拿來筆硯，便在這園壁上題寫了這首古今傳誦的〈釵頭鳳〉：

紅酥手，黃縢酒，滿城春色宮牆柳。東風惡，歡情薄，一懷愁緒，幾年離索。錯，錯，錯！春如舊，人空瘦，淚痕紅浥鮫綃透。桃花落，閒池閣，山盟雖在，錦書難託。莫，莫，莫！

「這首詞深切地表達了陸游和表妹無法改變的命運所造成的分離之苦。因為唐琬表妹已經改嫁他人，就像那禁宮牆裡的楊柳，可望而不可即了。縱然過去兩人曾經海誓山盟，又有什麼用處呢？說是唐琬看了這詞，哭了很久，也和了一首，其中有『世情薄，人情惡』一句，不久就鬱悶成疾去世了。真是無處訴多情，佳人苦薄命了！

「四十年後，陸游已經六十多歲了，他宦海沉浮，四處飄零回到了紹興，舊地重遊，想念唐琬表妹，又寫下了兩首〈沈園〉詩：『城上斜陽畫角哀，沈園非復舊池臺。傷心橋下春波綠，曾是驚鴻照影來。』『夢斷香銷四十年，沈園柳老不吹綿，此身行作稽山土，猶弔遺蹤一泫然。』」

周恕生這個書呆子，只管十分動情地將陸游的沈園掌故一路道將下來，卻不見蓮蓮站在他身後側，早已哭成淚人兒一般了。

「蓮蓮！蓮蓮……儂哪樣啦？不好過？為哪樣要哭？」

周恕生一時慌了神，忙著掏出自己髒兮兮的手帕遞了過去。

蓮蓮淚眼婆娑，扶住牆角，望他一眼又轉過身子去，抽抽泣泣，索性哭出聲來了。

周恕生這才明白了過來，蓮蓮是在為唐琬哭泣！為古代的這對不幸的戀人哭泣……於是他眼裡的淚水也忍不住湧了出來，傻乎乎地陪著蓮蓮落淚。

這可好了，他一流淚，倒是把蓮蓮的哭泣止住了，伸過來雪白的絹絲手帕，心疼地替他擦著淚珠兒：

「傻子！儂是男的，也哭？不吉利……」

「紅酥手，白絹綢，滿城春色儂所有……」

這個書生，真是個癡人，竟胡謅起來了，引得蓮蓮破涕而笑。

「蓮蓮一笑百媚生，六宮粉黛失顏色……」

「還不住口？阿拉生氣了！阿拉生氣了！」

蓮蓮氣得直跺腳，小拳頭都捏緊了，無限惱恨又無限柔情地瞋了一眼：

「阿拉真想打你！真想打你！」

周恕生也笑了。他拉著蓮蓮，邊走邊勸慰：

「如今是新社會了，婚姻自由，儂不會當唐琬……阿拉也不會、不會……」

「你不會、不會什麼？快講，快講喃——」

周恕生脹紅了臉，低下了頭：「阿拉不會成陸游……」

「你壞！你壞！再講，阿拉就咬你，咬你……」

蓮蓮站下了，噘著嘴，低著眉。她頭上的一束青絲都跌落下來，滑過肩頭，越過高高隆起的胸脯……

她身上的線條，越來越柔和豐潤了。她側過身子，雙手絞著胸前的髮尖，腳尖卻一下一下地踢著路上的石子兒，不肯離去。

第十七章　今世又梁祝

蘭亭相遇，沈園相戀。

整整有兩年時間，高中生周恕生和縣越劇團演員夏蓮蓮，鬧得丟魂失魄，風雨紹興城。青少年時期的書生之戀，不是肌膚之親，而是三天吵嘴，兩天鬥氣，淚水攪著笑聲，痛苦拌著甜蜜，卿卿我我，怨怨恨恨，卻也死去活來似的！

這期間，周恕生瞞著叔父大人，偷偷去考過一次縣越劇團，為的是能跟夏蓮蓮朝夕相處。越劇團其時正在招收幾名樂手，周恕生考取了司鼓學徒。周漢池縣長一向重視文化工作，關心縣劇團的油鹽柴米，他的親侄兒自願屈尊學藝，又聽說古文基礎甚好，正是人才難得，劇團哪有不錄取之理？

要是做為一縣之長的叔父大人不出面干涉，周恕生或許就另有了一條較為輕鬆而幸運的人生之路。但在神州大地，炎黃子孫們的學業前程，大都是由長輩尊者代為選擇而後定奪的。這種選擇定奪，不管賦予了多少現代色彩、冠冕堂皇的說詞，卻仍脫離不了古老的規範：學而優則仕。

周恕生跟夏蓮蓮談戀愛，年齡上雖然早了些，叔父倒是沒有反對。相反地，叔父、嬸娘都十分喜歡這個麗若仙子的小演員。特別是嬸娘，本來對丈夫收養侄子一直心存芥蒂，但自從侄子不時把戀人夏蓮蓮領來家裡，夏蓮蓮又「嬸娘，嬸娘」的叫得怪甜親的，嬸母大人也就另眼相看了，縣長同志府上有個小美人兒出出進進，眼睛都要鮮亮許多哩！

當周恕生拚足了勇氣，向叔父大人提出去縣劇團學司鼓的請求時，叔父的兩道粗眉就擰成兩條蠶寶寶似的：

「去學司鼓？當吹鼓手？你又不是成績不好，我又不是供不起你上大學！連你嬸娘都盼望著你考上大學。」

叔父口氣很硬，一時還生了氣。

「當吹鼓手就沒有學問？孔夫子還不是吹鼓手出身……韓愈〈師說〉中也說：巫醫樂師、百工之人，不恥相師。士大夫之族，曰師曰弟子……」

周恕生麻著膽子為自己爭辯。

「住嘴，你個十六、七歲的高中生，懂什麼孔夫子、韓昌黎？你以為就是你讀了幾本書，會背幾句孔子曰、莊子曰？」

長輩講話，豈容晚輩回嘴？真是大膽妄為。

「劇團是什麼好地方？文藝部門，要錢沒錢，要人沒人，是些要飯吃的窮單位！不過吹拉彈唱，男男女女，是是非非……告訴你吧，一個文藝，一個教育，知識分子成堆，平時誰都不把他們看在眼裡，每回政治運動一來，卻總是拿他們開刀，先揀了軟的吃！」

原來叔父當著縣長，也有牢騷、怪話。

周恕生閉了嘴。但他心裡還憋著許多話，把眼淚水都憋出來了，也不能說。

叔父見他哭了，口氣也就溫和些了：

「誰反對你跟蓮蓮的事了？要健康發展下去嘛。她的父母也都是我的同事，大家都贊同你們嘛……你明年就高中畢業了，報考法律系，學法律去。我們國家少的就是法律。刑不上大夫，禮不下庶民，加上官不知有法，民不知有法……」

叔父知道他想進劇團，是為了夏蓮蓮。但叔父有叔父的感嘆和憂患。周恕生知道，在去年的反右派運動中，因叔父平日主政公道，仗義直言，差點被打成右派分子。聽說還是搭幫省裡一位大官說了話，保護了他，才算過了險關。

叔父認為，新社會，世事有所不公，就因缺少法律。解決問題，必須家規、黨紀、國法一起抓，三管齊下。叔父的這些高論，算不算紙上談兵，魏晉遺風？

「等你學完法律，大學畢業，我再替你和蓮蓮辦婚事。也了我一件心事，一分責任。就這麼定了！」

一語定終身，就這麼定了。九州方圓，大大小小的首長們，都習慣於這樣思考、處置問題。

國家國家，家即是國，國即是家。每戶為一家，每個單位也是一家。國有國君，家有家長，自然一切都是由國君家長一人說了算：就這麼定了！

周恕生的前程，不容他本人思考。因此沒有進縣越劇團去學司鼓。儘管千古聖人孔夫子也是吹鼓手出身。巫醫樂師、百工之人，不恥相師，卻終相以為恥矣。

叔父為顧及影響，也是免生一些不必要的傳言、誤會，百忙之中用了一個星期天的晚上，特意把縣劇團的團長、副團長、編導等人請到家裡來喝茶、剝瓜子、談工作，詢問劇團的人員配備、劇目安排、演出收入、經費開支、老藝人生活等等。還根據上級文件精神，要求文藝工作必須堅持政治掛帥、思想領先的原則，要創作排演一些反映農村大好形勢、歌頌三面紅旗的現代劇目。就是一個字不提侄兒考取了縣劇團又不讓去的事。劇團團長、副團長都是人精，況且每年都要靠縣政府撥款補貼，才能維持劇團生計，如今縣政府首長的旨意，還有不心領神會的？便是對於青年骨幹演員夏蓮蓮違犯團規不到年齡便談戀愛的事，也因對方是周縣長的親侄子，他們早就睜隻眼閉隻眼了。

這件事，對周恕生的刺激很大。他第一次領悟到，自己的命運並不掌握在自己的手裡。家庭和社會，有時對人就像一張無所不在的羅網。

他曾一度想從叔父家裡出走，去贏得生活的獨立。但蓮蓮勸阻了他。對他說，叔父是對的，如果兩人都廝守在同一個縣級劇團，是沒大出息哩！讀大學，學法律，日後當法官判案子，多好！儂看那一齣一齣大戲裡唱的包青天，為民請命，替民伸冤，多受人尊敬、愛戴？就算成不了大法官，也可當名刀筆吏，阿拉紹興地方自古出師爺，替人寫狀子打官司，沒有不贏的！

似是而非，似懂非懂，蓮蓮竟也講出了自己的一番道理。

「儂去考大學，學法律。阿拉每個月工資三十三塊，加上夜餐費、演出費，七七八八，每月拿得到四十五塊。儂只要考上了大學，不管是在杭州、上海、北京、南京，阿拉不吃零食，少買衣服，月月供你二十塊錢，沒問題！」

蓮蓮緊緊拉著周恕生汗津津的手掌，顯出種女丈夫的氣概來。

周恕生心理平衡了。他外表懦弱，內心裡卻是十足的剛強、執拗。難得蓮蓮有這麼一分心計！蓮蓮也要他讀大學，學法律，一時增長了他的上進心和人生志氣。他愛蓮蓮愛得更深了。花前月下，兩人只要待在一起，就總是你看著我，我看著你，總也看不夠似的。當然有時感到不滿足，只想要時時刻刻都待在一起，不分離。任什麼事兒，也都相互關心，總怕關心得不夠，不夠哩：

昨晚上又熬夜了？看你眼睛起了紅絲絲！

襯衫領子髒了，還不換？上回替你洗那內褲，都黏了些什麼呀？髒兮兮……

臉上的胭脂、口紅都沒洗乾淨，不怕人家講？臺上臺下不一樣。

儂這件上衣太緊了，惹眼。

昨天為哪樣笑得那樣張狂？還有跟人握手，半天半天都不放開！

儂哪，儂哪，阿拉團裡那祝英臺B角，每回都朝儂扯飛飛眼！儂當阿拉沒看見？

儂這條連衣裙領口挖這樣低？裙子又這樣短，給誰看？

嘻——傻子，都是給儂看！除了儂個書呆子，阿拉哪個都看不上……阿拉，阿拉就怕、就怕做沈園裡那個那個唐琬、唐琬……

又哭又哭，早對儂說了，如今新社會，婚姻自主，阿拉當不了陸游，儂也成不了唐琬！

江南的梅子熟得早，江南的玉蘭香得早，江南的芙蓉開得早，江南的女子成熟早。

有一回，蓮蓮不知從哪裡弄來一瓶鮮牛奶——浙江水鄉的稀罕之物，請了周恕生到劇團宿舍，用搪瓷缸在火爐上煮了來吃。同宿舍的女伴出去了，他們有了個臨時的小天地。牛奶煮開了，加上紅砂糖，香甜撲鼻。蓮蓮把搪瓷缸端給他，請他吃。

「儂哪？一個缸子，哪樣吃？」

蓮蓮深深地盯了他一眼，那眼睛水汪水亮，深不見底，任什麼書上、電影上女子的眼睛，都沒有這樣迷人、勾魂。

「哪樣吃？」

「傻子！一個杯子，就不能兩人吃？」

「傻子！儂還不會餵了人家吃？」

「燙……」

「傻子！你怕燙，我不怕燙。」

周恕生的嘴唇也不怕燙，自然也知道怎樣餵了人來吃。他心裡一陣狂跳。他到底堅忍住了自己的衝動，而傻乎乎地以雙手端起了缸子，送到了蓮蓮那紅得像櫻桃一樣的嘴唇邊。

蓮蓮雖是有些不滿足，但也接受了。她甚至暗暗喜歡著恕生的舉止嚴肅，不像有的人那樣輕浮。自小沒有父母驕慣，在叔父家裡長大，他善於約束自己。

喝過牛奶，蓮蓮嫌褲子熱，想換裙子穿。可宿舍就這麼大，也沒個屏風遮攔。她想出了一個法子：

「喂，書呆子，儂背過身子去，臉朝牆，雙手蒙住眼睛，不准回頭，嗯？」

周恕生依言，立即轉過身子去，以雙手蒙住眼睛，規規矩矩地面朝牆壁站定。

蓮蓮摸摸索索，穿穿脫脫，忙活了好一陣。她幾次打量恕生，那書呆子果真背朝著她站在那裡，一動沒動。

蓮蓮不禁有些傷心、委屈。她「喂喂」了兩聲，才把書呆子喂得轉過身來：

「儂、儂……也忒……儂就一眼都不想看……」

周恕生脹紅了臉，竟生了氣似的，瞪著眼睛說：

「阿拉想看！想看……在天願作比翼鳥，在地願為連理枝……阿拉愛極了的！愛極了的……阿拉要留著那一天，再仔仔細細……」

「傻子，哪一天？哪一天？」

「聰明人，你說是哪一天？」

蓮蓮又愛又恨，她抓過恕生的手，用力掐著，掐著！都掐紅了，這個書呆子，就是不喊痛！你就是不想愛他都不成。

不久，周恕生的叔父家裡，生活發生了變故。

一九六〇年春天，在基層幹部的反右傾機會主義運動中，縣長周漢池終於也沒有逃脫厄運：被劃作右傾機會主義分子。說是北京的彭德懷元帥好比一根反黨反社會主義的毒藤，周恕生的叔父則是這毒藤蔓生至紹興縣所結下的一個毒瓜。逃脫了反右派，逃不脫反右傾。經過大會小會的批判鬥爭之後，給他叔父的處分是：開除黨籍，撤銷黨內外一切職務，降薪三級，保留公職，下放城關中學當教員。

原也是禍從口出。在一次縣委常委的集體交心會上，縣長同志坦率地承認自己內心深處，對三面紅旗有過懷疑。比如一九五八年大煉鋼鐵，全縣的森林砍掉了百分之五十，把風景林都砍光了，還發生了砍蠶桑樹燒木炭的怪事，結果全縣只煉出了三十噸熟鐵。紹興地方沒有鐵礦，是從農民家裡收上來上好的鐵鍋、鐵架、鐵火鉗、鐵掛鉤砸爛了煉成的……殊不知這一來，紹興縣長也遇到了犯上抗命的問題。三面紅旗是由全黨最高領袖毛澤東主席親自舉起的，大煉鋼鐵也是由毛主席一句話：「就這麼定了」。開國元勳彭德懷尚且因此被劃成反黨反社會主義的右傾頭領，你個小小紹興縣長竟敢有違最高家長的旨意，還不活該倒霉？

周恕生賴以依託的叔父一家發生了政治變故，使得夏蓮蓮的父母對於女兒跟「右傾機會主義分子親侄兒」的戀愛關係，生了疑懼。這年月人的政治經濟地位，都取決於人的階級成分和社會關係。怎能跟一個被開除黨籍、撤銷職務的人家結為姻親呢？何況那孩子的親生父母又是解放初便被人民政府鎮壓了的。到時候連累了女兒不說，全家人都要跟著一鍋黑，被人踩，受人欺。女兒現已長成為四方矚目的紹興美女，連行署專員、地委書記這些大角色，都託人搭口信來，想收蓮蓮當兒媳哩！

人往高處走，水往低處流。夏蓮蓮的父母親有了為女兒另擇門第的打算。他們要採取的措施，自然是先要限制女兒的行動自由：通過給劇團領導做工作，硬把女兒搬回家裡來住宿，每天上下班則由母親大人親自接送。

好在蓮蓮十分堅決，在家裡跟父母又哭又鬧，要死要活：「阿拉就是喜歡他！就是愛他！何況只是他叔叔犯了錯，倒了霉，跟他一個中學生有什麼關係？他們家有哪一點對不起你們？先前你們拍馬屁股都拍不贏……」

好在周恕生很有心機。叔父一家遭了罪，從受人敬重、受人吹拍落到了被人歧視、被人凌辱的境地。他決心努力上進，考上大學，以圖日後報效、幫助叔父和嬸娘。由於夏蓮蓮父母的阻撓，也由於他要加緊復習功課，準備高中畢業考試和隨之而來的全國高等院校秋季招生統一考試，他咬住牙、狠住心，少跟蓮蓮見面了。叔父、嬸娘都暗自歎服侄兒驚人的律己毅力。家庭遭了變故，侄兒好像一下子成熟了，長大了。只是他的近視眼鏡，半年之內加深了五十度。

有志者事竟成。八月裡，周恕生接到了北京大學法律系的入學通知書！據說他的成績被列為浙江全省文科考生第一。叔父周漢池是個釘子錐著都不喊痛的硬漢子，當了右傾機會主義反黨分子也沒有掉淚，接到侄兒的通知書，卻抖著雙手哭了：

「好，好，學法律，學法律……古人說，法之不行，自上犯之……奉公如法，則上下平……我們國家，就是少了法律，運動層出……」

周恕生因成績特優而考取了全國名牌大學，即將赴京城讀書，夏蓮蓮的父母才又稍稍放鬆了對女兒的管束，又允許周恕生上門來找女兒「個別談話」了。夏蓮蓮則什麼都不管不顧了，整整一學期只跟周恕生匆匆見過五、六面，這回來到了自己的小屋裡，她一把抱住了心上人，放聲大哭，把周恕生剛換洗的白襯衫前襟哭濕了一大片，還印上了一些胭脂、口紅。他們緊緊地相擁著親吻，憋得氣都透不過來也沒鬆開，彷彿命都不要了，只要把對方溶掉，化掉，吞吃掉。他們親吻了幾十分鐘之久。戀愛三年了，這是第一次爆發，卻也翻江倒海似地刻骨銘心……後來周恕生多次在給蓮蓮的信裡，提到這次的忘情，書呆子竟說這是「紹興第一吻」，「浙江最長一吻」，勝過了當年陸游與唐琬的長吻呢！

這時縣劇團正在演出越劇傳統劇目《梁山伯與祝英臺》。越劇為浙江代表性劇種，明清時候發源於紹興，故又稱為紹興戲。唱腔柔美，溫婉纏綿，劇目多表現古代才子佳人的愛情遭際，為中國戲曲藝術之瑰寶。而《梁山伯與祝英臺》，又是這瑰寶中的瑰寶。周恕生上北京讀書前夕，夏蓮蓮弄到了五張第十排中座好票，請動了自己的父母、周恕生的叔父嬸娘四位大人，陪同周恕生看自己的演出。

夏蓮蓮飾演的多情小姐祝英臺，金嗓柔潤，風情萬種，演紅了劇團，演紅了劇院，風靡了文化之邦紹興城。

那晚上周恕生在劇場，被夾坐在四位大人中間，初時很不自在。況且叔父落魄之後，跟過去的同事──蓮蓮的父母已沒有什麼話好講。

夏蓮蓮的父母也態度十分勉強，來陪看一場戲真是天大的面子了哩。叔父肯來看這場戲，更是因為視侄兒如愛子，才決心來這大庭廣眾之中忍受被人指指點點、說三道四的滋味……蓮蓮則在臺上飾演著祝英臺。她麗若仙子，哀怨迷人，文戲真唱，把整個的心身都投入進去了，她本身就是祝英臺，臺下的周恕生就是梁山伯。在生活中，他們也要「十八相送」了啊，夏蓮蓮就要送周恕生上北京讀書啊，今後一南一北，兩地相思，見面不易……

周恕生看著看著，也進戲了。神思所至，他彷彿在跟夏蓮蓮一起演出了。祝英臺在女聲伴唱下，跟梁山伯難捨難分了：

同窗三載情如海，
山伯難捨祝英臺，
相依相伴送下山，
又向錢塘道上來！

梁兄哪！
書房門前一枝梅，
樹上鳥兒對打對，
喜鵲滿樹喳喳叫，
向你梁兄報喜來！
怎麼？周恕生也上臺了？周恕生也演梁山伯了？他唱道：
愚兄二人出門來，
門前喜鵲對打對，
從來喜鵲報喜信，
恭喜賢弟把家回！

祝英臺拉住了梁山伯，夏蓮蓮拉住了周恕生，他們剛剛從沈園出來，從陸游為唐琬題詩的園壁上走下來……

梁兄請！

賢弟請！

夏蓮蓮唱：

出了城，過了關，

只見山上的樵夫把柴擔。

周恕生唱：

起早落夜多辛苦，

打柴度日也艱難！

夏蓮蓮唱：

梁兄呀，

他為何人把柴打，

你為哪個送下山？

周恕生唱：

他為妻兒把柴打，

我為你賢弟送下山！

夏蓮蓮唱：

過了一山又一山，

前面到了鳳凰山。

周恕生唱：

鳳凰山上百花開，

缺少芍藥和牡丹！

夏蓮蓮唱：

梁兄你若是愛牡丹，

請隨愚弟把家還，

我家花園牡丹好，

梁兄要摘也不難……

怎麼？又來到了蘭亭公園，來到了鵝池邊？他們就在這裡相逢……天朗氣清，惠風和暢……青山環抱，茂林修竹，石板小徑，清溪湍流……怎麼？在他和蓮蓮之間，還出現了兩個書童？如今學生讀書，又不是古時候的相公、小姐，怎麼還用書童？

夏蓮蓮唱：

青青荷葉清水塘，

鴛鴦成對又成雙，

梁兄呀！

英臺若是女紅妝，

梁兄你願不願意配鴛鴦？

周恕生唱：

配鴛鴦，配鴛鴦，

可惜你英臺不是女紅妝！

兩書童唱：
前面到了一條河，
飄來一對大白鵝！

夏蓮蓮唱：
雄的就在前面走，
雌的後面叫哥哥！

周恕生唱：
不見二鵝來開口，
那有雌鵝叫雄鵝？

夏蓮蓮唱：
你不見雌鵝對你微微笑，

梁兄你真是隻呆頭鵝！

呆頭鵝，呆頭鵝，周恕生確像隻呆頭鵝……

他看戲看得入了迷，著了魔，竟在座位上哭泣了起來。夏蓮蓮的父母以奇怪的眼神打量著他。只有叔父了解他，知道他是為了即將跟夏蓮蓮的離別而哭泣。叔父把手絹遞給了他。後來嬸娘也把手絹遞給了他。

戲至《樓臺會》一折，進入全劇高潮：祝英臺要遵從封建禮法，被迫出嫁了，梁山伯終於省悟到了同窗三載的賢弟祝英臺原來是女扮男裝，千里迢迢地趕了來卻來遲了！一對風流千古的情人，面臨著生離死別。當祝英臺與梁山伯唱道：

梁兄啊！

我與你今生難婚配，

美滿姻緣兩拆開！

我與你梁兄難成對，

爹爹是允的馬家媒！

……爹爹之命不能違，

馬家勢大親難退！

英臺說出心頭話，

我肝腸寸斷口難開，
金雞啼破三更夢，
狂風吹折並蒂蓮，
我只道有情人終成眷屬，
誰又知只盼來了離人淚！
滿懷悲憤無處訴，
無限希望盡成灰……

夏蓮蓮在臺上哭成了淚人兒，邊哭邊唱：臺下人不獨周恕生哭出了聲音，滿場裡都起了唏噓之聲。臺上臺下，演員觀眾，一起為著偉大的愛情悲劇，一掬傷心之淚。正是「看梁祝，先把手絹兒備」了。至於臺上臺下，各有一位斷腸人，就只有他們本人清楚了。

周恕生來到北京大學法律系讀書之後，念念不忘的自然是他紹興老家的美人兒。夏蓮蓮也真是一片癡情，每月省吃儉用，給他寄來二十元錢作零花。一南一北，情意綿綿，鴻雁往還。真正是以濃情蜜意、離情別恨寫成的「兩地書」。

到了一九六一年下半年，全國城鄉正鬧大饑荒，紹興老家卻傳來好消息，說是省裡正在給叔父的「右傾機會主義分子」問題進行甄別，不久就可能恢復黨籍、職務和工資待遇。可是過了不久，又說事情被卡在一位地委主要負責人手裡，正是這位負責人把叔父打成「右傾機會主義反黨分子」的。為這事甚至在省委內部引發了紛爭。

一九六二年初，周恕生終於接到了最壞的消息，叔父因替自己申訴，被處理成「右派翻案」、「反攻倒算」，成為現行反革命分子，開除公職，交由老家貧下中農監督勞動改造……接著又是嬸娘為著兩個女兒的前程，跟叔父離了婚。叔父是妻離子散了。

周恕生第一次受到了摧毀性打擊。叔父為人正直，為官清廉，卻落得如此下場，使他欲哭無聲。為了替叔父討回清白、公正，他上書中央組織部、中央辦公廳。不久他收到了兩張白紙鉛印的來函收據，從此卻泥牛入海，再無音訊。

接下來的另一次打擊是夏蓮蓮被調動了工作，再沒有給他寄過錢和信。她是去了專區越劇團，還是去了杭州的省越劇院？她是被迫跟地委書記的兒子訂了親還是成了親？因為古往今來的紹興美女，常被一些大戶人家選去當作花瓶……他仍是一月一封地給夏蓮蓮寫信。可他的這些信也是泥牛入海無消息。直到有一天，他那為著兩個女兒的前程而改了嫁的嬸娘給他回了封短短的信：恕生：蓮蓮全家都離開紹興了，已不是你的人。你要好好讀書、讀書。你可憐的叔父一片苦心，讓你學好法律……

直至周恕生在北京大學法律系四年級時被打成問題學生，送來儒林園首都高校勞教營，他都堅信：

萬里何愁南共北，兩心哪論生和死！他被蓮蓮愛過，蓮蓮是愛他的。

第十八章 壯哉！師爺

都三月上旬了，南方早已春江水暖，鶯飛草長，公社社員們正忙著扶犁鞭牛、耘田插秧了；而在這河北燕山山脈腳下的儒林園勞改農場，卻仍是春寒料峭，凍手凍腳，勞改犯們連棉衣棉褲都還不曾脫下。

有一天，勞教營裡的同教們突然發現，一向死氣沉沉的紹興師爺，竟滿臉笑意，無論見了誰的面，他都以他的家鄉口音打招呼：

「儂好不啦？」

他還去監獄理髮室剃了頭，修了面，身上也換了乾淨衣服。雖是瘦骨嶙峭的，人卻光鮮多了。

對於他的這一引人注目的變化，同教們不免有許多議論：

「紹興師爺還會笑呢，咱以為他要帶著一臉哭喪去見閻王爺了哩。」

「好兆頭！好兆頭！講不定天神感應，我們快要被解除勞教了。」

「屁！沒見報紙上、廣播裡，天天在登些、喊些啥口號？火藥味都快沖上九重天了！」

「那傢伙這兩天還哼唱他的家鄉戲，肉麻麻，軟綿綿，怪好聽的！」

這天中午，紹興師爺蹲在寢宮門口的土坪裡曬日頭，又一個人自得其樂地哼唱《梁山伯與祝英臺》裡的《樓臺會》一折。水抗抗、關東大漢、南詔國王子、河南騾子都沒有去打擾他。只有好萊塢博士好奇心重，偷偷地走上去，蹲在他身後，悄悄聽了好一刻。想不到平日緘口無言的紹興師爺還有這一手！聲音雖輕，卻柔聲慢調，咬字清晰，韻味十足。只見他眼鏡裡閃著淚花，既唱梁山伯，又唱祝英臺：

……賢妹妹，我想你，

神思昏昏寢食廢。

梁哥哥，我想你，

三餐茶飯無滋味！

紹興師爺唱得好萊塢博士都鼻頭酸楚，喉嚨發澀。只有曾經刻骨銘心地愛過人，也被人愛過，才會有這一腔癡情！好萊塢博士又悄悄退了回來，到寢宮裡找著二班的水抗抗說：

「老水，咱哥們這幾天得留神！師爺他氣數不對啊。」

水抗抗憂心忡忡地點了點頭。

「我跟關東大漢幾個正納悶，他近日來舉止反常，又哭又笑的，怕是有些凶兆……」

當天下午無話。大家照常上工下工。

晚上，勞教營全體人員集中在營部會議室學習中央文件，即由中共中央轉發的「部隊文藝工作座談會紀要」，其實早在兩星期前，所有的報刊就公開發表過這篇「馬列主義重要文獻」了。如今印成紅頭文件，只是多了毛澤東主席的批語：已閱，同意。以及中共中央在「紀要」前邊加了一段文字，無非是向全黨、全軍、全國各族人民強調，該「紀要」如何發展了馬列主義、體現了毛澤東思想的光輝，是政治思想鬥爭的里程碑等等。極盡溢美之詞，阿諛之意。毛澤東主席親自掌握的軍隊的地位已經高過一切。只有紹興師爺因傷風發燒，經請假批准，躺在床上沒有參加學習。

由於「紀要」的文字並不太長，營教導員也沒有像往常一樣邊朗讀邊講解，繞上老大的彎子也要把同教們紮實教訓一頓，因之沒到九點半鐘就散了會。水抗抗因急著回來找水喝，走到了大家的前面。他還沒進門，就發覺寢室裡一片漆黑，卻又不時有藍色的電火閃爍，他推了推門，門從裡面上了閂。出什麼鬼了？他立即警覺了起來。電火仍在閃爍著。於是他後退兩步，拚足全身力氣，以肩頭猛地向前撞去，門被撞開了，發現那裝有電源開關的屋角落，龜縮著一個人影！

「誰？」他大喝一聲，一個箭步衝上去，一把抓住那人的衣領。藉著室外走廊上透進來的光線，他看清楚了並大吃一驚，原來是紹興師爺！他並沒有發病躺在床上……水抗抗鬆開了手。

「你這是幹什麼？」

紹興師爺卻像個正在作案的小偷被人發覺了似的，沿著牆根躡手躡腳地縮回自己的鋪位上去。他並不言聲。

水抗抗覺得事有蹊蹺，立即摸回到自己的床頭取手電筒，並大聲制止住那些正要湧進寢宮來的同教們：

「不要進來！屋裡危險！不要進來！」

水抗抗揮動手電筒的光柱，小心翼翼地像在找尋什麼東西。他順著牆邊找去，一直到了那裝有電源開關的牆角，只見電閘被卸了下來，難怪這屋裡黑燈瞎火。他並沒有立即將電閘復位，而是繼續找尋著。他終於在電閘的銅片旁，發現了一根鋁絲！天哪，原來紹興師爺躲在這黑角落，是正在把這根鋁絲接上去？

「出什麼事了？出什麼事了？」

「誰這麼缺德，想凍死我們？」

寢宮外的同教們都在大聲問。但唯一的房門被關東大漢堵著，不讓任何人進去：

「嚷嚷什麼？屋裡有情況，很快就清楚！」

「大漢，出什麼情況了？要不要去把營頭們請來？」

「別擠，別擠。先不要去驚動營頭。好萊塢博士還有王子，你們進去幫幫老水的忙……」

「好咧——哥們看得上咱！」

「千萬不要又搞出個案子來，大家都受牽累……」

「水抗抗那傢伙在找什麼？他娘娘的倒像個電工哩！」

水抗抗先把鋁線的線頭撥拉得離電閘遠了些，再循著鋁線走去。鋁線順著牆根，在不遠處變成了一根銅線，銅線很短，接下來是一根鐵絲。接頭擰得很牢靠。他頭上直冒冷汗，心裡直發毛，紹興師爺平日悶不作聲，把這些廢金屬線一根一根地從外邊撿回來，擦拭乾淨，原來是要作這麼大的用途……

這時好萊塢博士和南詔國王子來到他身旁。鐵絲接連到三班靠牆的第一張上，第二張上，第三張上。都是舊鐵架，倒是有利於紹興師爺串聯成一張電網。罪惡的鐵絲繼續在地上爬行，爬到了水抗抗所在的第二班的鐵床上。第二班的第一張，正好是紹興師爺本人的。接下來是關東大漢的，河南騾子的，南詔國王子的……然後鐵絲又爬到了地下，鑽過臉盆、鐵桶組成的「分界線」，進入了第一班同教們的地盤。南詔國王子一直在問：

「這算怎麼回事？不可思議，不可思議……」水抗抗卻頭都暈了。

太可怕了！紹興師爺是一條兇狠的毒蛇，他布下了電網，要大家跟他一起去見閻王。

水抗抗和好萊塢博士憤怒已極，渾身都在顫抖。南詔國王子則快步回到那裝有電閘的牆角，把閘刀推了上去，寢宮裡頓時大放光明。之後他聲音淒楚地對關東大漢和同教們說：

「大家都進來……算我們命大……」

「哥們，有好戲唱啦！」

同教們一擁而進。一個個屏聲住息，都跟著水抗抗和好萊塢博士來到牆角，查看那根陰險的鋁線，接著是銅線、鐵線，到了第三班的床頭，到了第二班的床頭，到了第一班的床頭……到了本寢宮四十三位同教每個人的床頭。大家這才明白了過來：

「天哪天哪，這太危險了！」

「誰布下了這張羅網？誰？」

「為什麼要殺死我們？為什麼要殺死我們？」

「我們並沒有犯死罪呀！」

「快去報告營頭！叫他們來看現場。」

「不。我明白是誰幹下的好事！」一直悶不作聲的關東大漢氣得渾身的肌肉都在發跳似的，三腳兩腳就衝到了紹興師爺的床頭。果然，那傢伙正癱在他的鋪位上裝死，卻又渾身篩糠似地哆嗦著。

「周恕生！我日你奶奶！爺們哪點對不起你？要死，你自己像一條狗一樣死去好了，為什麼要我們都給你陪葬？」

好萊塢博士也衝了過來：

「好個紹興師爺！你算哪朝皇上？叫咱哥們都替你殉葬？」

關東大漢像只點燃了的火藥桶，粗聲喘氣著，「呼」地伸出胳膊去，像拎一個乾柴棍似地把紹興師爺從鋪上拎了下來，「叭」地一下摔到了南牆根下。但見紹興師爺的身子碰著了牆，頗有彈性似地滾了兩下，正好滾在「階級鬥爭一抓就靈」的那幅毛主席語錄下。

「揍他！」

「打死！」

「我操你祖宗！咱跟你無冤無仇……」

「別讓他小子死得痛快，拿刀子來，咱爺們一刀一刀宰！」

同教們都瘋了狂了一般，隨手操起磚頭、電筒、衣架、木棍等等，如一群餓狼似地向紹興師爺撲了過來。

關東大漢這時張開他的一雙粗長的胳膊，護住了地下的那隻骨瘦如柴的癩皮狗：

「大家聽我的！先把房門插好了。不要叫叫喊喊，我們來好好收拾他！」

一時關東大漢就像個總指揮似地威風。南詔國王子立時跑去關上了房門。水抗抗跟河南騾子雖然也在盛怒之中，卻也不忘拉了兩拉關東大漢的衣角。

可是同教們那裡肯聽，早有十幾口唾沫如同冰雹一般，從四面八方飛向紹興師爺，有的則落到了來不及閃避的關東大漢身上。緊接著大家一擁而上，棍棒拳腳，啪啪、唏哩嘩啦，一陣亂打亂嚷。打不著紹興師爺的，就有意無意地打在旁的人的身上。如同一頭頭煞紅了眼睛的野牛。

於是本來對準一個目標的打鬥，立即轉變成為一場同教們相互間的混戰，把平日壓抑著的怨氣、惡氣、濁氣，統統瘋狂地發洩了出來！棍棒拳腳聲中，還夾雜著叫罵、怒吼：

「你打老子！」

「就打！就打，」

「我操你媽──」

「日你祖宗八代！」

「就是你告了老子的密！」

「龜兒子出賣過我！」

「打！打──」

「統統打死算毬！打死算毬！」

寢宮成了戰場，成了魔窟、瘋人院。

好在有水抗抗、關東大漢、南詔國王子、河南騾子幾個較為清醒的同教，躲避著棍棒拳腳，四下裡奔跑著，跳躥著勸阻：

「住手！大家住手！」

「打死人要償命！」

「你也不是好東西！」

「哎喲……」

「要出人命了！」

「我們還沒有審問他哪！」

水抗抗和關東大漢正為勸阻不了混戰心急火燎，好萊塢博士額角上腫起一個大疱直向他們奔過來，河南騾子正被人推到了牆邊，南詔國王子站在牆角雙手合掌，大約在求菩薩救苦救難……突然間，一聲餓狼般的長長嚎叫，尖銳而淒厲，把一切聲音都蓋過了，壓下了：

「為什麼要活——為什麼要活——為什麼要活……」

竟是紹興師爺滿臉血汙地爬了起來，搖晃著身子站住，發出的長嚎。這長嚎就如同無數鋒利的刀刃，一閃一閃地飄飛著直逼近每個同教的喉頭。

在場的四十二條漢子，四十二名勞教學生，四十二位渾身汙跡的魔鬼，一時都住了手，都被這聲音鎮住了：

為什麼要活？為什麼要活？為什麼要活？

寢宮裡靜了場。從一派喧囂進入一片死寂。魔鬼們站的站，蹲的蹲，坐的坐，就像一窪突遭嚴霜襲擊的莊稼，就像被神仙施了定身法。

為什麼要活？為什麼要活？為什麼要活……

整座寢宮裡迴蕩著這一聲長嚎。

每個人心中迴蕩著這一聲長嚎。

大家木呆呆地看著紹興師爺的身子晃了幾晃，像一捆柴草似地倒了下去。

「砰」地一聲巨響，房門被撞開了，一股冷風直灌了進來。原來「工人領導小組」成員們已經在寢宮外邊的門窗等處監視多時了，這時率領兩個警衛戰士衝了進來。立即在同教們的四周形成了散兵線，就像包圍一群打了敗仗的俘虜一樣。

但見營長、營教導員走到了紹興師爺躺倒的地方，卻連看都沒有看地下的人一眼，而由營長宣布命令：

「由於第一排宿舍出現的不正常現象，經研究決定，本宿舍所有人員立即到營部值班室集中，以便工作人員進行一次徹底的搜查。現在大家立即離開！誰也不准回自己的鋪位！離開，立即離開！」

同教們一下子全傻了眼。他們誰也沒有料到「工人領導小組」會以這種方式來結束他們的瘋狂。他們從極度的絕望中，轉入為極度的惶恐。他們突然驚醒了過來似的，幾乎人人的床腳下、枕頭下、鋪板下，都存有各式各樣的私人用品，都有可能被搜查出來，成為引人注目的「違禁品」。再說，究竟哪些東西會被列為「違禁品」呢？

關東大漢想閃過身後的警衛，回到自己的鋪位上去，立即被警衛擋住，被營長喝了回來：

「站住！誰也不准回到自己的鋪位上去。早就料到了你們這一步。現在從靠近門邊的人開始往外走！到營部值班室集中去！」

同教們沉默著，沒有人動彈，一個個如同木頭人一般。

「怎麼？都聾了？啞了？不肯走？武裝押送！王力軍！你個拍電影的，帶頭走！」

營長大聲吼著，命令著。

好萊塢博士臉上泛起苦笑，他一抹頭髮便朝外走了出去。同教們只得一個一個丟魂失魄地耷拉下腦袋，跟著好萊塢博士走去。

門外也早布下了崗哨。

他們被集中在營部值班室，坐的坐椅子，蹲的蹲地板。營長留下來主持他們的學習。教導員心細些，領著「工人領導小組」成員們去搜查大寢宮。倒是一句都沒有提及紹興師爺偷安電網，同教們予以憤怒懲罰的事。

營長為了打破沉默氣氛，臉上掛起笑意：

「你們誰來起個音？唱個歌好不好？」

「王力軍！你個拍電影的，算文藝工作者，給大家起個音！」

看來營長是要揪住好萊塢博士不放了。

「我、我傷風，喉嚨沙了，沙沙啞啞……」

好萊塢博士仰起脖子，以手指抹了抹喉結，學著公鴨似的聲音，「呷呷呷」地說。

大家沒有笑。連一絲絲玩世不恭的幽默感都沒有了。

「好，我來起音吧，我嗓門太粗……」

營長的涵養似乎比平日好了許多，他沒有計較同教們的冷漠態度及其消極抵制，起了音。

於是大家有氣無力地唱了起來：

「……起來，飢寒交迫的奴隸！起來，全世界受苦的人！滿腔的熱血已經沸騰，要為真理而鬥爭！舊世界打個落花流水……」

是啊，沒有救世主，沒有神仙皇帝，也沒有自己。同教們的「自己」，早已成了精神的囚徒，肉體的罪人。西方的上帝，東方的如來佛、觀世音，都拯救不了他們。

唱完〈國際歌〉之後，營長給大家讀文件。仍是越來越跑紅的上海文藝評論家姚文元的那篇被印成了小冊子的〈評新編歷史劇《海瑞罷官》〉。按歷來的規定，每當報刊上有體現毛澤東主席鬥爭策略的重要文章發表，宣傳部門便會不惜工本印裝成數億冊，免費分發給幹部、群眾學習。每到年底，每戶幹部職工家庭都要賣掉十斤八斤廢紙，倒也能增加一元左右的經濟收入。

在勞教營，讀文件也成為「工人領導小組」成員們權力的象徵。中共中央的紅頭文件，一般均由教導員親自宣讀；北京市委、國務院高教部的有關文件，則由營長負責宣讀；其餘的「簡報」、「通報」、「通訊」等一般性質的內部文件，則可由「工人領導小組」其他成員來宣讀。

問題學生們自然是只有洗耳恭聽的份。最令這些大學高材生們難受的是，領導階級經常把文件讀得錯字連篇，顛三倒四，而後強加給他們，讓他們品嚐著文化上被統治的滋味，文化被文盲領導著的滋味。

營長同志便是出名的白字先生。他把「姚文元」唸成「跳文元」，把「吳晗」念成「吳念」，把「嘉靖皇帝」唸成「嘉青皇帝」，把「海瑞」念成「海端」。今晚上同教們的情緒極為反常，沒有人發笑，也沒有人提出更正。要在平日，好萊塢博士幾位同教總是樂於指出領導階級所唸出的白字的。而領導階級們也都能虛心聽取，並不感內疚。怎麼啦？國家把教育經費花在你們這號人物身上了，而國家的財富是我們工人農民創造的！誰養活了誰？

在這同時，一排的大寢宮裡，由營教導員帶領三個搜查小組，分別對三個班組的勞教學生們的鋪位進行突擊搜查，並宣布了注意事項：查出的可疑物品，要逐一登記，暫予收繳；盡量保持原鋪位的整潔，除登記過的物品，其餘的均應回歸原位；小數額的錢糧票證，不在查繳之列。

接著又對第二、第三排的寢宮也進行了突擊搜查。搜查之先，同教們也被命令離開了各自的鋪位。

在整個搜查期間，只有紹興師爺周恕生像條人事不省的癩皮狗，一直躺在地下，一動不動。直到搜查完畢，「工人領導小組」才從監獄醫務室請來值班醫生，給他驗了驗傷，幸好由於身上的衣服穿得厚，並無致命之處，便喝令他起來，讓他跌跌蹌蹌地爬回自己的鋪位上去歇息。

同教們在營部值班室學習了兩個小時之後，被允許回自己的寢宮去。每個人的第一件事，自然是趕快翻檢自己枕頭下、蓋鋪下的各式各樣的「小祕密」。有的人深深地噓了一口輕鬆之氣，倒頭睡了個落心覺。有的人則心都懸了起來，如臥針氈，通宵不眠。

水抗抗平日行事謹慎，沒有發現自己少了什麼東西。可他也一晚上沒睡安穩。他聽見關東大漢不停地翻動著他的沉重軀體，聽見可憐的紹興師爺輕輕哼唧著，艱難地起來吃過一次藥……快天亮時，水抗抗才睡著了。這真是一個漫長的夜晚……

第二天一早，水抗抗被監獄的軍號聲催醒了。發現同教們都已經圍聚在紹興師爺的床鋪邊。大家都臉色戚然地沉默著，低垂著頭。

紹興師爺死了。

關東大漢抖著粗大的手臂，將一張紙頭交給水抗抗。

水抗抗一看，原來是紹興師爺的遺書：

我，周恕生，浙江紹興人氏，北京大學法律系四年級學生，來到這個世界二十四年，沒有給這個世界帶來過任何損害。卻因對生活絕望，吞服苯巴比妥，自作自受，跟任何人事均無干係，特此立據。公曆一九六六年四月十日凌晨。

關東大漢領頭脫下了頭上的骯髒的帽子。

水抗抗脫下了帽子。他發覺關東大漢瘦了，老了。關東大漢也發覺他瘦了，老了。

同教們紛紛脫下了各自頭上各式各樣的帽子，露出一顆顆光頭，默默地向紹興師爺的遺體致哀，向儒林園首都高校勞教營的第一位死者致哀。

沒有人落淚。跟紹興師爺這樣的人永別，不能用眼淚。此時刻，同教們心裡才想起來，紹興師爺自從一年前來到儒林園勞教營，總共講過兩句話：

士可殺，不可辱。

為什麼要活？為什麼要活！

還罵過一句「娘希匹」。

第十九章　「贓物」

紹興師爺周恕生的死，換來了勞教營同教們兩天停產學習。名為「毛澤東思想學習座談會」。關於這一名稱，真可謂煞費苦心，且充分體現了「工人領導小組」的集體智慧。軟硬兼施，用革命的兩手對付反革命的兩手。

頭天上午，舉行全體大會，由營教導員王忠作動員報告，指出周恕生抗拒改造，仇恨毛澤東思想，反對共產黨領導，最後自絕於人民，罪有應得，死有餘辜。周恕生是遺臭萬年了。現在的問題是，作為勞教營的每一個成員，怎樣來認識周恕生的惡劣行徑？他的死說明了什麼？代表了什麼？他的目的、動機和影響？他的一系列令人髮指的罪行，證明了他是毛澤東思想最凶惡的敵人，無產階級專政最凶惡的敵人，工人、貧下中農最凶惡的敵人，也是在座每一位願意接受批評、教育、改造的有著光明前途的青年人的最凶惡的敵人。

營教導員為「座談會」定了調子。全體同教們可跟著他的調子發言。每一個人都要發言，表示與周恕生徹底劃清界線，乾淨、全部地清除他的惡劣影響。

「娘的，人都死了，還要動員大家來鞭屍！」關東大漢私下裡罵道。

「也是給紹興師爺開了追悼會。」河南騾子心裡有著終生難忘的負疚。

「他比我們都聰明，也比我們都勇敢。」水抗抗在兩天的學習會上，一反常態，沒有戴帽子。

「老子就不相信，我們這些人死光了，天下就太平了！」南詔國王子也是一進了會場，就把帽子拿在手上。

「工人領導小組」成員們雪亮的眼睛沒有看出來，大多數同教在兩天的學習會上都沒有戴帽子。大家仍在為紹興師爺致哀。或許他們也看出了問題，只是對這種無聲的悼念，暫時記下一筆，留著日後另找機會算帳。

思想批判從嚴。另一方面，同教們卻發現，他們的待遇較過去稍稍寬鬆了一點。首先表現在食堂白麵饃饃或窩窩頭，似乎蒸得比先時大個了些，蔬菜的油水也比先時重了許多，大眾湯裡出現了半勺半勺的海帶、乾鹽菜，偶爾還有些切得很薄的肥肉片；再就是「工人領導小組」在一次早點名時正式宣布，學員們每兩個月可以進城一次，辦些零碎事情。但必須辦好請假審批手續，早上八時離營，傍晚六時歸營。最令人興奮的，是「工人領導小組」原先呈上去的報告，幾經周折，有關部門終於審批了下來：「十名思想、勞動表現好」的同教，解除勞教，准予回原院校去繼續深造。其中包括了河南騾子。

營部為這十名幸運的同教開了「送行會」，並宣讀了上級的有關批示，重申了「懲前毖後、治病救人」的方針。水抗抗的班組則專為河南騾子開了「話別會」。河南騾子那傢伙竟是熱淚漣漣地有些依依不捨。還是關東大漢開導了他：能先出去的，快點出去吧！這日月，形勢大好的標誌，就是隨時可能風雲突變……大漢把自己在東城區一位同窗好友的住址給了他，以便今後聯繫。

天氣一天天暖和了起來。「工人領導小組」成員們對學員們的態度有了明顯的改變，這一週的星期六晚上沒有例行批鬥會，營教導員王忠甚至在早點名時正式重申：大家只是勞教人員，是敵我矛盾作人民內部矛盾處理，是化消極因素為積極因素，只要有悔改表現，便要實行思想批判從嚴、組織處理從寬的方針，人人都有光明的前途，大家改造好了，同樣可以成為革命的接班人。

這時發生了一件事：三排的保定府學者陳國棟擅自跑進營部值班室，討還他那部有一塊磚頭厚的《人體解剖學》！書是紹興師爺布設電網的那晚上，「工人領導小組」突擊搜查寢宮時，被當作違禁物品抄走的。

「我是醫科大學的學生，《人體解剖學》是我們的教科書，它不是封、資、修黑貨，也不是帝國主義反動派！請求你們還給我。」

竟然向「工人領導小組」討還查抄物品，真是吃了豹子膽，無法無天了。但營教導員還是忍下了一口惡氣，正告他：不許胡鬧，抄查物品要統一處理，你等著吧！

好個保定府學者，真是犟脾氣，他沒有討回他的《人體解剖學》，便天天一到中午和傍晚的休息時間，就坐到原先他讀書的老柏樹下去，雙臂抱膝，抬眼望天，一動不動。「工人領導小組」成員們看在眼裡，同教們也看在眼裡，他是在搞無聲的抗議，靜坐示威哩。

許多人前去勸他，他的好友南詔國王子更是動手拉他，求他不要跟「領導階級硬碰硬」，會吃大虧的。他也不肯聽，嘴裡只是不住地說：

「還我的《人體解剖學》，還我的《人體解剖學》……。」

他是著魔了。

一個星期天的傍晚，保定府學者在老柏樹下坐了一整天了，還不肯回寢宮去。南詔國王子怕他這舉動會激怒值日的工人師傅，第二天受到嚴厲懲罰，便在送給他晚餐時勸告：

「好漢不吃眼前虧，回去吧！再說天黑了，樹上又會出鬼火……。」

「咱不怕。咱就等著。」

「上回不把你嚇個臭死？你還等哪個喲！」

「等明朝的東林黨人，被魏忠賢手下的東廠、西廠殺害的儒生。今天也有東廠和西廠……」

「聽聽你都講了些什麼瘋話！」

「還有清朝的金聖歎。上回我們見過一面……他被大清順治皇帝砍了頭，在陰間轄下儒林三千，全是無頭冤魂，都住在這天牢裡……」

保定府學者是魂迷心竅了。南詔國王子著了急，便左右開弓，狠狠揍了好朋友兩巴掌，把人打痛了，也打醒了，哭了起來，才相扶著，送回三排大寢宮去。

好在這天黃昏的事，南詔國王子沒有告訴任何人，老柏樹下大約還沒來得及裝竊聽器，也就瞞過了領導階級雪亮的眼睛。

可惜沒過幾天，北京上空便風起雲湧，雷聲隆隆，各大報紙開始大張旗鼓地批判「三家村」① 並很快形成了「全黨共誅、全國共討」的陣勢。全國上上下下都被動員了起來，各部門、各單位開始抓「小鄧拓」、「橫掃一切牛鬼蛇神」。在全國三屆人大常委會第二次會議上，中國現代文壇最負盛名的詩人、學者郭沫若副委員長宣稱：他的幾乎全部的著作，包括歷史著作、考古著作、文學著作，都不符合毛澤東思想，沒有保留的價值，都應當予以燒毀。又是這位傑出的詩人，加上幾位黨中央高級首長，共同稱讚一部以活學活用毛澤東思想為宗旨的長篇故事〈歐陽海之歌〉，「把毛澤東思想寫活了」，「是劃時代的偉大作品」，「是中國文學的里程碑」。廣州出版的《羊城晚報》更有兩篇社論宏文：一論、再論毛澤東思想是當代馬列主義的頂峯！驚弓之鳥，讚歌音調唯恐不高了。由此，神州大地，開始了一次曠古未聞的焚書風潮。除了馬列著作、毛主席著作和少數自然科學教科書之外的書籍，統統應予銷毀：有組織地燒，個人自發地燒，有罪惡恐怖感的大小知識分子們則關起房門躲在廚房、洗手間裡偷偷燒。彷彿燒掉了

①指當時主持北京市文化工作的三位負責人：鄧拓、吳晗、廖沫沙。

古今中外的「封、資、修」讀物，便可免除滅頂之災了。舉國上下，城市鄉村，一時間紙錢紛紛，黑煙滾滾，數千年經典，化為灰燼。焚燒範圍之大，地域之廣，書目之眾，確如毛澤東主席本人所言：比秦始皇焚書坑儒，高明了百倍、千倍！緊接著，北京城裡又出現爆炸性新聞：以毛主席為首的黨中央明察秋毫，英明決策，揪出了窩藏在中南海內的「彭真、羅瑞卿、陸定一、楊尚昆反革命陰謀集團」！

鬥爭方興未艾，革命烈火熊熊。大氣候影響小氣候，也決定著小氣候。儒林園監獄進駐了新的警衛部隊，許多刑事罪犯被分批轉移，需要騰出各個級別的號子來迎候新的政治倒霉蛋。而在監獄附屬的高校勞教營裡，首先是問題學生們拿了報紙幸災樂禍，相互傳遞：哈哈！老天有眼，毛主席英明！把我們打成反革命的人，今天自己也成了反革命！善惡輪迴，因果報應。

「工人領導小組」則立即自覺地進入了戒備狀態，恢復了通宵值勤制度。本來已經研究決定，對紹興師爺死的那晚上進行寢宮大搜查所獲違禁物品，從寬從輕處置，除少數予以沒收外，大部分讓同教們各自認領了回去完事。此時刻營教導員跟營長一商量，覺得應當隨著形勢的發展，重新作出從重從嚴處理；並事先在「工人領導小組」成員們中展開了一次政治上的「反右傾保守、反階級調和」的學習討論。檢討了前一段表現出來的鬥志鬆懈、心慈手軟問題，強調了「對敵人的仁慈——包括政治思想上的敵人，就是對人民群眾的殘忍」。

於是決定舉辦「查獲物品認主會」。不是讓物主認領物品，而是讓物品來辨識主人，領導階級越來越講究鬥爭藝術，政治水平。「查獲物品認主會」在營部值班室進行。值班室布置得像個審判庭似的，北牆上掛有白紙黑字橫幅：「凡是敵人反對的，我們就要擁護。凡是敵人擁護的，我們就要反對。」橫幅下一字兒排開坐著「工人領導小組」全體成員。一個個表情嚴肅，就像些秉公執法的審判員。他們的前面，是一張乒乓球檯做成的「認領檯」，上面陳列著各式各樣的查獲物品，有小鐵錘、水果刀、鋼絲鉗、扳子、鐵銼、桿錐等能置人死地的兇器，有大大小小各種封皮的可以書寫變天帳、仇恨錄、黑名單的私人筆記本，還有安眠藥、鎮靜劑、驅蚊劑、打火機等危險品，還有小收音機、全國地圖冊等可以偷聽敵臺廣播或協助逃亡的工具，還有一大堆宣揚封資修腐朽思想的書籍……真是不查不知道，一查嚇一跳，尖銳複雜的階級與階級鬥爭現象就擺在你的面前，你死我活，你不鬥他，他就鬥你！真如偉大領袖教導的，樹欲靜而風不止。

這臨時審判庭的東西兩邊牆上，貼著斗大一個的黑字標語：「坦白交代是唯一出路」、「負嵎頑抗死路一條」。被審者和聽審者，自然是問題學生們了，灰濛濛、黑壓壓囚徒似地坐下來一大片。水抗抗、關東大漢、南詔國王子三人緊緊擠坐在一起。他們旁邊，坐著滿不在乎的好萊塢博士。這傢伙下巴上的鬍鬚起碼一個月沒刮了，亂蓬蓬的，說是只要蓄個一兩年，就會像革命導師馬克思、恩格斯了呢。

由營長親任主審官。他的兩道劍眉擰到了一起，威嚴地掃視了會場一周——可在兩三天前，他還曾經一反常態，對向教們笑容滿面，像春風般和暢過，現在卻又恢復了滿臉肅殺之氣。幾句短捷有力的開場白之後，他從檯上拿起了一本硬皮書，看了看封面上的白紙標簽，開始發問：

「第一排、第二班第五床是誰，站起來！」

南詔國王子吐了吐舌頭站起來。他穿著條破褲子，屁股上的兩個窟窿眼是用白膠布膠住的，樣子十分可笑。

同教們本來都在緊盯著認領檯上那些該死的「查獲物品」，在揣摩著自己面臨的問題，這時目光都轉到南詔國王子身上來。

「你報告自己的姓名、籍貫、出身、學校！」

「召樹銀，雲南昆明人。出身於商人家庭。來勞教營之前，是北方交通大學地理系三年級學生。那本地圖冊……是我的工具書。我學地理專業，自然要熟悉地圖……」

「你倒是很老實啊？也很會說話，很會替自己開脫啊？」

營長跟教導員交換了一個眼色，譏諷地問道。

「報告領導！我講的都是實話，我只想讀完大學，回老家去修公路或是鐵路……」

南詔國王子口氣硬朗，一點也不怯場。二排三班的太湖才女楊麗妮焦慮地望著他，彷彿比他本人還緊張。她旁邊是三排一班的保定府學者，也替自己的好朋友捏著一把汗。

「你現在站到前面來，聽到沒有？站到前面來！」

營長不耐煩地朝他招了招手。南詔國王子遲疑地移動著身子，走到了「工人領導小組」成員們面前。同教們望著他的背影，他褲子屁股部位的那兩塊白膠布又惹眼，又可憐。

「你看看！大家也可以看看！你在這張雲南省地圖上做了些什麼手腳？你有什麼打算？」

營長氣憤地站了起來，舉起了那本地圖冊，先給南詔國王子看了看，又讓同教們都看了看。同教們卻是什麼都看不清，不過是滿紙密密麻麻，花花斑斑。

「那是我們雲南老家嘛，二十五個兄弟民族和睦相處，氣候宜人，風光秀麗，物產豐富……」

南詔國王子仍是什麼都不肯承認，只是把講得不怎麼樣的北京話改成了一口流利的西南官話。

「你死不老實！這是不是你用紅筆描出的一條路線？我們請有關部門鑑定過了，這是一條從雲南省會昆明經大理縣，上騰衝，下德宏州，到邊境小鎮畹町的路線！有關部門說，在畹町打赤腳過一條小溪，就是緬甸的領土。你畫下這麼一條路線，是不是準備逃亡緬甸？」

營長將地圖冊狠狠朝檯桌上一摔，坐了下去。整整齊齊地坐成一排的「工人領導小組」成員們都對南詔國王子怒目而視。

全場為之愕然。同教們你看看我，我看看你，氣氛越加緊張了起來。二排三班的太湖才女楊麗妮，更是急得眼眶裡的淚水都湧了出來。倒是旁邊的保定府學者偷偷寬慰著她：「沒事，沒事，大不了搬到對面新監裡去住！」

「召樹銀！你老實交代自己的嚴重問題！」

有好幾位「工人領導小組」成員同時厲聲催促。

南詔國王子卻晃了晃肩頭，像要把什麼沉重的東西晃掉似的：

「我外婆家在畹町鎮！本來我打算去年暑假去看外婆，沒有去成嘛！我在自己老家的地圖上，畫了條紅線都算犯了法？沒得的事！就是講到毛主席老人家跟前去，也是沒得的事！」

同教們聽了他這回答，卻忍不住笑了起來。關東大漢和好萊塢博士笑得最響。水抗抗不得不捅了他們一下。不遠處那太湖才女更是破涕為笑，還情不自禁的拍了兩下巴掌。王子的西南官話，比北京話還好聽呢。

營長有些光火，正要發作。教導員在他耳邊嘀咕了幾句什麼，讓他把火氣壓了下去。這時坐在「工人領導小組」成員最末一個位置上的那呂師傅，把一冊發票似的東西遞給南詔國王子，要他簽字：

「簽啥子字？簽我的名字？承認這地圖冊是我的？要沒收？『三大紀律八項注意』裡講了，不拿群眾一針一線啊？」

王子這傢伙真滑頭，又引起了同教們的一陣笑聲。這回水抗抗也跟著關東大漢、好萊塢博士他們笑得很響。第二排和第三排那邊則以太湖才女、保定府學者笑得最嘹亮。

為了嚴肅會場紀律，正氣壓倒邪氣，「工人領導小組」成員有人站起來領頭呼口號：
「橫掃一切牛鬼蛇神！」
「叛國投敵，死路一條！」
「打倒三家村！搗毀三家店！」
「打倒彭、羅、陸、楊反革命陰謀集團！」
「召樹銀不投降，絕沒有好下場！」
震耳欲聾的口號過去之後，營長才大聲宣布：「召樹銀一貫堅持反動立場，不肯與他的逃亡海外的父母劃清界線；混進北方交通大學讀書後，更是變本加厲，攻擊偉大領袖毛主席，甚至詆毀偉大領袖的人格！來到勞教營後，又陽奉陰違，抗拒改造。現在，勒令問題學生召樹銀滾出去！每天除了勞動外，每晚睡覺前必須交一分書面檢討！」
南詔國王子向工人師傅們鞠了一躬，才轉過身，感激地看了同教們一眼，離了會場，回寢宮去了。
「現在我們繼續開會。」營教導員這時拍了拍巴掌，聲音和善地說。不知為什麼，同教們不怕那位叫叫嚷嚷的營長，卻十分懼怕這個作風穩健的教導員。
全場頓時安靜了下來。
「第三排第一班第八床，是哪一位？請站起來。」

教導員的聲音有板有眼。他銳利的目光注視著全場。

矮矮胖胖衣著整齊的保定府學者陳國棟站了起來。他眼睛一直望著門外，彷彿仍在目送著他的好友。

「請向大家報告你的姓名。」

營教導員並不訓斥他，只是盯住了認領檯上一把雪亮的短刀。保定府學者卻若無其事地說：

「我姓陳，耳東陳，名國棟。陳國棟。」

「唷唷，國家的棟樑，不錯。籍貫哪？」

「老家保定府。」

「保定府？不錯。俗話說，京油子，衛嘴子，保定府的狗腿子！你出身成分哪？」

「聽說咱生父有罪。日偽時期做過官。抗戰期間被殺。但那時咱還不到一歲。也不知他啥樣子。咱由城市貧民舅父養大。」

「沒問你的舅父不舅父。你生父是被誰鎮壓的？」

「聽說是八路軍的游擊隊。」

「殺父之仇哪。說說你來勞教營之前，是哪所大學的？」

「北京醫科大學醫療系胸外科專業。」

「好，好。教育戰線的修正主義問題嚴重啊。學校的大門為誰開？為什麼把許多工農子弟、革命幹部子弟長期拒之門外？不突出政治，不為無產階級服務，搞業務掛帥，分數第一，就是搞資產階級專政。」

說到這裡，教導員的目光投向了全體同教。他這目光也是專政，代表著一個強大的階級對另一個業已退出政治舞臺的階級的子弟們實施專政。同教們在這目光面前，一個個垂下了頭，不寒而慄。

孤零零地站在「工人領導小組」成員們面前的陳國棟，卻跟他平日站在老柏樹下一樣，面無表情，又若有所思。

「陳國棟，這件凶器是你的嗎？」

營教導員仍是以平和的口吻問。這口吻的背後卻是堅韌不拔的階級意志和力量。

陳國棟看了那刀子一眼，忽然向營教員伸過一隻手去：

「請先歸還我的《人體解剖學》。」

「你就是這樣回答問題？我看你是膽子不小嘛！堂堂大學生，你要用這刀子幹什麼？先向大家作出交代，再問你的《人體解剖學》！」

教導員十分注意節制自己的音量，只是稍稍提高了一點調門。

「很簡單，那不是解剖刀，只用來削水果，有時也用來剃鬍子。」

「好一把水果刀，剃鬍刀！刃口長過匕首，我看殺豬都足夠了……你自己覺得，你的交代像話嗎？說得過去嗎？我們先不忙著作結論，只是請你先說說清楚！」

「欲加之罪，何患無詞。」

「陳國棟，你再說一遍，這裡不是你們醫科大學，用不著文謅謅的！」

營長實在忍不住了，插進來大聲喝斥。

對於這大聲喝斥，陳國棟卻慢條斯理地回答：

「我是胸外科專業，一把小刀，經常練練茄子冬瓜的，沒有什麼大驚小怪的。」

同教們都被他這回答愣住了，莫不投他以敬佩的目光。有種，又出了個紹興師爺似的硬骨頭。

「嗬嗬，這倒是講出個道理來了，好個胸外科大夫！你剛才咬文嚼字，說我們對你欲加之罪，何患無詞？請你交代交代，是你本身思想反動，還是我們欲加你罪？」

營教導員一針見血地質問。

陳國棟這傢伙，竟然又不回答問題，第二次向營教導員伸出去一隻手：

「請把我的《人體解剖學》歸還給我。」

營教導員雖說有好涵養，這時也有些光火了。他指了指認領檯上那一大堆查抄來的書籍、日記本：

「你的《人體體剖學》就在那裡！你拒絕思想改造，堅持白專道路，學了《人體解剖學》

為哪個階級服務？」

「為病人服務，為社會服務。」

「不！你是妄想成為專家權威，再騎到勞動人民頭上做精神貴族！我們工人階級聽從毛主席指揮，就是要徹底粉碎你的美夢，斬斷你的白專道路！」

「欲加之罪，何患無詞，何患無詞……」

「你住口！同志們，營員們！在嚴肅的階級鬥爭面前，我們絕不可掉以輕心，或是書生意氣。那個自絕於人民的紹興師爺周恕生，就給了我們一個最深刻的教訓。他差點就成功了。他給本勞教營第一排大寢室，布下過一張電網，要製造一個儒林園勞改農場有史以來最大的，也是整個北京地區，或許是整個華北，整個中國最大的勞教人員集體屠殺事件！他差點就成功了。那一來，我們首都高校勞教營就一下子少了三分之一的營員！所以，在血淋淋的現實面前，我們工人階級、革命群眾，一切願意改造思想、願意跟共產黨幹社會主義革命的知識分子，絕不能心慈手軟，絕不能對暗藏的階級敵人有任何天真的幻想！」

全場鴉雀無聲。氣氛緊張得彷彿隨時都要爆炸開來。大家的目光全集中在矮矮墩墩的陳國棟身上。陳國棟其貌不揚，平日只見他死啃書本，這時刻倒是一條真正的硬漢子。

同教們相互交換著眼色，彷彿在說：今天這一對矮個子，南詔國王子和保定府學者，真是令人敬佩。水抗抗則彷彿聽得見關東大漢怦怦心跳的聲音。關東大漢的眼睛不時地盯在「認領檯」上，那上面擺著他的熊貓牌袖珍收音機。下一個，該輪著他了。
營教導員這時仍是以平靜的聲音，宣布了一個可怕的決定：
「來人！把瘋狂反撲的反動分子陳國棟帶下去，隔離審查②！」
早有兩名警衛戰士守候在門口，這時立即走上前來，將矮矮墩墩的陳國棟帶走了。
陳國棟一邊被押著走出會場，一邊仍然固執地回過頭來，神經質地掙扎著，叫喊著：
「你們還我的《人體解剖學》！你們還我的《人體解剖學》……」
他聲音嘶啞，一路叫喊了出去。同教們聽得肝膽欲裂。
「滾出去！留著解剖你自己吧！」
營長再忍不住滿腔怒火，衝著陳國棟的背影大叫著。會場上又響起了一派口號聲：
「打倒現行反革命分子陳國棟！」
「陳國棟不投降，就叫他滅亡！」
「無產階級專政萬歲！」
「偉大的人民解放軍萬歲！」
「英明正確的中國共產黨萬歲！」
「偉大領袖毛主席萬歲！萬萬歲！」
哪朝哪代，臣民百姓呼喊過這麼多「萬歲」、「萬萬歲」？一個政黨，一個領袖，誰能萬歲？

不過自欺欺人，欺天下罷了。

口號聲平息下來後，營教導員拍了兩下巴掌，表示繼續開會。他大約察覺到自己剛才過於激動了，便努力使自己平靜了下來，說：

「毛主席教導我們，與天奮鬥，其樂無窮；與地奮鬥，其樂無窮；與人奮鬥，其樂無窮！革命就是與人鬥嘛，與一切反革命分子鬥！一個階級消滅另一個階級，不是你死，就是我活，別無選擇。當然，我們也一定要執行黨的政策，嚴格區分兩類不同性質的矛盾，達到分化敵人，瓦解敵人，壯大我們自己的目的！」

同教們早已經人人自危、個個膽寒了，誰都不知道會有什麼樣的罪名落到自己頭上。空氣緊張得如同凝固了一般。

「第一排第二班第三床是誰？請站出來。」

營教導員又點了名。關東大漢先舉起一隻手，然後像尊塔似地站了起來，指尖差點觸著了天花板。

「嗬嗬，個頭不矮啊，我們勞教營應當成立一支球隊了。請你自報姓名、籍貫、出身成分、所屬院校。」

教導員態度和藹起來。作為領導人，他頗注意調節會場上的氣氛。

---

②是一種當權者無須辦理法律手續而捕人的形式。

「我姓劉，名叫劉漢勳。吉林省長春市人。家庭出身舊軍閥。來勞教營之前是清華大學天體物理系學生。」

關東大漢不怯場，聲音厚重而有力量。

「很好，很好，你學的是尖端科學啊，日後要到月球上去工作啊。現在我問你，這個熊貓牌收音機是你的？」

「是！我喜歡聽體育新聞……還有毛主席詩詞和報紙社論。」

「但你並沒有向領導小組報告過，你有收音機。」

「我以為它只是件學習工具。」

「我們已經試驗過你的學習工具，可以收臺灣的『自由中國之聲』，也可以收『美國之音』的中文廣播。你怎麼解釋呢？」

「我從來沒有收聽過這些廣播。我只收聽中央人民廣播電臺、北京人民廣播電臺的節目，我喜歡聽聽體育新聞。我曾經是清華籃球代表隊的中鋒。」

「要是有人揭發你收聽了臺灣廣播和『美國之音』呢？」

「只要他拿出證據來，我願意接受任何處分，甚至負刑事責任。」

水抗抗真替關東大漢捏著兩手冷汗。

「好，大個子，你回答得倒乾脆。我們就只當你說的是真話吧。對不起，你的寶貝收音機要暫時被收繳。待你解除勞教返校時，再交還給你。這是你的收據，一式兩分，你簽名。」

關東大漢鬆了一口氣。剛才他心裡真像打鼓似地「怦怦」直跳。他簽了字，回到自己的位置上。

接下來是二排、三排的同教們一個接一個地被叫到檯前，認領自己的被查抄物品。直至中午十二點，營長宣布散會：

「注意！今天下午兩點鐘，我們繼續在這裡開認領會！真正的貨色，還在這裡！」

營長瞪著眼睛指了指檯桌上的一大堆各色封皮的私人日記本，和各種各樣厚本薄本、平裝精裝的書籍。

「丟財免災，丟財免災。」

散會後，水抗抗慶幸地對關東大漢說。

「老天保佑，老天保佑……」

好萊塢博士卻偷偷看了那堆私人日記兩眼，顯得丟魂失魄。

第二十章　好萊塢博士日記

當天下午。

會議移到土坪南側老柏樹下進行。

老柏樹的斷枝殘臂上，掛下來一紅一白兩條幅，紅條幅上寫「緊跟偉大領袖毛主席」，白條幅上寫「堅決肅清一切反革命」，就像兩面旌幡似地在來回晃動。樹下擺著鋪了白布單的「認領檯」，檯上堆放著兩大堆「違禁品」，一堆是同教們的日記本，一堆是各種聽候處置的書籍。檯後仍是一字兒排開坐下了「工人領導小組」的十名成員。

同教們則仍依班排順序，面對老柏樹席地而坐。老柏樹的另一側，放了一只小汽油桶。兩位荷槍實彈的警衛戰士，站立在那裡。

會議照例由營長開場。營教導員仍是不動聲色地坐在一旁。不到關鍵時刻，他是不輕易上場的。

同教們早已熟悉了他們的一套「鬥爭」藝術，私下裡稱之為「二人轉」、「對口相聲」、「男聲二重唱」。

待各班排清點人數、報告全部到齊之後，營長才極為蔑視地掃了一眼「認領檯」上的那一大堆亂七八糟的書籍，說：

「你們！哼！你們中間的某些人，不到黃河心不死，到了黃河心也不死！來到勞教營改造思想，還念念不忘白專道路，學業第一，技術掛帥！還想學得你們的專業特長，取得你們的看家本領，好跟工人、貧下中農鬧對立，分庭抗禮？學好數理化，走遍天下都不怕？老實告訴你們吧！工人、貧下中農不給你們發放通行證，黨中央毛主席不批准，你們就是有天大的本事，也狗屁不值，寸步難行！」

說著，他從書堆裡拿起一本厚厚的線裝書，問：

「大明律！誰的《大明律》？」

沒有人回答。水抗抗和關東大漢心裡都明白，是紹興師爺的遺物。坐在他們身旁的好萊塢博士閉上了眼睛。

「沒人認帳？這本又舊又破的《大明律》沒人認帳？都寫的什麼玩藝？水抗抗！你回答。」

營長叉開雙腿，又成一個等邊三角形似的，威風凜凜地傲立在同教們面前。

水抗抗見問，只得站起來回答：

「報告領導！《大明律》是明朝洪武年間編纂下的一部法律著作，集我國歷代法律之大全……這一本嘛，大約是本班組周恕生生前從北京大學圖書館借來的，他生前是北大法律系四年級學生……」

營長朝水抗抗擺擺手，示意他坐下，然後以宣判似的口氣大聲說：

「封建法律著作，是封建統治者的幫兇，起壓迫剝削工人、貧下中農作用！留它幹什麼？」說罷，順手將書一扔，就扔到老柏樹另一側的汽油桶旁去了。因是年代久遠的線裝書，「砰」地一落地就散了頁，丟盔棄甲。同教們的心，隨著這「砰」的一聲，就像被人用刀尖挑了一下。

營長又從書堆中操起厚厚的一本，像洗撲克牌似地，十分熟練地將書頁一翻：

「《古文觀止》，誰的《古文觀止》？都寫了些啥？講話！」

太湖才女楊麗妮早已面無人色，顫顫巍巍地站了起來：

「是我的書……我是學古典文學的……《古文觀止》是清康熙年間浙江山陰人氏吳乘權、吳大職兩人合編的一部古文讀本，全書二百二十二篇，為先秦至明末兩千多年的散文精華，篇篇精采，字字珠璣，是大學文科教材……」

「裡邊是不是有『人民大會堂』？不，是不是有什麼秦始皇的『阿房宮』玩藝兒？」

同教們中起了唏噓聲、冷笑聲。楊麗妮則是眼噙淚水，欲哭無聲，只得點頭回答：

「叫〈阿房宮賦〉，作者是唐代著名詩人、散文家杜牧……」

「正是這封資修的黑貨毒害了你！你還留戀、不覺悟？」

營長說罷，又是「啪」地順手一丟，將《古文觀止》丟到那汽油桶邊去了。

楊麗妮雙手蒙住臉龐坐下。淚水從她的指縫間滲漏了出來。

「這本《太空奇觀》是誰的？誰《太空奇觀》？講話！」

營長問。關東大漢呼地站了起來：

「報告上級！是我的。我是清華大學天體物理系的研究生……那是一本不帶政治觀念的科學幻想讀物。」

「不帶政治觀念？什麼意思？」

「它不是封資修，不反偉大的毛澤東思想……」

「這就夠了？要學習、擁護、誓死捍衛！難怪了，你在地球上都沒有站穩，還想上天？是去月亮還是金、木、水、火、土？」

「是！我現在接受工人階級改造，先修理地球……」

「那你就安心修理地球吧！」

說著營長順手將那《太空奇觀》扔到汽油桶旁去。

關東大漢「砰」地一聲跌坐下來，像塊沒有知覺的木頭。水抗抗見他臉色蠟黃，額頭上滿是黃豆大一粒的汗珠子，嘴角咬出了血絲，趕快抓住他的手臂，低聲勸誡著：大漢！大漢！你先忍著，全國都在燒書，不光是儒林園……

「大家注意了！這就是那本《人體解剖學》！反動分子陳國棟妄圖從我們手頭要回去的《人

體解剖學》！又是什麼教科書吧？看看，裡邊都畫了些男人女人的什麼玩藝？無恥！還是彩色的，加上些洋碼字……也是封資修的黑貨，處理了！」

說罷，營長以雙手舉起《人體解剖學》，花了點力氣才投到那汽油桶旁去。書實在又厚又重，「砰」地一聲在地下揚起一小片塵土，竟沒有散開頁碼。

書，一冊又一冊的書，中國、外國、古代、現代、自然科學、社會科學、文學藝術，繼續經過營長的雙手，扔到汽油桶邊去。直到他從「認領檯」上扔出最後一本，才轉過身來，宣布「工人領導小組」的決定：

「經研究，這些查抄出來的書籍，都是封資修的黑貨，毒害人的靈魂的精神鴉片，反動階級用以對抗偉大的毛澤東思想、抵制毛主席偉大著作的大毒草！現在，全國上下革命群眾已經行動了起來，都在燒這些反動東西！我們儒林園勞教營更不能例外！燒掉了這些毒草、精神鴉片，我們偉大領袖毛主席的光輝著作，馬列主義的光輝著作，就能永遠立於不敗之地！毛澤東思想的偉大紅旗，才能天長日久地高高飄揚！我們的神州大地，五湖四海，才能辦成為一所統一的、紅彤彤的毛澤東思想的大學校！現在，澆汽油！點火！唱〈大海航行靠舵手〉！」

於是，立即有「工人領導小組」成員提起那桶汽油，澆到那一大堆古今中外的各色典籍上，再站得遠遠的，掏出火柴，點燃一支香菸，猛吸幾口，投入書堆中，「烘」地一聲火苗突躥，烈焰奔騰，黑煙滾滾，紙灰飛昇。

「工人領導小組」成員們全體起立，同教們也跟著全體起立，於熊熊火光中唱起了革命聖歌：「大海航行靠舵手，萬物生長靠太陽，雨露滋潤禾苗壯，幹革命靠的是毛澤東思想……」

唱著唱著，同教們中間卻有人另起了一派古樸蒼勁的歌聲，跟〈大海航行靠舵手〉混合在一起：「昔秦皇漢武，略抒文采；唐宗宋祖，稍遜風騷；一代天驕，成吉思汗，只識彎弓射大鵰……」

營長覺得有些不對勁。於歌聲中大聲問：

「你們唱的什麼？唱的什麼？」

同教們不回答，亦不停止，只顧唱了下去，因為他們唱的是毛澤東本人所作的〈沁園春．雪〉：「俱往矣！數風流人物，還看今朝！還看今朝！還看今朝……」

火光映在每個人身上、臉上。火光映著當代儒生們眼裡的淚光。狂熾的烈焰，焚毀的不僅僅是一冊冊數千年人類文明的結晶，更焚毀掉了整整兩代中國知識分子對於學問、理想的執著追求，以及作為一個人的生命尊嚴……

唱完了頌歌，那大堆書籍仍被烈焰吞噬著。營長同志大約過分沉湎於文盲大老粗式的「階級勝利」了，略顯疲乏地坐一旁去，而由營教導員來主持下面的會議議程。

營教導員此刻也特別興奮。他一直在觀看著兩位工人師傅各以一根鐵棍翻動著那些壓在火堆底下尚未燒著的書本，渾身上下都映著勝利的火光。他的目光慢慢地盯到了「認領檯」上那另一大堆日記本上，聲音沉穩地對同教們說：

「你們不錯，來到儒林園這種地方，還寫私人日記。都寫了些什麼？你們自己心裡有數！你們絕對寫不出雷鋒、王杰那種革命日記來。你們也不配。你們不是勞改犯人，可你們是勞教分子。你們可以寫日記，記下你們亂七八糟的思想。我們也可以搜查、審閱，掌握你們的思想動態，幫助你們思想改造。也許你們有人會以為，我們搜查了你們的私人日記，是不合法的，侵犯了你們的人權。我要告訴你們，法律是為無產階級政治服務的，是鞏固無產階級政權的一種手段。無產階級的法律，怎麼會保護你們的私人日記本？再說人權，我們無產階級跟資產階級談什麼人權？新中國根本不承認資產階級的什麼人權！你們要談人權，請到美國去，到西方去！誰要是長了飛毛腿，就跑跑看？看看無產階級的槍子兒追得上追不上？」

營教導員今天一改穩重的處事作風，講起話來也是殺氣騰騰。會場上，氣氛一下子又緊張了起來。平日愛寫日記的同教們，一個個面面相覷，凶吉未卜。而另一些平日不寫日記的同教們，包括水抗抗、關東大漢在內，則暗自慶幸：這年月，白紙黑字，可是好玩得的？生活中的教訓還少了？多少人，不就因為一些私人信件和私人日記被當作反革命罪證查抄了出來，陷落牢籠？最著名的要算一九五四年毛主席親自領導的反胡風運動了，那《人民日報》上所公布的三批「胡風反革命集團罪行材料」，全部都是從全國各地搜查出來的胡風跟他的朋友、學生們的私人通信和日記。毛主席的如椽巨筆給這三批私人信件、日記加上了「編者按語」，公諸於世，奇文共欣賞，告白天下！所以，你的私人信件、日記，有什麼不可以搜查、審閱的？「工人領導小組」已經是模範地執行了黨的政策，遵守了「三大紀律，八項注意」。

「楊麗妮！二排二班雜屋的楊麗妮來了嗎？」

教導員拿起一本草綠色塑料殼的日記，照著上邊的白紙標簽唸。

太湖才女一邊慌忙地站起來，一邊看看四周的同教，沒想到第一個會叫到她似的。

「怎麼不答應？嗯？」

教導員放下那草綠色日記本，嚴肅地問。

「有！有……我這不是站起來了？」

太湖才女可憐巴巴地回答。

「到前面來認領你的日記本！」

「是！是。」

太湖才女低下頭，在同教們的注視下，走到「認領檯」前。自經過了幾個月前跟柳逢春師傅的那番折騰後，她那豐腴修長的身材變得乾瘦而有些佝僂。

教導員眼睛盯住她的日記本，並不急於交還，而是問：

「你在日記裡都寫了些什麼？」

「沒敢寫什麼……只是默寫下了過去讀過的一些詩詞古文……」

「你對帝王將相、才子佳人、封建士大夫，倒是很熱愛啊？還能一篇篇默寫下來，不錯嘛！」

「我，我的專業是古典文學……」

「你為什麼不寫寫你思想改造、勞動教養的心得體會？」

「是，是……」

「你為什麼不默寫偉大領袖毛主席的光輝著作、詩詞文獻？」

「是，我以後，一定，一定……」

「現在，你背一首毛主席的詩詞大家聽聽！過後，這日記本才發還你！」

「好，好，我，我背……東方紅，太陽升，中國出了個毛澤東……不！不！我背錯了……

颯爽英姿五尺槍，曙光初照演兵場，中華兒女多奇志，不愛紅妝愛武裝！」

「毛主席是偉大的政治家，思想家，軍事家，也是偉大的詩人。楊麗妮，你回答！」

教導員不肯輕易放過太湖才女。剛才她背誦毛主席詩詞，態度不恭敬、嚴肅。

太湖才女點著頭。

「毛主席是不是比屈原、李白、杜甫這些詩人還偉大，你回答！」

「是，林副主席說，毛主席最偉大……」

「毛主席不僅是全中國最偉大的詩人，也是全世界最偉大的詩人？你回答！」

「是！林副主席說，毛主席最偉大……」

太湖才女含著淚，咬著牙，回答了領導階級的偉大的問話。

「好，你算過了關了！」

教導員帶頭為「毛主席最偉大」鼓掌，「工人領導小組」成員們和全體同教們也只好跟著鼓掌。同教們不敢言，更不敢怒。但很讚賞太湖才女機智的回答。

太湖才女跌跌蹌蹌回到自己的座位上，已經出了一身冷汗。她走過好萊塢博士身旁時，聽見小聲咒罵：媽的！不知人間有羞恥二字！

大約是「工人領導小組」成員們很滿意剛才的這一派掌聲，接下來讓同教們領回各自日記本的速度快多了。當然教導員代表「工人領導小組」，給每位領回日記本的同教都有幾句短促的訓斥，明白地告訴你：每本日記都經過了嚴格的審查，領導階級文化不高，可眼睛雪亮，嗅覺靈敏。

最後，「認領檯」上孤零零地只剩下一厚冊紫黑色封皮的日記本。

「老子今天死豬不怕開水燙了！」

關東大漢和水抗抗都見好萊塢博士的拳頭捶在地板上，在給自己壯膽。

這時營教導員退下去喝茶水，營長走到「認領檯」前說：

「大家安靜！下面，仍請教導員代表工人領導小組，處理這最後一本反動日記！」

營長叉開雙腿，打著手勢，抬高了聲音宣布。他的這聲宣布，使得本來已經有所鬆弛的會場氣氛，一下子又撤下了火藥，埋下了引爆的導線。

教導員王忠總是沉得住氣，即便是處理最嚴重的問題，也是不慌不忙、有條不紊。他又走到檯前來，跟營長交換了位置，才手舉那最後一冊日記本，讓大家屏聲住息地足足看了半分鐘之久，才開口說：

「這是一本革命日記？還是一本反革命的日記？我們先不忙做結論。甚至也不忙追問它的主人是誰。今天，大家都要費點耐心，聽我來宣讀它。我讀它的時候，也不做評判，由今天到會的每一個人，邊聽邊評判。」

教導員幾句平平常常的話，說得同教們一個個毛骨悚然。明瞭一點內情的，都把目光投向了好萊塢博士。長時間以來，水抗抗和關東大漢對好萊塢博士的玩世不恭、滿嘴鄙俗十分反感，覺得這傢伙像個細菌培養基似的，一有機會就在同教們中間散布汙濁臭氣。活該！如今輪著「工人領導小組」來收拾他了。

「這冊日記，扉頁上有個標題，叫做『一個電影導演的夢』，」教導員將手中的日記本高舉過頭，晃了兩晃，「下面，我就一篇一篇來讀它。大家可要洗耳恭聽了。當然不是每一天的都讀，只讀這些折了角的。」

「一月十日。陰，北京電影學院——儒林園首都高校「問題學生」勞教營。今天學院送我來儒林園住一年。學院給我創造了機會，來到這個有趣的地方。說我替反動資本家的父母翻案，搞反攻倒算，說我對偉大領袖毛澤東進行了性攻擊，才來這勞改農場體驗生活。像一座兵營，卻由十位工人師傅管理。文盲領導文化，大老粗治理大學生。奇特的生活。或許到了某一天，能將這段生活拍成一部電影，肯定引起轟動。又，進勞教營後的頭一件事：剃光頭。一個個像青皮鴨蛋。也好，免得藏汙納垢。

「一月二十日。陰。為什麼不下大雪？真怪，雪都跑到哪裡去了？政治運動如火如荼，革命意志氣沖霄漢，熱度增高，改變了大氣氣候？天天挑運紅磚，挑進監獄去蓋新號子。肩膀紅腫了。我是勞教營裡第二高度，力氣也應是第二位的，能堅持。紅磚能不能進入電影鏡頭？什麼角度？用什麼光？特寫？媽的！政治上天天反修防修，電影藝術卻全套蘇聯模式。總有一天，讓概念演繹、人物說教、戲劇衝突見鬼去！

「二月三日。晴。奇冷，早晨的氣溫大約降到零下二十度。整天挖溝。肚子餓得慌。從沒有這樣飢餓過。很想念小時候吃過的餅乾和奶糖。很想念五〇年代初期的熱乎乎、香噴噴的白麵饃饃、蒸餃、湯包、銀絲卷。如今窩窩頭能管飽，亦是進入了天堂。世界上有哪部經典電影，真實地表現過人類的飢餓？印度電影《流浪者》。演員和音樂都不錯。麗達小姐會愛上流浪漢拉茲？誰愛過我？又：一個名叫『關東大漢』的同教，身高一米九四的巨人，因早點名遲到，被關了四天禁閉，餓得暈死了過去，倒在地上，卻啃了滿嘴泥土。送到監獄醫院急救，才保住了性命。

「二月二十五日。晴。仍挖溝。生活真沉悶，無聊。晚上做夢，跟那大明星……李教授講過弗洛依德的夢的剖析。意識流手法早應用於西方藝術。可是我們的電影界，只講蒙太奇，只講斯坦尼表演體系。視西方藝術理論為洪水猛獸。蘇聯算不算西方？馬、恩、列、斯算東方還是西方？當然人家會說，西方也分姓資的和姓無的。脫了褲子放屁。學一句魯迅先生筆下的阿Q罵娘：媽媽的！

「三月十五日。晴。天已轉暖。晚上聽見床架響動及同教們的叫罵聲。這聲音本人熟悉，是二班一個叫紹興師爺的在手淫。手淫又稱為自慰或自娛。看過些教學參考片，有的鏡頭真刺激。但沒見過男子或女子自慰的鏡頭。弗氏言：文藝為人類剩餘情欲之發洩，有一定道理。至今未看過表現男同性戀或女同性戀的電影。同性戀，中國的雞姦，亦算一種？據說，在春秋戰國時代，諸侯王公們便好養些面目姣好的書童玩樂，稱為『男風』，又一個世界第一。

「三月三十日。晴。今天放假休息。每天勞動、開會、學毛選、檢討思想，枯燥之極。對不起，本人給同教開講了幾個粗俗故事，逗得大家大笑數場，過過乾癮。幸好工人領導小組留下值班的柳師傅未出面制止。柳師傅近些日子跟太湖才女眉來眼去。大學生愛上工人階級，新生事物？還是精神失落？工人階級愛上問題學生，政治墮落？凡有人群的地方，即有男女之情。又：最近各排大寢宮晚上都閃鬼火。

「四月五日。風沙。早點名時，紹興師爺被懲罰。因被人告發，他在一封給情人的信中揚言自殺。營長令他下跪，他不幹，還說士可殺，不可辱。真他媽的死硬，行。中午收工回來，見他被上了手銬，仍在土坪上風吹日曬。他班上小頭目水抗抗上去問他喝不喝水，吃沒吃飯？他沒答理。下午，來了一輛大吉普車，把工人領導小組成員們接進城裡去聽報告，門外換了警衛戰士站崗，不管室內事。晚上一排寢宮裡查奸細，查出一個叫河南騾子的，被大家臭打一頓，真過癮。老子也揮拳上陣，乘機大打出手。最後還是紹興師爺撲在了河南騾子身上，護住了告密者。剩餘情慾的發洩？日後是絕好的電影場景。一群喪失了理智的大學生囚犯。

「四月八日。風沙。挖渠。同教們紛紛議論，工人領導小組已在同教們中間布置下了許多眼線、耳線。今後彼此的一舉一動，都在相互監視中。然後相互告發。真可怕。把人變成特務，也叫階級鬥爭？也叫用毛澤東思想改造我們這些問題大學生？我們中國人搞特務政治，有歷史傳統。秦始皇首創情報系統，斬殺儒生。明代搞東廠、西廠，兩大特務系統。清王朝的特務政治更是登峰造極。慈禧太后一個老寡婦，垂簾聽政，能夠統治中國幾十年，直至去世，就是靠的特務系統，結果搞得國窮民困，列強入侵。港臺製片人中有一股慈禧熱，一部一部出新片，反映中國的這段奇特歷史。現在，勞教營裡也搞這一套，可悲。悲及每一個小小單位……」

教導員王忠真有好涵養。他以平穩的語調唸到這裡停下，端起茶杯品了兩口茶。坐在他兩邊的工人領導小組成員們，早已一個個義憤填膺。這時，營長站出來領頭呼口號：

「把現行反革命分子揪出來示眾！」

「誰誣衊工人階級，仇恨無產階級專政，就打倒誰！」

「堅決粉碎階級敵人的瘋狂進攻！」

「公布變天帳！清算變天帳！」

「緊跟偉大領袖毛主席，把革命進行到底！」

「工人階級萬歲！」

……

同教們一邊跟著呼喊口號，一邊暗暗敬佩著好萊塢博士。水抗抗、關東大漢、楊麗妮等更是不時地看上坐在地板上的好萊塢博士一眼。那傢伙驚慌過一陣後，已顯得若無其事，滿不在乎，也跟著大家一起舉手呼口號。

震耳欲聾的口號直喊了兩三分鐘之久。

這時，同教們的目光紛紛轉向門口。原來門口已經站立著好幾名武裝警衛。

「下面，我繼續來唸這本『一個電影導演的夢』！」

營教員稍稍抬高了一點聲調，環視了一圈肅穆的會場後，堅持不加評語地唸了下去。但他的語氣、表情，已經充滿了強烈的譴責和批判：

「五月一日。晴。勞動節。昨晚上夢見了爺爺。他一直盯住我，不說話。最後一次見到爺爺，是一九四九年夏天，我十歲的時候，他和他的商行一起遷去了臺灣。父親是開明資本家，不肯跟了爺爺走，留下來迎接解放大軍進北京。真是兩條道路，兩種前程。一九五六年敲鑼打鼓實現公私合營。父親在自己的工廠做工，但政治上仍是資本家，改造對象。父母親都於一九六一年患水腫病，死在他們下放勞動鍛鍊的張家口農場。爺爺還活著嗎？為什麼會夢見爺爺？常常想父母親，卻很少夢到父母親。按弗氏理論，這夢又怎麼剖析？潛意識在作怪？爺爺的商行還存在嗎？臺灣地方那麼小，有發展機會？三個叔叔都在作什麼？有多少侄兒侄女了？他們靠什麼生活？我真願意多多作夢，在夢裡雲遊四海。夢裡有藝術想像的廣闊天地，夢裡有精神的自由境界。又：三排有個叫『保定府學者』的，在土坪老柏樹下遇見了鬼。

「五月十日。晴。轉眼已是夏天了。我們從挖灌溉渠改為開挖排水渠。上午工間休息時，大家在野地裡圍觀馬匹交配。工人師傅們跟我們打成一片給公馬、母馬吶喊助威，不覺地形成兩支啦啦隊。真來勁，真刺激。記得在學院上課時，教授介紹西方電影的墮落，說有的表現牲口交配的鏡頭拍得很美。還有一部電影是拍一隻大狼狗跟自己的女主人交合。人和畜生有什麼區別？現在，我們的這種區別也越來越小了。越來越向牲口靠近，全面恢復身上的動物本能。可是，人雖然越來越像牲口，卻沒有牲口的自由。牠們不用武裝看守！有朝一日，能拍電影，老子一定拍一組人群圍觀牲口交配的鏡頭。

「十月二日。晴。今天是『國慶』假期的第二天。趁大家都出到土坪裡曬太陽去了，南詔國王子給我談了他和姊姊的海外關係。真是太可怕了。就因為他的父母去了美國，姊弟倆一直揹著『中央情報局特嫌』。他們已經將近三年沒收到過父母的來信。王子推測，是街道居委會和公安派出所，扣壓了他父母的來信。不然，身在海外的父母，怎會丟下國內的兒女不管不顧了呢？三年困難時期，父母親還寄來過那麼多餅乾和奶粉。

「十月十五日。晴。仍在構思未來影片《儒林園記》。中國知識分子命運最好的時候是春秋戰國時代，百家並起，學術自由，人才自由流動。到了秦始皇統一中國，壞了，焚書坑儒，開了文字獄先河。可後來的唐人說：坑灰未冷山東亂，劉項原來不讀書！秦二世而亡。到了兩漢，知識分子命運有所好轉。但漢武帝『罷黜百家，獨尊儒術』，開創了封建文化專制主義。魏晉南北朝士大夫坐而論道，空談成風。隋朝確立科舉制。唐代知識分子很自由，堪稱黃金時期。五代過眼雲煙。兩宋又獨尊儒術，對知識分子仍較寬容，不抓不殺，流放而已。元朝很奇怪，蒙古人馬背上得天下、治天下，對讀書人興趣不是很大。明朝很糟糕，放牛娃出身的朱元璋皇帝首開廷杖，打知識分子大臣的屁股，大興文章八股和文字獄。之後宦官為禍，東林黨學人不是對手。中國古代文字獄最為酷烈的要數滿清王朝。其中尤以順治、康熙、雍正、乾隆四位皇帝最是屠殺漢族知識分子的劊子手。記得讀過一本清人筆記，其中記述了康熙三年，江南名士莊廷鑨等人私修《明史》獲大禍，被殺讀書人達二百二十一人，受株連七百餘家！為清代第一大文字獄。幾千年來，中國知識分子扮演了什麼樣的歷史角色？皇權附庸？幫兇？謀臣？隨葬品？當然也有過陶淵明那樣的避世者，華陀那樣的神醫，祖沖之、徐光啟、李時珍那樣的科學家，包文拯、海瑞那樣的清官……但官僚麕集，科學家太少了。清末民初，知識分子開始向西方世界尋求救國之道。可是後來……知識分子又當上了皇帝，回過頭來整肅知識分子，手段更高明。中國知識分子的劣根性在哪裡？出路又在哪裡？

「十一月二十五日。晴。今天勞教營出了大事。大家都下去了，楊麗妮跟柳逢春師傅、張大方師傅三個，不知誰捉了誰的姦。兩位領導階級早就為了太湖才女爭風吃醋。但事有奇怪，柳逢春師傅脫了身，張大方師傅卻被送到醫院去搶救。可能是被太湖才女咬傷了。不知是被咬了下體還是舌頭。最好是被咬了舌頭，一輩子不再說話……捉姦從來就是最好的戲劇、電影題材。以後若能拍一部《儒林園記》，這可是重要情節，重頭戲。

「夠了！諸如此類的毒草，數不勝數！下面呼口號！再宣布一個重要決定！」

營教導員讀到這裡，實在按捺不住心頭怒火，將手中的日記本狠狠地朝檯上一拍。

營長立時來到了檯前，領頭振臂高呼起口號來：

「打倒現行反革命分子王力軍！」

「千萬不要忘記階級鬥爭！」

「王力軍寫反革命變天帳，罪該萬死！」

「王力軍與人民為敵，絕沒有好下場！」

「坦白從寬，抗拒從嚴，檢舉有功，立功受獎！」

「無產階級專政萬歲！」

口號聲中，進來兩個全副武裝的公安人員，一左一右站到了好萊塢博士身後。

好萊塢博士像是早料到了這一步。他站了起來，面無懼色。

公安人員遞給他一張白卡片，讓他簽字。

他看了一眼蓋有「北京市公安局」大印的「逮捕證」，從容不迫地從上衣口袋裡拔出圓珠筆，在上面簽字，竟簽成了「好萊塢博士」。

「耍什麼花招？你什麼名字！」

公安人員厲聲喝斥。

「啊啊，對不起，我平日習慣了這外號。我補簽上真名。」

說著，他又在「好萊塢博士」後邊，簽上「王力軍」三個字。他剛收起筆，雙手腕就被一左一右地扭住了，「咔嚓」兩聲，一副鋥亮的手銬就把他銬上了。動作之快捷，真令人瞠目結舌。

好萊塢博士被帶到了檯前。面對著全體同教，他沒有低頭。

楊麗妮在人群中哭泣。好些人跟著偷偷哭泣。

營長狠狠地瞪了王力軍一眼，然後大聲宣讀著一分什麼文件：

「鑑於問題學生王力軍於勞教期間抗拒改造，書寫反動日記，妄圖反攻倒算，猖狂向黨進攻，陰謀推翻無產階級專政，經報請北京市公安局、市人民檢察院批准，將王力軍逮捕法辦！」

教導員工作比較過細，問：

「王力軍，你有什麼話說？」

王力軍眼睛望著同教們，聲音清晰地說：

「你們應當替我保存好我的私人日記。我每天都塞進磚牆裡，還是沒有逃過你們的眼睛……」

「帶走！」

口號聲又大作起來，其間混雜著哭泣聲。在全體同教心目中，好萊塢博士王力軍，已是一名英雄。

第二十一章　母親情懷

無論走到海角天涯，
無論送走多少年華，
忘不了你呀，
親愛的媽媽！
忘不了你縫的書包，
忘不了你補的小褂，
忘不了你送我上路，
寒風吹亂了滿頭白髮！

無論走到海角天涯，
無論送走多少年華，
忘不了你呀，

親愛的媽媽！
忘不了你溫暖的撫愛，
忘不了你叮嚀的話，
忘不了你深情的眼睛，
總在閃爍希望的淚花……

連著好幾個晚上，水抗抗都夢見了媽媽。媽媽怎麼了？媽媽病了？又被人鬥爭了？到了白日裡，從不唱歌的他，也嘴裡念念有詞地哼唱起這支歌兒來。他也忘記了這歌兒是從哪裡聽來的，什麼時候唱會的。反正不是時下舉國流行的高腔高調，思念母親的歌，只能偷偷哼，輕輕唱。

每逢星期二的中午，是「工人領導小組」向同教們分發家信的時刻。一星期一次。勞教營是個內部控制的保密單位，不直接對外受理郵件，家信均由同教們原先所在的院校轉來，並在「工人領導小組」手中停留一星期，經過了仔細審閱，才到達收信人手裡。可以說，對於書信文字之類的敏感東西，同教們享受著比對面監獄裡那些正式勞改犯人們更高一級的待遇。正是因為他們思想反動，跟地主資產階級有著千絲萬縷的血肉聯繫，才強迫其勞動教養，拯救他們的靈魂於罪惡的泥淖。

水抗抗是整個勞教營裡唯一沒有收到過家書的人。皆因他於去年年初來這裡之前，給遠在福建武夷山老家孤苦伶仃地當著地主分子的媽媽寫過一封撒謊的信。他說上級領導為了教育、栽培他，也是為了鍛鍊、考驗他，決定送他去大西北的一座農場工作一年，正好跟他所學的政治經濟學有些業務關係。他要求媽媽老人家一年之內，暫不與他通訊。待一年之後回到了北京的人民大學校園，他會立即拍電報向媽媽告上平安的。

一年來，媽媽該是怎樣地愁腸千結，望眼欲穿，思念自己的獨生子啊。

他家住在武夷山腹地一座小鎮裡。在他童年的記憶裡，總是離不開青山，忘不了綠樹，還有那總是急匆匆濺起浪花向山外跑去的溪水。

媽媽出身大戶人家，會讀書寫字，開過藥鋪收過租，卻是個心地慈善的人，信奉觀音菩薩，常以柴米周濟窮人。家裡也請過長工，媽媽卻待他們有如家人。山鎮裡的女人們常誇媽媽面善心慈，活脫脫的就像個現世觀音呢。媽媽吃長齋，最怕看到殺生。家裡也養雞養鴨，可都是用來生蛋給兒子抗抗吃，吃了長身子的。直到雞、鴨都不生蛋了，老了死了，才埋到後花園那棵荔枝樹下去。媽說，雞鴨也有來世，不是變成樹上的果果，就是投胎到人家裡，變成小寶寶。

有一回，水抗抗和鎮上的幾個光屁股小夥伴，在山邊那口大荷花塘岸捉到了一隻老泥蛙，比他們小手手的巴掌還大。他們叫叫嚷嚷，就像打了大勝仗，回到小抗抗家大院門口的石階上，七手八腳地用一塊鋒利的瓷碗片，給泥蛙開膛剖肚，搞得一個個手上、臉上都是血珠子，玩得好開心啊。泥蛙被剖了肚子，腸子肝花都流了出來，

可泥蛙兩條粗腿還會伸，一張大嘴還會咂，一對圓鼓的小眼珠卻一眨不眨……正巧媽媽出

來了，一看臉都煞白了：阿彌陀佛！你們造的哪樣孽啊？抗抗，你這個壞東西，看看你那小手手，兩手都是血，造孽啊。媽媽沒有打小抗抗，也沒有把抗抗的夥伴們趕跑，而是把大家都趕進院子去，提來一桶水，拿來一包甘蔗糖。媽媽用木杓舀水，叫大家把小手手都伸出來淋洗乾淨，才一人發給一塊糖。媽媽單單沒有給抗抗糖吃。先是叫小夥伴們回家去，再叫抗抗把老泥蛙埋到後花園去。埋好了老泥蛙，洗乾淨手，媽媽還是沒有給抗抗糖吃，反而叫他跪到觀音菩薩的像跟前，跪到吃中飯。

媽媽從小教抗抗，做人要戒惡行善，要濟貧護弱。門口來了討飯的花子，不許抗抗嫌人髒，不許家裡人罵和趕。而是要裝上一碗米，或是半升豆子去打發。媽媽告訴抗抗：貴人貴命，賤人賤命，都是前世所定。前世作惡，今世受苦；前世積德，今世享福。因此人人都應當積德行善修來世。今世修得好，死後升天堂，兒孫有出息；今世作惡多，死後下地獄，落油鍋，兒孫變牛馬。神靈菩薩在天上睜開眼睛看，哪個好哪個醜，都登在了天書上，一件小事都漏不掉，逃不脫。

抗抗六歲發蒙讀書，開始懂事，開始問媽媽：人家都有爸爸，為什麼我們家沒有？媽媽臉色難看，過後又笑著告訴抗抗，你是大樹椏杈裡生下來的，哪會有爸爸？抗抗也真傻，竟去問學堂裡的先生，想證實媽媽的話。先生告訴他，大樹只會結果子，不會生娃娃。回到家裡，他又纏住媽媽問。媽媽又說他是石頭縫縫裡長出來的。你還不相信？古時候有個七十二變的孫猴子，一個跟頭能翻出十萬八千里，就是南海山上石頭縫縫裡生出來的……你長大就曉得了。抗抗還是不相信，纏著媽媽問爸爸。媽媽還是不說給他聽，而是拿出一本老書來，唸給抗抗聽，也講給抗抗聽，還要抗抗來背誦：

打起黃鶯兒，
莫教枝上啼。
啼時驚妾夢，
不得到遼西！

抗抗，這是什麼意思？是講一個年輕的媳婦呀，坐在家裡做針線活，做著做著就睏了，睡了。可是窗外邊樹枝上的小鳥兒，吱吱喳喳的，把她吵醒了。媳婦就起身去把那吵人的小鳥趕走，免得把人的夢都吵了；人正在夢裡邊，跟自己的遠在北方打仗的丈夫相會哪！

海上生明月，
天涯共此時。
情人怨遙夜，
竟夕起相思。
滅燭憐光滿，
披衣覺露滋。

不堪盈手贈，
還寢夢佳期。

抗抗，是說呀，天上的月亮呀，這時刻也正照著遠方的親人。從早到黑都思念他，到了晚上就更難過了。熄了蠟燭燈火，還有滿屋子的月光。披了衣服起來，又覺得夜露寒冷。真想捧起這月光送給遠方的親人去，可是又只能去夢裡跟他相會……

國破山河在，
城春草木深。
感時花濺淚，
恨別鳥驚心！
烽火連三月，
家書抵萬金。
白頭搔更短，
渾欲不勝簪。

是說呀，這個世界上總有打不完的仗！山河都破碎了，家園田土都荒廢了，花也流淚，鳥也痛心！人豈無情？這時刻呀，若還能接到親人的書信，就真是無價之寶了！盼望跟親人見面啊，把頭髮都盼白了，盼掉了，都沒法梳妝了！

媽媽含著淚水，把一首一首的唐詩念下去，講下去，都是些思念遠方的親人的詩……抗抗半懂不懂的，只覺得，他是有爸爸的！爸爸是到北方打仗去了，音訊全無。媽媽沒有收到過一封「抵萬金」的書信。媽媽日日夜夜都在思念爸爸。做夢都在叫喊著爸爸的名字……有時抗抗都被吵醒了，見媽媽靠著床頭在哭：

「家都不要了……娃娃都不要了……打下了江山，為哪個……」

抗抗九歲那年，穿黃制服的國民黨軍隊，吃了大敗仗，經過武夷山區逃向海邊去；穿灰制服、頭戴八角帽的「解放軍」，整整齊齊從北方開過來……媽媽笑了，媽媽年輕了。媽媽告訴抗抗，爸爸要回來了，小抗抗要有爸爸了。媽媽領著抗抗，天天站在過兵的大路邊，數著那前不見頭，後不見尾的隊伍，在替抗抗認爸爸……後來解放大軍的隊伍過完了，媽媽也沒有替抗抗找到爸爸。

好些日子，媽媽都吃不下飯，睡不著覺。抗抗懂得了媽媽的心事，媽媽是害怕爸爸在外邊打仗，中了槍子，倒在北方的土地上了。可是這麼多年來，也總該有個音信。如今又是勝利了，總該有個結果呀……

又過了些日子，區裡、鄉裡開始有人傳話，說爸爸還活著，在部隊上做了大官，娶了新的漂亮太太……聽了這傳話，媽媽哭了。背著抗抗哭，等抗抗晚上睡著的時候哭，眼睛都哭腫了。後來，媽媽不哭了。媽媽對抗抗說：

「只要人還在，就好了。這麼多年，子彈炮火裡，他也不容易。身邊也要有一個人。既是做了官，洗漿衣衫，端茶送水，接客送客，都少不得一個人……我一個鄉下女人，總算替他把娃娃養下了，紅頭花色，活蹦亂跳的，過兩年託人把你送到他府上去，日後有出息，我算對得住他……」

媽媽抱住抗抗哭。抗抗抱住媽媽哭，抱住媽媽嚷：

「不！不！不……我不要他！我不要他。我只要媽媽，只要媽媽……」

十指連心，母子連心。娃娃是媽媽身上掉下的肉。媽媽離不開抗抗，抗抗離不開媽媽。

過了些日子，媽媽平靜了下來，就給抗抗講一些老書上、老戲文上的故事。什麼《秦香蓮》啦、《文君怨》啦、《杜十娘》啦、《西廂記》啦、《白蛇傳》啦。媽媽記性好，那些好聽的詞兒都背得，有的還會唱。從古到今，都是癡心女子負心漢！

媽媽說得最動情的，是那個《文君怨》。說是西漢時候，有個白面書生叫司馬相如的，既有學問又好色，也很窮。有一回呀，他到他朋友府上去做客，看到他朋友的妹妹叫卓文君的，長得閉月羞花，就在晚上彈琴，唱什麼〈鳳求凰〉。那卓文君是個新寡之人，禁不住他窮相公的挑逗，就夜裡和他相會了。卓文君家裡是大富翁。她父母見女兒竟私自愛上了一個窮書生，傷風敗俗，就把女兒趕了出來。可司馬相如和卓文君很有志氣，在縣城邊上開了一家小酒店度日。因為文君是個有名的美人兒，司馬相如又能寫會唱，所以他們酒店的生意很好。他們賣的酒就叫文君酒。聽講四川地方至今有一種名酒叫文君酒。過了不久，由於司馬相如的文章做得好，得到皇上的賞識，把他召到京城，做了大官。司馬相如這沒良心的，就跟一個名門千金混上了，把鄉下的文君忘掉了。他一走五年，沒有給文君寫過一個字。文君盼啊，盼啊，就是盼不到丈夫的信。五年之後，她終於收到丈夫一封信，可拆開一看呀，丈夫信裡什麼話都沒有，只寫給她「一二三四五六七八九十百千萬」一行莫名其妙的數字！文君好傷心啊。

她聰明絕頂，曉得丈夫已經變了心，要休棄她了。但她不服氣，又很有文才，就擦乾眼淚，巧妙地把丈夫寄來的那行數字，寫成一首迴文詩作為回信：

一別之後，
兩地相思，
只說是三四月，
又誰知五六年。
七弦琴無心彈，
八行書無可傳，
九連環從中折斷，
十里長亭望眼欲穿！
百思想，

千繫念，
萬般無奈將郎怨！
萬語千言淚難乾，
百無聊賴十依欄，
重九登高看孤雁，
八月中秋月圓人不圓！
七月半燒香秉燭問蒼天，
六月伏天人人搖扇我心寒！
五月石榴紅勝火，
偏遇冷雨澆花端，
四月枇杷未黃我對著銅鏡心意亂，
急匆匆三月桃花隨水轉，
飄零零二月風箏線兒斷！
噫！郎呀郎！
祈禱蒼天開慧眼，
下一世你變女子我做男！

媽媽講完了這個故事，苦澀的眼睛裡有了亮光。後來呢？抗抗問。媽媽說：負心的司馬相如接到妻子的這封信，就回心轉意，打發來了轎子，把卓文君接到京城去了！

抗抗不做聲了。他小小的心眼裡明白，爸爸不會回心轉意，不會來接走媽媽。媽媽只是在借古喻今，安慰自己。

第二年，也就是抗抗十歲那年，鄉裡開始進行土地改革。鬥地主，分田地。以暴力對付手無寸鐵。按財產田畝、雇工剝削，加上開中藥鋪，抗抗家被定為資本家兼地主，媽媽當了資本家兼地主婆，雙料貨。是個沒有丈夫的地主婆。由於媽媽積德行善，在鄉鄰們中間沒有作過什麼惡，沒有仇人，也就沒有像別的地主那樣，被農民協會的民兵用索子捆、用麻繩吊、用扁擔打、用石磨壓、用刀子戳。

可媽媽一下子就老了。當了地主婆，臭狗屎，階級敵人，千人嫌、萬人踩。這就是媽媽拜觀音菩薩、積德行善修來世所得到的報應？在水抗抗小小的心田裡，種下了仇恨的種籽。他不恨別人，只恨那個從沒見過面的爸爸。是爸爸欺騙了媽媽，害苦了媽媽。他長大了，就要痛毆這個爸爸！為了自己可親可敬可憐的媽媽。

土地改革後，窮人並沒有變成富人，只是富人的確成了窮人。貧富一拉平，天下就太平。天天都唱毛主席是人民大救星。大救星沒有告訴人們怎樣致富，過上好日子；只是教會了人們睜著血紅的眼睛，互相仇恨。

水抗抗家裡沒有勞力，農會扔給他和媽媽的兩畝旱田仍是交給人去種，秋後人家送給他們一點口糧，當然不叫收地租了。還有一間矮土屋，屋角擺床，門口燒火，幾塊磚頭墊上草蒲團，既當凳子又當桌。媽媽說只是個窩。人活著就要有個窩。有人就會有世界。媽媽就是為抗抗活著。怎樣活下去？媽媽會描龍繪鳳繡花帕，會飛針走線做裁縫。她起早貪黑挨家挨戶做下去，替翻身農民趕了嫁妝趕壽衣，累得腰都直不起。那時候鄉下還沒有縫紉機。抗抗心裡就是不明白，媽媽沒日沒夜地給人家做裁縫，有的人家連工錢都不給，為什麼還要喊她資本家、地主婆？誰在剝削、誰又在被剝削？

媽媽活著做著，就是要把抗抗養大，供抗抗上學讀書；像一盞任憑風雨吹打的桐油燈，總是為兒子燃著亮著。窮人養嬌子，對抗抗，媽媽可是連手指甲都不捨得彈一下。從小到大，只打過抗抗一回。那是抗抗十二歲的時候，抗抗連著三天逃學，跟了大人去水田裡捉泥鰍賣。抗抗要學會掙錢，自己養活自己。當他把賺得的幾角錢交給媽媽；當媽媽發覺兒子裝書的篾提籃成了魚簍子，散出一股魚腥味，就氣得臉都翻了白，抓過兒子劈頭蓋臉一頓好打，一下一下打得好兇啊！邊打邊咬著牙根罵：

「你個沒出息的！你個沒長進的！哪個叫你逃學？餓了你還是凍了你？你小小年紀就騙人，就學壞……」

抗抗任憑媽媽打，再痛也不叫喊，不哭。他知道自己錯了。自己為了媽媽，媽媽為了自己，都不應該逃學。

媽媽忽然住了手，怔住了：兒子嘴唇咬出了血，可是不哭……媽媽看了看自己的雙手，十指瘦長的雙手……自己的雙手怎麼啦？描龍繪鳳的手，飛針走線的手，撫摸兒子的手，竟在兒子臉上、頸上留下了一道一道鮮紅的指印……

「娘——」忽然兒子一聲哭叫，雙膝撲地一下跪在了媽媽面前：「娘打吧！打吧，我騙了娘……」

媽媽雙腳一軟，眼睛一花，也跪下了地，一把抱住了兒子。母子倆嚎啕大哭，哭作一團。媽媽的淚水滴濕了兒子的頭髮，兒子的淚水濡濕了媽媽的胸膛。

「抗抗，好抗抗，乖抗抗，你懂了？娘為哪個活著？娘為哪個受苦？娘當著地主婆，人前人後做豬做狗，賴著臉皮活在這世上……娘是為了哪個？為了哪個？」

抗抗懂得了，欺騙，是人的最壞的品質，會引出人世間最可怕的罪過。爸爸就是用了欺騙，坑害了媽媽，使媽媽成了地主婆，成了人間煉獄裡的黑鬼婆。人家動不動就罵她「臭狗屎」「剝削者」，動不動就對她揮起巴掌或拳頭，要把她打倒在地，再踏上一隻腳，十隻腳，一百隻腳。

此後抗抗就長大了，懂事了。從初中到高中，從高中到大學，抗抗每月都要給媽媽寫上一兩封長長的信。寒假暑假，總是回到家鄉的小土屋裡，跟媽媽住在一起，上山打柴，下地種菜，去附近的林場裡伐木、做臨時工……他的成績總是招人妒忌的好，不是全班第一，就是全校第一。考大學時是全專區第一。這樣的學生，就因為他的出身成分有問題而不准他讀書？天理也不容。

抗抗愛媽媽，勝過了愛世上的任何人。抗抗恨爸爸，也勝過了恨世上的任何人。正如那老戲上唱的：寧要叫花子媽媽，不要做大官的爸爸。對於爸爸明裡暗裡給他的資助，他從來不屑一顧。對那些他無法回絕的資助，也從不知有感激。生成一副黑骨頭、心甘情願當地主崽子。

第二十二章　魂繫武夷山

自從來了儒林園勞教營，水抗抗沒有給媽媽寫過信。

原以為，待他勞教期滿，回到人民大學繼續讀書，再給媽媽寫上十封、二十封長長的書信不遲。可現在一年時間早已過去，勞教營還沒有撤銷的跡象，倒是聽說要變成常設單位，一屆一屆地辦下去。況且如今北京城裡，舉國上下，批判「三家村」，電閃雷鳴；聲討「彭羅陸楊反黨集團」，風起雲湧。紛傳「彭羅陸楊」的背後還有大後臺……，這時刻大官們都家無寧日，人人自危，哪裡還顧得上儒林園勞改農場問題學生勞教營，這些偉大時代的政治棄兒？

水抗抗都養成習慣了，每逢星期二中午，別的同教大都有家信，而他只能欣賞那些接到了家信的人，有的愁，有的怒，有的笑，有的哭，有的表情冷漠，當場把家信扯得粉碎。他還發現了一個規律，同教們都不保留家書，讀後一根火柴，灰飛煙滅。因為大家都害怕手寫的文字，文字自古以來就是個禍害，許多讀書人就是為了一部書、一首詩、一句標語、一個字，而被打入天牢，甚至鬧到滿門抄斬、誅滅九族。

「水抗抗！水抗抗！你的信，你的家信！」

好幾回，有的同教惡作劇，晃著個空信封哄他，捉弄取笑他。就因為他從沒收到過信。為這事，在去年秋天，他發瘋似地跟好萊塢博士打過一架，打得血流滿面。他本來就恨著滿嘴淫詞的好萊塢博士，於是借機洩仇……直到前些天「工人領導小組」公布了博士那反動日記，被當作現行反革命分子逮捕，水抗抗和同教們才認識了博士的真正面目。

他後悔不已。他生平跟人打過兩次架。

頭一次年紀還小。在老家武夷山小鎮上。一天放了學，他跟小夥伴們上山撿乾牛糞。後來大家一起玩「投糞扠」。就是在一塊坪地上，用三根柴棍搭成三角叉，再量出二十步的距離，大家輪流用各人的糞扠投，誰投中了那三角叉，誰就是贏家，每人就要輸一塊牛糞給他。那天小抗抗的手氣真好，只贏不輸，得了滿滿一筐牛糞。小夥伴們不服氣，開始罵他地主崽，臭剝削。跟著又唱起從農會民兵叔叔那兒學來的新歌謠：

地主婆，背脊駝，
養個崽，住草窩。
草窩草窩哪點好？
草窩裡邊好暖和！
等到雷公閃電火，
燒死狗崽和狗婆！

小抗抗開始是氣得哭，跟小夥伴們對罵。後來就像頭小豹子似地衝上去拚命，跟小夥伴們打了起來。他第一次為了媽媽的名譽拚命。不能容忍對媽媽的辱罵。媽媽犯的是國法，要由政府來處置。他好凶狠喲，力氣好大，一連擊倒好幾個對手，打得小夥伴們四下裡逃散……直到一個農會幹部聞聲趕來，看清楚了是他地主崽子搞階級報復，就拿一塊乾牛糞塞了他的嘴，再捉他到農會去問罪。

那天天擦黑了，媽媽正著急兒子沒有落屋，農會派來民兵，傳她去領人，去給那些被她兒子打了的孩子們的爸爸媽媽下跪，代兒子認罪、討饒。地主崽子竟敢打貧雇農後代，不是反天了？除非國民黨反攻大陸，蔣委員長回來！

老一輩的冤孽、仇恨，傳給了無辜的下一代。媽媽下跪了，磕頭了，替兒子討了饒。兒子雖然鼻青額腫，嘴角滲血，卻不肯下跪認罪。媽媽當著眾人的面，搧了他兩巴掌。媽媽是為了消人家的氣，打給人家看，才算把禍事解脫了。

回到草屋裡，媽媽一直默默流著眼淚水。小抗抗不哭不鬧，只是一次一次的舀水漱口，漱了口還作嘔。媽媽抱住他，問：哪樣啦？兒子哪樣啦？他們打壞你什麼地方啦？媽媽脫光了他的衣服，在他身上到處摸，到處查，也沒有查到大傷處。他拚命忍著不哭，就是不哭，也不說出來：農會幹部，一個大人，拿一塊牛糞，塞了他一嘴巴！又反扭住他的雙手……

事到如今，他真正感到內疚的，是跟好萊塢博士打過的那一架。

也是因為媽媽。媽媽在他心田裡，有一片神聖的領地，不容任何人冒犯。

「水抗抗！你媽媽來信了，你媽媽來信了！還有你爸爸！」

那一回，好萊塢博士玩世不恭，沒輕沒重，晃著個空信封，朝他直嚷嚷。

「信在哪裡？狗娘養的！信在哪裡？」

他衝了上去。渾身的肌肉都鼓脹了起來，熱血衝向頭頂，臉膛脹成紫紅色，眼睛噴出了火星子。狗娘養的，交不出信來？他拳頭出去了！掃堂腿也出去了。

號稱勞教營「第二高度」的好萊塢博士，也不是好惹的。小子還練過武功。他雖然被水抗抗老虎下山似的突襲擊倒，但一個鷂子翻身就站了起來，不顧額角流血，雙拳就閃電般左右出擊。於是兩條壯漢拳來腳往，好一場惡鬥！反正沒活頭，反正人不如畜生，反正不要命啦！打他個五佛出氣，六佛升天，七竅流血！

結果還是關東大漢勸止不住，怕他們鬧出人命案子來，才去報告了「工人領導小組」，水抗抗和好萊塢博士才住了手。兩人都血流滿面，都受到了關三天禁閉的懲罰。

此後再沒有人敢以家書來捉弄水抗抗。水抗抗也學會了沉默。

「水抗抗！水抗抗！家書抵萬金！你的家信！」

誰這麼討厭？不招你，不惹你，平白無故找人鬥氣？是不是又想試試抗抗的拳頭？

「老哥！你耳朵不靈？我喊你沒聽見？你家裡的來信！」

信使站到了他面前，將一封厚厚的信塞過來。原來是南詔國王子。他頭都氣暈了，才一時沒有辨出聲音來。

水抗抗仍是有些不敢相信似地接了信，也忘了向南詔國王子道謝。可他的眼睛一落到信封上，就模糊了，心口怦怦地慌跳著，呼吸都急促了起來：是媽媽的信？可怎麼用了生產大隊的信封？

信已經被人拆過封口，封口已經被訂書機釘過了不只一次，先是寄到了中國人民大學政治經濟系——他原先的通訊處，經校政治處拆閱後加了張白紙小條轉到儒林園勞教營來的。他扯掉了訂書釘，從信封裡抽出一疊不同顏色的信紙來。媽媽給自己寫了這麼厚的信？

是的，是媽媽清清秀秀而又有些顫抖的字跡，水抗抗貪婪而緊迫地讀了下去：

抗抗兒：娘實在忍不下去了。娘惦記著日子，一年都挨過去了，還不見你的信。你曉得娘是哪樣熬過這一年的？天天都在等兒的信，天天都不見有兒的信。娘的眼睛都花了，給人做針線活，都穿不進針眼了，手指也不如先前靈便了。兒去了西北，音訊不通的西北……兒不給娘寫信。娘可是給兒寫了好多信，這些信娘都沒有寄出，就在家裡存著，原先你放課本、鉛筆的那個樟木盒，滿滿一盒子信。留給兒日後回家看。其實，就是在這些信裡，娘也沒有寫哪樣。娘又能寫哪樣呢？只是想你，想得心口痛。兒子不要生娘的氣。娘的心焦了，碎了。除了兒，娘在這世上，還有什麼呢？娘只想等到兒大學畢業，有分工作。若能多活幾年，就再等到兒娶個媳婦，不嫌我們家成分高的媳婦，生個胖崽娃，留個後……兒不要生娘的氣。娘是個老腦筋，改造了十幾年，還是個老腦筋……

生產隊的鄉親們，待我都很好。前年，娘還湊了筆錢，買了縫衣機，娘學會了用機器縫衣。記得這事，娘寫信告訴過你。鄉親們對我好，去年搞社教，也沒要我上臺，只是把那架縫紉機收上去了。私人有機器，娘又是這等成分，不許可的。也算娘自願上交的，交給了生產隊的集體縫紉組……隊裡的幹部講政策，要退還我四十塊錢，我沒有收。我一個接受改造的老婆子，哪能收生產隊的錢？後來隊裡幹部在分子們的訓話會上，講我態度還老實……是的，娘要老實，老實。活著有口氣，就要老老實實。兒，你不要生娘的氣，你年輕，氣盛。你也要老實，聽組織的話，聽首長的指派。如今新社會，隨什麼事都要依靠組織。隊上幹部講了，一個人有飛得起的本事，一離開了組織，就折斷了翅膀，甚至於越有本事越危險。所以兒讀書做學問，出好成績，娘都放心。我兒從讀書那天起，就總是得第一，很少落到第二、第三名。娘不放心的，是兒人大心大，有傲氣，不曉得依靠組織。我們鄉下人文化低，年輕人談對象，都是要先經組織同意，不然就不許可的。

看看，娘都講到哪裡去了？你都生娘的氣了？兒，娘是老了，看不到兒，娘就老得快，心都是木的。手腳也是木的。有時火星子落在腳背上，都不曉得縮；針尖戳了手指頭，也不曉得痛。娘是離天一時時遠，離地一時時近了。兒，你不要生娘的氣。娘曉得，是娘的成分害了兒。

娘一生一世，就是做了一件好的事，也是不好的事，就是生下了你，養大了你，娘不該給了你個黑出身，黑成分。這黑成分，壓得我兒，難得揚起臉來做人……

水抗抗眼裡的淚水，奪眶而出。他的心像被揪了似地疼痛。娘說鄉親們對她好，認定她老實改造，水抗抗心裡感到種酸楚的欣慰。娘勸他也要老實，一切都要依靠組織，他心裡只有苦笑。娘說她見不到兒，心都木了，手腳都木了，離天一時時遠，離地一時時近了；水抗抗鼻頭發酸，喉嚨哽咽。娘說到她的懺悔，給了兒子一個黑出身，黑名分，一生一世壓住了兒……水抗抗抽泣了起來：娘，兒不怪你，兒怎麼能怪你？一個人的出身，是不能選擇的。娘的成分，也不是娘能選擇的呀！兒怎麼會怪娘？娘只有恩於兒，恩重如山，娘是最好最好的母親……

水抗抗用手背揩著眼裡的淚水。他從小就是這樣揩眼淚的。他翻出了媽媽寫的另一頁信紙，這信，媽媽寫得較短：

兒：娘又忍不住要給你寫信。娘算了算，已經過去了一年零兩個月了，還不見兒來信。原先兒從學校寄信回來，至多七日就收得到，有時五天就收到。聽講，大地方又搞大運動了？好多大官、大學問，都在被打倒……娘的心，只掛牽著兒。娘近兩月，心裡絞得痛，絞得痛……可是還算好，每回只有一會兒，就沒事了，就又拿得起針線了。兒，娘總是覺得還有什麼話要對兒講。可是記性越來越差，忘性越來越大，就是記不起哪句話該對兒講了……兒，你要是收到了娘的這封信，你就給娘回一個字吧，再難再苦，兒也要回個字。就寫兩個字，一個字寫

「娘」，一個字寫「兒」。還有就是寫上日子。讓娘曉得兒還在，也讓兒曉得娘還在……

水抗抗淚流滿面，右手舉著信，左手捏成拳頭，捶打著乾裂的泥地。泥地被他捶出了一個坑。

他接著讀娘的下一紙信，也是最後一封信，只有很短的幾句話：

兒：娘病了，兒不要擔心，娘不是什麼大病，就是胸口裡一陣一陣的絞痛……隊裡好心的人講，年紀大的人，都會有這種毛病，今天，娘想起那件事、那句話來了。我已經拜託隊上的幹部，替娘寄出了一封信。娘不講，兒也該曉得，這信是寄給哪個的。我一生一世就只給他寫過這一回。信上只有幾句話，告訴他，你是他的親骨血，你現在有難，已經一年多沒給娘寫信了……兒，你不要生娘的氣。娘是出於不得已。娘不在世了，只有把兒交給他。娘早已寬諒了他。娘求你也寬諒他。一個人的血脈是割不斷的，他是你親爸爸……

信封裡還有最後一頁紙，是蓋有紅印章的通知書：

水抗抗同志，你母水玉蓮（地主分子），已於五月二日因心臟病發作去世，已由生產隊負責安葬。另，你母臨終前，曾囑託鄰居把以上三封信寄你。鄰居把信上交生產隊，現一起轉寄你。望你站穩革命立場，正確對待信中內容，自覺予以批判。此致革命敬禮！

一九六五年五月八日

水抗抗不相信自己的眼睛似的，將這生產隊的公函看了一遍又一遍。這時他反倒不哭泣了。他搖晃著身子站起來，腳下虛飄飄的，抬眼望望天上太陽，又看看身邊的房屋朝向，然後朝著東南方向跪下，雙手捏成拳頭捶打著土地，額頭也一下一下地磕著土地……很快，他的雙拳捶出了血，額頭磕出了血……

他四周圍了一大圈人，都是同教們。都不知他出了什麼事，只以為他瘋了，患了癲癇病，不知應該怎麼來勸阻。還是同班組的關東大漢和南詔國王子趕了來，撥開眾人，一把將他抱住了。關東大漢抱頭，南詔國王子抬腳，把他弄回大寢宮去。又有人跑去報告「工人領導小組」，請示派醫生來急救。

水抗抗那「抵萬金」的家書，在土坪上被乾熱的風吹拂著。還是南詔國王子有心，跑去追逐著，把一頁頁紙片收了攏來，一看，才明白了是怎樣一回事。於是他逢人便告訴：

「水抗抗的母親死了！水抗抗的母親死了……難怪他氣瘋了！氣瘋了……」

南詔國王子真是個才子，他想出了一個點子，在大寢宮門口，插了根棍子，像旗杆似的，而把一塊破舊的白色毛巾，掛在棍子的上半部，低垂著。

這也是下半旗，象徵著兒子的哀悼。卻做得人不覺，鬼不知。也可說：人覺，鬼知。

這之後，勞教營裡，偷偷哼唱〈忘不了你呀，媽媽〉這支歌的人，越來越多了。身陷囹圄，誰人不想念自己的母親，自己的童年？有的人還邊哼唱邊哭泣：

無論走到海角天涯，
無論送走多少年華，

忘不了你呀，
親愛的媽媽！
忘不了你縫的書包，
忘不了你補的小掛，
忘不了你送我上路，
寒風吹亂了滿頭白髮，
無論走到海角天涯，
無論送走多少年華，
忘不了你呀，
親愛的媽媽！
忘不了你溫暖的撫愛，
忘不了你叮囑的話，
忘不了你深情的眼睛，
總在閃爍希望的淚花……

第二十三章　北京奇觀

關東大漢終於獲得批准，可以獨自進一趟北京城。「工人領導小組」規定他早上七時離營，當天下午六時前回營，不得有違。你無論走到哪裡都是個大目標，若還行為不軌，被城裡的糾察隊送回來……後果你自己明白！

不知為什麼，自一年前第一次關了他禁閉之後，「工人領導小組」成員們對這位體魄高大的勞教學生，總是流露出幾絲絲敬畏和憐憫。大約是他每天幹雙分活、吃雙分糧，兩手舉得起一百公斤的大麻包，側下身子一頂就能把熄了火的吉普車頂跑，無形中樹起了一點「力」的威信。

他的情況也的確有些特殊。一年多的日月過去，他在儒林園監獄的商店裡，自然買不到五十二碼的鞋子，買不到兩百公分的汗衫或背心，還有帽子、上衣、褲子、襪子，一切都需要特大號的。只能進城到特體用品商店去選購。

「請各位師傅看看！各位領導看看！我再不買新的穿，就成光體原始人了，會給咱新社會抹黑，丟人現眼！」

他曾經雙手高高地展示著他的爛布條一樣不堪入目的裡衣裡褲，像舉著面體育競賽的旗幟似的，向「工人領導小組」成員們求告。

清晨六時，他跟同班組的南詔國王子打了聲招呼。南詔國王子跟他咬了聲耳朵：換了我，走毬！他苦笑著搖了搖頭。他又伏到還在養著傷病的水抗抗床頭去，輕輕說：

「哥們，快點養好病，咱先去探一探，看看有沒有條別的活路！」

他大步出了營房，在總門值班室向值日師傅交驗了准假證；走出舊監不遠，又在警戒線上向值班警衞交驗了准假證，然後帶著一股風，一口氣走了七里地，出了東山口，來到柏油馬路旁的長途汽車停靠站，趕上了早班車。為了今天這趟進城，他做了幾天的打點準備。穿上了唯一一套乾淨整齊的中山服，還推了平頭修了面。只是腳下的靴子不爭氣，張開了鯉魚嘴，露出了腳趾頭。他覺得今天要背霉就背在這雙靴子上。回頭進了北京城，人家一見了你雙腳，就會把你當流浪漢。

由於時間還早，公共汽車上乘客不多，馬路上也車輛稀少。只花了兩個半鐘頭，就到達安貞門外北郊長途汽車站。據說若在交通繁忙的時間乘車，這段路要走四、五小時呢。在安貞門大街上，他換乘市區十八路公共汽車，來到東城區的繁華地段北新橋。北京城裡，真是個車水馬龍的喧鬨世界。除了車多人多，就是大紅大綠的標語口號多；白花花的大字報填街塞巷，就像滿城都在披麻戴孝；而那些風獵獵的各色各樣的旗幟，又像在迎接盛大的慶典。在一幢尚未完工的高樓上，兩幅巨大的標語從樓頂垂掛了下來，就像從半天雲裡俯衝了下來：

無產階級革命造反精神萬歲！

戰無不勝的毛澤東思想萬歲！

街道兩旁的電線杆上，都安裝了高音喇叭。喇叭裡正在播放著旋律簡單、節奏明快、高亢有力的毛主席語錄歌：「馬克思主義的道理，千頭萬緒，歸根結柢，就是一句話，造反有理，造反有（噢）理……」

他娘的，真要命。按著預先想好的尋人路線，他拐進北新橋東口的一條胡同裡，去敲一座小四合院的大門。是一扇朱漆大門。他發覺一路上都有人以狐疑的目光注視著他。四合院的院牆上也刷了一條大標語：革命無罪，造反有理！院門上則是一副大紅對聯：四海翻騰雲水怒，五洲震盪風雷激。橫楣是：世界革命。真他娘的不土不洋，不中不西。

這是關東大漢在清華大學天體物理系一位同窗好友的家。今天不是星期日，純粹是來碰碰運氣。去年他進勞教營前夕，曾偷偷把一百元錢交這同窗好友保管。同窗好友的父母親都是核物理科學家，都在大西北的核試驗基地工作，留下兒子和奶奶在北京住著。他敲了好一會門，才聽見院子裡有腳步聲。那腳步聲在門背後停住了，大約是在聆聽門外邊的響動。他又嗒嗒敲了兩下，還輕輕喊了兩聲那同窗的小名。裡面才有一塊嵌在門板上的鐵片掀起，露出來三分之一張臉龐，正好是一雙眼睛。之後，鐵片重新合上，裡邊在抽開插門的鐵條，門張開了一條縫。他這才看清楚了：真運氣！同窗好友沒去學校鬧革命，而躲在家裡偷清閒。

他不由分說，一步擠進了門。他的同窗好像瘦多了，趕忙插上門，又掀開鐵板朝外看了看，才回轉身來打招呼：

「大漢，你怎麼成了這副樣子？你們勞教營……」

「我快成類人猿了是不是？在那勞改農場，我買不到衣服……今天還是特意打扮了一下才來的。」

「你敲這院門的時候，後邊有沒有人跟蹤？」

「沒有……好像沒有，但我不敢保證。」

「你是怎麼來的？坐公共汽車？還是……」

「我是好不容易請准了假來的……放心，我不是逃跑出來的，我口袋裡有證明信。」

「這就好，這就好。你等等。我進屋去看看有什麼吃喝的……」

說著，同窗好友朝他點了點頭，轉身進屋去了。過去他們都是清華籃球代表隊的隊友，一起打比賽，一起吃吃喝喝，挺重義氣交情的。可現在，人家對自己心存戒備，拉開了距離。當然關東大漢也明白事體，並不太責怪這連客廳都不讓進的同學。在這種「六親不認，你死我活」的年月，加上自己的「準勞改犯人」的身分，還有自己這身「類人猿」似的衣著，人家讓你進了院子，就已經夠哥們的了，擔著很大的風險了。

只聽他的同窗在屋裡跟什麼人嘀嘀咕咕，還有小聲的爭吵似的。他知道屋裡有位老奶奶，原先很喜歡他的，星期天總是煮荷包蛋和掛麵給他吃，還愛張開沒有牙齒的嘴巴笑話他：

「孩子，不要再長個兒了！再長就成屋柱子啦。一年只發一丈四尺五寸布票，媳婦也不好找，哈哈……」

同窗出來了，一手端了碗棒子粥，一手抓了三個白麵饅頭。娘的，成了打發花子啦，說不定這只碗用過後都會扔掉啦。但填充肚皮要緊，一大早什麼東西都沒吃。這年月，也講不得什麼面子不面子，志氣不志氣啦。

「奶奶剛才問我，是誰來啦？她老人家春天一來就犯了風濕病，輕易不下床……我告訴她老人家是你來了。我說過你的事，她直掉淚。剛才又眼睛紅了，要你好好擔待自己，保住身子……」

關東大漢身裡升起來一股暖意。他三口兩口就喝下了棒子粥，又齦下三個白麵饅頭。總算塞住了肚皮一角，心裡踏實了許多。

「謝謝老奶奶。我這次就不進去打擾她老人家了。」

他眼睛直盯住自己的同窗好友。

「您忙，您忙……我看就免了，免了。」

「哥們，這回，我是想來取走去年存在你手裡那點錢……」

他開門見山了。事到如今，這筆錢成了他的救命錢了。

「都給你準備了。因不敢給你存銀行，沒有利息……奶奶剛才還從她自己的生活費裡，給你勻出來二十塊，共是一百二十塊。您點點數……另還有農業大學寄來留交給你的一封信。」

人家同窗早就知道他的來意了，把一個牛皮紙信封交給他。他沒有抽出錢來點數，只是從中抽出一封信來，是河南騍子寫的！告訴了他在農大的宿舍樓號、電話號碼……他匆忙中看了一遍，收好了。他眼睛有點泛紅，直盯住剛才那扇有說話聲音的窗子。

「還有，奶奶另送你一樣東西，你把它別在胸前，在北京城裡，可以做護身符……」

關東大漢接過一看，眼睛都亮了，原來是一枚金光閃閃的毛主席像章！他還是頭一回看到這寶貝，連忙笨手笨腳地將它佩在了左胸上，原先佩戴清華大學校徽的地方。

「謝謝奶奶！太謝謝她老人家了。」

同窗好友卻一直表情冷漠，像是竭力在避免跟他親熱。

「我先給您看看門外邊……您再等等。」

明明是要送客，卻叫他「再等等」。同窗又掀開了那嵌進門板裡的鐵片，朝院門外左右兩邊都看了看，才返身說：「不要怪咱……如今形勢，天下大亂……我們這條胡同裡，好幾戶人家都被紅衛兵戰友們抄了……聽說彭、羅、陸、楊的黑後臺是劉少奇，國家主席都保不住了。如今滿城都是解放軍和紅衛兵，還有工人糾察隊……你行動上要小心。」

關東大漢將牛皮紙信封塞進裡衣口袋裡，感激地點著頭。

「你出門後，不要回頭。一直走到大街上。萬一有人查問你，你一定不要說出我們家來……看在我老奶奶的分上！」

一時，他心裡有些看不起這位同窗。他們沒有握手。大約人家也沒有想到要跟他握手道別。

他順利地出了大門，出了胡同，沒有回頭。他來到大街上，也沒有遇到人來盤查。他胸前的那枚金光閃閃的毛主席像章給了他一種安全感。同窗好友是被嚇虛了膽，但人還是很正直和善良。這是他這趟進城遇上的第一個好人，但願不是唯一的好人。在大字報、大標語滿街翻飛的年月，在橫掃一切牛鬼蛇神、批判一切，視人性、人情、善良、慈愛、平等、自由皆為反動的年月，人們互相告發、互相栽贓成為社會新風尚的年月，要做一個剛正不阿的人，已經很難很難。

他正要擠上一輛開往東四南大街的電車，見一支高呼著口號的隊伍，迎面開了過來。一時間，滿街上南來北往的車輛行人都自動停了下來，為這遊行隊伍讓路。遊行隊伍由數十面紅旗開路，每個人的胸前都佩著金光閃閃的毛主席像章，每個人的左臂上都佩著「造反有理」的紅袖標，右手拿著《毛主席語錄》本，形成整齊的六列縱隊，踏著整齊的步伐，邊呼著口號邊行進。那紅色的《毛主席語錄》本在他們的頭上隨著口號的節奏整齊地晃擺著，如同一排排洶湧的紅色波濤：

「打倒三家村！挖出黑後臺！」

「徹底摧毀彭羅陸楊反革命陰謀集團！」

「擁護十六條！貫徹十六條！保衛十六條！」①

「熱烈歡呼黨中央政治局擴大會議勝利閉幕！」

「批倒批臭資產階級反動路線！」

「炮打資產階級司令部！」②

「誓死捍衛毛主席，誓死捍衛黨中央！誓死捍衛毛澤東思想，誓死捍衛毛主席的無產階級革命路線！」

「堅決擁護以毛主席為首、以林副主席為副的無產階級司令部！」③

口號呼畢，人們引吭高歌，齊頌偉大的救星毛澤東。關東大漢看到，駐足街道兩旁觀看遊行的人們，也都跟著歌唱了起來：

敬愛的毛主席！我們心中的紅太陽——敬愛的毛主席，我們心中的紅太陽……是你創建了新中國，領導我們翻身得解放……我們衷心祝願你老人家，萬壽無疆，萬壽無疆——

口號驚天，頌歌動地，風光無限。

看著這浩浩蕩蕩的隊伍，看著這滿城裡澎湃的政治激情，關東大漢陰暗的心靈，萌生出一種莫名的悲哀和惶恐。他彷彿看到歷史在重演封建大劇，臣民百姓在頂禮膜拜、三呼萬歲偉大的君王、教主。北京又成了紫禁城，成了一座放大了的故宮。可是這些又都稱為革命，稱為政治運動，階級鬥爭。發動人口的絕大多數，投入急風暴雨式的政治大潮，席捲一切的政治狂濤。

紅色的人流滾滾，紅色的浪濤翻湧。

他上了電車。又好不容易在東四南大街的燈市口站下了車。這裡的交通全堵塞了。三叉路口上，一大群頭戴黃軍帽、身穿黃軍裝的紅衛兵戰士們正在這裡拉開戰幕：橫掃一切牛鬼蛇神！他們把二、三十名不知從哪裡抓來、卻都被削了陰陽頭④的黑幫分子⑤一個個掀翻在地，然後令其當街跪成一圈。這些黑幫分子每人脖子上皆掛有一塊黑牌，黑牌上書寫著各種打了大紅叉的名號，有「美蔣特務」、「蘇修間諜」、「裡通外國分子」、「反動學術權威」、「大叛徒」、「大內奸」、「反動資本家」、「逃亡地主」、「漏網右派」、「反動傳教士」、「大土匪」、「偽軍官」等等。有多少黑幫分子，就有多少職稱名分，絕少雷同。充分顯示出一代紅衛兵、毛主席的革命接班人的聰明才智。

紅衛兵戰士們一個個昂首傲立。偉大的毛澤東是他們的紅司令。他們都把紅彤彤的《毛主席語錄》本以右手拿著，緊貼在左胸上那咚咚跳動的心臟處，擺出「紅心向著毛主席」那種舞

①即一九六六年五月十六日頒布的「中共中央關於開展無產階級文化大革命的決定」，共十六條。
②指抵制毛氏文革主張的原國家主席毛少奇、原總書記鄧小平等穩健派。
③即「毛澤東的親密戰友」林彪元帥。
④把批鬥對象的頭髮剃去一半或是在腦門頂上剃出一條大路。
⑤毛澤東、林彪一夥稱被他們打倒的對象。

臺表演式的隊形，而由他們的頭頭手拿一隻鐵皮喇叭筒，對四面八方圍觀他們的市民們宣講偉大領袖毛主席親自發動、林副主席統一指揮的無產階級文化大革命的及時性和必要性：不搞這場史無前例的大運動，地主、資產階級就會重新上臺，就會復辟資本主義、大搞修正主義，廣大的工人階級、貧下中農就會吃二遍苦，受二茬罪，就會亡黨亡國，千百萬人頭落地……

紅衛兵的遊鬥宣傳在一派響徹雲天的口號聲中結束。紅衛兵小將們雄赳赳、氣昂昂地押解著二、三十名黑幫分子，手裡的軍用牛皮帶呼呼地掄著甩著；向著下一個交叉路口湧去。

關東大漢看到此情此景，真是毛骨悚然，大熱天嚇出了一身冷汗。他覺得自己也屬於那脖子上掛黑牌的黑幫分子所組成的牛鬼蛇神隊伍，自己遲早也會被無限忠於毛主席的紅衛兵們押解了去……

他拐進了東禮士胡同。他要去文化部電影局找他的小同鄉、女朋友。他這女友是高幹子弟，大膽潑辣，熱情如火。她跟自己的父母住在一棟單門獨戶的四合院裡。有一回，她趁父母都到海濱療養去了，瞞過了門衛，也瞞過了老保母，把他領回家。那時她什麼都不怕。但是他害怕。傳統的道德觀念束縛著他，替她的前途擔憂、替她的身體負責的心理妨礙阻止了他……最後她哭了，恨恨地咬住他的肩膀……這事發生在兩年前。不久他便成了問題學生。他心裡埋藏下一個珍寶般的祕密。在畜生一般生活著的勞教營裡，他每當想起，心裡就充滿了柔情和甜蜜。再苦再累再受罪，他都覺得自己沒在世上白活。

在胡同口，關東大漢發現了一個白地紅字的公用電話牌。他決定先打一個電話，也是碰碰運氣，看看能不能找到她。這公用電話怎麼打？規矩變了嗎？仍是只交五分錢，就可以打一次市內電話，不限時間長短？他來到那擺著部黑色電話機的小窗口。窗口上邊用大紅紙寫著兩行正楷字：「最高指示，破舊立新」。守電話機的是位老大爺，左臂上竟然也佩著個「造反有理」的紅袖標。他向老大爺道了好，遞上一枚五分錢的硬幣。老大爺先看了一眼他胸前的毛主席像章，卻把硬幣推了回來，嘴裡說了聲：

「為人民服務！」

他不知是什麼意思。以為錢少了，又遞上一張一角錢的紙幣去。可是那一角錢又被退了回來，老大爺仍是給了他一句：

「為人民服務！」

他還是沒明白老大爺的用意，只好裝出一臉笑容去問：

「大爺！對不起，請問現在用一次電話多少錢？」

老大爺睜大眼睛仔細看了看他，大約覺得他的臉部表情還誠實，才說：

「你同志敢情是外地進京的？不懂咱京城裡新規矩？文化大革命啦，破四舊、立四新⑥，咱守公共電話是捎帶著義務義務，仍是五分錢一次收費。」

⑥四舊：舊思想、舊文化、舊風俗、舊習慣；四新：新思想、新文化、新風俗、新習慣。

關東大漢還是不得要領，又問：

「那咱能拿起話筒就撥號嗎？」

老大爺嚴肅地瞪了他一眼，帶著教訓的口吻說：

「那哪行？告訴你新規矩吧，你問我用電話，我領頭學習一句毛主席的最高指示：為人民服務；你也跟著學習一句毛主席的最高指示，再打電話，懂嗎？」

關東大漢恍然大悟。看來毛澤東思想這個巨大的靈魂，已經滲透了社會生活的每一個神經末梢。

「好！現在咱們開始吧。為人民服務！」

「橫掃一切牛鬼蛇神！」

老大爺笑了，露出了滿嘴黑牙：

「你算學會了。但打公用電話，最好還是學習一些溫和的最高指示，『戒驕戒躁』啦，『大公無私』啦，『艱苦樸素』啦，『農業學大寨』、『工業學大寮』啦，又簡單、又客氣……」

他拿起了話筒，手指粗笨得都不會撥號了。電話通了，接電話的是位柔中帶剛的女中音。關東大漢的心怦怦跳了起來。是她，這聲氣是她，一生一世都不會忘記，千百次地呼喚過他為「親哥哥」的嗓音！

可是他剛說了聲「文化大革命好」，對方也回了句「全國學習人民解放軍」，之後便一次又一次地問：「你是誰？誰？哪個大劉？大個子劉？劉什麼名字？同志，請報你的名字好不好？」

他心裡湧起一陣悲涼。這麼快，她就把他忘記了，記不起誰是大劉、大個子劉了？還是自己的聲音全變了？變得她都聽不出來了？對方在電話裡不大耐煩了。他一時又有些火了，差點就衝出一句粗話來：我就是你抱過親過的劉漢勳！關東大漢！

對方在電話裡不吭聲了。大約終於省悟過來他是誰了。娘的，是在犯難？是在思謀著該不該撂下電話？鬼使神差，他關東大漢為什麼要打這個電話？舊情復發？他當了勞教分子還異想天開，人家會在他落難的時候，收留他片刻？甚至會遞給他一隻保養得法的纖纖玉手，讓他像狗在自己高貴的主人面前那樣，伸出舌頭去舔舔？

「大劉，真對你不起……現在辦公室裡就只我一個人，講講話不要緊……你去年年初一走，就沒有消息……你一定吃了很多苦頭，我也吃了苦頭……我去年年底成了家。你曉得我父母一直反對我和你的關係，因你出身太壞，死命地反對……可他們現在，也被打成了『彭羅陸楊反黨集團』的骨幹分子，聽說也關在你們儒林園……我成了黑幫子女，你知道這滋味……但我丈夫卻是個好人……大劉，原諒我。我們不要見面了，太痛苦……你是請了假出來的？還是有人跟著？你千萬回儒林園去，如今全中國都是一個樣，你回儒林園還好一點……我用一個旅行袋把原先替你洗乾淨了的衣服、鞋襪裝著，一直藏在這辦公室。等一會兒我把這旅行袋放在傳達室，告訴值班的老大嫂，我要外出開會，一位大個子親戚會來取。你只要說你姓劉，清華大學的，就行了……大劉，原諒我……你一定來取旅行袋，我給你裝了你最需要的……好，我要去開會了，真的是去開會，造反派通知了，不去不行，是批鬥我父母親的大會……」

關東大漢又傻了，心軟了，一肚子氣也消了，甚至有些悲天憫人了。看來，在這個紅彤彤的世界上受煎熬的，已經不分階級出身、社會地位、政治背景了。毛主席親筆寫下了「炮打司令部」的大字報，已經把革命烈火燒進紫禁城，燒進中南海裡去了。階級鬥爭的鐵籬笆，圈住的不光是地、富、反、壞、右、資產階級及其子女。娘的，也好，也好。都來嚐嚐挨批挨鬥、受歧視、被關押的滋味！中國八億人口，如果能有一億、兩億革命對象及其家屬子女，就熱鬧了，好看了。毛主席老人家的網撒得越大越妙，要亂就亂到底。難怪運動一開始，就有人唱：

「文化大革命好！文化大革命好，文化大革命就是好，就是好！」

他心裡平衡了許多，也踏實了許多。幸災樂禍。身陷泥塘的人，總是歡迎大批新的泥客。大約地獄裡的情形也是這樣。鬼不怕鬼多。鬼多勢眾。都成了鬼，誰還怕誰呢？

他去電影局傳達室報了姓氏、單位，取走了一只裝得滿鼓鼓的旅行袋。整條禮士路胡同都被大字報、大標語糊滿了，電影界的大毒草、大鬼小鬼真是多得數不勝數。看來整個文藝界都要被兜底翻、連根拔了。毛主席是當代最最偉大的詩人，他最最看不上眼的，也就是招降納叛、藏汙納垢的文藝界。他生平只看得上兩個文化人：活著會高唱頌歌的郭沫若，死了會罵大街的魯迅。

這是一只他熟悉的旅行袋，曾經伴隨著他和她去東北吉林老家度過假。他們曾經流連於風光迷人的白山黑水，曾經滿懷深情、熱淚盈眶地一次又一次地歌唱：「我的家，在東北松花江上，這（那）裡有，森林煤礦，還有那，望不到邊的大豆高粱……」在禮士路胡同一個偏僻的角落，他拉開旅行袋看了看，最上邊放著一張摺成四方塊的字條。他打開了字條：

劉，袋裡裝著的，全是你原先留在我家裡的衣服鞋襪。有幾樣是替你新買的。你的衣物真不好買。在新滌卡中山服上裝口袋裡，替你裝了一百元錢，三十斤全國糧票，大約是你最需要的。劉，我能做的，就是這些了。原諒我，忘掉我，不要恨我。又：在任何情況下不要提到我。

字條是用空白紙寫的，沒有頭銜，也沒有落款……一股又酸又澀的東西，在關東大漢的眼眶裡打轉轉。他的喉嚨也被同樣一股東西哽塞著。他順手將字條撕成細條條，再扯成細片片，搓成細粒粒，最後像吃五香花生米似的一把塞進嘴裡，就著那股又酸又澀的東西，咀嚼著，溶化著，吞下去。他吞下的，是一個曾經對他熱情如火的女子的苦澀絕望的愛情，無可挽回的愛情。

兩位全副武裝的北京衛戍區戰士，從胡同東口一路巡邏過來了。關東大漢害怕受到盤查，昂首挺胸地拐進了一條小胡同，再從那小胡同拐出到東單北大街上。這可好了！填街塞巷的，又遇上了敲鑼打鼓、舉著紅旗、呼著口號遊行的大隊伍。好傢伙，這支聲威壯闊的隊伍，每人手裡都舉著一個木牌，木牌上貼著毛主席的大照片。當人們齊呼口號時，手裡的大照片也一齊高高舉起，於是整條大街上，便有千千萬萬個毛主席……

關東大漢被鎮住了。他從來沒有見過這麼壯麗的場面，滿街都是毛主席，全是毛主席。毛主席已經壓倒一切，取代一切。隨著〈大海航行靠舵手〉的雄渾樂曲，隨著「毛主席，萬歲」「毛主席，萬歲」的有節奏的呼喊，產生出一種前無古人、後無來者、所向披靡的、大海般磅礴的氣勢……

第二十四章　幸會，幸會

關東大漢在東單北口電車站足足等了一個小時，浩浩蕩蕩，人人高舉毛主席像的遊行隊伍才過完，一一一路電車才進了站。由於一切交通都要為遊行隊伍讓路，原先規規矩矩地泊在街道兩旁的電車、公共汽車、吉普車、小轎車、大卡車、馬車、板車，一時間都按著喇叭，甩著響鞭，蜂擁了起來，誰都不肯讓誰。要擠大家擠，要塞大夥塞。工人階級開大卡車，貧下中農趕大馬車，就一定讓你官老爺坐的小轎車、吉普車？不定明天革命群眾一聲吼，就把你個走資本主義的當權派揪出來！咱有毛主席當造反總司令、大統帥。

剛才還是滿街的口號聲、鼓樂聲、頌歌聲，現在變成了滿街的喇叭聲、吆喝聲、叫罵聲。這年月的北京城真是百態紛陳，萬象更新。

關東大漢好不容易擠上了電車。車上人疊著人。他想起好萊塢博士講過的那「香蕉」故事。今天的頭兩件事還算順利。他有了現成的衣褲鞋襪，不用再買新的；更為重要的是他擁有整整二百二十元一筆巨款，三十斤全國糧票；住五角錢一晚的旅店，吃兩角錢一餐的飯，他可以走遍大半個中國……要不要改變今天的整個計畫？三十六著，走為上著？不，不，太不仗義。儒林園的同教們都還不知道北京城裡的大好形勢，還有水抗抗和南詔國王子，不能丟下他們不管。何況女友也在電話裡提醒過他，如今全國上上下下一個樣，一張網，還不如回儒林園勞教營安全……透過車窗，他看了看天上的太陽，大約還只是上午十一點鐘。他原先有一塊瑞士梅花表，到農場後就跟倉庫保管員私下裡換了五斤白糖吃。反正是按著監獄裡統一的軍號上工、下工、學習、就寢，要那勞什子什麼用？現在他才有些後悔了。

他要去拜訪第三個人，也是此行寄望最大的人。他來北京讀書後結識的吉林老鄉，當著崇文區體委副主任，是他「鐵哥們」。在被發配到儒林園勞教營之前，每逢星期天，這「鐵哥們」總是要來電話請他去「撮一餐」，經常拍著胸膛說：就憑咱，不是吹，上至北京市委，中央辦公廳，解放軍三總部，下至街道辦事處，公安派出所，軍民聯防小組，一個電話，沒有不通的！在家靠父母，出門靠朋友。沒說的，您老弟有啥事，看得起咱哥們，只管開口！

電車開開停停，速度還不如步行。街上太擁擠了。馳過東長安街街口，他看了一眼寬闊的「北京第一街」①，但見大街兩旁的華燈柱子上，一面接一面的望不到頭的紅旗，波翻浪滾般飄揚著。還有隨處可見的巨幅毛主席語錄和毛主席畫像。許多鮮紅的長幅標語，更從高大的建築物上直瀉而下，赫赫醒目，氣勢非凡，大都寫著：

破四舊！立四新！

把無產階級文化大革命進行到底！

全世界無產者聯合起來！
我們是舊世界的批判者！
紅色革命暴力萬歲！
毛主席是我們心中最紅最紅的紅太陽！
當代馬克思主義的頂　──毛澤東思想勝利萬歲！

北京城已經變成名副其實的紅海洋，變成一所紅彤彤的毛澤東思想的大學校。更為觸目驚心的是一條以白油漆刷寫在大道上的大標語：批臭封資修！打倒帝修反②！

關東大漢在崇文門站下了車。他這才明白，個人迷信、個人崇拜已經覆蓋了九百六十萬平方公里的國土，其程度已經遠遠超過當年蘇聯的史達林。毛主席已自封為至高無上的萬靈之神。他的親密戰友林彪元帥更是尊他為「偉大的領袖、偉大的導師、偉大的統帥、偉大的舵手」，他的話「句句是真理，一句頂一萬句」。或許這正是毛澤東要比史達林更偉大的原因。

管他個毬！他關東大漢一個勞教大學生，算老幾？想這麼多幹什麼？紅海洋裡的一滴小水珠都算不上呢！只有被紅海洋淹死的分。生存、活命，才是最最要緊的事情。幸好他還記住了「鐵哥們」一家裡的電話號碼。原是那號碼順口易記。前面是花市大街了。他又找到了一處公用電話。

---

①即以天安門城樓南側為中心的東、西長安街，寬達八十至一百公尺不等，長達十餘公里。
②「封資修」指封建主義、資本主義、修正主義；「帝修反」指帝國主義、修正主義、一切反動派。

窗口裡守電話的也是位左臂上佩了紅袖標的老大爺。老大爺也是先看了一眼他胸前所佩閃金光的毛主席像章。這回他算內行了，大爺剛說了句「農業學大寨」，他馬上答一句「工業學大慶」，交上五分錢，再拿起話筒撥號碼。

今天運氣真好，電話很快撥通了，接電話的是「鐵哥兒」的母親，也是先過來一句「為人民服務。誰呀？」他則回敬一句「全國學習人民解放軍」，才報上了自己的單位、姓名。就是清華大個子劉呀？「鐵哥兒」的母親倒是立即記起他來了，忙問怎麼好久不見上門啦？都忙些什麼啦？是不是搞上對象啦，你自己個頭大，對象的身材可要般配啦，若是太嬌小，你個泰山壓頂，日後過日子不方便啦……「鐵哥兒」的母親仍是那麼個愛講愛笑的脾性，好拿晚輩們取個樂兒。關東大漢卻哭笑不得。他只好直說了，他有緊急事，要立即找到「鐵哥們」。

「你鐵哥兒？如今當了區文革小組的大頭啦，十天半月不落家啦，市裡、衛戍區都常有電話來找他……看著你倆是兄弟的情分上，我告訴你一個號碼，你可不要再告訴第二個人呀！你們學校也停課鬧革命啦？乾脆，你找你鐵哥兒派個差事幹幹算啦！區裡的書記、副書記那些走資派，都在他手下靠邊站著哪！」

他問了兩遍，才記住了「鐵哥兒」的那個保密號碼。他就站在原地撥著。可是連撥了五次，對方都是盲音，占線。「鐵哥兒」如今高昇了，成了大人物了，一天到晚電話不斷了。他記起了還應該給農業大學的河南騾子撥電話，看能不能聯繫上。農大宿舍樓的電話倒是即刻通了：

「找誰？河南騾子趙良成？啊，啊，他跟紅衛兵戰友們上花市大街抄反動權威的家去了……」

河南騾子看來是見不著了。他放下電話，再遞上五分錢給值班老大爺，又繼續撥「鐵哥兒」的電話。他堅持著有一搭沒一搭地撥號。他明白自己的電話只有見縫插針才能撥進去。他大約撥了半個小時，撥得那「為人民服務」的老大爺都直朝他瞪眼睛，可終於撥通了：「最高指示，抓革命，促生產。喂，哪兒？找誰？說話！」

接電話的是位年輕姑娘朝氣蓬勃的聲音。看來打電話真有一番新學問了。他立即想起了一條不久前從報紙上看到的最新指示：「彭德懷就是海瑞，我們就是嘉靖皇帝。喂，我找鐵哥兒！找鐵哥兒接電話。」

大約只有少數幾位最親近的造反派戰友才使用這個美稱，對方的態度馬上客氣多了：

「您是誰？哪個單位？鐵司令上人民大會堂出席重要會議去了。我們可以先請您到接待室來談談！」

「我是鐵哥弟，我有事情要跟鐵哥兒本人說……」

「啊……這樣吧，我們先派位同志跟您見見，然後再替你預約好時間。您現在哪？要不要派車接您？很近？好，好。我們辦公的地方就在原崇文區黨委大院。從花市大街一直向南走，對對，您熟悉，好，一會見，一會見。」

這樣，關東大漢一個「階下囚」，便要成為座上客了。

他穿過也是貼滿了紅紅綠綠大標語、插滿了風獵獵紅旗的花市大街，來到了原區委會的大院。大院門口掛了塊醒目的長牌子：崇文區文化大革命領導小組。大院裡，大樓前，到處都是白花花的大字報，以及各種「炮轟」、「火燒」、「油炸」、「砸爛」、「摧毀」、「打倒」等等叫人膽戰心驚的大口號。樓頂上裝著四只大喇叭，朝向四面八方，正在高音量地播放著毛主席語錄歌曲。

樓門口早有一位頭戴黃軍帽、身著黃軍裝的革命小將在迎候著他了。

革命小將把他領進了一間四牆上都掛有毛主席語錄的接待室。給他倒了一杯白開水，然後拿眼睛注視著他，彷彿認識他似的。在哪見過？自己認識的人都是些愛好體育的高頭大馬，哪見過這樣秀氣的白面書生？他卻記不起來了。革命小將脫下軍帽，露出一頭運動員似的短髮來，原來是個姑娘。人家見他這身衣著，又提了只鼓鼓囊囊的旅行包，完全不像有來頭的樣子，口氣早已不是電話裡那麼客客氣氣了。

「請問從哪裡來？有介紹信嗎？」

姑娘目光冷峻，單刀直入地問。問得關東大漢渾身都發毛，只好結結巴巴地說自己從儒林園來，身上有證明信。

「儒林園？好地方嘛！看看你的證明信。」

姑娘的目光由冷峻轉為嚴厲，已經對他的身分有所警惕、懷疑。

關東大漢在上衣口袋裡摸索了半天，才艱難地摸出了證明信。他真後悔找上這地方來。

「啊！儒林園勞改農場學生勞教營，好單位嘛，你找鐵司令什麼事？說出來，好替你轉達嘛！」

姑娘的目光由嚴厲變成了冷笑。關東大漢吶吶無言。不跟「鐵哥兒」見上面，能有什麼話說？

「劉漢勳！革命群眾的眼睛是雪亮的。無產階級文化大革命，提倡造反精神，肯定造反有理，是工人階級、貧下中農、革命幹部群眾起來造走資派的反，造地富反壞右牛鬼蛇神的反，造資產階級、修正主義的反！絕不允許階級敵人及其子女乘機翻案，搞反攻倒算！絕不允許反革命分子翻天！你一個儒林園的勞教人員跑進北京城裡來幹什麼？找什麼鐵哥兒？他如今是毛主席革命路線上的人，跟你們勢不兩立，是你死我活的關係！本來我可以立即通知工人糾察隊，把你抓走，送回勞改農場去。但看在你過去認識鐵司令的分上，也看在你還沒有現行活動的分上，勒令你立即離開這裡，離開北京，老老實實回儒林園去！否則，你就會撞在無產階級專政的鐵拳上！」

關東大漢被革命小將惡狠狠地訓了一頓，乖乖地站起來，低下頭，提了旅行袋就朝門外走。他真害怕忽然從什麼房間裡追出來幾條佩戴紅袖標的彪形大漢，把他綁起來，然後不明不白地關進黑牢去。

「對階級敵人來說，整座北京城是天羅地網！」不知是誰，也不知是有意還是無意，在衝著他的背影喊。

他又返回了花市大街上。這回他沒有等公共汽車了。他快步走著，頭都暈了。忽又想起，先前「農大」的那電話，不是說河南騾子他們在花市大街上抄反動權威的家？可花市大街這樣長，這樣大，哪裡去找他？他不時側轉身子看看後面。在這火紅的年月裡，人最易疑神疑鬼。因為到處都是神，到處都有鬼。原先他很為自己的高大身材自豪。每逢上街，總要吸引來許多敬慕、驚歎的目光。如今他很為自己的高大身軀喪氣，走在大街上是個大目標，彷彿人人都在盯住他，懷疑他，跟蹤他，捕捉他。人們的目光在他的身前身後織下了一張無所不在的網，在監視著他的一舉一動，階級鬥爭新動向。

此時刻，他真恨不能變成一個身子矮小的侏儒。他在人行道上規規矩矩地走著。快要走近崇文門飯店了。那兒朝東一拐，向前走個五、六百米，就是北京火車站。他決意去北京火車站看看。

「站住！沒長眼珠子？站住！」

前邊有人大聲喝斥著。他抬頭一看，是三個紅衛兵小將在人行道上拉起一根紅繩子作警戒線。他站住了，朝東面的胡同裡看去，原來是小將們包圍了一座四合院，正把院裡的大鬼小鬼們轟出來，被勒令緊靠院牆跪成一排。但院子裡仍有人在哭喊「我們擁護毛主席呀，我們擁護造反派呀」，還傳出來打砸家具的乒乓聲，摔碎瓷器、玻璃的嘩啦聲，加上眾多的喝斥聲、哎喲聲……又見一本一本的線裝書，飛落院牆，跌落到胡同裡來。那些書又厚又重，磚頭一般，落在地上，澎澎作響。那些散了頁碼的書頁，便被風颳起，滿胡同裡紛紛揚揚。

關東大漢明白了，紅衛兵小將們是在抄什麼反動權威或是民主人士牛鬼蛇神的家。十六、七歲的孩子們響應毛主席革命造反的號令，行動最徹底，最激烈。毛主席一次又一次地在天安門廣場上接見他們，號令他們……早上在公共汽車裡就聽人講過，全國各地數千萬大中學校的紅衛兵戰士們，都在一起行動，挨戶查抄地富反壞右、資產階級、走資派的家。光北京城裡查抄出來的金銀財寶、古玩玉器、古書古畫，集中在一座大廟裡，堆成了幾座山哩！

這就是革命行動，造反業績。便是街道上的公安派出所，對紅衛兵小將的造反行動也不能勸阻、干涉，樂得睜眼閉眼。既是響應偉大領袖的偉大號令，誰敢潑冷水？有的則協同紅衛兵小將行動，提供一切有政治歷史問題的人士的地址及情況。因為毛主席教導說：「革命就是暴動，一個階級推翻另一個階級的暴烈的行動。」革命就是要批判人性論，清除人情味。什麼平等、博愛、人權，統統都是資產階級的貨色。革命就是階級壓迫，把敵人打翻在地，再踏上一隻腳，叫他永世不得翻身。難怪有的紅衛兵小將們，把偉大領袖毛主席「造反有理」的語錄歌都唱走了調：「馬克思主義的道理，千條萬條，歸根結柢，就是一句話：打砸搶抄，打砸搶抄！」

關東大漢這傢伙，真是人還在，心不死。當他發現整個北京城，乃至全中國，都被紅衛兵運動的狂飆所席捲，許多人比他更受苦受罪，大難沒頂，他非但不覺得悲哀，反倒有些幸災樂禍。

他直想笑。這個世界，真是個充滿了活劇、鬧劇的世界。北京和全中國，都是大舞臺。毛主席真是人類有史以來最傑出的導演，最偉大的天才，能把八億人口耍猴兒。

他正走著，忽然有人在他背上擊了一掌！他又嚇了一大跳。站下一看，竟是河南騾子趙良成！真是不期而遇了。但見河南騾子也是頭戴黃軍帽，身穿黃軍服，左臂上佩著紅袖章。這小子，解除勞教回到農業大學，就當上紅衛兵了？

「大漢！你怎麼進城了？」

河南騾子把他拉到街邊問。

關東大漢驚魂方定，這又高興了起來，便把自己請准一天假進城，並已經給他打過了電話的原委說了說。

「騾子，你也造反了？真沒想到能見面！」

「這年頭誰不造反？誰願當保皇派？我參加的是首都三司一派③。革命最徹底！剛才看到的，是我們小分隊正在抄一戶反動學術權威的家。是小麥專家，有人揭發他一九六〇年大饑荒時謾罵過毛主席，三面紅旗坑害了黎民百姓……」

「騾子，咱可不能幹缺德事啊！」

關東大漢見河南騾子胸前掛滿了毛主席像章，就像身經百戰的英雄的胸前掛滿了勳章。

「放心！我只是跟著起起哄，從沒動過手……你們怎麼辦？怎麼辦？」

河南騾子揚著眉頭，滿面紅光，比起在儒林園勞教營時的模樣來，已經成了另一個人。只是走起路來一個肩膀高，一個肩膀低，一瘸一瘸的，是在儒林園時為了他告發紹興師爺，被大夥打的。

「騾子，你看這形勢……」

「最高指示：文化大革命形勢，不是小好，也不是中好，而是大好！形勢大好的一個重要標誌，就是廣大人民群眾真正動員起來了……」

「噢！對對對，怪不得叫做天下大亂，形勢大好……毛主席又來一九五八年那股勁頭了！那回是經濟，這回是政治……打原子戰爭有什麼了不起？中國不怕死掉三、四億……他老人家真是雄才大略，有氣魄……」

「大漢！講話注意。你回去告訴水抗抗、南詔國王子、太湖才女他們！趕快起來造反，造修正主義教育路線的反！造資產階級反動路線的反！他們迫害青年學生，把青年學生當勞改犯！」

關東大漢聽這一說，真是如雷灌耳，舌頭都吐了出來。他搖了搖頭。捏了捏耳朵。

河南騾子看著他，彷彿看著一個陌生人：「大漢！你們要鼓起勇氣，行動起來，革命造反！奴隸們要自己解放自己，打碎舊制度，舊國家機器……」

③全名為：首都紅衛兵第三司令部，當年北京著名造反組織。

「騍子！咱這趟進城，真像到了另一個世界……我真不敢相信，這一切會是真的……」

「還會有假的？揪出了彭羅陸楊反黨集團，毛主席下一步的戰略部署是打倒劉鄧！」

「什麼劉鄧？」

「就是劉少奇、鄧小平。」

「天哪，一個國家主席，一個總書記……」

「所以你們怕什麼？天下大亂，有好戲看！」

他們站在街角談了好一刻，直到一位紅衛兵戰友前來喊河南騍子去集合。河南騍子硬塞給關東大漢二十塊錢、十斤糧票，請他轉給水抗抗。他母親死了？他哭什麼？勸勸他，他母親死了好，死得正是時候，不然要受更大的罪……好萊塢博士和保定府學者兩個被捕了？他們是真有學問的人！說著又從胸前摘下好幾枚紅光閃閃的毛主席像章，讓大漢回去送給同班組的同教們。

「記住！你們要趁早，替自己安排下一條活路！」

關東大漢點著頭，記住了。河南騍子還沒有被「大好形勢」弄暈了頭。

跟河南騍子分手後，關東大漢來到了北京火車站廣場。他在這裡看到的，又完全是另一番景象。四處都有解放軍戰士站崗、巡邏，顯得秩序井然。許多候車的旅客和過路人等，則東一堆西一夥的，圍住了地下的一個個小攤子。原來是本市的和一些外地的紅衛兵小將，把自己在各地串連時獲得的各式各樣的毛主席像章、毛主席語錄徽章，擺列在一塊紅布上，任人來品評、挑選和交換。這些像章和徽章，大多為鋁質鍍銅，少數為純銅、不鏽鋼，還有瓷質和有機玻璃製品。出於對偉大領袖的真誠崇拜，如今人人都爭著在胸前佩戴這些像章和徽章。有的大像章則有碗口那麼大，最大的據說有洗臉盆那麼大。小的則像顆紅鑽石。有的像章還在毛主席腦袋下邊配有韶山、井崗山、寶塔山、天安門等圖案，製作工藝十分精良。據傳河北某地人皆以胸前佩戴碩大的毛主席像章為榮。更有人為了表示靈與肉的赤膽忠心，竟把金屬大像章直接別在了胸肌上，大熱天的皮膚也竟無細菌感染。這就更生動形象地證明了毛澤東思想確是照妖鏡、滅菌劑、指路燈。當然，一般革命群眾還是習慣於佩戴小一些的像章和徽章，規規整整地別在衣服的左襟上方，既表了忠心，又是一種時新的裝飾。

至於外地來的紅衛兵戰友們在北京車站廣場上擺下毛主席像章、徽章的紅地攤，還有一層特殊的政治意義。他們絕無營利之目的，完全是為著向首都北京的紅衛兵戰友們顯示：外地人鬧文化大革命，造走資派、牛鬼蛇神的反，向偉大領袖表忠心，一點也不比你們北京人遜色！像章和徽章的製作，可能比你們北京人還講究選用優質金屬材料和採用國際一流工藝！

關東大漢一時間眼睛都看花了。忽然，他眼睛一晃，看見原先那「工人領導小組」成員、太湖才女的戀人柳逢春師傅，竟然也坐在廣場上，嘴裡叼著香菸，面前也攤了塊大紅布，紅布上也擺滿了各色各樣大大小小的毛主席像章！

他正懷疑自己是不是認錯了人，那柳逢春師傅也看到了他，已經站起來跟他打招呼了：

「劉漢勳！你怎麼進城了？」

「柳師傅！真沒想到是你……我請了假進城買衣服，順便看看老鄉。你也擺了紅地攤？」

「公司停產鬧革命，批走資派，鬥牛鬼蛇神，形勢大好。我閒著沒事幹……楊麗妮怎樣了？她還好嗎？」

「好，好，現在她和大家一樣了……那件事也早過去了。」

「你告訴她，我在等著她。她一出來，我就找她成家。」

「你不怕丟了黨籍、公職？還當不當『活學活用毛主席著作積極分子』？」

「不扯那些……咱說話算話。咱這一輩子，不是楊麗妮不娶。咱託你把這幾顆毛主席像章送給她。還有，這是我宿舍的地址和電話。」

「放心，我一定轉交。算你的定情之物？楊麗妮會高興得睡不著覺，出工收工都會把它掛在褲腰上……」

「掛褲腰上？」

「您送的東西，要好好愛惜，免得給人家看兒呀！」

「你這大漢……咱現在琢磨，你們勞教營，可說是原北京市委主要負責人推行資產階級反動路線的產物。你們應當找『中央文革』告狀，反映情況！」

「走著瞧吧！我們這些人，大約哪一派掌權都不會喜歡……」

「保重，保重。」

「多謝多謝，後會有期！」

哈哈！今天真是個好日子，該遇上的人都遇上了，咱要給同教們帶回多少驚人的消息！關東大漢離了柳逢春師傅的紅地攤，又轉了兩處旁的紅地攤，聽操各地口音的人們為著交換像章而討價還價，爭論不休。他心裡真有許多不能言表的感嘆。我們中國人的聰明才智，都耗在這上邊了。甚至為了領袖的一句口號，一個名詞，一道聖旨，一洩私憤，而鬧到肝腦塗地……可什麼時候，才能讓勞教營裡的同教們，也人人胸前都佩上一枚金光閃閃的毛主席像章呢？「工人領導小組」會批准他們佩戴麼？有無規定，勞改農場的勞教人員，可否佩戴偉大領袖毛澤東主席的像章？

他進到了售票大廳，在問訊處的窗口打聽了幾個問題：現在購買火車票，是否需要機關單位的證明？上車是否要驗證件？沒有證件的人怎麼辦？女服員回答他：買臥鋪票一般要看看證件，買硬座票不要看證件，上車也不驗證件。他又摸準了一個「行情」。剛走出售票大廳，有人在他手臂上拍了一下：

「劉大個！」

他大吃一驚，自己的不軌行為，早被人盯住了？他眼前一陣發暈。他的一隻手臂被人抓住了。他等著人家把手銬「咔嚓」一聲給他戴上，這可不是毛主席像章！

「怎麼，你不舒服？你不是劉大個？」

捉住他手臂的人又問。

關東大漢這才睜開眼睛看了看，他簡直不敢相信，又遇上了老朋友，長春至北京直快列車上的李列車長！由於他體形高大，又是堂堂清華大學的研究生，每逢寒暑假回長春，列車員們都喜歡跟他說說笑笑。他的大個頭倒使他在列車上有了好人緣。

他伸出手去跟李車長緊緊握著。

「幸會，李車長，幸會……」

「看樣子，提著個旅行袋，要回長春去？」

「是啊，是啊，我沒買到車票……」

「買啥票？跟我走……到了車上，只要我車長不查你的票，誰查？你找個紅袖標戴上！如今紅衛兵大串連，根本沒有買票這一說……毛主席老人家一道指示，把你們的旅費全包了！」

「可我……」

「怕啥？如今你們停課鬧革命，你在北京呆著幹啥？千萬不要跟著人去搞打、砸、搶、抄、抓，總有一天要算帳的。」

「毛主席是紅司令，他老人家號召紅衛兵造反……」

「一九五六年是誰號召大鳴大放、給黨提意見？一九五七年是誰下令全國抓右派？不說了，不說了……毛主席是咱救命恩人，咱不能忘本。」

都已經跟著李車長走到專供列車員們內部出入的一道側門前，關東大漢忽又站住了：

「李車長，你們幾天跑一趟？還有兩同學……」

「今天不走了？我每星期五跑車。你和你的同學，星期五的中午，可在這裡碰我……」

關東大漢看著李車長，彷彿看到一線活命的希望。

第二十五章　酷刑與思考

關東大漢回到儒林園首都高校勞教營，一時竟成了見過大世面的人。他首先對水抗抗和南詔國王子兩個私下裡講了在北京城裡的見聞，文化大革命的大好形勢，見了河南騾子的情形，又囑咐南詔國王子去找著太湖才女楊麗妮，私下裡轉交了柳逢春師傅的禮物及柳師傅捎話等著她成家等等。

接著，關東大漢在一次有「工人領導小組」成員在場的晚學習會上，給全寢宮的同教們講了北京城裡的大變化：革命群眾如何舉著滿街的毛主席像歡呼遊行，學校如何停課鬧革命，紅衛兵戰士如何在街頭遊鬥黑幫分子，如何抄黑幫分子的家，廣播喇叭裡如何高唱毛主席語錄歌，人們的胸前如何佩戴毛主席像章和毛主席語錄徽章，大街小巷如何成了紅海洋……最後他講到北京火車站廣場上，外地來的紅衛兵小將如何擺下紅地攤，滿攤上都是大大小小金閃閃、銀閃閃、各色各樣的毛主席像章，不為出售，只為交換。當然他一個字沒提那天他個人的遭際運氣，也沒提到河南騾子和柳逢春師傅。

同教們都聽得著了迷。也許出於敏感的政治嗅覺，或是出於離經叛道的階級本能，大家都感到形勢大好，文化大革命就是好，就是好。有的同教甚至背了工人師傅喜不自禁，手舞足蹈：媽媽的！天翻地覆，乾坤倒轉，越亂越好，越亂越有出頭天。

恰在這時，市「文革小組」給勞教營下了通知，要求在勞教學生們中開展學毛主席語錄，唱毛主席語錄歌等活動，營房四周都要刷寫語錄牌，宣傳史無前例的無產階級文化大革命的形勢：不是小好，也不是中好，而是大好！關東大漢在班排學習會上匯報進京見聞的事，也傳到了營長、營教導員耳朵裡。教導員覺得由勞教學生來現身說法效果更好，宣傳革命大好形勢，宣傳毛澤東思想的無窮威力。於是又安排關東大漢在全營大會上作了一次發言，更受到全體同教的熱列歡迎。

過了兩天，同教們便每人得到了一冊紅塑料封皮的毛主席語錄本，一枚有機玻璃質地的毛主席像章。在頒發這兩樣神聖的寶物時，營部作了規定：像章不離胸，寶書不離身。於是每天早上六點半的早集合訓話，增添了一項新內容，集體誦讀毛主席語錄本中的兩段教導，一是敬愛的林副統帥在語錄本扉頁上的題詞：「讀毛主席的書，聽毛主席的話，做毛主席的好戰士」；二是語錄本中一段最高指示：「凡是錯誤的思想，凡是毒草，凡是牛鬼蛇神，都要進行批判，絕不能讓它們自由氾濫。」

每天晚上七點半的晚學習，則要在開會之前齊唱語錄歌、毛主席詩詞歌。同教們最喜歡唱的是「反對歌」，幾乎人人都喜歡嚎叫：「凡是敵人反對的，我們就要擁護！凡是敵人擁護的，我們就要反對——」緊接下來是道白：「革命無罪！無罪無罪！造反有理！有理有理！」往返三遍，鏗鏘有力。同教們還喜歡唱「革命不是請客吃飯」。太湖才女身上的文藝細胞豐富，給這支語錄歌配上了一套類似徒手體操的舞蹈動作，讓大家邊唱邊舞：「革命、不是、請客、吃飯，不是、繪畫，——繡花，不是、寫文章！不能那樣雅致，那樣溫良恭儉讓！革命、是暴動，一個階級，推翻另一個階級的、暴烈的行動！」

這時，報紙、廣播、內部文件，不斷地把毛主席的最高最新指示傳達到儒林園勞教營來。這些最高最新指示也很快被「中央文革」屬下的作曲家們譜曲，成為新語錄歌。同教們更是唱得興高采烈：「全國第一張馬列主義的大字報，寫得何等的好啊——何等的好啊，何等的好啊……」

一時間勞教營裡風氣大變。同教們打破往常的冷漠、沉鬱和粗鄙，一個個思想活躍了起來。就像一架架鏽跡斑斑的機器，被重新注入了機油，吱吱嘎嘎地恢復了轉動。大家都自覺行動起來，在每間大寢宮的南牆上辦起了「革命大批判專欄」，貼出了一張張小字報。內容大都為控訴資產階級反動路線的罪行，批判修正主義教育路線的謬誤，剖析高等院校的招生制度、學分制度、檔案制度扼殺人才等等。這些小字報以空對空，屬於純理論性批判，因而得到了「工人領導小組」的默許，只要求每個班組將這些小字報的內容摘抄下來，交營部存底。

可是天有不測風雲。一天早晨六點半鐘，同教們遵例到土坪上集合點名時，發現營部值班室的外牆上，貼了兩條以舊報紙寫的大橫幅：

徹底清算資產階級反動路線對青年學生的殘酷迫害！

強烈要求「中央文革」調查儒林園勞教營情況！

還有一組題為「我的控訴」的大字報。署名人為太湖才女楊麗妮。

於是秩序頓時大亂，同教們一窩蜂地湧向這大字報和大橫幅。任憑營長和幾位領導小組成員吹著銅哨子暴跳如雷。顯然，這大字報和大標語的矛頭，都是指向「工人領導小組」。

對不起，無產階級專政如大山巨壁，「問題學生」們無異在以卵擊石。上午勞動時，監獄裡給增派了警衛戰士。中午回到寢宮，同教們即發現早上的大橫幅、大字報已被揭掉，代之兩條殺氣騰騰的大標語：

保衛「社教」成果，粉碎翻案妖風！

堅決鎮壓反革命分子的反攻倒算行徑！

當天下午，「工人領導小組」召集全體勞教人員開大會，宣布了北京市公安局軍管小組的重要決定：監獄及其勞改、勞教單位，不准開展「四大」①，不准串連，不准成立群眾組織，取消勞教營人員請假制度，勞教單位實行軍事管制，儒林園勞教營由監獄軍管小組協同原「工人領導小組」進行管理，勞教人員應當老老實實，不許亂說亂動，個別真正有問題的，也要放到運動後期處理；同時宣布：把違反營規書寫大字報、大橫幅鬧翻案的楊麗妮等四人，專案審查，批判處理……

稍稍活躍了幾天的同教們，被當頭一棒，打得暈頭轉向。一個個又俯首貼耳，面如死灰。誰叫他們得意忘形，張牙舞爪，忘了自己的社會等級、政治身分？忘記了文化大革命運動的階級屬性，忘記了文化大革命的四大民主是在無產階級專政條件下進行！忘記了在毛主席的錦囊裡，民主從來只是手段，囊中之物，需要時亮出來大轟大擂，不需要時緊鎖囊中，絕不讓其招搖惑眾。專政才是目的。一切為了專政，專政就是一切。民主也罷，自由也罷，酸不溜溜的平等博愛也罷，都有其深刻的階級屬性：你要擁有地主資產階級的民主自由，必然要使無產階級、勞動群眾失去民主自由；為了保障無產階級及廣大勞動群眾的民主自由，就必須取締地主資產階級的民主自由。沒有超階級的民主自由。二者必居其一，這是絕對真理。

這就是偉大毛澤東思想的鐵的邏輯：你死我活。只有你死了我才能活！你死我活是可以把八億人口、五十五個民族、九百六十萬平方公里土地管制得如同鐵桶一般密不透風的哲學邏輯。

階級鬥爭無情，有時需要打碎些罈罈罐罐，出現流血的政治和政治的流血。無產階級專政面對嚴酷的現實。每當大規模的、急風暴雨式的階級鬥爭、群眾運動爆發之際，總會伴隨各式各樣的過火行動，會死掉一批人。死掉一批反革命分子、嚴重不純分子有什麼不好？中國人口眾多。即便爆發第三次世界大戰，打熱核戰爭也不怕，中國和世界都可以減少一半人口。當然

---

①即「大鳴、大放、大字報、大辯論」，事後證明，此為毛澤東運動群眾的伎倆。

核輻射一定會長上慧眼，保護好偉大的毛主席及其家人。所以，每到革命運動的緊要關頭，毛主席總是揮起他統帥、舵手的巨臂，痛斥右傾、調和，「糟得很」！肯定形勢大好，「好得很」！所以他老人家總是不失時機地指出，中國人民進行的革命鬥爭，是給全世界人民樹立一個樣板，開一代雄風浩氣。但他老人家萬忙之中，偶有疏忽：中國臣民芸芸眾生、孰死孰活，自然是皇帝老子金口玉牙說了算；可那世界各國白種、黑種、紅種、黃種之民眾並未授權予他，甚至國際共運創始人馬恩兩位先聖也不曾立下遺囑，由他來表態：爆發熱核戰爭也不可怕，至多，世界人口減少一半！

儒林園勞教營「工人領導小組」成員們，最能領會毛澤東思想的精髓。為了徹底打掉問題學生們的造反氣焰，翻天妄想，便採取了「槍打出頭鳥」戰術，每天一次批鬥會。上掛「彭羅陸楊反革命修正主義集團」，下聯地富反壞右牛鬼蛇神，誰不老實就批鬥誰。北京城裡已經貼出了新標語：右派翻天，格殺勿論；大學校園裡還唱出了〈血統歌〉：老子英雄兒好漢，老子反動兒子混蛋！要活命的快投降，不投降的就埋葬！就埋葬！

七月中旬的北京地區天氣，已進伏暑。同教們上工下工，都只穿條短褲，而光赤了上半身。一天下午兩點半鐘，「工人領導小組」兩位成員和幾名警衛戰士，率領著他們去到一塊邊遠的玉米地裡去耨草。當他們路過附近農村生產隊的豬棚時，整個隊伍都停了下來，一個個就像被人使了定身法似的一動不動了。不要說問題學生們驚呆了，就連「工人領導小組」成員和警衛戰士也驚呆了。

原來離他們這支隊伍三、四十米遠近的地方，露天裡有一大堆熊熊燃燒著的炭火，翻滾著暗紅色的熱浪，熱浪中間插著十幾支帶木柄的鐵鈎、鐵叉、鐵剷。煤火的一邊，守衛著三、四十名武裝民兵和農民。他們的身後，豎有一條橫幅，一塊木牌。橫幅上寫著毛主席語錄：「反對貧農，便是反對革命；打擊貧農，便是打擊革命」。木牌上則大書一行仿宋字：「貧下中農革命法庭」！煤火的另一邊，背向火堆跪著一溜光赤了上身的人犯，一個個被反綁了雙手，且有根粗繩索把他們串在了一起。每個人犯的脖子上掛有一塊黑牌，上書各自的身分等級：「反動地主」、「反動富農」、「現反分子」、「極右分子」、「勞改釋放犯」等等。一位身穿黃衣黃褲的民兵隊長之類的人物，正手裡拿一個本子，大約在宣布「貧下中農革命法庭」的神聖決定……

很顯然，這裡要施行的是一種最原始古老、最野蠻酷烈的「烙刑」。當通紅的鐵器從炭火中抽出，烙在那些光赤著的人肉身上，會發出什麼樣的聲響？飄出什麼樣的氣味？冒出什麼樣的油煙？伴隨出什麼樣的嚎叫？階級和階級鬥爭的復仇理論，演進成原始的復仇行動，且年復一年地予以煽動蠱惑、加壓加溫，必然導致這種瘋狂的酷刑。煽動、鼓吹、倡導階級仇恨的領袖人物或許並不了解，貧下中農對年年月月的階級鬥爭已經有了疲勞和厭倦：乾脆打掃、消滅了這些人渣、禍根，好使世界早日乾淨，革命早日成功，世界早日大同！正如毛主席有詩云：

金猴奮起千鈞棒，玉宇澄清萬里埃。

「看什麼？還不快走！」

「工人領導小組」成員忽然低聲喝斥了起來。

整個隊伍又向前蠕動了。

問題學生們一個個心驚肉跳，面無人色。彷彿那些在煤炭裡燒灼得通紅的鐵鈎、鐵叉，也隨時會烙在他們光赤著的肩背上，嗞嗞作響，冒出陣陣油焦氣。

奇怪的是那幾位武裝警衛也不時地回頭張望，也是丟魂失魄似的。部隊的鐵的紀律約束著他們：沒有上級命令，不准擅自介入農村的文化大革命運動。何況，革命戰士，能站在貧下中農的對立面，去保護地富反革命？

他們剛走到玉米地頭，遠遠地就傳來一陣陣嘶啞的慘絕人寰的嚎叫。又過了一會，一陣灼熱的薰風拂進青紗帳裡，帶著一股焦糊的油煙味，一股怎麼也不會誘發人們食慾的肉香……

當然，儒林園勞改農場四周的農村生產隊，以「貧下中農革命法庭」名義對五類分子及其子女，實施原始酷刑處死的事件，很快被匯報了上去，並被林副統帥命令駐軍所制止。政策是：壞人被殺，既往不咎，下不為例。

制止的辦法仍然是宣傳毛主席的最高指示：要文鬥，不要武鬥。然而廣大人民群眾對於「當代最高最活的馬克思列寧主義」的毛澤東思想②，除了「無限崇拜、無限敬仰、無限熱愛、無限忠誠」③之外，亦已習慣了「活學活用，急用先學，立竿見影」④。當人們需要搞武鬥槍槍炮炮殺人時，呼喊的是毛澤東的最高指示：「革命是暴動，是一個階級推翻另一個階級的暴烈的行動」；當人們需要把「群眾運動」控制在一定的範圍之內，以防失控而導致動搖極權之塔自身，搬用的則是毛主席的另一類最高指示：反對無政府主義，克服左傾盲動思想，無產階級只有解放全人類，才能最後解放自己，等等。

自從目睹過了豬棚邊那令人魂飛膽散的一幕，學生勞教營裡的同教們安分多了。人人都被嚇破了膽。每天下工回到各自的寢宮裡，除了開會學習，便屏聲住息，安靜得很。還有個明顯的變化，就是同教們的食量大減。有的人甚至看到食物、聞到油膩就想嘔吐。

擺在同教們面前的，是一個極為嚴酷的現實：北京和全國各地的高等院校已經停課鬧革命，革命師生員工已經走向社會，走向全國，去為偉大的毛主席煽風點火，煽無產階級文化大革命之雄風，點群眾運動的烈火。而他們這些問題學生已被排除在這場大革命之外，已經沒有返回學校的可能。是坐以待斃，等著成為儒林園監獄的正式囚犯？還是利用機會，自謀出路？可悲的是，他們都是有家歸不得！那萬惡的家庭是萬萬歸不得！看一些從城裡傳來的紅衛兵小報、傳單，偶爾提到，南方數省，特別是廣西、湖南、貴州，鄉村裡的貧下中農自發成立「最高法庭」，成戶成戶地活埋五類分子及其家屬子女，務求斬草除根⑤……而在以毛主席為首，以林彪副主

②③④⑤林彪語。

席為副的無產階級司令部看來，廣西、湖南鄉下殺人，當地駐軍應予制止，不要干擾運動大方向，是大好形勢下的小問題……

沉默，可怕的沉默。沉默的背後，是同教們活躍著的思考。關於前途、命運的思考，關於逃離儒林園的思考。離開了這座儒林園，會不會進入另一座儒林園？五湖四海，九州方圓，豈只一座儒林園？九百六十萬平方公里的鐵桶江山，是不是一座囚禁一切自由思想的大儒林園？座座青山埋冤骨，天涯何處有芳土！

關東大漢卻不像別的同教們這樣悲觀。他有一套自己的思考與認識。

一天傍晚，在老柏樹下，水抗抗忽然問他：

「大漢，你說說，革命為什麼會這樣殘酷，喜歡鬥爭、流血？」

「噓——小聲點，說革命無人性，腦袋要搬家的……」

關東大漢四面看了看，沒人，才又說：

「我是不是告訴過你，我母親是位老革命？」

「對對，那是去年夏天的事，後再沒提起。」

「其實她是個老托派……你不信？二十年代的留蘇生。她不相信列寧的『暴力革命學說』，而相信伯恩斯坦、考茨基的『和平革命論』，還有托落茨基的『階段革命論』。三十年代被開除出黨，到東北跟咱老爹相識……」

「你母親一定有許多高見了？」

「她有大學問。她私下對我說過，共產黨有著它娘胎裡帶來的特性：殘酷鬥爭，無情打擊。最主要的，又是跟黨組織的創始人列寧有直接關係。

「在馬克思、恩格斯、伯恩斯坦、考茨基的時代，馬克思主義只是作為一種理論、信仰、對人類世界的認識科學而存在。共產主義只是一些立志拯救世界於水火的知識分子的鬆散聯盟。你今天相信馬克思主義，你就是馬克思主義者。你明天不相信了，懷疑了，或者信一半、不信另一半了，你就是修正主義者、改良主義者或者是別的什麼主義者了。而且馬克思、恩格斯的『暴力論』，只是作為一種革命的催生劑、輔助手段來提出。

「單憑這種由信仰形成的鬆散聯盟，是無法進行奪權鬥爭的。於是出現了列寧。列寧把馬克思的『暴力論』無止境地誇大，變成了暴力萬能。列寧好生了得，他從德國黑社會的祕密組織那兒得到了啟發，找到了師承，著手把信仰馬克思主義的人們，以類似黑社會祕密組織那樣嚴密地組織起來，便出現了黨。最有意思的是，咱中國方塊字的這個『黨』字的下半截，便是個四足立地的『黑』字！世界上所有的黑社會組織，都有共同的特徵：祕密性、排他性、殘忍性、紀律性。列寧把思想信仰變成了組織嚴密的黨。加入黨組織是極神聖、極嚴格、極祕密的事。要經人介紹、本人申請、組織審查、入黨宣誓、終生不渝；要遵守黨章，保守祕密，上不告父母、下不傳妻兒，等等。在處於地下活動中，黨在執行紀律、處決叛徒時，也是絕不留情的。為了高於一切的黨的利益，犧牲性命、殺父弒母，均在所不惜；

「這一切，都跟黑社會組織極為相似。不同的是，黨有共同的指導思想，馬列主義。有共同的奮鬥理想——在全世界實現沒有剝削、沒有壓迫、沒有國家、家庭，人人平等，物質文化生活極大富裕的共產主義。建立黨和黨的組織，武裝奪取政權，實行社會主義，這是列寧對於馬克思主義的貢獻，稱為列寧主義。

「由於列寧建黨之初的這種師承，便決定了黨內外鬥爭的殘酷無情，不擇手段，為著革命利益，或者各種別的複雜原因，必須對黨組織內部，特別是領導層中間，不斷進行清洗。這是一個事物的兩個面，鐵的組織、鐵的紀律，能使馬克思主義的信仰變成一國或數國的工農政權，另一方面又是殘酷鬥爭，無情打擊。咱偉大的中國黨從成立那天起，便充滿了的殘酷鬥爭、無情打擊，純潔隊伍，消滅異己。井崗山時期的『消滅ＡＢ團』，延安時期的『搶救運動』，都是這種典型的事例……至於解放以後的，咱就免講了。」

說到這裡，關東大漢打住了。他忽然睜大了驚恐的眼睛，彷彿被自己談話的內容嚇著了。

「你的母親真是個了不起的托派……難得她對黨的歷史有一套獨特的看法……這也是歷史的另一側面的認識……」

水抗抗更是感到振聾發聵，聞所未聞。

他們的神思都飛出了很遠，彷彿到了一個完全陌生的環境裡。

「我母親大人一九六一年得水腫病死了，死得好，免得今天被人活埋⑥。你母親也死得好……」

關東大漢確是有膽有識，不同凡響。他腰纏二百二十元巨款，四十斤全國糧票，又有北京火車站的「內線」。幾天後，他把錢糧分作四分，自己留下一分，其餘三分給了水抗抗、召樹銀、楊麗妮。他們已經密商出了「分別離開儒林園、各自投身大社會」的行動計畫。楊麗妮已跟柳逢春師傅取得聯繫，可直奔冀東鄉下他貧下中農的父母家，去做一名老實孝順的農家兒媳婦；召樹銀則潛回雲南昆明，約了可憐的姊姊，再遠走中緬邊境小鎮畹町的外婆家，視情況決定越境去金三角，還是一路流浪下南洋，最後目的地是飄泊到太平洋彼岸，尋找父母和弟弟。南詔國王子這計畫偉大複雜；水抗抗的母親已去世，不能再回福建武夷山老家，也不能去投奔省委書記的父親——聞達除了「走資派、劉少奇死黨」兩項罪名，還有歷史上的「叛、特嫌疑」，已被關進監牢聽候審查。水抗抗最後決定跟著關東大漢去闖關東，到長白山原始森林裡，當採伐工或是採參人……。

過了沒多久，終於來了機會。根據上級布置，將有軍車來運送他們這批強壯勞動力去北京北郊露天廣場，架設五十萬人批判中央一級反革命修正主義分子、大叛徒、大軍閥、大黨閥們

⑥據文革結束之後的統計，廣西全省於一九六六年至一九六八年間，被活埋、殺害的地富反壞右及其家屬子女達十一萬，湖南達三、四萬。

的臺子！

對於無產階級司令部陰差陽錯地交給他們這些「問題學生」們的光榮任務，真把他們愣住了。簡直不可思議，不敢相信。卻又是千真萬確。

接著他們打破了沉默，表現出由他們的階級本性所生出的歡欣鼓舞。他們不便大聲吆喝，而只是竊竊私議：

老天有眼！老天報應，正是他們中的某個大人物把咱打成了「問題學生」，送來這美好的勞教營。如今輪著咱替他們這些黑幫分子搭建批鬥臺！

還自己蓋了高級監獄自己住哪！

偉大領袖毛主席教導：善有善報，惡有惡報。不是不報，時候不到。時候一到，一定要報……

敬愛的林彪副統帥指示：文化大革命搞武鬥，打派戰，有好人打好人，不該；好人打壞人，應該；壞人打好人，鎮壓；壞人打壞人，活該……總之一句話，天下大亂，是亂了走資派，亂了階級敵人，通過大亂達到大治……

那天，勞教營學生們在「工人領導小組」成員們的監護下，分乘三輛解放軍大卡車向北京北郊廣場進發時，一路上都放聲高歌毛主席的語錄歌、詩詞歌：

「全國第一張馬列主義的大字報，寫得何等的好啊！何等的好啊！何等的好啊……」

「馬克思主義的道理，千頭萬緒，歸根結柢，就是一句話，造反有理！造反有理！」

「小小寰球，有幾個蒼蠅碰壁！嗡嗡叫，幾聲淒厲，幾聲抽泣……」

詩人的瘋狂，王者的瘋狂，導致時代的瘋狂，一個古老民族的瘋狂。

第二十六章　遲來的尾聲：走出儒林園

一九八三年，北京早春時節。

社會科學院經濟研究所《國際經濟月刊》編輯部。

編輯部主任水抗抗就住在辦公室裡。他四十二歲，資歷還淺，又是個單身漢，在高樓林立的北京城，分配不到宿舍房。都怪他脾氣倔，不肯跟房管部門拉關係。他說，在辦公室南牆角支個摺疊床有什麼不好？既便利工作，還每個月省下好幾元錢的水費電費房費。跟朋友們打電話也方便，舉手之勞哩。他說，普通人，若不混上個司局級，家裡能裝電話機？

這天又是禮拜日，他也得早上八時起床，真他娘的沒勁。因為在平時，他八時以前一定得起來，把鋪蓋疊好放到書櫃頂板上，把鋼絲床摺攏靠在南牆角，把衣服鞋襪統統塞進紙箱裡。再把辦公桌、椅抹一遍，地板拖一遍，迎接同事們八點鐘前來上班。北京大約是全世界塵土最多的國都之一。桌椅窗臺一天不抹就會蒙上一層細細的粉粒。可園林工人們卻年年月月蹲在地下拔草、除草，所有的機關學校於星期六下午例行愛國衛生運動，消滅的也是青草。街旁院內、房前屋後皆裸露出光禿禿的泥土，才算清潔衛生。惡草務去，大約城裡人的祖宗原先居住在鄉下的時候，在莊稼地裡養成了拔草、除草的傳統習慣。中國人是跟青草不共天日了。

今天水抗抗按時起床清潔房間，是因為上午十時半，他的偉大的所羅門父親參加過了中央工作會議，要來看望兒子，禮賢下士。

然後於十一時半，去和平門全聚德烤鴨店參加「儒林園北京營友聯誼會籌委會」聚餐，宣布籌委會解散。對不起，講好了是由他的大官僚父親請營友們的客，給老頭子一個大面子。再者也是為即將赴美國探親、講學的好萊塢博士王力軍、還有太湖才女楊麗妮餞行。真有意思，過去誰要沾上海外關係就好比魔鬼附身，不是特務嫌疑就是匪諜嫌疑；如今誰要有門子海外關係迎來送往，光耀鄉里，比做官當老爺還神氣。

不過提起籌備「儒林園勞教營北京營友聯誼會」的事，水抗抗就窩著一肚子火。兩年前，他和幾位營友聯名給統戰部門遞上過一分申請，最初的想法無非是統戰部門開個綠燈而已。可是申請遞上去後，整整兩年沒有回音。直到前不久，社會科學院黨委負責人找他去談話，才道出來個中真諦：

「你們打算成立什麼『儒林園營友聯誼會』，你是聯絡人、發起人？」

「對。我們兩年前呈送過申請。上級辦事效率真高……」

「有關部門批轉到我們這裡來了……領導的批示是：為什麼要搞那麼多跨行業的學會、協會、研究會、聯誼會？枝蔓旁生，相互重疊。且這些『會』大都糾纏歷史舊帳，恩恩怨怨，無益於安定團結和四化建設。」

負責人傳達到這裡，朝水抗抗擺了擺手，聳了聳肩頭，表示他的任務已經完成了。水抗抗卻不知天高地厚地頂撞說：

「這個批示有違憲法。有違國家根本大法。」

「抗抗同志，講話要注意分寸……如今做領導的不隨便給人扣大帽子了，你們就可以反其道而行之？」

「憲法規定了公民有結社、集會自由。領導同志要不要遵守憲法？為什麼總是以言代法，以權越法？」

「對領導同志的批示，要端正態度，虛心學習，深刻領會，貫徹實行。」

「難怪了，當年林副統帥有言，對毛主席的指示，理解的要執行，不理解的也要執行！可是林彪先生早摔死在外蒙的溫都爾汗沙漠，毛澤東主席也已經長眠在紀念堂的水晶棺裡。」

「你這是什麼意思？你們為什麼總是要跟領導上頂牛？經歷了十年浩劫，解放思想，言論自由，也不能鬧到個個腦後都長反骨。」

「馴服工具是越來越少了，使用起來沒有過去那麼方便了。」

「不要忘記『四個堅持』！」

「四個堅持」就免談了。行人止步。人民公社已經解散，階級鬥爭已經取消，國營經濟正在重組，大力引進外資，大力發展私營工商業……妙在心照不宣，理論實踐分離。毛澤東主席當年詛咒過的「和平演變」，正在大張旗鼓地進行。

水抗抗跟黨委負責人鬧了個不歡而散。黨委負責人早查閱過他的檔案：父親是南方某省第一把手，黨中央委員，一方諸侯。奈何不得。且在京高幹子弟們都有自己的小社會，各種小圈圈。正是這些小社會，小圈圈，在某種意義上決定著大圈圈裡許多人物政治命運的盛衰升遷。人稱「太子黨」，「新八旗子弟」。

其實水抗抗倒是一直我行我素，跟那些為平民百姓所詛咒的「太子黨」、「新八旗子弟」毫無牽連。他心裡憤憤不平的是，要求成立「營友聯誼會」，本是營友們的誠摯心願，經常聚聚，以期相互交流、激勵，為四個現代化出力。可申請送上去整兩年，非但不批准，還說上一堆屁話來訓人。有的人物大難不死，一經恢復高位，也就恢復了當年威風，而將文革中關進秦城或儒林園的單間號子裡，飽受優待的教訓忘得一乾二淨。

也是沒事找事，自作多情，寫上那麼一紙申請去乞求施捨、恩准。其實營友們相聚，每人每次出五塊錢，買些啤酒、汽水、熟肉、五香花生米，邊吃喝邊聊天，需要誰批准？水抗抗又一次看到了自己身上的劣根性。平日好像滿嘴牢騷，罵天罵地，辦起事情來卻又循規蹈矩。他姥姥的，當初整人、批人、鬥人，把人打成思想犯，送進儒林園勞改農場附設勞教營，又是遵從的哪條哪款？屁！人家才不循什麼規，蹈什麼矩。一拍桌子可以抓人，當然有時候一張條子也放人。

「儒林園首都高校問題學生勞教營」，實際上是被一九六六年冬天文革造反高潮所衝散。首先是「工人領導小組」自動解體，師傅們都回到了自己所在的工廠去「抓革命、促生產」。原先要把「勞教營」變成常設機構的計畫也自行消失。因為計畫的設計者本人也被打成了「反革命修正主義分子」，被五花大綁插高標遊街示眾。勞教營的全部「成果」是一人死亡、兩人判刑、兩人發瘋、一人失蹤。

至於關東大漢和水抗抗等策劃的那次逃跑，只有太湖才女楊麗妮、南詔國王子召樹銀兩人獲得成功。楊麗妮果真去到了柳逢春師傅的冀東老家鄉下，當了好幾年的「貧下中農兒媳婦」。小個子的召樹銀則一走之後，杳如黃鶴。幾年來，水抗抗、關東大漢、好萊塢博士、河南騾子、太湖才女幾位，都在想方設法打聽他的下落。好萊塢博士還利用赴昆明拍電影外景的機會，找街道派出所查閱了戶口簿，結果發現召樹銀的姊姊召美蘭也於一九六六年夏天失蹤。於是營友們之間有了種種猜測和傳言：有說南詔國王子姊弟兩人逃去緬甸，不久便分了手，王子在緬共人民軍裡做了大官，他姊姊則嫁給了一位泰國富商；有說他下南洋秉承父業，創辦了國貨公司，已成大亨；有說他去了大洋彼岸，找到了父母親，已經有車有房有妻室兒女，成了美國公民；更有說他去了金三角，投奔在毒品大王昆薩麾下，如今常在曼谷、加爾各答、倫敦、紐約、里約熱內盧神出鬼沒，真正是個滿世界飛來飛去的人物了……

可是一年前，南詔國王子的姊姊從泰國回來探親，卻跑到北京來找人……真是疑雲悶雨，不知所云了。

水抗抗坐在他的《國際經濟月刊》編輯主任辦公室兼臥室裡，一直等到十點半鐘，還沒見到他大官父親光臨。早在三天前就約定了時間是星期日上午九點半！講好了不帶祕書，並由父親在全聚德烤鴨店預訂餐室請營友們聚餐。這些官老爺！處處搞特殊化，不講信用。他們習慣於下級按時守候，自己則常常任意變更約會時間和地點。

其實這是水抗抗第三次跟父親見面。第一次是一九六五年夏末在儒林園。第二次是一九七九年初，父親參加十一屆三中全會之後。

對不起，每一回都是老子來看望兒子。第二次見面很尷尬，還有個小祕書陪同。擺什麼氣派？誰還不知你是個大官僚？無論到什麼地方都帶著個小祕書拎公文包。離了祕書就不能活？聽講你文革初期，不就是被原先那跟隨多年的祕書揭發：你惡毒攻擊過偉大領袖毛主席和敬愛的江青旗手，才致使你坐了整八年的高幹監牢？官復原職之後又不吸取教訓？見面總共不到二十分鐘，彼此講了不到十句話。翻來覆去就是一句：父親要求兒子回家去看看，認認門。兒子則不承認省委書記的「家」，推說編輯部積壓的稿件太多，工作太忙。臨走前，父親又要把一只裝著人民幣的牛皮紙信封留給兒子。兒子拒收，像蒙受了奇恥大辱，且用武夷山區老家的方言回敬了一句：這恩德，你要是能早點施捨給我母親，或許我今天就有機會在北京對她老人家盡孝道了。

四十年積怨，兩代辛酸，不能忘懷。血濃於水。誰是血？誰是水？兒子心裡有數，父親心裡也明白。

直到十一點，電話鈴才刺耳地響起來。水抗抗一肚子火，任其響了好一會兒才接。太不像話了！竟有這樣約會的？我就是你的下級，也不得這樣失禮。是他父親顯得蒼老而權威的聲音：

「抗抗吧？真抱歉，早飯後一直有人來談工作，脫不開身……不要生氣，好不好？全聚德的房間已訂好。這樣吧，我已經要了車來接你，直接去全聚德。我十一時二十分一定趕到。你的朋友們是十一點半鐘到齊？回頭你要負責介紹啊。好，我們見面談，見面談。」

水抗抗剛氣鼓鼓地放下電話，走廊上就有了腳步聲，門口就筆挺地站立著一位穿草綠色軍便服的青年：

「報告！您是水主任吧？首長叫咱來接您……是不是就動身？車在樓下……」

畢竟是高級衙門的車子，連一向嚴守門衛制度的傳達室，都不事先電話通知，就讓車子進了院，司機上了樓。要不是約了營友們在烤鴨店聚餐，水抗抗就真要抗命了。今天哪裡都不去，吃方便麵！

有什麼辦法？小人物總是要屈從於大人物，總是要做許多違心的事。為了顧全大人物的面子。

日本進口的「皇冠」牌轎車在長安大街上馳行。南小街路口，東單路口，王府井大街南口，北京飯店。南池子牌樓。天安門廣場東口，勞動人民文化宮。天安門城樓。中山公園。中南海新華門。六部口向左，拐向宣武門大街……北京進口了多少日本車？還有西德的「奔馳」，法國的「雷諾」。先在小汽車上現代化。據「參考消息」報導，已經先後進口了一百九十七種型號的外國小汽車！國產小汽車還生不生產？高官中官都坐進口車，也是三等九級。連滿街跑的出租車都清一色日產的。難怪日本汽車商在廣告上妄言：山重水復疑無路，有路便有豐田車！

水抗抗乘坐的「皇冠」牌駛進和平門全聚德烤鴨店旁的停車坪裡。穿軍便服的青年直接把他領進店內一間陳設雅致的單間餐室裡。女服務員正在笑咪咪地替首長掛上大衣。看樣子抗抗的父親也是剛到。

「報告首長！客人來了……過兩小時再來接您？」穿軍便服的青年把水抗抗交給「首長」，轉身走了。

父親端著茶杯站著，蹙著眉頭，身材仍是那麼魁梧，習慣性地伸出了手。水抗抗沒有伸出手去。只見老人的頭髮全白了，上一次還只是花白色。身子也比上次胖了些，肩背已略顯佝僂。卻又滿面紅光、雙目炯炯的，眉頭上揚，額頭上皺摺深刻，線條有力，一副大權在握、養尊處優的富態相。

老人的手落在了他肩上，捏了捏，彷彿要知道他穿了多少衣服一樣。

父子倆坐到了沙發上。女服務員給水抗抗也上了一杯清茶。

父親的目光一直沒有離開兒子：

「還打光棍？不是聽講有了女朋友？都四十二歲了。過去在老家鄉下，你這個年紀的人，都有孫子了……」

水抗抗苦笑著搖了搖頭。你還記得老家鄉下！還好意思提到老家鄉下？

「我六十五歲了，也快離休了……要不要替你來個半包辦？省裡的好女孩子多得很，大學畢業，思想進步，長相漂亮，人品端方……」

水抗抗有些驚訝地看著父親。真是個大官的思維方式。年近古稀，才說「快要離休」，也不害臊。叫喊了幾年的「領導幹部年輕化」，可哪個老人不戀棧？鼻孔裡插著氧氣管，身子坐在輪椅上，門口停著急救車，還要執掌大權。難怪北京坊間，流傳著一首關於年齡的順口溜：

十七十八，清華北大；二十七八，電大夜大①；

三十七八，等待提拔；四十七八，累死白搭；

五十七八，準備回家；六十七八，大幹四化！

七十七八，振興中華！八十七八，政協人大；

---

①即一九七七年後，中國大陸縣級以上城市興辦起來的電視大學，業餘夜大學，為成人教育。考試合格者，頒畢業證書，國家承認其學歷。

九十七八，一定火化！

「聽說你們的《國際經濟月刊》辦得不錯，還能賺錢？」

父親見兒子不願談私生活，便問起了工作。也是沒話找話。

「我們是個清水衙門，比不得你們一方諸侯，黨政財文一手抓……」

水抗抗笑了笑，說。這小子真是吃粗糧長大的，一開口就帶刺。

「印數多少？如今倒是這些經濟刊物銷路好。」

「應該問訂戶多少。每期三十多萬分，介紹國際經濟動態、企管經驗、致富門路……每年賺幾十萬元。賺回的錢一個不剩被社科院財務局收走。文章出了問題才找我們算政治帳！這就是中國特色。」

「我們省委辦了個『理論研究』，每期只印三千分，養著個三、四十人的編輯班子，賠得一塌糊塗……停掉吧，又是個自一九五〇年代就辦起的指導性刊物；不停吧，每年為它賠幾十萬，計委、財廳意見大得很。」

「你們那刊物，肯定是個左八股，盡是些書記的報告啦，黨校校長的講稿啦，宣傳部長的屁話啦，文字乾巴，老氣橫秋，除了白白養著一大班子人員鬧級別待遇，就是叫少數人借著名目賺稿費收入。普通幹部和群眾則拿它當手紙，都嫌紙張太硬……」

兒子說得陰陽怪氣，父親也只好乾瞪眼，情況又確是那樣。那寶貝刊物正在鬧著要處級待遇哪，編輯組長鬧著要正處級！

父子倆沒有說上幾句話，營友們就陸續來到了。

首先進來的是好萊塢博士王力軍，仍是一口連鬢鬍，腦後的頭髮長得耷拉在後肩上。粗眉大眼，不修邊幅，一副桀驁不馴的氣度。他進門就摔掉手裡的太空羽絨服，大遠的邊看手表邊向水抗抗伸過手來。

「哥們！踩了整整一小時單車，提早五分鐘到達！」

水抗抗連忙把他介紹給父親：

「王導演，外號好萊塢博士，在勞教營因書寫〈儒林園日記〉，蹲過大牢……」

「久仰久仰。聞書記！承蒙貴黨錯愛，咱跟水抗抗都進過太上老君的丹爐，煉出了火眼金睛。」

聞達緊握著好萊塢博士的手，並不計較他的出言不遜，且談吐風趣：

「文革中，我也蹲了幾年。國民黨的牢房，日本人的牢房都蹲過。最後蹲了黨自己的班房，日子最難熬，有什麼辦法？哈哈哈！」

好萊塢博士朝水抗抗眨了眨眼，像在說，你這老爹沙場老將，不錯嘛！

這時一位身材壯碩健美的女同胞在門口探頭探腦，水抗抗一眼看出來，是好萊塢博士的同居女友、電影製片廠的小呂師傅，連忙請了進來：

「我說哪，怎麼少了一位？博士，你自己介紹吧！」

好萊塢博士用一隻手摟住了小呂的肩頭說：

「報告首長，這是我女朋友……當年，她是我們勞教營『工人領導小組』成員，良心大大的好！我就愛上她了……也是對極左路線的報復。是不是？寶貝？」

說罷雙手摟住小呂很響亮地親吻了一下。小呂羞紅了臉，推開了。

聞達握著小呂師傅的手，讚許地點著頭。

當水抗抗領著「關東大漢」站立在聞達面前時，個頭並不矮小的聞達都要仰起臉來。

「劉漢動，外號關東大漢。學的是天體物理，卻是我們儒林園的思想家，擅長分析時局……」

「啊，您老就是抗抗的……我跟抗抗是莫逆之友！在儒林園的那些日子，我們經常分析毛式大好形勢。不像好萊塢博士，專門給大家兜售他的黃色故事，最後還搞階級報復，硬把一位派去改造他的女師傅搞到了手……」

「大漢！你又攻擊咱？咱當年可是儒林園裡第二高度！」

「嗬嗬，東三省的大豆小麥真養人……這麼高大的個子，為什麼沒進運動隊去打球？」

聞達握住關東大漢的手問。

「不瞞您領導說，為這事咱可後悔了有年頭。在儒林園餓得啃過泥土……那年月，咱腦瓜裡想的，眼睛裡指望的，就是一個：吃。人很快就被還原成動物……」

「是啊，你們這一代人，吃了大苦，吃了大苦……」

接著進來的是河南騾子趙良成和保定府學者陳國棟。河南騾子走路仍是有些跛，是儒林園留給他的永久性紀念。水抗抗把他們介紹給父親：

「這位是趙良成，北京農業大學糧油育種研究室主任。他出身中農，就因為說過人民公社公共食堂餓死人，被送進了儒林園……」

「那時在我開封府老家鄉下，我有個未婚妻叫笛妹，全家四口，都活活餓死。全鄉餓死兩百多口……」

聞達深蹙著眉頭，邊嘆著氣，搖著頭，邊說：

「這樣說來我們是同行了？我們省委的工作，以抓農業為主……三年困難時期，農村是餓死了不少人啊，有統計數字。那是三分天災，七分人禍……」

「首長，您當年怎麼沒有被打成彭德懷右傾機會主義反黨集團成員？」

「那時我還在地委工作……唉唉，一言難盡，中國的事情，一言難盡嘍！做老百姓艱難，做幹部也不易……」

「這位是保定府學者陳國棟，北京醫科大學副教授……」

「嗬嗬！你們真是人才濟濟，人才濟濟。陳大夫，很高興認識你。」

「首長，您好，您好。抗抗兄，你告沒告訴你大人，我當年在儒林園舊監的一棵老柏樹下，遇見過明朝的東林黨人，還有清朝金聖歎的冤魂？」

保定府學者說得大家都笑了起來。聞達也笑著說：

「我只聽說儒林園古時候是座天牢，後來變成了勞改農場，高級監獄。」

水抗抗拍著保定府學者的肩頭說：

「陳大夫如今是我們國家有名氣的胸腔外科專家。英國皇家醫學科學院給了他邀請……」

「抗抗他老爹是個開明派，很隨和嘛，不像有的官僚，僵化得像木乃伊……」

關東大漢和好萊塢博士、小呂師傅在一旁議論著。隨後談開了好萊塢博士幾年來籌拍有關儒林園勞教營電影的事。

最後來到的，是太湖才女楊麗妮。

「太湖才女駕到！你好！麗妮，你好！」

好萊塢博士爭著上去握手。

楊麗妮仍是那樣明眸皓齒，風姿綽約。水抗抗介紹說：

「這是當年師大校花、高材生……父母親都是知識分子，都死於反右派鬥爭。她本人則因一篇古文〈阿房宮賦〉被打成問題學生……她的生命力真叫倔強。那時同教們都驚訝，大災大難的，她竟然活了下來……」

「水伯伯……啊，對不起。聞叔叔，儂這大公子可真會說話，好像中國人口太多，就是阿拉這流人沒有能死乾淨……呂師傅！呂師傅！」

楊麗妮竟沒顧上跟聞達握手，就轉過身去，一把抱住了小呂師傅。

聞達望著小呂師傅和好萊塢博士，感嘆地說：

「真有意思，在那樣的年代，那樣的地方，竟然還有改造者和被改造者的結合……」

關東大漢見楊麗妮沒顧得上跟大家說話，就跟小呂師傅相擁在一起，便以他特有的雄渾嗓門說：

「看看太湖才女，還沒出國門，先學會了洋規矩！你們再摟抱下去，好萊塢博士可要吃醋啦，你們要搞同性戀還是怎麼的？」

關東大漢的話，引得大家哈哈大笑。

河南騾子也插嘴說：

「麗妮！你到美國去繼承財產，可不要隨便跟人家親嘴，小心傳染病！」

楊麗妮沒有理會這些愛笑愛鬧的男同胞。她拉著呂師傅的手，來到聞達面前，眼帶淚光說：

「聞叔叔！在儒林園天牢，就是有了她，阿拉才活下來……她，也使得阿拉認識了真正的工人師傅……」

聞達拍拍有些害躁的呂師傅的肩膀，說：

「好，好！我很替你們高興，為工人階級的大多數人自豪！」

「楊麗妮，你和你柳逢春師傅的離婚官司打得怎樣了？」

關東大漢忽然問。

楊麗妮的臉刷地一下紅了。她眼睛望著聞達，聲音透著酸楚：

「聞叔叔，您是大領導，您給評評理……我跟我那位工人老大哥分居已經八年，法院就是不給判離……他還從我手裡搶去了女兒，到處告狀，要阻止我出國。女兒離不開我，真可憐我閨女，才十一歲……」

另一邊，水抗抗拉著保定府學者陳國棟問：

「陳大夫，你們醫科大學還沒有批准你去英國皇家醫學科學院做研究？」

「一年了，有關部門還在研究、研究，大約在等著咱『菸酒』、『菸酒』……可咱怎麼會給他們孝敬這一套？」

保定府學者摘下眼鏡來擦擦，說。

「要不要我請新華社的朋友給你寫分『內參』，告他們一狀？」

「免了免了，越告越麻煩。倒是咱那口子想得開，守著咱寶貝兒子好好過吧，去什麼鬼外國！」

這時服務員已經把大圓桌上的杯盤碗碟都擺設好了，幾道開胃冷菜亦已上了席。聞達、水抗抗以今天午宴主人的身分，招呼大家入席。坐定之後，女服務員給大家一一斟上五星牌啤酒或北冰洋汽水。

水抗抗端著啤酒杯站起，來了幾句開場白：

「今天是這位領導請客，大家不要客氣。領導拿高工資，取之於民，今天用之於民。大家隨意吃，圖個痛快。當然，這次營友們聚會，我在電話裡都講過了，有兩個層面的意思，一是宣布『儒林園首都高校勞教營北京營友聯誼會籌委會』解散，好使上級領導放心，我們這些中年知識分子，並沒有圖謀不軌；一是借花獻佛，給即將赴美講學的王力軍導演、和赴美探親並繼承財產的楊麗妮女士兩位營友餞行。還有，陳國棟醫生，也是遲早要走的……今後，我們就真是天各一方了！先講這幾句，算抛磚引玉。」

說罷，水抗抗跟每個人都碰了碰杯，喝了酒，才坐下來問父親是不是也先講幾句。

聞達端著杯子剛站起，營友們卻一致請求他坐下來講。他是席中長者，站著講話，大家心裡不安。聞達只好坐下了，清了清喉嚨，說：

「今天，不成敬意，能請到大家，認識大家，我很高興。真正的高興。先前那位王導演講，大家都是進過太上老君的丹爐煉過的！我也一樣。作為一個黨齡長過各位年齡的老人，面對大家，我心裡十分歉疚！也可說是負了債！我犯過很多錯誤，整過不少人，自己也挨過不少整。我參加過八年抗戰。可我文革中也足足坐了八年班房。罪名是我反對毛主席，攻擊江青。我怎麼敢反對、敢攻擊？尊敬崇拜還來不及。當然也私下裡說過他們一些怪話，發過一點牢騷，許多事辦得真沒法說嘛！我還宣傳過劉少奇主席的『新民主主義新階段論』……我能怨誰？怨毛主席？怨四人幫？我只有面對歷史，檢討自己。不檢討自己是沒有出路的！另外，作為一個知識分子，我也跟大家一樣，憂國憂民，總在想著，中國還這樣窮，國家搞成這樣子，黨風民風搞成這樣子，怎麼辦？怎麼辦？我苦於不能回答。小時候，私塾先生教授我讀古文。我至今記得孟子的兩句話。一句是：『民為貴，社稷次之，君為輕』。是說，民為國之本，君為國之役，故民貴於國，國又貴於君！另一句是：「樂民之樂者，民亦樂其樂；憂民之憂者，民亦憂其憂』。是說，關心百姓的人，百姓就支持他，擁護他，跟他同憂樂。可惜這些我們小時候就學過的道理，一九五六年之後，忘得一乾二淨，大家不管錯對都只服從一個毛主席。變成了『民為賤，社稷次之，君為重』。關係完全顛倒！本人，今年六十五歲了，或許，重新認識這些道理，已經遲了。我明年一定請求離休，讓年輕有為的同志上去……」

水抗抗張大了嘴巴，豎起耳朵，彷彿不相信這會是他父親說的話。

好萊塢博士帶頭鼓掌。大家熱烈鼓掌。

關東大漢站起來，舉著一杯淡黃色的橙汁：

「為了聞老的一番肺腑之言，我們要一起敬上一杯！可惜我在儒林園染下了該死的胃潰瘍，只能以橙汁代酒。」

大家都跟著起立，一一跟聞達碰杯，然後乾杯坐下。水抗抗在關東大漢耳邊提醒，要定期去醫院檢查，防止病變。

只有太湖才女楊麗妮依然站著，似有話要講。她淚光晶瑩，忍耐了好一會，才說：

「阿拉今年三十九歲。兩年來，阿拉一直在心裡邊打鼓，要不要去美國繼承祖父的財產？阿拉的單位師範大學同意去，統戰部門也同意去。還有人來勸說。如今都很開通了。當然，阿拉已經決定去。即便是為了逃脫儒林園勞教營留給我的痛苦的婚姻，分居八年都沒給判離的婚姻……儒林園也毀了他。他後來又抽菸，又喝酒，喝醉了還打人。直到我發現他跟自己的女徒弟鬼混……可阿拉一個研究中國古典文學的人，快四十歲了跑到外國去當女寓公，丟下女兒，當新移民……阿拉要是能把祖父名下的大公司，遷到中國來就好了。這卻是做不到的。說實在話，也很難相信現在這個擅長消耗浪費、不擅長生產創造的官僚體制……中國，阿拉要走了，可阿拉又牽腸掛肚，捨不得離開這塊給了我那麼多滅頂之災的熱烘烘的國土……」

話沒說完，楊麗妮坐下身子就垂淚飲泣。大家都跟著掉淚。滿座唏噓之聲。

水抗抗眼睛被淚水糊住了，他看到的席間難友，一個一個都扭曲了，變形了。

坐在水抗抗身邊的關東大漢噹噹噹地敲響了杯盤，聲音也有些發嘎地說：

「注意了！注意了！儒林園給咱大家夥都留下了傷痛！可咱還有十億人口要過日子，不要搞得這麼悲悲慘慘淒淒戚戚，不要變成最後的午餐，不要拂了抗抗和他老爸的一番心意！河南騾子，你不是早就要求調回你開封老家去工作？手續辦得怎樣了？」

河南騾子抹了一把眼睛，說：

「農大已同意俺的請求。開封地區農業科學研究所十分歡迎俺回去……要改造俺老家黃河大堤下的老鹽鹼地。就是俺那口子不願離開北京，說孩子好不容易考取了重點中學。俺要離京，她就跟俺這瘸子丈夫離婚……」

「是啊，人人都有一本難念的經，家家都有一本難念的經……」

一直悶不吭聲的保定府學者陳國棟感嘆地說。

「博士，你是去講學。什麼時候動身？」

水抗抗問坐在對面的好萊塢博士。

「等美國大使館的簽證……咱父親一輩，在美國加州一帶有好幾門親戚，也都要我去。小呂她不肯跟我渡洋，捨不下她電影廠的金飯碗。咱今後是年過四十，隻身飄泊哪！」

好萊塢博士咬住下唇，動了感情，又捧著半杯啤酒站了起來：

「今天有領導在場，雖然不是咱的頂頭上司。咱讀書人，不管水平高低，學的哪一行，誰不愛自己的國家？可是，這國家愛咱嗎？或者說，咱有資格愛嗎？讓咱愛嗎？看來，咱只能等年紀大了，又在外邊發了洋財，才回來做愛國華僑……每想到這，就像有把小刀在剜咱的心！大家知道，一九六六年文革剛開始，咱那可憐的紹興師爺自殺死去的那晚上，勞教營來了次大搜查，查出了咱寫的〈儒林園日記〉，變天帳，判了我十年重刑！後來林彪摔死了，咱被減了刑，坐滿七年才出來。周恩來總理在學生勞教營一個落實政策的批示，咱才跟大家夥一樣被分配了工作。可公安部門，至今不肯把那〈儒林園日記〉還給我！說是弄丟了，沒有了。一大本判了咱十年反革命徒刑的主要罪證，怎麼會丟失哪？後來咱懂了，是有人怕咱日記公開，怕咱根據日記改編電影、拍電影！可是對不起，電影劇本咱寫出來了，那斧頭砍出來似的素材就在咱腦子裡。七年來，咱這劇本在七家電影廠旅行，誰都叫好，深刻生動，驚心動魄，中國的古拉格群島！可是至今，哪家電影廠都不敢開拍……上邊有人說話，說咱寫得太陰暗恐怖。結果成了咱寫得太陰暗恐怖！哈哈哈！」

好萊塢博士又有了幾分酒意，眼睛卻直盯住聞達，好像在問：聞書記，你敢不敢讓你省裡的電影廠開拍這劇本？

聞達避開了他逼人的目光。幾十年來，他都小心翼翼地繞開文藝工作，這個惹是生非、災禍連年的行業。

「博士！你把本子帶到美國去拍。一定要拍出來！」

矮矮胖胖西裝革履的保定府學者陳國棟，忽然扶了扶眼鏡說。

「對！我們這一兩代人，不把極左政治清除乾淨，毛和四人幫那一套東西，就隨時可能復辟！」

水抗抗筷子一拍，激憤地站起來說。

「你喝醉了？怎麼把毛主席跟四人幫扯到一起？坐下來，坐下。」

聞達瞪了兒子一眼。唉，他們一代已經口無遮攔，百無禁忌。

水抗抗坐下來，卻不肯住嘴：

「那就叫五人幫吧！呂師傅，在你們工廠裡，工人師傅們對左傾復辟的可能性，都有些什麼說法？」

呂師傅苦笑了，看了一眼好萊塢博士，抬手抹了抹齊耳短髮：

「咱做工反正是憑力氣、手藝吃飯，現在也明白了，擔了幾十年領導階級的虛名，但實際的好處在哪裡？工資？獎金？住房？休假？福利？哪條算得上『領導階級』？誰是領導階級？真是！咱就跟斧子、鉗子、鋸子一樣，不過是個工具……還有，咱年前跟力軍回石家莊鄉下過春節。可鄉親們也跟我們開玩笑：咱名義上是你們領導階級的同盟軍，實際上這大隊、生產隊幹部，比過去的保長、甲長還厲害！」

呂師傅的話，引得大家都笑了起來。只有聞達臉上一陣紅，一陣白，渾身都不自在。好在他已經習慣了年輕一代的牢騷話，學會了忍耐。唉！今天人人都有牢騷，咱中華民族遇上了一次歷史性的牢騷潮……

「博士！俺支持你把儒林園的電影拍出來。為啥要替人遮羞蓋醜？一個敢於徹底否定自己錯誤的民族才是勇敢的民族，有希望的民族！大漢，你看哪？」

河南騾子大聲說。關東大漢看一眼聞達說：

「那電影，當然應當拍出來。但也不要把咱中國人搞得太寒磣，好像咱國家到處都有儒林園……咱的目的，還是為了防止左傾復辟，為了咱中國開放、進步！」

好萊塢博士一直捧著酒杯沒有坐下，這時問：

「大漢，你是咱儒林園的思想家。當著抗抗父親的面，你說說，咱中國的病根，究竟在哪？」

關東大漢以尊敬的眼神看了看席中長者聞達。聞達對這大漢頗為好感，點了點頭，像在鼓勵他。

「咱中國的病根，說複雜，很複雜；說簡單，也簡單，一句話：小農經濟，初級文化，黨政一家，以權代法，朕即天下！」

「對對！毛主席領導咱國家，就像管理儒林園！早在一九五七年就有人提出『兩院制』，反對『黨天下』！」

保定府學者陳國棟補充說。

「咱怎麼辦？」

河南騾子問。

「走出儒林園！」

水抗抗桌子一拍，說。

「中中中！為了大漢這一針見血的回答，為了保定府學者、關東大漢這補充，為了不再劃右派，咱乾杯！」

好萊塢博士舉起酒杯，一仰脖子，把滿滿一杯啤酒喝下。水抗抗、河南騾子、太湖才女、保定府學者，還有關東大漢，也把各自杯裡的啤酒、橙汁乾了。

聞達雙手抹了一把驗，像要抹掉臉上的慍色和驚詫。這就是他和中青年之間的「思想代溝」，可怕的「代溝」，一個個腦後都生了反骨。

好萊塢博士有些醉了似地坐下來，卻有意無意地把手臂搭在楊麗妮肩上。

「博士！博士！注意點，呂師傅該吃醋了！」

河南騾子趕快提醒。關東大漢卻大大方方地將手臂放在呂師傅肩上：

「這還不容易？咱替小妹妹一報還一報！小呂，可不要嫌咱是個老胃病啊？」

「要死囉！要死囉！」

「快放開！你們如今都這樣放肆！」

「要是紹興師爺能活到今天就好了……他的夏蓮蓮如今是全國著名的越劇演員。」

「還有南詔國王子。他給俺剃了進儒林園的第一個光頭……」

「麗妮！你跟好萊塢博士兩個到了美國，不要忘記打聽南詔國王子的下落。」

一九八七年九月七日—一九八八年九月十日
愛荷華城—多倫多—溫哥華
二〇一九年十二月—二〇二〇年二月
校改於溫哥華南郊望晴居

當代名家・古華（京夫子）文集3

京夫子文集 卷三 儒林園

2020年3月初版　　定價：新臺幣490元

著者	古華
叢書編輯	黃榮慶
校對	劉芷妤
內文排版	烏石設計
封面設計	陳恩安

出版者	聯經出版事業股份有限公司
地址	新北市汐止區大同路一段369號1樓
叢書編輯電話	(02)86925588轉5307
台北聯經書房	台北市新生南路三段94號
電話	(02)23620308
台中分公司	台中市北區崇德路一段198號
暨門市電話	(04)22312023
台中電子信箱	e-mail：linking2@ms42.hinet.net
郵政劃撥帳戶第	0100559-3號
郵撥電話	(02)23620308
印刷者	文聯彩色製版印刷有限公司
總經銷	聯合發行股份有限公司
發行所	新北市新店區寶橋路235巷6弄6號2樓
電話	(02)29178022

副總編輯	陳逸華
總經理	陳芝宇
社長	羅國俊
發行人	林載爵

行政院新聞局出版事業登記證局版臺業字第0130號

本書如有缺頁，破損，倒裝請寄回台北聯經書房更換。　ISBN 978-957-08-5492-3 (平裝)
電子信箱：linking@udngroup.com

國家圖書館出版品預行編目資料

京夫子文集 卷三 儒林園/古華著．初版．新北市．聯經．
2020年3月．496面．14.8×21公分（當代名家．古華（京夫子）文集3）
ISBN 978-957-08-5492-3（平裝）

857.7 109002055